The Proposition
by Judith Ivory

舞踏会のレッスンへ

ジュディス・アイボリー
落合佳子［訳］

ライムブックス

The Proposition
by Judith Ivory

舞踏会のレッスンへ

主要登場人物

エドウィーナ・ボラッシュ……………言語学者で話し方と礼儀作法の教師、亡きシシングリー侯爵の一人娘
ミック・トレモア……………コーンウォールからロンドンに出てきたネズミ取り
エミール・ラモント、ジェレミー・ラモント……謎めいた双子の紳士
ミルトン……………エドウィーナの家の執事
ミセス・リード……………エドウィーナの家の家政婦
レッゾ……………ミックの友人、ごみ収集人
レディ・ウィティング……………男爵夫人
ザビアー・ボラッシュ……………エドウィーナの父のいとこ、第五代アールズ公爵
ビビアン・ボラッシュ……………ザビアーの妻
マジック……………ミックの飼い犬
フレディ……………ミックのイタチ

第一部　ミック

わが恋人は赤い赤いバラのよう……

ロバート・バーンズ「赤いバラ」第一連

1

ミックがつきあった女性たちの中でもっとも高貴な生まれの女性は――現職の貴族院議員の奥方だったが――彼の「荒々しい男らしさ」が好きだと言い、フランス語の言葉をひとつ口にした。自分の気持ちを言い表すのに一番しっくりくる言葉だと。

「〝泥への憧れ〟っていう意味よ。フランス人ならそんなふうに言うでしょうね」

泥にたとえられるのはあまり嬉しくなかったが、ミックは聞いた瞬間に、その言葉の意味――あるいは知恵――を完全に理解した。彼を好きになる貴婦人たちは、自分に言い訳をせずにはいられない。その言葉もそんな言い訳のひとつ。素朴で楽しい遊びをすべて奪われてきた貴婦人たちにとって、彼は良く言って新しいおもちゃ、悪く言えば泥んこ遊びの泥の山。

今、ミックはいつもより一段と汚れた身なりで床に這いつくばっている。正確に言えば、ケンジントン地区の婦人服店で、床板に手のひらと腹をぺたりと付けている。彼を見下ろして、三人の小ぎれいな女性たちが立っている――彼よりかなり高い場所に。一人は椅子の上、一人はカウンターの上、そしてもう一人は布地の巻物に占領された棚の縁、数インチの隙間に立っている。女性たちが息を殺して見守る中、ミックは床に耳を付け、どんな音も聞き逃すまいと集注していた。

ミックは大きな男だった――床に長々と伏せている。肩幅は広く、胸は筋肉質で硬く、長い手足は引き締まっている。力強さを感じさせるその体つきは彼の自慢だった。今から五分前、彼は店の裏手でその体を武器に、針子の娘に言い寄っていた。娘を笑わせることに成功し、少し近くへ歩み寄ったとき、店の中から女主人と客の叫び声がした。「ネズミ！　ネズミ！」居合わせた唯一の男として、ミックは仕事に駆り出された。

さて、怯えたネズミには厄介な習性がある。どこであれ、辺りかまわずのぼり出すのだ。人の脚でものぼっていく。貴婦人が恐れる悪夢のひとつは、ネズミが服の下へ潜り込み、膨らんだスカートの内側で――ペチコート、腰当て、ハーフ・フープで――馬の毛や針金でできた迷路を永遠に走り回るというものだ。

女主人と客、そして今ではさっきの針子までが、自分のスカートの内側でネズミのサーカスが始まっては大変と、部屋のできるだけ高い場所に立ち、縮み上がってスカートを体に押しつけている。そんなことをしても無駄なのに。ネズミは簡単にテーブルや椅子の上にのぼってしまうのだから。だがミックは黙っていた。ご婦人たちをこれ以上怖がらせたってしょうがない。

彼は静かに伏したまま、床の上に目を走らせた。手のひらを付き、肘を上げ、伸びた足を支えるように爪先を曲げ、ネズミの姿が見えたらいつでも飛びかかれるように身構えた。ところが見つけたネズミはやや拍子抜けの大きさだった。まだほんの赤ん坊。部屋の角に置かれたミシンの下で、ご婦人たちより震え上がってアイロンの陰に隠れている。手で簡単に捕まえられる。他にネズミの姿はない。床下からも音はなく、動くものの気配もない。

「巣があるのかしら?」女主人は消え入りそうな声で不安げに囁いた。「たくさんいる?」

ミックはここで子ネズミを捕まえ、もう大丈夫と言って立ち上がるべきだった。だがそうはしなかった。何か別の音を聞いたような気がしたからだ。

反対の耳でその出所を確かめようと、床に伏したまま首をくるりとひねり、視線の先にそれを見つけた。奥の部屋の、絵が描かれたついたての下に、鏡に映った二本の脚。もう一人の客だった。ご婦人は三人じゃなく四人だったのか。あの客は、奥の部屋でドレスを取っ替え引っ替えしていたところにこのネズミ騒動を聞き、部屋から出られなくなってしまったのだろう。どうやらトランクか何かの上に飛びのったらしい。とにかくついたてから離れて何かに飛びのった彼女の位置と、彼の位置、そして鏡の角度のおかげでミックは二本の驚くほど長い脚をまともに見ることができた。目を見張るような光景だ。

床に耳を付けたまま、ミックはその見事な脚に見とれていた。脚の持ち主は、少しふらつきながら爪先で立っている。力強い脚だ。膝の辺りにほつれのあるピンク色のストッキングの内側で、長いふくらはぎの筋肉が張っている。長い。いや、それでは言い足りない。どこまでも高く伸びている——この女性は背が高いに違いない。なんと格好のいい脚だろう。詩のように美しい。バランス、筋肉、わずかな動き。あの脚には「極上」という言葉を使っていいのかもしれない。

ミックはだいたいにおいて礼儀正しい男だった。女性の品のない姿を目にしてしまったら、そっと顔をそむける程度の礼儀は持ち合わせている。少なくとも彼自身はそう信じていた。だがこの脚は一級品だ。心配そうな女主人を安心させるのはもう少しあとにしよう。「シーッ」

頭上の女性たちは一斉に息を吸い込んだ。ミックの邪魔をしないように、音を立てまいと固まっている。なにしろ彼は、ネズミが駆けたりかじったりする胸の悪くなるような音を懸命に探しているのだから。客の女性が囁きかけた。「男らしい行為ですわ、ミスター……」名前を訊いている。

「トレモアだ。シーッ」

そう、まさしく男らしい。三〇年の人生で知る限りもっとも格好のいい脚を見るために、こうして腹這いになり、目の位置を極力低くして、向こうの床に置かれた鏡を覗き込んでいるのだから。立っていれば、あの脚はせいぜいくるぶしの上までしか拝めなかっただろう――ついたての下の隙間は床から一フィートもない。まあ、それだけでも目の保養には十分だが。細い足首、高い甲ときれいな土踏まず、靴のなめし革を程良く押し出しているくるぶしの骨。

ミックは頭の位置を調節した。鏡はボタンブーツの爪先から、長くなめらかな向こうずね、ふっくらカーブしたふくらはぎ、絹の下着のリボン、しなやかな腿の途中までを映し出している。腿はそのままどこまでも続くかに見える。夢の脚だ。

ミックは実際夢でそんな脚を見たことがある。彼は女性の長い脚が好きだった。夢の中の彼は、長い脚に唇をのせ、膝の後ろから腿へと舌を這わせていく。ヒップの下のくぼみまで、永遠に這っていく。たくましい脚は力強く彼を捕らえて離さない。圧迫されて、彼はますます欲望を募らせ、気が遠くなっていく。

「ミスター・トレモア、ミスター・トレモア！」背後で女性の一人が叫んだ。「上よ！ ここにいるわ」

いや、いない。ご婦人たちはびくついていて、どこにでもネズミの姿を想像するんだ。ネズミがまた動き出したと思って女性たちは騒いでいる。それぞれの避難場所で、そわそわしながら小さく悲鳴を上げてみたり、大げさに不幸を呪ったり、神経質に笑ってみたりしている。

「シーッ」ミックは指を立ててもう一度制した。

まだ立ち上がるわけにはいかない。こんなに見応えのある脚を前にして、ネズミなんかにかまけていられるか。聖なる眺めがあるとすれば、まさにあの脚と下着がそれだ。だがカウンターの上では、息を吸い込み過ぎた女主人が気を失いかけている。仕方がない。そろそろ安心させてあげよう。

ミックは優しく言った。「大丈夫。見つけたから、もう少しだ」

ネズミにかかろう。ミックは床を押して顔を上げ、膝を曲げて胸の下へ持ってくると、音もなくさっとミシンの下に飛び込んだ。脇から攻めようとアイロンを少し動かしたとたん、ネズミは向こうへ逃げようとした。ミックは横っ跳びでそのしっぽをつかみ、立ち上がった。胸の前でネズミをぶらぶらさせて女性たちに見せてやる。

女主人はキャーッと悲鳴を上げた。倒れられては大変と、彼は「大丈夫だよ」と声をかけた。

一番近くにいた客の女性は勇気を出して椅子から降り「フーッ」と息を吐き出した。床に降りた女性たちはみな、ミックより頭ひとつ分は小さかった。危険が過ぎ去ってひとしきり喜んだりぼやいたりしたあと、女性たちはミックを見上げて口々に賞賛した――「本当に勇敢だわ」「なんて素早いの」客の女性は「男らしい方」と言ってミックを見た。彼が声を出して笑うと「まあ、太くてよく響くお声だこと」

ミックは目を逸らした。床の埃にまみれていても、女性たちは彼を見れば必ず心ときめかす。若い娘ならどぎまぎするだけだが、年輩のご婦人の場合には用心が必要だ。

ミックの笑い声が気に入ったらしい貴婦人は、ネズミに目を据えたまま彼の前にやってきた。ベルベットとビーズをふんだんに使ったドレスを着て、鳥の剝製と大きな羽が一枚付いた巨大な帽子をかぶっている。帽子の下に細い顔がうずまっている。

ミックに向かって腕を伸ばし、手袋をした手の甲を差し出した。「レディ・ウィティングです。ウィティング男爵夫人ですわ」

ミックは差し出された手をじっと見つめた。キスしろと言っているようだが、たとえネズミを持っていなかったとしてもそんなまねをする気はなかった。「どうも」とだけ言ってぶいと横を向き「ネル？」と針子の名前を呼んだ。「この子を入れるもの、あるか？」

男爵夫人はまたミックの前に回り込み、正面に立った。手は下ろされて、もう一方の手と組み合わされている。彼の目を見て微笑んだ。「お見事でしたわ。なんて手際良く捕まえてくださったんでしょう。惚れ惚れしましたわ」

ミックは夫人をちらりと見た。彼女が惚れ惚れしているのは、ネズミを捕まえたことでも英雄的精神でも他のどんな崇高な行いでもなさそうだ。

「ご褒美を差し上げなくては。英雄へのご褒美を」

ミックは目を上げた。彼は肉体労働者、故郷に帰ればその稼ぎを当てにしているたくさんの家族がいる。褒美と聞いては無視できない。金銭的褒美なら、もちろん断る理由はない。彼の注意を引いたと知って夫人は顔をほころばせたが、どうやらその褒美とやらはミックが欲しいものではなさそうだ。

「何もいらねえよ、奥さん。役に立てて良かった」

女主人と針子は離れてこの会話を聞いている。ミックは床に投げ出したままの上着を思い出し、男爵夫人に背を向けた。上着に手を伸ばしてかがんだとき、目はたまたま奥の部屋に向けられた。今度はついたての上でドレスが揺れている。紫色のドレス。なんて美しい紫だ。八月のラベンダーみたいに濃い色だ。すぐに細い袖が突き出て、その先から長い指がくねるように現れた。そしてドレスはシュッと音を立てて落ちた。衣擦れの音を聞きながら、ミックはあの美しい脚が永遠に覆われてしまったことを知った。まだ脳裏に焼き付いているあの脚は、もうこの目に触れることはない。

ミックは体を起こし、上着の埃を軽く落として、髪を後ろに撫で付けた——手には煤が付いている。眉をひそめて汚れた手のひらを見下ろした。ネズミを探して煙突を覗いたときに付いたんだろう。いつものことだ、かまうもんか。

男爵夫人はまた言った。「英雄をこのまま帰すわけにはいかないわ」

「ネズミを入れるものがあれば十分だ」ミックの視線は夫人を素通りして女主人に向けられた。

主人は最初からそのつもりだったかのように、さっとカウンターの下に手を入れて、空になったボタンの缶を取り出した。ミックはそれを受け取って、蓋を回して開けた。

「これのほうがいいんじゃなくて?」と男爵夫人。ミックの横にやって来ると、ガラスケースの上を手袋をした指でこつこつ叩く。弱く鈍い音がした。

ミックはガラスケースに目をやりながら、缶の中にネズミを落とした。夫人が勧めたそのケースには、女性用の下着が詰まっている。ドロワースにストッキングにガーターベルトが見える。ミックはその場に足を止めて、ほとんど好奇心からケースの中味を観察した。仕切りのガラス棚にはしゃれた品々が並んでいる。見事な装飾品と言っていい。レースが至るところに使われ、薄くてきゃしゃなものばかり。実用性のかけらもない。

「ちょっと」男爵夫人はほとんど命令口調で女主人に言った。相手は夫人より少なくとも一〇歳は年上だ。「これを見せていただける?」

女主人は夫人が差した濃いピンク色のガーターベルトを取り出した。レースのひだ飾りとたくさんのリボンが付いていて、トマトの種粒くらいの真珠がこれでもかと散りばめられている。「英雄へのご褒美にぴったりじゃないかしら？」男爵夫人は対になったベルトの片方を主人の手から取り、自分の指にぶらさげた。

それはミックが目にしたあらゆるものの中で、もっともけばけばしい代物だった。夫人は彼がそれを気に入ると思っている。彼をそんな男と見なしているらしい。

ミックが表情を変えずにいると、夫人は「お高いものなのよ」と付け加えた。

けばけばしいのが好きなのは、このご婦人自身のようだ。ミックは肩をすくめると、ケースの中にあるガーターベルトのひとつを指差した。「こっちのほうがいい」なによりも、夫人にその見立てが間違っていることを分からせたかった。ミックが差したのはクリーム色のガーターだった。こちらのほうがやや細く、サテンでできていて、それぞれのベルトにクリーミー・ピンクの花とモスグリーンの小さな葉が二枚刺繍されている。装飾はそれだけ。シンプルでエレガントだ。

男爵夫人は驚いたように片方の眉をつり上げた。ミックの趣味が意外だったのだろうと思ったが、そうではなかった。夫人が驚いたのは、彼の口から出た言葉のアクセントだった。

「なんて変わった発音をなさるの」

ミックの言葉には独特のなまりがある。今では話されていないコーンウォール語のなごりで、彼は実際その古語を少し話すことができる。

男爵夫人はにっこりした。目の前にいるのは背が高くてハンサムな泥。その泥で遊んでみたくなった。「それならこちらにするわ」ミックが選んだガーターを指差す。女主人はそれをケースから取り出した。

男爵夫人は手袋を着けたまま、曲がった指の先にエレガントなベルトの片方を引っかけてミックに差し出した。「さあ、どうぞ。あなたにはこちらを差し上げますわ。もう片方は私のもの。対になっていますから、また今度お会いして」――目がきらりと光る――「二本を一緒にしてあげましょう」

ミックは笑い返した。金持ち女がまたばかげたゲームを始めようとしている。一度ならずこうしたゲームに乗ったことがある彼は、今回の申し出を吟味した。男爵夫人はなかなかの美人だ。金持ちのレディを喜ばせるのには一種こたえられない楽しみがある。これまでのところ後悔した覚えはない。

ミックは口ひげに手をやった。密生した黒いひげは、柔らかくてなめらかだ。「荒々しい男らしさ」の象徴。腕を組み、親指を頬骨に当て、人差し指をひげの上で滑らせて、そのましばらく考えた。このしぐさが思考を促したらしく、やがて気がついた。

「泥への憧れか」指を唇に置いたまま呟いた。

「なんですって？」男爵夫人は鳥の帽子の下で眉を寄せる。

ミックは指を唇から離してまっすぐ立てた。「フランス語だ」

夫人は訳が分からない。田舎なまりのこの男がフランス語など知っているはずがない。ミックはつまらないことだとでも言うように肩をすくめた。「意味はたぶん、恋心とは関係ない」

話は終わったと考えて、上着に腕を通しながら歩きだした。上着の前を撫でてから、何気なくポケットに手を入れて中を確かめる。よし、ちゃんといる。

「まあ」男爵夫人は皮肉っぽく言った。「お珍しい。誠実な方なのね」

そう、ミックは自分に誠実な男。

「どこかに幸運な女性が待っているっていうわけ？」

どう思われようと関係ない。

夫人は扇子でミックの肩を軽く叩き、声を上げて笑ったあと、店主に言った。「かまわないわ。私の勘定にこれも付け加えてくださる？　ガーター一対をここにいる英雄に。恋人への贈り物にしていただくわ」

ミックが断ろうと振り向いたときには、男爵夫人はドアの外へ出てしまっていた。どうかその幸運な女性に、そのガーターベルトを差し上げてくれというわけだ——一人を選ぶには彼が知っている女性の数は多すぎる。

ちくしょう、このガーターをどうすればいい？　ミックはしばらく考えて、やがて名案を思いついた。そうだ、それがいい。彼は奥の部屋へと入っていった。

部屋には針子のネルだけがいた。ミシンの前に座って金髪の頭を垂れている。針に糸を通そうとしていたようだが、ミックが入ってきたことに気づくと手を止めて微笑んだ。

「ここで着替えてたレディは？」

「彼女なら帰ったわ」ネルは裏口のほうへ頭を振った。ミックがガーターベルトをミシン台に置くと、ネルの笑顔が大きくなった。「ほんとにステキね、これ」ガーターをつまみ上げてうっとりとする。「レディ・ウィティングが選んだあの悪趣味なのより十倍もステキだわ」

ミックはネルの言葉を無視した。「もう一人のレディだけど、着替えてた背の高い客。あの客は何か買った？」

「あの方は仕立て直しに来たのよ」

「直したドレスは持ち帰ったか？」

「あとから送ることになってるわ」

「じゃあ、それも一緒に詰めてくれ」

ネルは手に巻き付けたガーターを目の前に掲げてしげしげと見つめている。確かに良い品だ。レースが付いたもののようにちくちくしないし、柔らかくてデザインはシンプル。こういうのを「悪魔的」と言っていいだろうか？　ミックは想像した。あの長い脚がこれを着けたらどんなにすてきだろう。

「でもあの方はあなたからのガーターを受け取らないでしょうね、トレモアさん。彼女はれっきとしたレディですもの。名前はミス……」

ミックはミシン台に手を付いてネルの唇に指を当てた。名前は知りたくなかった。ついての向こうのレディについては何も知りたくない。いや、もう十分知っている。「なら、お前からってことで送ってくれ」

「あたしから？」

「店からってことでもいい。お得意様だからってことで。俺のことは教えなくていい」

そうだ。それでいい。明日には、ロンドンのどこかで長い脚を持ったレディが、その極上の脚にぴったりの悪魔的なガーターベルトを着けて歩いている。少しみだらな想像だったが、ミックはいいことをしたと思った。ようやく英雄的気分を味わうことができた。

そのときだった。ミックは不意打ちを食らった。ネルがとつぜん椅子から立ち上がり、こちらに顔を近づけてくる。「ねえ、今なら誰にも分からないわ」早口で囁く。「父さんは二階で寝てる。夜勤なの。兄さんもそう。おじさんといとこたちは外へ出てる。ミリーおばさんは店が忙しいから大丈夫。誰にも分からないわ。ねえ——」いったん口をつぐみ、ちょっと考えてから「ねえ、あたしがあんたのシャツを繕ってあげてたかどうかなんて」

「俺のシャツ？」ミックは胸元を見下ろした。「このシャツがどうかしたか？」

ネルはさりげなく彼の胸に手を当てる。「穴が開いてる」

「いや、穴なんか……」

開いている。ミックが見下ろす前で、ネルは亜麻糸の緩んだ場所に爪を突き刺して、彼のシャツに指先大の穴を開けている。ミックははっとしてその手をつかみ上げた。

ネルは低く呻いたが、それは痛みからというより満足からの声だった。彼女は小さく笑みを浮かべてまぶたを閉じた。

ああ、そういうことか。ミックはふっと笑った。ほう、ネル嬢がこう出てくるとはまったく予想外だ。彼はこの一週間彼女を口説き続けていたが、成功の兆しはまったくなかった――ネズミを捕まえて、男爵夫人から誘われるまでは。

ミックは確かにネルに惹かれていた。彼女はどうやら、美しいガーターと高価なだけで見かけ倒しのガーターとの区別もつくらしい。だが……何かが欠けている。彼女は……そう、背が低すぎるんだ。ミックは急に、もっと長い脚が欲しくなった。

首を振りながらネルの体を押しやったが、彼女は自由なほうの手をミックのズボンのボタンに掛けている。今にもボタンを外しにかかりそうだ。ミックはそちらの手もつかみ上げた。ネルは手を振りほどこうとするそぶりを見せたが、本当はそうしたくないのだ。彼との駆け引きを楽しんで、最後には負けたいと思っている。女たちはときどきそういうことをする。

さて、ネルを失望させずにやり過ごすにはどうすればいい？　これはまずいことになった。そして事態はさらにややこしくなった。「ネリー？」ネルのおばは、ネルが考えていたほど忙しくはなかったのだ。「ネル？　何してるの……」

彼女のかわいいネリーはそのとき、ミックのシャツに残ったボタンをせっせと外しにかかっていた――不器用な彼女はすでに二個のボタンをどこかへ飛ばしてしまっている。

悪夢はここから始まった。

2

エドウィーナ・ヘンリエッタ・ボラッシュは〈アバナシー・アンド・フレイ〉のティールームに座り、ロンドンで一番おいしいクリーム付きスコーンを静かに食べていた。店の中ではカップと皿が触れ合うチャリンという音が、小さなコーラスを奏でている。そのときだった。通りでなにやら騒々しい音がする――肉屋の残り物をめぐってギャーギャーワンワンわめいているかのような音だ。騒ぎは大きく近くなって、ティールームの客たちは首を伸ばして外を見た。とつぜん入り口のドアが開き――びっくりして椅子を引く客もいた――騒ぎは店の中に飛び込んできた。

背の高い半裸の男がドアを抜けて入ってくる――フロックコートの前を開け、胸をほとんどはだけて、シャツの裾を半分ほど出し、ズボンの一番上のボタンを外している。「クソッ！」男は叫んだ。すぐ後ろですぼんだ傘がビュンと音を立てて振り回され、男は危うく頭を殴打されるところだった。

傘を振り回しているのは男を追って入ってきた女。「この悪党！　この――この――ネズミ取り野郎！」わめきながら、傘で男を突こうとする。

別の男とさらにもう二人の男が女のあとから入ってくる。三人は怒鳴りながら最初の男を捕まえようとする。ふざけているわけではなさそうだ。

「ふんづかまえて、ぶちのめしてやる！」

「お前なんぞ、ミートパイにしてやる！」

「あの世でお前の汚ねえムスコとやりやがれ！」

エドウィーナはびっくりしながら思わず笑ってしまった。この上品なティールームになんと場違いな見せ物だろう。

新たに若い女が駆け込んでくる。泣きながら男たちに向かって叫んでいる――悪いことは何もしていないわ。なるほど。若い恋人たちが現行犯を押さえられたということか。

さらに男が一人、泣いている娘を追って入ってくる。そしてすぐあとを、身なりのいい二人の紳士が小走りで続く。ところがこの最後の紳士たちは、いったん中へ入るとすぐに、壁際に寄って傍観する姿勢を取った。どうやら騒ぎを追いかけてきたやじ馬らしい。

エドウィーナは立ち上がった。他の客たちも次々に席を立っていく。騒ぎに巻き込まれないためにはどちらへ移動すればいいのか、次第にエスカレートしていく騒ぎの中で、エドウィーナは困り果てて立っていた。女性客たちは悲鳴を上げ、男性客たちは「おい、君たち！」と叫んでいる。逃げる男は何ごとか激しく抗議しているが、追っ手の一群はそれを無視して思い知らせてやるとわめいている。男は追っ手を呪う言葉を吐きながら、テーブルのあいだを逃げ回る。彼が通ったあとには空いた椅子やテーブルが残され、陶器がカタカタ揺れていた。

追う一群は、追われる男ほど敏捷ではないらしく、冷静さも欠いていて、男がよけた人や物にどんどんぶつかっていく。さしずめサイクロンの尾だ。椅子に横からぶつかり、テーブルをひっくり返し、男性客の一人を這って逃げさせた。なんとかテーブル越しに男をつかまえても、テーブル掛けを引っ張り落としただけで逃げられてしまう。数えきれないほどのティーカップからお茶がこぼれ、ボール一杯のクロテッド・クリームが床にぶちまけられた。

ここにきて、エプロンをかけたウエイターが止めに入り、さらに別のウエイターも加わった。店主のアバナシー氏も奥の部屋から姿を見せた。眼鏡を額に上げている。背の低い太った店主はいきり立ってこの追跡劇に加わった。手でウエイターたちに指図する。

追っ手は一気に数を増した。アバナシー氏とウエイターたちは二手に分かれ、テーブルを二方向から取り巻いて、男を挟み撃ちにする——男はフロックコートとシャツの前がはだけて裸の胸を見せている。彼はデザートワゴンを（シュークリームを台無しにすることなく）跳び越えた。追っ手たちは同時にワゴンにぶつかった——跳んだ男のほうは靴底とズボンにクレームアングレーズを付けただけ。見るとワゴンの周りでは、倒れた男たちの手足が練り粉を混ぜるヘラのようにのたうっていた。ようやく立ち上がったとき、彼らの体は木の実やケーキ、シュークリームの中味やビスケットのかけらに覆われていた。

エドウィーナは声を上げて笑った。もちろん笑い事ではない。そう、笑い事ではないのだけれど……。〈アバナシー・アンド・フレイ〉の土曜の昼、評判のティータイムが混乱状態となっている。エドウィーナは手で口を押さえて笑いを押し殺した。

騒動の主役は一時休止とばかりにフロントドアへと向かっていく。そのまま外へ出ようとしたとき、ちょうど飛び込んできた警官と鉢合わせ。警官は腕を広げて戸口を塞ぎ、男は「この悪魔め!」と怒声を吐いた。

男はくるりと店の中へ引き返す。傘を振り回している女は——エドウィーナはその顔に見覚えがあった——前をすり抜けようとする男に思いっきりその武器を振り下ろした。「いたっ! おい、痛えじゃねぇか」

見覚えのある女はふたたび一群の先頭に立ち、男に近づいて、頭をかばっている腕に数回傘を振り下ろした。

「やめろ! まあったくまともじゃねぇぜ、おばあん」

エドウィーナは首を傾げた。興味の矛先はとつぜん男の言葉に向けられた。この男はひどく奇妙な話し方をする。イーストサイド・ロンドンの強いなまりとイギリス南西部にはほとんど残っていないイディオム。コーンウォール方言とコックニーのミックス。注目すべき話し方だわ。

「くそったれぇ」男は悪態をつき「何もやってねぇよっ!」と言いながら床にこぼれたクリームに足を踏み入れる。滑って転びそうになるが、腕を振り上げ反射神経と機敏さで踏みとどまった——それでも悪態をつく口は止まらない。「ちくしょう、まぁったくどいつもこいつも、くそったれぇが」

エドウィーナは男の言葉に聞き入った。やがてはっとしてテーブルの下に潜り込み、引きひものついたハンドバッグからノートとペンを取り出した。こんな幸運はめったにない。どれほど歩き回っても、クイーンズ・イングリッシュがこれほど乱された例を聞く機会にはなかなかお目にかかれない。

メモを取りながら一歩後ろへ下がったとき、背後で「あの男はなんと言っているんだろう?」という声がした。エドウィーナは尋ねられたと思ってメモの手を止めたが、それは騒ぎとともに店に入ってきたやじ馬紳士たちの会話の断片だった。

「なんだってかまわないだろう?」もう一人の紳士が答える。「あの男がここで殴られるほうに五倍出そう」

「このティールームでかい?」最初の紳士が聞き返す。見ればきちんとした服装の紳士たちだ。暗い色のフロックコート、ストライプのズボン、グレーの手袋とシルクハットを身に着けている。ガーデン・パーティーか結婚式の帰りのような格好だ。そこでエドウィーナは目をぱちぱちさせて二人の顔を見比べた。そっくりだわ。双子だ。一方がやや背が高くほっそりしているかもしれない。

「いやいや」ほっそりしたほうが言う。「ここでは捕まえるだけだ。襟首をつかんで通りへ引きずり出してから殴るだろう。お前の一〇ポンドに対して僕は五〇ポンド出すよ」

「僕の勝ちだな。あの男は彼らの誰よりも体格がいい。そして敏捷だ——彼らは捕まえることさえできないよ。すでに一ブロック以上逃げられっぱなしだし……」

エドウィーナは紳士たちのこのばかばかしい会話は無視することにした。構文法も抑揚も、なんら興味を引くものではない。ブライトン辺りの生まれだろう。上流階級。背の高いほうはイートン出身。どちらも大学は出ていない。

そう、構文法と抑揚。エドウィーナは書き留めた。泣いている娘はロンドンのホワイトチャペル地区の住人。親戚たちも同じ――追っ手の一群はみな親戚同士だ。同じ家に住んでいるが、娘と傘を持った女性の二人はロンドンのおしゃれな店でうわべだけ上品な言い回しを学んだようだ。

そこでエドウィーナは思い出した。クイーンズゲイトの婦人服店にいる女主人と針子。そうか、あの二人だ。だがそんなことはどうでもいい。彼女たちの話し方の背景など、あの男の言語学的暴虐に比べれば、ひと口の珍味にすぎない。胸をはだけて逃げ回るあの男はまさに、掘り出された金塊だ。

それにボーナスまで付いている。あの男の声の、なんと独特で太く響くことか。活力に満ち、発音は明瞭。英語の運用における異型の研究材料として申し分ない。冒頭のHに対する暴挙は特にはなはだしい。ところどころで欠落させ、不必要な場所で付け加えている。短母音は引き延ばし、ほとんど一音節になっている。

口を開いただけであれほど個性的になれる人間に、エドウィーナは会ったことがなかった。そんな人間が社会の最下層階級の中にいたとは。

あのしゃべり方から言って、男はコーンウォールの探鉱地から仕事を求めてロンドンに出てきたのだろう。ゴミ収集人ともスリとも考えられる。あるいはネズミ取りかもしれない。そう言えば、さっき誰かが彼のことをそう呼んでいた。大正解。

とつぜん男の響く声が怒号に変わった。「ちがーう！　くそったれぇ！」

エドウィーナがノートから目を上げると、彼女の研究対象はちょうど何かに跳びかかったところだった。彼のコートのポケットから出てきたものらしい。生き物だ。茶色い毛の生き物が、彼の手をすり抜けて床に落ちた食べ物の下に入っていく。

彼は苛立たしげに唸り、頭を上げて四つん這いになり、小さくチュッ、チュッと唇で音を出しながら小動物のほうに近づいていく。追っ手の何人かが彼の体につまずいて倒れた。

「おーい、いい子だぁ。さあさあミックのとこへおいで。いい子だぁ」

男の呼びかけに動物は足を止めた。しっぽだけが揺れ動いている。しっぽの下に、かぎ爪のある小さな足が覗いている。男はさっと動物をつかんでポケットの中に戻し入れた。そして立ち上がろうとしたが、倒れたウエイターの一人にコートの裾をつかまれている。そこへ女仕立屋がまた傘を振り下ろし、傘は四つん這いの男の背中を打った。男は一瞬ひるんだが、身を守ろうと腕を上げ、落ちてくる傘を払い飛ばした。だがその腕は、二人の年輩の男たちにつかまれる。腕を取られた男は体をできるだけ丸くした――コートの中にいる動物を守ろうとしているのだろう、頰を床に付け、ぶらぶらしているポケットの上に屋根のように覆いかぶさった。

男の周りには今では人だかりができている。

追っ手の一群は彼を打ちのめしたくて仕方がない。

アバナシー氏は手のひらにこぶしを叩きつけながら、店の損害を弁償しろと息巻いている。客たちは、服が台無しになったとわめいている。

警官は冷静にと呼びかけているが、誰も言うことを聞かない。

みんなが同時にしゃべっている。その真ん中で、片腕を押さえられた哀れな男は、両膝と頬を床に付け、殴りかかる人々にせいいっぱい悪態をついている。

警官がひときわ大きな声を出した。ノートから目を上げたエドウィーナは、眼鏡の向こうに信じられない光景を見て目をしばたたいた。警官が、膝を付いた男を棍棒で殴っている。

いや、きっとあの男は殴られるようなことをしたに違いない。でも彼は、ポケットから飛び出したあのしっぽの動物を守るために、さっきまでのあの激しい抵抗をやめたのだ。ひざまずいて棍棒に打たれるような人間ではないはずだ。少なくともこの騒ぎに加わっている他の人々より悪い人間ではないはず。だめよ、やめて――。

「すみません」エドウィーナは声を張り上げた。騒ぎ立てている人々のあいだを掻き分けて進んでいく。「すみません、通してください」うむを言わせない口調だが、内心ではびくびくしていた。群衆は道を空けてくれた。長身の彼女はその中を堂々と歩いていく。

前に着くと、ちょうど警官が捕らえた男に尋ねていた。「もう一度訊くぞ。お前はロンドンに住んでいるのか?」

「エイス、このウジ虫野郎」警官の下で男は愉快そうに悪態をつく。口を床に押しつけているため、言葉はやや聞き取りにくい。「エイス、エイス、エイス」

警官はまた棍棒を振り上げた。「もう一度『エイス』と言ったら——」

「イエス」エドウィーナはさえぎった。「この人は『イエス』と言っているんです。立たせてあげたらもっと聞き取りやすくなると思いますわ」

「この男をご存じで？　お嬢さん」

「いいえ」

「ならどうしてこいつの肩を持つんです？」

「肩を持つなんて——」

「じゃあ、引っ込んでいてください。こいつはずる賢くて——」

「さっきの言葉に関して言えば、コーンウォール語ですわ。ロンドンではほとんど聞かれません。おそらくこの人は、セントジャスト辺りで育ったのでしょう」床の上の男は驚きながらもうなずいた。エドウィーナの推論が正しいスタートを切っているという証拠だ。「この人のアクセントにコーンウォール語以外の影響があるかどうかは分かりませんが。さあ、どうか立たせてあげてください」

ひとつ確かなのは、エドウィーナ自身のアクセントが——自分ではほとんど、いやまったく努力していないのに——貴婦人として申し分のない上品なものであるということだ。女王でさえ彼女ほど静かな威厳に満ちた話し方はしないだろう。母音の明瞭さと末尾のRの短さ。それだけで、エドウィーナは特に理由もなく自信を持って意見が言える。そのことを彼女はいつも素晴らしい矛盾だと感じていた。

男を押さえつけていた一群は体を起こし、互いに顔を見合わせながら後ろへ下がった。彼らが見守る中で、警官とウエイターは腕を持って男を立ち上がらせた。

立った男は大柄で、エドウィーナが考えていたより背が高かった。野性的な面差しで、猛烈に腹を立てている。彼の愛想は、追いかけられ、床に押しつけられ、殴られるうちにどこかへ行ってしまったらしい。目を細めてじっと彼女を見下ろしている。

エドウィーナにとってこれは新しい経験だった。六フィートを超える大男に見下ろされるのは初めてだ。男は悠然としている。手足は長く、肩幅は広く、身長は少なくとも六フィートと四分の一はあるだろう。予想以上にたくましい。だががっしりしているというよりも、均整の取れた体つきだ。腕を後ろに回されているため、フロックコートとシャツが大きく開いて筋肉質の胸が露わになっている。なめして型押しされた古代ローマの胴よろいのような胸。ただ、よろいと違うのは――。

エドウィーナはまばたきして目を見開くと、はっとして視線を落とした（それでも思考は止まらない――よろいと違うのは、あの胸毛だ。V字型に流れて細く美しい線を引きながら下へ伸びる黒い胸毛。彫像の胸は見たことがあるが、実際の男性の胸を見るのはこれが初めてだ。彫像の胸には胸毛などない。だまされたような気持ちになった――あんなに興味を持って熱心に勉強した男性たちの彫像に、これ以上の不正確な点があるかしら？）

「誰かこの方に、ちゃんとしたシャツを持ってきてくださらない？」エドウィーナは言った。

本当は、男自身にシャツかコートのボタンを留めるよう促すところだったが、彼のシャツには下から二つのボタンしか残っていなくて、前身ごろはどこかに引っかけたかのように引き裂かれている。コートのほうは、長いプラケットにボタンはひとつも残っていない。

ちょっとした悶着のあと、男の肩にテーブルクロスが掛けられた。胸が隠れると、男はエドウィーナに話しかけてきた。「勘弁してくれるよなあ、お嬢さん。シャツを開けたまま立ってなきゃあならなくって」

「気にしないで」エドウィーナは頭をわずかに傾けて、さっきより刺激の少ない彼の姿を目に入れた。傾けた頭の上で帽子の花飾りがずれ、頭はさらに傾いた。

男の髪は黒く長くぼうぼうだ。野獣のような口ひげがある。セイウチの毛のようにまっ黒だ。頬にも同じように黒くて濃い無精ひげが生えている。あごは広く角張っていて、顔全体にはちょっと危険な雰囲気がある。耳の下から垂直に下りるあごの線には険しさが表れている――怒れる男は必死で自制心を取り戻そうとしているらしい。肌の色は浅黒い。眉は厚くて眼窩が深い。なんと力強くドラマチックな顔だろう。「悪党」という言葉がすぐに思い浮かんだ。だが公平に見てハンサムな顔だ――少なくとも、仕立屋の針子が名誉を犠牲にしてまで夢中になるほどにはハンサムだ。

エドウィーナは訊きたかったことを質問した。「セントジャスト出身のようですけれど、ホワイトチャペルにはどのくらい住んでいるんですの?」

男は眉を寄せた。「会ったこと、あったっけ?」

「いいえ、私は言語学者なのです。人の話し方を研究しています。あなたの話し方がとても興味深かったものですから」

警官が割り込んだ。「すいません、お嬢さん。片付けなければならないことがあるんで。つまり、この男を逮捕しなければならないので」

「逮捕だと？　殺されかっけて、逃げるしかなかったじゃねえか。おめえみてぇなウジ虫野郎、こっちから警察に言っつけてやる」

彼は警官を「ウジ虫野郎」と呼んだ。数分前には「悪魔」だった。言葉選びを楽しむ傾向はロンドンっ子のものだ。言葉が好きで、いろいろな言葉を使って話す。その傾向はここではまったく役に立っていないようだが。

男の声を掻き消すように、アバナシー氏は騒ぎを起こした者全員を逮捕するべきだと主張した。他の人々もそれぞれに口を開き、また言い争いが始まった。べそをかいている針子は父親らしき男の言葉にわんわん泣きだし、娘のおばは、父親の胸を押しながら黙っていろと怒りだす。騒ぎの第二幕の始まりか？

今回はしかし、驚いたことに、やじ馬だったはずの紳士が声を上げた。あの双子の一方だ。「やめろ！　やめなさい！」手で制しながらエドウィーナの後ろから歩み出てくる。

人々がしぶしぶ口をつぐむと、彼らが見つめる前で、紳士は上着のポケットから札入れを取り出した。

「この店はまったくめちゃくちゃじゃないか」そう言うと、気取って提案する。「ウエイターに片付けてもらおう。だが壊れてしまった椅子はどうしようもない。見たところ一脚のようだ。私が修理代を出そう」札入れから一〇ポンド札を引き抜いて、アバナシー氏に差し出した。椅子半ダースが買える額だ。「朝の余興の代金とでも考えてください」紳士は次に、テーブルクロスをまとった男に微笑みかけた。「実に楽しい追跡劇だったよ。おかげで五〇ポンドもうけさせてもらった」

口ひげの男はまるで一瞬のうちに友だちになったかのように笑って「じゃあ、もらおう。あんぶん」と答えた。

「あんぶん？」――男のはちゃめちゃな語順と独特のなまりに、エドウィーナは圧倒された。双子のもう一方の紳士もそばに立って聞いていたが、同じ感想を抱いたらしい。「驚いたねえ。この男の言葉は理解できないじゃないか。これでも英語なのか？」首を振って見下すような笑みを浮かべる。「正直なところ、おせっかいを焼いても彼の苦痛を引き延ばすことになるだけだよ、ジェレミー。情けがあるのなら、この男を哀れで愚かな男のままにしておいてあげたらどうなんだ？」

コーンウォール生まれのロンドンっ子はきっと振り向いた。「俺はオロカじゃねえ」紳士の発音を上手にまねて言う。「それに、自分のケツがくさくねえと思ってるマヌケ貴族でもねえ」

さいわいにも紳士は彼の言ったことが理解できなかったらしく、くるりと背を向けた。仲裁役を買って出たほうの紳士は開いた札入れから新たに紙幣を引き抜いた。アバナシー氏が金を受け取ろうとしないので、今度はべそをかいている娘とその家族が立っているほうへまっすぐに腕を伸ばした。「このレディのお父さまですね？　娘さんに名誉を回復させてあげてはいかがです？　レディが何もなかったと言っているのですから、何もなかったのでしょう」

娘がレディと呼ばれて家族は皆困ったように頭を掻いた――そして紙幣を見つめた。勢いづいた紳士は続ける。「実は、ここにいる兄に賭けで勝ったので、お礼を差し上げるつもりでした。この金を娘さんの花嫁道具や結婚持参金に役立ててください。そしてもう責めないで」紳士は父親に紙幣を差し出しながら娘に軽く会釈した。「お嬢さん《マドモアゼル》、あなたの未来のために」

父親はひったくるように紙幣を取った。

さてアバナシー氏の番だ。仲裁役の紳士は札入れの口を開いて中にある紙幣の束を見せた。「いくらでいいですかな？　新しい椅子と店の掃除、それにパン職人をもっと早く出勤させてあのおいしいスコーンを今よりたくさん作ってもらうには？　ああ、ご主人、明日までに新築同然にすることだってできますよ。今よりいい店に。今日の事件の現場を見ようと客は大勢押しかけてくるでしょう。あなたはさしずめロンドンの時の人だ」

アバナシー氏をなだめるには、さらにもう三枚紙幣を足さなければならなかった。氏の弟たちも、一人、また一人と兄をなだめにかかってくれた。彼らはすぐにも小さなサイドテーブルで、店が片付いていくのを眺めながらお茶が飲みたくなったのだ。

一件落着。まるで魔法が解けたかのように、怒りの一群は散り散りに去っていく。アバナシー氏はウエイターたちに掃除を言いつけ、警官は娘と家族を外へ連れ出した。ひっくり返ったティールームの脇で、エドウィーナはテーブルクロスをまとった背の高いネズミ取りとともに残された。

「どうもあんがとうよ」男は口を開いた。「俺の味方をしてくれて」擦り切れたフロックコートの前を、エレガントな上着でも着ているかのように撫でている。そしてわずかに前かがみになって、ズボンの位置を調節し、汚れた指で無造作にトップボタンを留めた。

彼のズボンは色が褪せて、茶色か黒か、あるいはグレーか分からなくなっている。ズボンは鋲を打った長ブーツにたくしこまれているが、そのブーツも履き古されてコーティングにひびが入っている。

みすぼらしい格好だ。ふさふさとした黒い髪は斧で大ざっぱにカットしたように見える。それは襟のあたりまであって、ところどころが肩に触れている。ポマードが付いているのか、髪は重力に逆らうように後ろへ流れている。だがおそらくこの強力なポマードは、煤でできているようだ。額は広い。もしかしたら髪の生え際が少し後退しているのかも。どちらにしろ広い額は知的な――あるいはずる賢そうな――雰囲気をかもし出している。口ひげの下の唇は大きくふっくらとして男らしく、輪郭がくっきりとしている。そう、美しい唇を持った抜け目のない下層民。

その唇が片側だけ持ち上がった。おかしなことでも思いついたのか、にやりと笑う。「だけど俺はコーンウォール人じゃあねぇぜ、お嬢さん。親父とおふくろはそうだったけどな」と眉を小さく動かした。冗談を言っているのだ。男の笑顔は大きくなって頬に深いえくぼが現れた。「俺はロンドン人。ハイドパークからベスナルグリーンまでで一番のネズミ取りよ。あんたんとこにネズミが出たら、ただで取りに行ってやるぜ」

「あら、いいえ結構よ。ではそれがお仕事なのね。ネズミを取るのが」

「ああ。家族の自慢だ。うまくいってるんでね」男はやんわりと幾分皮肉っぽく笑い、頭に手をやった。露骨にエドウィーナの帽子の下を覗き込もうとする。

彼女は慌てて頭を前に傾けた。これほど露骨に顔を見ようとする男性は初めてだ。彼自身、自分をさらけ出すのにまったくためらいなどなさそうだ。この男には隠したいことなどひとつもないのだろう。

ちょっと無邪気すぎる男だが、研究対象としては使える。彼はきっと、自分の発音がおかしいなどとは思ってもいないのだろう。ほとんど衝動的にエドウィーナは提案した。「五シリング差し上げますから、明日の午後ナイツブリッジの私の家で、会話の練習に付き合ってくださらない？」

「あんたの家で？」男はいたずらっぽくまたにやりとした。首を傾げて聞き直す。「二人っきりで？」

大胆にも彼はエドウィーナの体を見下ろした。彼女は顔を上げた。そのあとの彼の視線の外し方は、まったくもって不快だった――無礼と言うにはごくささいなことだったが。いったいこの男は何を考えているのだろう？

　とつぜんエドウィーナははっとして頬が熱くなった。

　彼は当然こう考えている。ひょろ長い。背が高すぎる。知識の詰め込みすぎ。眼鏡の独身女。世界中のどんな大きな帽子を集めても、その欠点を隠すことはできないと。女らしくない、魅力的じゃないと思われるのには慣れている。だがそう思われたあとで、通りで男を拾うほど飢えていると考えられたのはこれが初めてだ。

　エドウィーナは居住まいを正した。このやくざ者に威厳を示さなければならない。あのにやけた顔には人をからかうようなふうがある。もし彼女をそんな女だと思うなら、その思い違いを正さなければ。

　エドウィーナはきっぱりと言った。「私の家には他にも人がいます。一人で暮らしているわけではありません。ミスター……」

「ミック」

「姓はあります？」

「エイス、デーリン（イエス、ダーリン）。トレモアだ。だがみんなはミックって呼ぶ」

「ではミスター・トレモア、私はあなたのダーリンではありません。名前はボラッシュ。ミス・エドウィーナ・ボラッシュです。あなたの話し方を研究したいと思っているだけです。口の中の観察をしたり、蓄音機に録音したりして。もしも興味がおありなら――」

「失礼ですが」横で声がした。「お尋ねしますが、あなたはあのエドウィーナ・ボラッシュ嬢ではありませんか？」

振り向くと、そこには例の双子の紳士たちが立っていた。他の人々が立ち去ったあとも残っていたのだ。わずかに背の低いほう、金惜しみしないほうの紳士が話しかけている。

「他にこの名前を持っている方は存じませんわ」エドウィーナは答えた。

相手はそれごらん、と言うように自分そっくりの男に目配せし、そちらに手を上げた。

「兄のエミール・ラモントです。私はジェレミー・ラモント。ブライトンのサー・レオポルド・ラモントの血縁です。最近はロンドンに住んでいますが」名刺を差し出して、トレモアのほうを見てうなずいた。「それでは、あなたはこの男の言ってることが分かるのですか？」

エドウィーナはこくりとした。

「やっぱりあの名高いミス・エドウィーナ・ボラッシュその人なのですね。優れた技術をお持ちの。つまり」――一呼吸置いて――「言うなれば、上品とは言えない若いレディたちを、上品にして社交界へ送り出す技術を持っておられる？　ドーンワース伯爵のご令嬢はあなたの生徒ではありませんか？」

「まあ！　そうでしたかしら？」

「あのご令嬢を、かつてのあのはねっかえりをエレガントなレディに変えて、先月無事ウィチウッド侯爵のもとに嫁がせた」

それはエドウィー

ナが自負する成功例だったが、彼女は自分の仕事を公表するようなことは決してしない。それは生まれ変わったレディたちの品位を落とすことにつながる。「そのようなことをどこでお聞きになったのかは存じませんが、話術や礼儀作法の個人レッスンをすることは、確かにありますわ。お尋ねの趣旨はそういうことですか？」エドウィーナはバッグの口を開いて今度は自分の名刺を差し出した。『ミス・エドウィーナ・ボラッシュ。話術及び礼儀作法教師。言語学者。音声学者。マナーとエチケットの専門家』

「社交界の醜いアヒルの子を一級の白鳥に変身させるわけですね。昨夏ブライトンでは、金持ちの母親たちがあなたのことを噂していましたよ」ジェレミーはそう言って、意味ありげに眉を上げ、自分を少し細く懐疑的にしただけの紳士にまた目配せした。

エミール・ラモントは笑った。「おいおい、本気じゃないだろう？」

弟は答える。「本気だ。兄さんは分かってないよ。きっと彼女はこの男を二週間で紳士に変えてくれる。賭けてもいい」エドウィーナのほうを向いて「できますよね？」

「彼を紳士にですって？」エドウィーナはその途方もない考えに思わず吹き出した。

「そうです。話し方を変え——正しい話し方ができれば、紳士になったも同然です——それなりの服を着せ、マナーを教えて」

「言わせていただければ、それだけではとても紳士にはなれませんわ」エドウィーナは目の前のみすぼらしい男を見た。彼は今、興味深そうに彼女を見つめている。この男は家一杯のネズミを目にしても、きっとこんな顔をするのだろう。

「もちろんです。でもあなたにお任せすれば、必要なことはすべてしてくれるのでは？」ジェレミーは食い下がる。「そう聞きました。レディ・ウィチウッドが教えてくれましたよ。こっそりとあなたのことをね。服を選び、理容師を呼び、物腰や声の抑揚を教えてくれたのだと」

「ふん」エミール・ラモントはあざけるように鼻を鳴らした。「レディ・ウィチウッドは元からレディだ。なんの仕掛けもなかったんだ。そんな技術があるとは思えないね、その……『ブタの耳から絹の財布』ってなことはしょせん無理だ。だいたい」——弟の前にげんこつを突き出して——「クイーンズ・イングリッシュを正しく話せない者など、撃たれて死んだほうがいいんじゃないか。意味のある人生など望めないのだからな。社会のカスみたいなものだ」

「お聞きになりましたか！」弟は叫んだ。顔を真っ赤にしている。「こんな傲慢な兄と一緒に暮らしていかなきゃならないなんて！　こんなことを言う人間が他にどこにいます？」

エドウィーナはジェレミーに代わってエミールに言った。「あなたは完全に間違っています。人の話し方は変えられますわ。ええ、オウムだって教えれば話せるようになるんですから」

「だが上手には話せない」

「かなり上手になりますわ」

「彼女ならできる」とジェレミー。「ああ、きっとできる」

エミールはなにやらじっと考えていたが、やがて片方の眉を上げて微笑んだ。「とりあえず皆さんにお茶をごちそうしよう」作り笑いをして「君にもだ、ミスター・トレモア。ある考えを思いついたんでね。弟に負けた金を取り返して、その他にもう少しもうけるアイデアをね」

大掃除の傍らに用意されたテーブルで、エドウィーナは記憶する限りもっとも奇妙な三人組を前にした。けんか以外することのなさそうな有閑階級の若い紳士が二人、そしてテーブルクロスを掛けたたくましいネズミ取り。

ウエイターが注文を聞いてテーブルを離れると、ジェレミーが口を開いた。「兄さんの考えていることはだいたい想像がつくよ」

「きっとそうだろうな」

「兄さんは、この人が生まれながらにして貧しく、貧しいまま死んでいくと信じてるんだ。貧しさはこの人の血が原因だと。だが僕は、原因はこの人の話し方だと思う。そして僕は、賭けに負けたら喜んで自説を引っ込めよう。どたんばで兄さんは賭けを放棄するかもしれないけど」息を吸いこんで兄のほうに乗り出す。「一〇〇ポンド賭けよう」――エドウィーナを指差して――「彼女が」――トレモアを指でこづき――「この人を紳士に変身させるほうに。ただ話し方を直して、マナーを教えるだけで変身させるんだ」

そんな無茶な。エドウィーナは口を挟んだ。「いいえ、だめです。信頼していただけて嬉しいのですが、そんな大きな賭けにはとても関われませんわ」

「どれくらいの期間が必要ですか？」

エドウィーナは目をぱちくりさせた。「分かりませんわ。でも二週間ではとても無理です。それに費用もかかりますし……」

「費用や報酬は僕たちで持つってことでどうですか？　もちろん賭けに負けたほうが、あとで勝ったほうに返済するんですが」兄に意地悪そうな笑みを投げかける。

エドウィーナはまた目をぱちくりさせた。「分かりませんわ」トレモアをちらりと見ると、彼は注意深く耳を傾けている。用心しながらも好奇心を掻き立てられているようだ。

彼は確かに興味深い研究対象、どの点から見ても理想的だ。明瞭な——誤った——発音、言葉に対する愛着、アクセントをまねるのもうまい。それに、言いたいことをすぐに口にする人間は、ためらったりごまかしたりする人間より進歩が速い。

エミール・ラモントは長く細い指をコツコツとテーブルに打ち当てていたが、やがて考えるように眉を片方引き上げた。「だがどうなったら賭けに勝ったことになる？　それはどうなんだ？」

ジェレミーはにっこりした。「彼が紳士になったら僕の勝ちだ」

「分かってる。だがこの男が紳士になったかどうか、誰が判定するんだ？　お前か？　彼女か？　いやいや。お前たちはただ、彼を清潔にして、いい服を着せて、はい紳士になりましたって言うだけだ」

「だが兄さんに判定を任せるつもりはないぞ。もしそう言いたいのなら」そこでジェレミーは口をつぐんだ。

弟が結果判定の方法を捜しあぐねているのを見て、エミールはもう賭けに勝ったかのように肩をすくめた。やがてジェレミーは言った。

「任意の判定人を見つけよう。客観的な第三者だ」

「誰がいる？　お前の友人か？」

「兄さんの友人でないことは確かだ」

「僕の友人はお前の友人より偏見がないぞ。だがまあいい。どのみち無理なんだ。そしてお前はなんとかごまかそうとする」エミールは興味をなくしたようにまた肩をすくめた。

賭けは流れた。

いや、流れてはいない。「待てよ」エミールは深く座り直し、自分の指を眺めながら微笑んだ。「いい考えがある」目を細めている顔から判断して、どうやらその考えは幾分よこしまなものであるらしい。

「アールズ公爵の舞踏会だ。六週間後にある。もしもこの男がそこで……そうだな、子爵として通ったら。そう、子爵だ。この男がひと晩、爵位を持つ英国紳士としてみんなをだませたら、つまり誰にも見破られなかったら、そのときはお前の勝ちだ」エミールは快活に笑った。

エドウィーナはつられて笑いそうになった。急に頭がくらくらしてくる。アールズ公爵ですって！　公爵はエドウィーナの親類に当たる——決して仲のいい関係とは言えないが。一二年前、彼女の父の地所を受け継いで、わずかばかりの取り分とともに彼女をそこから追い出した男だ。

　年に一度の自分の舞踏会でペテン師をつかまされたと知ったら、公爵は激怒するだろう。エドウィーナはティーカップを見下ろした。ええ、間違いなく激怒する。卒中を起こすかもしれない。

　そう考えると妙に嬉しくなってきた。アールズの舞踏会は、毎年エドウィーナにとってひとつのハードルになっている。これまでのところ失敗の経験はない。彼女が教えた娘たちは、公爵や彼の取り巻きたちの前で申し分なく振る舞った。だが偽者を送り出すとなるとどうだろう？　もちろんばかげている。ばれれば困ったことになりかねない。エドウィーナが曲がりなりにも社交界にとどまっていられるのは、生まれのおかげもあるが、この社交界でひたすら大人しく暮らしてきたからだ。

　ああ、だけど、公爵に一杯食わせてやるなんて、考えただけでもぞくぞくする。その先ずっとあの男をだましたまま暮らせるなんて。ええそうよ——

　いいえ、だめだめ。危険だわ。ちょっと想像するだけにしておこう。愉快な想像だ。心が浮き浮きする。エドウィーナの胸で復讐心が小さく燃え上がった。五代目アールズ公爵、あのミルフォード・ザビアー・ボラッシュが、放り出した小娘にだまされる。

　目の前に座っている口ひげの男を見ると、彼はティーカップを丸ごと手のひらにつかんで、まるでビールをあおるようにがぶ飲みしている。カップが空になると、手を上げて舌を打ち、指をパチンと鳴らしてウエイターの注意を引く。ウエイターが驚いてこちらを見ると、テーブルの上を指差して、大声で言う。「おかわりだ、大将」

ああ、この男のマナーはひどすぎる。汚くてみすぼらしくて落ち着きがない。

それでも彼には何かある。姿勢はいい。歯もきれい、いや素晴らしい歯並びだ。無精ひげを剃り、髪を切って、清潔ないい服を着せれば……少なくともあの野獣のような口ひげを刈り込めば……そう、やってみなければ分からない。たぶんかなり見られる姿になるはずだ。そうなれば仕事は半分成功したようなもの。少なくともこれまでの女の子たちはそうだった。

ウエイターがおかわりを持ってきたが、トレモアは前からあったカップを下げさせない。そしてテーブルの下に手を入れて、驚くべきものを取り出した――さっきポケットから出てきたもの、彼が身を挺して守った動物だ。

それは小さなイタチのような生き物だった。たしかケナガイタチ。初めて見るが、きっとそうだ。ネズミ取りはケナガイタチを使うと聞いたことがある。ケナガイタチとテリアじゃなかったかしら？　大した職業だわ。

その動物は、つやつやした茶色の毛で覆われていて、しなやかな体を持っていた。その体を二つに折り曲げて、トレモアの無精ひげの頬にキスをする。奇妙な体つきだが、迷路のようなネズミの住みかやウサギの穴にくねくね入っていくには都合がいいのだろう。自然の成せるわざだ。

動物は、ティーカップと一緒にテーブルの下に入れられた。しばらくしてカップは戻されたが、中のお茶はなくなっていた――いや、カップの内側に細かくはね散っていた。

エドウィーナは眉をひそめた。双子の紳士が何事か言い争っていたが、彼女はイタチのティーカップから目を離すことができなかった。この男はネズミ取りなのよ。ばかげた考えは捨てなさい、エドウィーナ。教養がなく野蛮なネズミ取りなのよ――。

でもイタチをじっと見るときのあの目、商売道具を見るあの目は鋭かった。抜け目のない男だ。頭がいいのは確かだろう。教養はないけれど知性はある。

イタチをポケットに戻してから、トレモアはとつぜん目を上げた。エドウィーナが自分を見ていると知って、嬉しそうにウインクする。

彼女はびくっとして目をしばたたき、カップを取って中を見つめた。なんて男なの。確かに、あのずうずうしさをなんとかして、少し横柄なだけの男にすれば、アールズたちと変わらないわね。必要なのは、正しい話し方といくつかのルールとマナーを教えるだけ……。

それに、化けるのはたったひと晩だけだわ。一生っていうわけじゃない。ばれそうになっても、この男ならにわか作りの嘘でうまく切り抜けられそうな気がする。

ネズミ取り。ええ、面白いわ。ロンドンに住むしがないネズミ取りを、公爵閣下のもとへ送り込む……どこかの子爵として。

それほど危険なことじゃない。できるわ。誰にもばれない。知っているのはエドウィーナ自身と、ロンドンっ子になったコーンウォール人と、けんかばかりしている兄弟だけ。誰も事実をばらすはずがない。

ああ、ぞくぞくする。あの公爵をだまして笑うなんて。あの卑劣な男をからかうなんて。

それはエドウィーナのひそかな勝利、自分自身を楽しませるためのちょっとしたジョーク。からかわれるのは彼女と縁続きのアールズ公爵。シシングリー侯――かつては彼女の父の称号だった――としても知られ、他にも取るに足らないいろいろな称号を持つ男。名前や称号はどうあれ、からかうには持って来いの人物。それだけは確かだ。

兄弟はエドウィーナが乗り気なのに気づいたらしく、エミールがとつぜん費用の話を切り出した。いくら必要かと訊いてくる。もう彼女が提案を受け入れて、賭けが成立してしまったも同然の問いかけだった。

トレモアが口を開いたのは、ほとんどすべてが決まってしまったあとだった。テーブルクロスをまとった広い胸の前で、筋肉で盛り上がった腕を組み、椅子にふんぞり返って彼は言った。「どうやら俺は、この話の中心みてぇだな。で、このミックは何がもらえんだ?」

三人は押し黙った。エドウィーナ自身、もうトレモアが承知したものと思っていた。「今よりいい話し方よ。あなたが協力してくれるなら、私がそれを教えるわ」

「あんたが?」トレモアは疑わしそうにエドウィーナを見る。

「そうよ。話し方と振る舞いに関しては私が教えるわ」

「あんたは女だ」

ああ、そういうことね。エドウィーナはテーブルを押しやって立ち去ろうかと思った。この茶番劇は終わり。生徒にしてやってもいいと考えていたこの図体の大きな薄ばかは、多少の知恵はあっても洗練された考えにはついていけないらしい。女が――どんな女であっても

──話し方や行儀の点で、自分より多くを知っているとは信じられないのだ。エドウィーナはトレモアをじっと見つめた。野獣のような濃い口ひげに視線を注ぐ。上唇をほとんど隠している口ひげ──。

そしてこの男には胸毛がある。不意にそれを思い出した。

エドウィーナははっとして顔をしかめ、ティーカップを見下ろした。とつぜん何を思い出すの？　胸毛のことなんて。だめだめ、そんなもの思い出しちゃだめ。

だが考えまいと思えば思うほど、考えずにはいられなくなる。

目を上げてまたあの口ひげをちらっとでも見たら、ますます頭から離れなくなりそうだ。彼がまとっているテーブルクロスの下には、エドウィーナが今日まで目にしたことのなかったものが隠れている。裸の胸に、なめらかな胸毛──黒くてつややかで、太いラインを描いてがっしりとした胸筋のあいだへ流れていく。ああ、あんな胸毛があるなんて──。

だめよ。考えちゃだめ──ああ、お願い。あの口ひげのせいだわ。あんな意地悪なもの、見ずに済んだらどんなに心休まることか──待って。そうよ！　あの口ひげは剃らせるんでしょう？　あれはいらないわ。針金みたいでぼさぼさで、まるで唇の上のほうき。ちっとも紳士らしくないわ。

そうよ、ええそうだわ。エドウィーナは口ひげに目を戻した。彼にそう言えばいいんだわ。清潔で見苦しくない姿になるためには、まず唇の上をさっぱりさせる必要があると。こう想像して、エドウィーナはたちまち気が楽になった。そしてこの仕事が楽しみになってきた。

エミールは冷笑を浮かべ、テーブル越しにトレモアを罵った。「恩知らずのうるさいブタめ。お前は僕たちのおかげで刑務所に行かずに済んだんだ。壊したものの弁償だって免れた。今から金を返してもらって警官を呼んだっていいんだぞ」

「何を言うんだ！」ジェレミーが慌てて口を挟んだ。「ミスター・トレモア、こう考えてくれないか。君は数週間居心地のいい場所で暮らせる。そこには紳士に必要なワードローブがすべて揃っている。出ていくときにはそれらを持っていってもいい。それに」――芝居がかった手振りで指を上げる――「新しいしゃべり方を専門の教師から教わることができるんだ。それは一生君のものだ。いいじゃないか、君ほどの男がそんな強みを持てば鬼に金棒だ」

トレモアは兄弟を見比べた。うまい話を疑う目だ。

やがて彼は、お茶を飲み干し、濡れた口ひげを腕でぬぐってテーブル越しに三人に笑いかけた。「今日二〇ポンドもらおう。俺が仕事から離れているあいだ、家族が困るからな。そして終わったら五〇ポンドもらう――」

「なんだと、貴様――」エミールは椅子から立ち上がった。

「落ち着けよ」ジェレミーがなだめる。「もちろんだ、ミスター・トレモア。新しいことに乗り出すには何かと物入りだからね。正当な要求だよ」また例の札入れを取り出して、二〇ポンド札を一枚抜き取ると、二本の指のあいだでひらひらさせながらトレモアのほうに差し出した。

エミールはさっと手を出して、その紙幣を覆うようにジェレミーの手を引き寄せた。「よし。じゃあ五〇ポンドだ。君が見事にやり遂げたら渡そう」見下すように笑う。「だが途中で投げ出したりしたら、半ペニーだって渡さないぞ」

トレモアは無表情のまましばらく考えて、やおら口を開いた。「うまくいったら一〇〇ポンドだ」

エミールは笑った。無理に押し出した乾いた笑いだった。信じられないという表情だ。「あつかましいにもほどがある」そうは言ったが、しぶしぶ負けを認めて肩をすくめた。「いいだろう、契約成立だ」二〇ポンド札から手を離し、弟をちらりと見て付け加えた。「負けたほうが払う」

二〇ポンド札はジェレミーの指のあいだで引き抜かれるのを待っていた。だがトレモアは、紙幣をじっと見つめたまま取ろうとしない。動物の糞でも見ているような目つきだ。居心地の悪い数秒が過ぎたあと、彼はようやく紙幣に手を伸ばした。「エイス（イエス）。決まりだ」紙幣をポケットに入れながら、椅子を引いて立ち上がる。「さあて、便所はどこかな？なんだか無性にムスコに会いたくなったんでね。分かんだろ。クソッ、お茶は通りが速いや。あんたがた、いったいどうやってんだ？」

3

ラモント兄弟はミックをサヴィルロー通りの仕立屋に連れてきた。すごい、なんてしゃれた店なんだ。ミックにとってはそのすべてが興味深い。腕を上げたり脚の長さを測られたりするあいだにも、顔をあっちへ向けたりこっちへ向けたり、店の中のものをひとつ残らず観察した。厚くてふわふわの絨毯の上で、仕立屋は何度もミックの腕を持ち上げる——腕に触りたくて仕方がないらしい。木の床はぴかぴかに磨き上げられて、まるで濡れているように見える。古くて座り心地の良さそうな椅子が、その湖面に映っている。ティーテーブルも、輝く床の上に漂っている。たくさんの鏡。金色の花瓶。その花瓶には腕一杯の花が生けられて、壁の半分を占めている。高さが人の腰まであるガラスケースには、こまごまとした装飾品が収められている。ベルトのバックル、仕上がった服に縫いつけるボタン、クジャクの羽のようにカラフルな絹のネクタイ。男が出入りする店がこれほど華やかだとは、ミックは想像もしていなかった。自分はある程度世間を知っていると思っていたが、こんな場所は初めてだ。驚かずにはいられない。

ラモント兄弟がミックのために買ったのは、予想に反して退屈なものばかりだった。茶色のズボン、グレーのズボン、白いシャツ二枚、そして揃いの上着とベスト。最後にミック自身が選んだ裏地だけが派手だった。美しい紫の地に金色のクローバー模様が入ったその生地は、以前ネズミを取りに行った高級売春宿のカーテンに似ていた。

店の入り口の呼び鈴が鳴り、エドウィーナ・ボラッシュが入ってきた。ミックが新たに飛び込んだ冒険のパートナーが、彼を迎えにやって来たのだ。彼はたちまち嬉しくなった。

彼女にここでの出来事をすべて聞かせてあげよう。

「いい服をいくつか買ったぜ。あとから送ってくるのもある」

彼女はしかし、戸口で足を止めたまま動かない。まるでミックが髪を剃り、裸になっているのを目にしたかのようだ。やっと口を開くと「入浴が必要だったんじゃないかしら？」と呟いた。

「いや、そんな必要はねえ」

ミックはラモント兄弟に目をやり、兄弟は仕立屋を見た。入浴についてはすでに一悶着あったあとだ。

ミックは話題を変えようとした。「買ったもの、触ってみなよ。指の先に奇跡が起こったみてえだぜ。それに新しい生地ってのは、なんていい匂いがするもんなんだ」その匂いを思い出しながら微笑んだ。「店じゅう新品の匂いがする。そう思わねえか？　ハチミツとニスみてえな匂いだ。いや」――にやりとして――「刷り立てのお札みてえだ。エッチングして透かしを入れたあとのお札みてえだ」ミックは前に一度〈ブル・アンド・タン〉の地下室で、友だちのレッゾが本物そっくりの五ポンド札を作るのを手伝ったことがある。ミック自身は偽札など使ったことはないが、レッゾには一五人も子どもがいて、ゴミ収集屋をやっているだけではとても彼らを養っていけないのだ。

ミス・ボラッシュは不安げな声で訊き返してきた。「エッチングと透かし?」弱々しく笑ってからまた訊いてくる。「刷り立てのお札を知ってるの?」

答えないほうがいいだろう。ミックは彼女の質問には答えずに仕立屋のほうを向き、さよならを告げた。ラモント兄弟には丁寧に礼を言った。

一緒に店を出るときも、ミス・ボラッシュはまだいぶかしげにこちらを見ている。ミックはその視線を無視することにした。ちくしょう、のっけからぎくしゃくした雰囲気だ。店を出た二人を待っていたのは彼の犬マジックだった。そのテリア犬を従えて、二人は並んで歩きだした。ミックは横を歩く女の顔をもっとしっかり見たかった。この女に自分がどう思われているのか、もっとはっきり知りたかった。なのに彼女の帽子は忌々しいほど大きくて、つばの下から見えるのは口から下の部分だけだ。

この女はまったく謎だった。このエドウィーナ・ボラッシュは。もしかしたら美人かもしれない。そうでないとは言いきれない。感じのいい服は高級品で、彼女が動くとサラサラ鳴って、風になびくアシの葉のようだ――絹と絹とが触れ合うその音はミックを夢心地にした。それにこの香り。お日様かクローバーの葉のような香りがする。花や香水ほど強くはなくて、彼女をほんのり包み込むように漂っている。ミックはその香りをもっと近づいて嗅ぎたかったが、それが無礼な行為だということは知っていた。とにかく彼女は美人かもしれないし、そうでないかもしれない。

確かなことは、この女は背が高いということだ。靴をはいて六フィートくらい、ほとんどミックと並ぶ高さで、身長だけ見れば大女だ。だが横幅で見れば、少なくとも腰から上は痩せていて、長い骨と小さな胸を持っている——胸はデザートリンゴみたいにかわいくちょんとのっている。下半身はそれほど貧弱ではなさそうで、ふっくらとした尻をしている。だが最近のしゃれたレディが尻に何を当てているのか、とても分かったものじゃない。

彼女には、巷のしゃれた女たちとはどこか違った雰囲気がある。どこが違うかミックにははっきり言えなかったが、ひとつ明らかに違うのは、帽子を前に傾けて歩くその姿だった。舗装した道に目を据えて、脇目も振らずに歩いていく。道が急に逸れるとでも思っているのだろうか。歩き方自体は優雅だが、動作はきびきびしている。それにこの女はどうやら仕事熱心みたいだ。しつこくネズミを追いかけるケナガイタチと同じで、仕事を成功させるためには何をすればいいのか、ちゃんと分かっているらしい。嚙まれる痛さと怖さも分かっているのか？　嚙まれたとしたらいったい何に？

馬車の前まで来ると、ミックはミス・ボラッシュに手を差し出した。紳士たちがそうするのを見たことがあったからだ。彼女はびっくりしたようだ。

手を取って、窓がすべて開いた馬車の中へと彼女を送り込む。続いて乗り込もうとして、ミックは思いがけない幸運を得た。彼女の尻を近くから見上げる格好になったのだ。見てはだめだとは言われていない。そして彼は確信した。この女の尻に当て物はない。思わずにんまりする。尻はナシのように丸かった。その上に上着が扇のように広がっている。しわを寄せて腰がきゅっと細くなった上着だ。上流階級の人間たちは、庶民が思いもつかないような凝った服を着るもんだ。金のボタンにしろ、ベルベットの縁飾りにしろ、このラベンダー色のスカートにしろ――。

待てよ。

背の高い女。

紫色のスカート。ミス・ボラッシュの脚は長い。

仕立屋で見たあの脚は、本当にもうこの目に触れることはないのか？

あの脚の持ち主が、ついたての向こうで服を着て、ティーハウスまで歩き、お茶を注文する時間はあっただろうか？　考えていると、馬車の脇を一人の女が行き過ぎた。濃い紫色のスカートをはいている。ミックはふっと笑った。今朝あの鏡を見てから彼は、どうやらあの脚に取り憑かれてしまったらしい。きっとどのスカートを見ても、その下にあれを想像してしまうんだろう。

そうは分かっていても、ミックは向かい合って座ったミス・ボラッシュの膝の辺りを見ずにはいられなかった。スカートで隠れた脚は確かに長そうだ。それに形もいいような気がする。まあ女の脚がどれほど美しいかなんて、服を脱がせてみなけりゃ分からないが。ミックは腕組みをして深く座り直し、ミス・ボラッシュを見つめて微笑んだ。この女は帽子の下で、泥んこ遊びをしたいと思っていないだろうか？

帽子が大きいだけじゃなく、この女はスカートも多すぎる。薄い生地のスカートを何枚も重ねてはいていて、脚が埋もれてしまっている。一枚なら透けて見えそうな生地なのだが、これほど多くては何も見えない。そして彼女自身があのスカートとおんなじだ。いくつものミス・ボラッシュがいて、どれも同じように見え隠れするが、見通すことは難しい。

背が高く痩せていて、何層ものスカートをはいている女にも、もちろん嫌なことはある。マジックが馬車に飛び込んでくると、ミス・ボラッシュは爪先にやけどを負った女王のように飛びのいた。

「乗せてやってくれねえか。この犬はとんでもないバカ犬でね。降ろしたら馬車の横を走って付いてくる。倒れて馬車を見失ったら、車輪かなんかの匂いを頼りに明日には俺たちを見つけるだろう」

彼女はバカ犬も、犬を馬車に乗せるのも同じほど嫌そうだったが、それでもマジックが乗るのを許してくれた。犬は大喜びだ。なかなか愉快な日になったものだ。

走り出してから分かったのは、その馬車が驚くほど素晴らしいものだということだった。座席はすべて革張りで、クッションは柔らかく、スプリングは心地いい。なんて不思議な乗り物だろう。外から見ているだけではとてもこの乗り心地は想像できない。とにかく気持ち良かった。最高の乗り物じゃないか。こんな経験をすることになるとは人生何があるか分かったものじゃない。こうして立派な馬車に乗って、背の高い若いレディと向き合って座ることになろうとは。しかもそのレディは、男が頭を殴られていたら声を上げて助けてくれる優しいレディだ。ミックは彼女が好きだった。エドウィーナ・ボラッシュはいい女だ。

ミックはしかし、あの二人の男たちは好きになれそうになかった。やつらは単なる賭け以外に何か別のことを企んでいる。あの親切そうな顔はまやかしだ。もちろんミックはそれを本人たちに言うつもりはない――しがないネズミ取りが紳士をペテン師と呼べるはずがない。とりわけその紳士がたっぷり金を払ってくれるなら。彼は黙って優しい女先生から紳士になるレッスンを受けていればいいのだ。ミックは口元をほころばせた。その先生は今、しゃれたドレスをサラサラ言わせ、落ち着かない様子で座っている。

彼女がそわそわしているのはどうやらミックのせいらしい。何か言って気を楽にしてあげるべきだろうか。もっともそわそわしている彼女を見るのも嫌ではなかったが。

「やつらは食わせ者だな」

「食わせ者？」

「信じさせておいてだますんだ」

「誰が？」

「ラモント兄弟さ」

「ばかばかしい。あの人たちは裕福な紳士なのよ」

ミックは首を横に振った。「やつらは何か企んでいて、俺たちを利用しようとしてる」

ミス・ボラッシュはたしなめるように舌打ちした。

「確かにあの兄弟は、お互いには優しくできないようだけれど、私たちには親切よ。だいいち、彼らはお金を持っているわ。人を利用する必要なんてないでしょう？」

ミックは肩をすくめた。どちらにしろ証明はできない。そのうち分かるのを待つとしよう。ところがしばらくして、彼女のほうから静かな声で尋ねてきた。「どうしてあの人たちが嫌いなの？」

ミックはまた肩をすくめた。「やつらはケツの穴よ」そしてあんたはイカしたスマートさんだよ、ダーリン。その帽子さえなかったら、あんたの姿は本当に魅力的だ。

「ケツの穴」と聞いてミス・ボラッシュはまるで唇に引きひもが通っているかのように口をきゅっとすぼめた。帽子の下から見えるのはその口だけだ。彼女はまた小さく舌打ちして――ミックはそれを聞くのが嬉しくなってきた――ひとこと「だ」と言った。

ミックの言葉を訂正したのだ。

彼は目をしばたたき、眉をひそめた。ちくしょう。もちろん彼女の目的は、ミックの話し方を直すことだ。だが実際直されてみるといい気持ちはしなかった。「分かったよ。やつらはケツの穴だ」

大きな帽子が傾いて、ミス・ボラッシュの唇はまっすぐに引き結ばれた。

ミックは笑って革の背もたれの上に腕を伸ばし、塵ひとつない木の床に脚を投げ出した。まったく愉快な日になった。実に楽しい。

家のドアが開くと、男が立っていた。その男はまるで、ミス・ボラッシュが留守のあいだずっとドアのそばにいて、彼女が帰ったらすぐにドアを開けられるよう待ちかまえていたように見える。ミックと彼女が通れるように、男はドアを大きく開き、そして彼らが入ってしまうと今度は音もなくそれを閉めた――あまりにも静かで、玄関ホールにいたミックは思わず振り返った。

ミス・ボラッシュの家は、予想していたものとは違っていた。彼女の高そうな服とは違い、その家は質素だった。もちろんミックが住めるような家ではないが、想像していたほど大きくも豪華でもなかった。

彼女はたくさんの本を持っていた。全部読もうとすれば他には何もできないだろう。これまでミックは、仕事で何度も金持ちの家に入ったことがある。花が飾ってある家、絨毯ときれいなカーテンのある家、壁一面の絵がある家を見たことがある。だがこの家ほどたくさんの本がある家は初めてだ。本は何列にも何段にも並べられ、積まれているものもある。すべてきちんと整頓されて、乱雑さはみじんもない。壁を埋め尽くし、テーブルを占領して、本は至るところにある。

「ありがとう、ミルトン」ミス・ボラッシュは手袋の指を引っ張っている。「ミセス・リードはまだいるかしら？　東の部屋を整えてほしいんだけど。こちらトレモアさんよ。何週間かここに滞在していただくわ」

何週間か？　ミックは眉を曇らせた。急にそれが、ひどく長い期間のように思われてくる。

今の今までそんなふうには思わなかった。客は待っていてくれるだろうか？　ミックが見つからなくて、どこかよそに頼む客もいるはずだ。

　廊下を進んでいくうちに――壁のくぼみには、小さな大理石の彫像が、色あせた緑の絹の上に置いてある――ミックは背筋がぞくぞくしてきた。仕事場で、床板の下から予想外の匂いが漂ってきたときの、あのぞくぞく感と同じだった。

　ミルトンは答えた――ドアを開けてくれたこの男は想像もつかないくらい年寄りに見える。

「ミセス・リードはたった今お帰りになりました、お嬢様。お部屋についてはわたくしがご用意いたします。それから、レディ・キャサリンがサンルームでお待ちです。お約束の時間より早くいらっしゃいました」

「ありがとう。少ししたら行くと伝えて」ミス・ボラッシュは手袋をするりと外しながらミックに言った。「あなたのその……テーブルクロスはミルトンが外してくれるわ。それから一緒に二階を見ましょう」

　二階とはミックが使う場所のことで、寝室と居間がひと続きになった部屋だった。コーンウォールでは、ミックは自分の部屋など持ったことがなかった。ここの寝室より狭い部屋で弟五人と一緒に寝起きをしていた。ロンドンに来てからは地下室で寝ていた。どうやらこの家では、居間のある大きな部屋で柱付きのベッドに一人で寝ることになるらしい――ミルトンと一緒に寝るのかと訊いたところ、答えはノーだった。居間に入っていくと、そこには机、紙、ペン、インク、その他たくさんのものが用意されていた。もちろん本もある。

ミックは呆然と立ちつくした。なんて部屋だ。ベッドといい、この部屋といい、さっき注文してきた服といい、これまで知っていた世界とは大違いだ。実際にそれらを目の当たりにして、彼はその違いに圧倒された。ああ、とんでもない賭けに関わってしまった。ばかげている。とつぜんミックはその賭けの本当の意味を理解した。彼がこれに投じるものは、他の三人とはまったく違う。いくらかの金でもなければ、なにがしかのプライドでもない。ミス・ボラッシュのように学問的理由があるわけでもない。そう、あの三人が話していたことはすべて、このミック・トレモアを、カーテンと脚覆いの付いたベッドで眠る男に「変える」ということだったんだ。

そんな男になどなれるだろうか？

ミックは変わってしまった自分を想像した。金をもらって、新しい犬やイタチを買う。動物たちの世話はレッゾに任せて、自分は……なんであれここで身に付けたことを利用して成功しようとする。きっと気をもむことが山ほどあって、いつも何かの準備に追われた男になるんだろう。

優雅な生活を夢見ることがなかったわけではない。想像するのはいつも、金と女に囲まれた生活だ（卑俗すぎてとても人には言えない）。だがそのたびに、少し後ろめたい気持ち、自分を裏切っているような罪悪感にとらわれた。丈夫でたくましい肉体労働者である彼が、優雅な生活をしている連中より不幸なはずはなかった。その連中が、彼より家族思いで、楽しく暮らしているはずもなかった。彼らだって病気にもなれば不具にもなる。死ぬことだってあるじゃないか。みんな同じだ。それなのになぜ、ミックはここにやって来たのだろう？　一二〇ポンドのためか――一年かかっても稼げない額だ。すでに二〇ポンドはポケットの中にある。

もちろんそれが理由に決まっている。ミックは自嘲した。ほんの数週間紳士のまねごとをやったからって、今までよりいい人間になれるわけじゃない。そんなことはありえない。それでも上流階級の生活は、確かにミックの暮らしより楽しそうだ。いい香りがして、こんなふうに、考える時間が山とある生活。彼はそれが欲しかったのか？　金持ちの暮らしを夢見たのはそれが理由だったのか？　考える時間が？

今のところ、ここにあるのはびっくりする時間だけのようだ。廊下と思って開けたドアは、トイレのドア。そこにあるのは床に開いた穴じゃない。チェーンを引けば水がどっと流れ出てくる立派なトイレだ。そしてなんと、もうひとつのひもを引くと明かりがついた。電灯だ。国会議事堂近くの建物でネズミを取っていたとき見たのとおんなじだ。どうやらこの家には、すべての部屋に電灯があるらしい。ろうそくやランプはどこにも見あたらない。

彼女は両方の手袋を外すあいだにこうしたものを全て見せてくれた。すたすたと歩きながら、あれやこれやを指し示して説明する。ふたたび居間に戻って「見落としはあるかしら？必要なものは全部そろってる？」と尋ね、出ていこうとドアに向かう。

ミックはできるだけ快活に答えた。「ああ、完ぺきだデーリン。ミルク缶にいるネズミみたいに快適だ」実際には全然快適ではない。

するとミス・ボラッシュは言った。「ダーリン」

大きな帽子をかぶった背の高い痩せた女は確かに今そう言った。やっと仲良くなれそうだ。ミックはにっこり笑ったが、彼女は無慈悲なだけだった。「デーリンになってたわ。ダーリンよ」

ミックの笑みはしかめっ面に変わった。次から次へと一方的に訂正される。なんとうっとうしいことだ。

ミス・ボラッシュはじっとドア口に立っている。ミックには分かっていた。彼女は決して意地が悪くて言っているわけじゃない。それでもしゃくに触る。人を値踏みしているようなあの態度。大きな帽子に値踏みされ、かろうじて見える口からうるさく言われることほど神経に触ることはない。この女はどうして顔を見せないんだ？　目が寄っているのか？　飛び出ているのか？

きっととんでもないブスなんだ。お化けみたいな顔だから、いつも帽子をかぶっていなきゃいけないんだろう。

「訓練すれば直るわ。明日の朝から始めましょう。今夜はレッスンがあるから」彼女は背を向けて、廊下を進みながら執事に呼びかけた。「ミルトン？　トレモアさんは入浴なさるわ。お湯をくんでもらえるかしら？　それからひげを剃っていただいてね。あの口ひげを」

ミックは目をしばたたいた。鼻息を吐き、慌ててミス・ボラッシュのあとを追いかけた。彼女はすでに階段を降りている。くそっ、なんのつもりだ？　口ひげのある紳士がいることくらい誰だって知っている。湯になんて浸かるものか。彼はそう言いたかったが、悪魔のような女は振り返りもせず早足で去っていく。大きな帽子が階段の下に見えなくなった。まあいいさ。ミルトンじいさんと掛け合おう。

ミックに分かったのは、その男がマジックと同じくらい頑固だということだった。

「ミス・ボラッシュがお風呂をとおっしゃるなら」ミルトンはなんとげんこつを作った。ミックはそれが振り下ろされないよう指を押さえて止めなければならなかった。「ええ、もちろんお風呂に入っていただきます」不快を抑えきれないといった表情だ。「ご自分のお姿をよくごらんください！」

ミックは汚れを落としたくないわけではなかった。むしろ早くさっぱりしたいと思っていた。なにしろ今日はさんざんな一日だったのだから。しかし彼は、自分の体を洗うのに、ミルトンに指図されるつもりも、ミス・ボラッシュの言いなりになるつもりもなかった。自分の体だ。だが取りあえず、物分かりのいいところを見せて、相手を怒らせないよう浴槽のある部屋へと入っていった。ミルトンは誇らしげに浴槽を見せる。白く、大きく、かぎ爪状の脚を持った浴槽だった。産湯の樽かこれは？　湯がもったいない。ミックならここでひと月分の洗濯をする。

「いい風呂だ」ミックはあきれたように言った。

そこからが苦闘だった。「やめてくれ」と言ってもじいさんは手を止めない。「絶対にイヤだ」も「この俺をなんだと思ってる！」も通じなかった。ミルトンは、ミックがまるで浴槽に飛び込みたくてうずうずしているかのように「もう少しですよ」と言いながら熱い湯を張っていく。そしてなんと、ミックの服を脱がせようとし始めた。どんな理由があったって、ミックは老人に服を脱がせてもらうような男ではない。忍耐もそこまでだった。

「そんなに風呂が好きなら、あんたが入れよ」ミックはミルトンを抱え上げて——老人は軽く、上着をつかんで引っ張り上げることもできたが、ミックは丁寧に扱った——服ごと湯の中に放り込んだ。湯がバシャッとはね飛んだ。

できるだけ優しく抵抗したつもりだった。もちろん老人を傷つける気など毛頭なかった。湯を張った樽になど入れないと分からせたかっただけだ。あれはニンジンを洗うもので、ミック・トレモアのような男を洗うものではない。

ミス・ボラッシュの足音が聞こえてきたのは、しぶきが収まったころだった。あのたっぷりのスカートをサラサラ言わせながら階段を駆け上ってくる。さあ、お出ましだ。言いたいことをぶちまけてやる。ところが戸口に現れた彼女を見て、ミックは驚きのあまり声を失った。

なんと、なんと、女先生はブスではなかった。とんでもない！　正確には美人とも言えなかったが、帽子を脱いだ彼女は実に魅力的だ。

豊かな髪は赤みがかった金髪で、きらきらと輝き細面の顔を明るくしている。窓から差し込む光のせいで、彼女の周りはまるで教会の中のように色づいて見える。白い肌はミルクのようで、金粉をはたいたように薄くそばかすが広がっている。そばかすはたくさん集まっていて、多くはくっつき合っている。目は大きくて丸い——いや、今は驚いているだけかもしれない。眼鏡の奥でぱちくりしている。そして鼻。それは彼女の顔で一番美しい部分だった。長く、細く、ナイフのようにカーブした力強い鼻——これほどほっそりとした女の鼻にしては、かなり大きい。もう少しあごを上げて歩くようにすれば、あの鼻は彼女のチャームポイントになるだろう。

ミス・ボラッシュはどうやらそんな自分の顔に自信を持っていないらしい。眼鏡の奥で目が恥ずかしそうにしている。

本人がどう思っていようと、帽子を取ったその顔は生き生きとした魅力に溢れている。今はかわいく目を見開いている——森で妖精に出会ったかのように。

苛立った妖精に。彼女は声を上げた。「まあ大変、ミルトン！　大丈夫？　トレモアさん、なんてことを！　あなたの怒鳴り声、下まで聞こえたわ！」

ミルトンとミックは同時に口を開いた。

「俺はただ、このじいさんから逃げてただけで——」

「ええ、濡れましたが大丈夫です——」

「湯船になんか入れるか。誰も湯船の話なんかしなかったぞ——」

「言わせていただければ、お嬢様。この方には浴槽より動物園がお似合いかと——」

「一〇〇ポンドもらったって、俺のやり方を変えるつもりはない——」

「やめて！」彼女は言った。「悪態も怒鳴り声ももうたくさんよ、トレモアさん」

顔に似合わずかわいげのない女だ。ミックは言葉を呑み込んで、肩を怒らせた。できるだけ穏やかに言った。「教えてやろう、嬢ちゃん、もし俺が、あんたの言うそのアクタイってやつを使わなかったら」――彼はそのアクタイなる単語を一音一音まねて言ったが、意味は推測するしかなかった――「そしたら俺は、今ごろムスコを丸出しにして立ってなきゃならなかったんだ」

ミス・ボラッシュはたじろいだ。丸い目はさらに大きく見開かれ、皿のように大きく丸くなった。

ようし、彼女が静かにしているあいだに言いたいことを言ってしまおう。「紳士ってやつは、羽をむしられたニワトリみたいに湯に浸かるのか？　ディナーに出されるわけじゃあるまいし――」

「トレモアさん、ほとんどの紳士は入浴します――」彼女は果敢だ。

「どうしてそれが分かる？　あんた湯に浸かっている男を見たことがあるのか？」

彼女はまばたきして額にしわを寄せた。そして思い出したように、浴槽の縁をまたごうとしているびしょ濡れの執事に目を落とした。「ミルトン、あなたお湯に浸かるわよね」

「もちろんです、お嬢様。普通は服を脱いでから浸かりますが」

「どうりで、しわくちゃな顔だ。湯に浸かりすぎたんじゃねえか――」

湯でふやけたようだと言われた召使いは、ぶつぶつ不平を言い続けたが、女主人は聞いていなかった。ミックの顔を見ながら唇を引き結び、首を横に振った。「あなたがどう思おうと、お風呂には入っていただきます」そう言いながらも彼女は途方に暮れている。どうすればミックを入浴させられるのか分からないのだ。彼の強い拒絶に会って、すっかりうろたえてしまっている。そのあまりのうろたえぶりに、彼は一瞬言うとおりにしようかと考えた。ほとんどその気になった。彼女のために、その困りきった表情と不安そうな声のために。

ミックはしかし、自分自身のためにそれを思いとどまった。自分の気持ちを裏切ることはできない。「俺は風呂には入らねえ。そして俺のひげはこのままだ。ずっと口の上に生やしておく」

ミス・ボラッシュはまた額にしわを寄せた。さっきよりいっそう深いしわだ。唇をすぼめたために、長いあごにもしわが寄っている。なんと哀れな顔だろう。口ひげを見つめている。このひげに取って食われるとでも思っているのか。いや、どうやら彼女は必死で視線を下げないようにしているらしい。そうか、この胸を見ないようにしているんだ。ミックはこれ見よがしに胸の前で腕を組み、胸の筋肉を盛り上げて、たくましく強く見せてやった。言いなりになどなるものか。「ひげは剃らない」

彼女はさらに口をすぼめた。「じゃあ、短くカットしましょう。取りあえずカットするだけ。でもお風呂には入っていただくわ」

「嫌だ」

ミス・ボラッシュはなんとしてもミックをその湯船に入れるつもりのようだ。苛立たしそうに唇をすぼめ、神経質そうに彼のあごの辺りに視線をさまよわせながら、決して折れまいとしている。「あなたがその野蛮な衛生習慣を変えないと言い張るなら、あなたを紳士に変えることはできないわ」

ミックはあざ笑うかのように鼻を鳴らした。「いいかい、お嬢さん。ここではっきりさせておこう。あんたは確かにあの兄弟から俺のことを任された。だが言っておく。俺のことは俺が決める。いいか、話は聞くが、決めるのは俺だ。ミック・トレモアがどうするかを決めるのは俺だ。そして俺は石鹸水の中で泳いだりはしない」

ミス・ボラッシュはこぶしを腰に当て、長く細い肘を戸口に突き出した。顔はピンク色に染まっている。興奮はピークに達したようだ。「それならお終いね。不潔な紳士なんていないんだから。そう言えば」――ミックのポケットを指差す――「その中のものもどうにかしてほしかったけど」

フレディのことだった。そしてもしもミックがあの浴槽に入らなければ、賭けは終わりだとも言った。彼は威厳を掻き集めようと背筋を伸ばし、コートの前を優しく撫でた。なぜこのミック・トレモアが、ボタンの取れたずたずたのシャツを着て、こんなところに立っていなきゃならないんだ？　服を剝ぎ取ろうとするじいさんに強いところを見せなきゃならない？　そしてこの威張った女はなぜフレディを取り上げようとする？

ミス・ボラッシュはさらに、マジックを指差した。「それと、この犬もお風呂に入れる必要があるわ」

まだ言うか？　ミックは冷静さを失うまいと必死だった。「オーケー、このマジックを風呂に入れられるもんなら勝手にやってくれ。だがフレディは手放さない。このばかげた賭けがうまくいかなかったら、俺はこいつを当てにしなきゃ生きていけないことになる。こいつは最高のイタチなんでな」

「この家にそんなネズミを飼うわけには――」

「こいつはネズミじゃない。逆だ。こいつはネズミを捕る」

「彼だって、この家では猟はできないでしょう」

「彼女だ。フレディはメスで、俺はこいつと離れる気はない。いいイタチは金みたいなもんだ」

ミス・ボラッシュはここでちょっと考えた。やっと譲る気になったのか？「今まではどうやって飼ってたの？」

「檻があって、そこで寝かせてた」

「それを持ってこられるかしら？」

「たぶんな」

「良かった。その檻を裏の馬車小屋に置いてはどう？」

「だめだ。離れないって言ってんだろ。」

「家の中では飼えないいわ」

ミックも考えた。彼は賭けを成功させたいと思っている。最初考えていたより難しそうだが、やめたいとは思わない。一〇〇ポンドはそう簡単にはあきらめきれない。そして今ではそれだけではなかった。優雅にしゃべって快適に暮らすことに魅力を感じ始めている。それを楽しみにし始めている。「そうだな……馬車小屋が近くにあって、明るくて風通しが良くて、しょっちゅう見に行ってやれるなら、まあいいだろう。だがフレディも風呂は無しだ。俺が洗面所で洗ってやる」

「お風呂が必要なのはあなたよ、トレモアさん。それに散髪とひげ剃りも」ミス・ボラッシュはまたミックの上唇の辺りを見て顔をしかめた。「ひげ剃りは毎日必要だわ。それに清潔な服。いい？　これは遊びじゃないのよ」頬を紅潮させて息を吸い込む。彼女は相当な頑固者のようだ。「トレモアさん、あなたはいろいろ新しいやり方を学ばなければならないの。お風呂はそのひとつ。難しい発音や構文を覚えるだけではだめなのよ。本当に六週間で紳士になるつもりなら、私の言うことを聞いたほうがいいわ」

「もちろん俺は人の話を聞く男だ。そしてなるほどと思ったら、喜んで言われたとおりにする。だがそうじゃなけりゃ絶対やらねえ。あたりまえだろう？　わけも分からねえのにまねだけしてろって言うのか？　俺は風呂に入らなきゃならねえ理由が分からねえ。あれは体に悪い。風邪を引いて死ぬかもしれねえ。もしかしたら溺れるかもしれねえ、俺は泳げねえ。たらいで洗う。いつもそうしてるんだ。それでも俺は清潔だ」

「もっと清潔にしてもらうわ」

「これで十分だって言うレディもいるんだがな」こんな女のことなど知るか。「俺を二階に上げたレディはあんたが初めてじゃないんでね、ミス・ボラッシュ――」

彼女は色を失った。ああ、またやっちまった。ミックは髪を後ろへ掻きやった。手のひらに煤がついてくる。ちくしょう、忘れてた。俺はきっと、一晩中石炭入れから出られなかった猫みたいに見えるんだろう。なにしろ今日は、煙突に入り、床を這い回り、ロンドンの一区画を追いかけられて、みんなに殴られたんだから。

そう、俺は汚い。確かに汚い。調子に乗ってあんなことを言うんじゃなかった。ネズミを取りに行った先のレディたちのことなんか——ここにいるレディとは全然違う女たちのことなんか。二階のベッドへ誘われた話など、ミス・ボラッシュに聞かせるようなことじゃなかった。

氷のようにかたくなに、彼女はまた言った。「入浴するか、今すぐここを出ていくか、どちらかよ」本気だった。思い込んだらあとへは引かない女なんだ。

だが本気なのはミックも同じ。彼はこの賭けになくてはならない人間のはずだった。彼女はそれを忘れちゃいけない。「あんたとここにいるミルトンとで、力ずくで俺を風呂に入れればいいじゃねえか？」

ミス・ボラッシュは上唇を強く嚙んだ。痛々しい表情だ。ややあって、静かに言った。「出ていって」

「なんだって？」

「出ていって！」大声で繰り返した。

ミックは彼女をにらみつけた。なんと容赦のない女なんだ。「それならそれでいい。言うとおり出ていってやる！」

ミックは二人を押しのけてドアの外へ出た。浴室では、彼を風呂に入れられなかった慎み深い知ったかぶり女と、その女のためにびしょ濡れになった召使いが、彼の後ろ姿を見つめていた。

こんな話に乗るんじゃなかった。ばかげたことだと分かっていたのに。くだらない賭けの対象にされて、金持ちたちを楽しませるなんて、そんな必要はない。

ちくしょう。金持ちたちのことなど知るか。やりたければ自分たちで勝手にやればいい。こっちはもうごめんだ。

だが半ブロックも行かないうちに、ミックの決心は揺らいできた。夢はさておき、もしも本当に、紳士とはどういうものかを教えてもらえたなら？　もしも本当に、変わることができたなら？　たとえばあの執事のミルトンみたいになれたなら……召使いにでもなれたなら？　おいミック、お前だって快適できれいな家に住めるんだ。そしてコーンウォールの家族に今よりずっとたくさんの金を送ってあげられる。みんないい暮らしができるだろう。フレディだって、乾いていて清潔で風通しがいいなら馬車小屋が気に入るかもしれない。それにミック、お前は彼女の話し方が好きなんじゃないのか？　もちろんあの香りも好きだろう？

そして紳士になれば、彼女に――風呂のためにお前を追い出した、あの気の強いノッポの女に――もっと近づけるはずだ。ネズミ取りでは無理だぞ、ミック。

4

トレモアの足音は、一度も止まらずだんだん小さくなっていく。彼の犬がすたすたとあとを付いていく。足音は階段を降り玄関ホールを抜けて、ドアが開き、バタンと閉まった。エドウィーナはモダンなバスルームで静寂の中に取り残された。奇妙な静寂。少し前まで威勢のいい声が響き渡っていた家は、痛いほどに静まり返っている。

エドウィーナは待っていた。玄関のドアが叩かれるのを耳を澄まして待っていた。トレモアは戻ってくるかもしれない。頭のいいあの男のことだ。考え直すのが一番得策だと考えて、きっと戻ってくるだろう。

だが彼は間違った決心を変えるつもりはないようだ。静寂がそれを証明している。エドウィーナは落胆している自分に驚いた。

「お嬢様？」

はっとして見ると、ミルトンが立っていた。「何？」

「浴室を片付けてよろしいでしょうか？　他に何か御用は？」

エドウィーナは一瞬なんと答えていいか分からなかった。「ああ、いいえ」首を横に振る。

「その……ないわ。片付けてちょうだい。一〇時のお茶までもう用はないわ」——エドウィーナはいつも、ベッドへ入る前にカモミールティーを一杯飲む。

彼女は浴室を出た。さあ、これで終わり。

残念だったわね、エドウィーナ。トレモアはあらゆる面で理想的だった。あの話し方ほど特徴的な言語学的パターンはめったに聞かれない。それに彼は頭が良くて音をまねるのも上手だった。きっといい生徒になっただろう。彼がいてくれたなら、素晴らしい研究ができたはずだ。それなのに……。

もったいないことをした。エドウィーナはすっかり落胆して階段を降りていった。

秩序と静寂を取り戻した午後は坦々と過ぎていく。午後のレッスンは三つだった。まず舌にもつれがある弁護士の娘、次に英語の上達を望むハンガリー人の伯爵夫人、そして故郷デボン州のアクセントを「拾ってしまった」田舎貴族の娘。最後の生徒が帰ったあとで、エドウィーナはいつもと同じ決まった時間に夕食を取った。フランス料理を学んだコックが優雅でおいしいディナーを用意してくれた。

夜遅く、フランネルのナイトガウンを着たエドウィーナは、かつて父のものだった古い時計のねじを探して暗がりを歩き回っていた。そのときだった。階下でドアを叩く小さな音がする。やがて勝手口で話し声が。もしかしたら……。

その考えを確かめようと、エドウィーナは階段の上へ出ていった。やっぱりそうだ——思わず微笑む——ミック・トレモアの間違いようのない太い声。彼女の胸は喜びで一杯になる。

あの話し方。Hが抜け落ち、「タ」が「テ」になり、二重母音も単母音も破壊されている。

「腹を決めた」彼は言っている。「慢性ってことじゃねえからな」

「慢性？」

「長く苦しむことはないってことだ。考えてみれば簡単だ」

エドウィーナの笑みは次の言葉を聞いていっそう大きく広がった。「てすけてくれ（助けてくれ）。ええと、なめえなんでった（名前なんだった）？」

発音は明瞭だったが、ミルトンには彼の言葉が理解できないようだ。ひとしきりやりとりがあったあと、ようやく「ああ、名前ですね」と通じた。

「そう」

「ミルトンです」

エドウィーナは浮き立つような気分だった。急に体が軽くなったような気がする。ミルトンがトレモアを中へ入れているのを聞いて、彼女はスリッパをはいたまま階段の上で小躍りした。やがて足を止めるとじっと聞き耳を立てた。トレモアが言っている。「彼女は頭のいい女だな？」

「はい」

「あんな騒ぎ、やらかすんじゃなかったよ。少し湯に入るだけなのに」

トレモアが間違いを認めている。驚くべき進展だ。

彼は愛想のいい声で続けた。「なあ、俺はときどきカッとなるんだ」笑っている。あの低くてよく響く笑い声。ときどきエドウィーナの胸をくすぐる低音ドラムの連打。「もちろん最初は全然問題ないって思ってたんだ。彼女は貴族のことをいくらか知ってるようだし」

「はい、そのとおりです」ミルトンにはトレモアが言った前半の意味は分からなかっただろう。後半部分に対して丁寧に答えている。「お嬢様は立派な貴族でいらっしゃいます」

「俺もそう思う。で、てすけてくれるよな（助けてくれるよな）？」

「もちろんです。喜んで」

エドウィーナはくるりと向き直り、そっと廊下を歩いて寝室に戻った。これでいい。きっとあの口ひげも剃ってくれるだろう。彼はとても聞き分けが良さそうだった。

朝になったら何ごともなかったように振る舞おう。彼がなんの問題も起こさなかったかのように。口論もわだかまりも無しだ。朝の様子を想像してみる。朝食の席で彼におはようを言い（ひげはきれいに剃られている）、平然と研究室へ来るように言う――お食事が済んだら廊下を進んで右側の一番奥の部屋へいらしてね。

ベッドに入ったが、エドウィーナは寝付けなかった。と言うより眠くなかった。本を手に取って開いたが、ひとことも頭に入ってこない。代わりに浴室の音が聞こえてくる。水が止まり、水道管がカタカタ鳴る。やがてバシャッという音がして彼女は枕の上で飛び上がった。トレモアの声がする。「あちっ！　熱いじゃゃねぇか！」――彼が湯船に入ったんだわ！　エドウィーナは横たわったまま、トレモアが浴槽で体を洗う音を聞いていた。バシャバシャ、ザブザブ。あの大きな体が湯の中で動いている。

彼の胸を思い出した。それは魅力的であったが同時に不快でもあった。不快の原因はあの胸毛。思わず身震いする。浴室で言い争っていたとき見えていた。あの胸毛をこっそり観察していたなんて、誰にも分からなかっただろう。彼が腕を組んだとき、盛り上がった筋肉の上に、一定の方向に流れる黒い毛が二つの渦を描いていた。その渦は筋肉の割れ目へと集まっていき(彼が髪を後ろに掻きやったときに見えた)黒く細い一本の線になって矢のように下へと伸びていた。ミック・トレモアの「ムスコ」へ向かって。

ムスコ！　エドウィーナは今まで、男性のその部分に言葉を当てるのを慎重に避けてきた。それは婉曲的な表現だったが、それでもエドウィーナはなんとなく落ち着かない気持ちになる。胸が掻き乱される。だがトレモアがその言葉を言ったとき、彼女はすぐにその意味を理解した。親しみのある優しい言葉だと感じた。男性たちは自分のその部分が好きなのだろうか？　若いころ、彫像を見るときエドウィーナはいつもその部分を見ないようにしていた。少なくとも一番関心のある箇所ではなかった。それが変わったのは、ある書物であの驚くべき事実を知ったときだった。それ以来、そこは最も不快をもよおさせる恐ろしい箇所になった。だがなんと今、彼女はあの男のその部分を想像している。もつれた毛のあいだから、大きく突き出しているものを。吐き気がするほど忌まわしいものを。

だめだめ、もう考えちゃだめ。ここまでにしなさい、エドウィーナ。何か他のことを考えて。

廊下の向こうからバシャバシャと音がする。トレモアが体を洗っている。そうだ、あの口ひげ。唇の上のあの厚くて針金のようなひげが今剃り落とされているはずだ。よかった。彼女は満足して、ときどき聞こえてくる心地良い水音を聞きながら、うとうととしていった。どれくらいの時間が経ったろう。はっとして目を覚ますと、読書灯はついたまま、家は静まり返っている。

いいや。エドウィーナは腕を付いて頭を起こした。何かが動いている音がする。夜のしじまの中を歩いている。彼女は体を起こした。いったい誰だろう？　足音は父の書斎のほうから聞こえてくる。

ベッドから飛び出して、淡いブルーのガウンに腕を通すと廊下へ出た。一方の手で太い三つ編みの髪を持ち、もう一方の手でずり落ちてきた眼鏡を上げる。

廊下の突き当たり、父の書斎のドアが少し開いていて、中から明かりが漏れている。近づくと、誰かが歩き回る衣ずれの音がする。きっとトレモアがうろついているのだろう。エドウィーナは腹立たしい気持ちでドアを押した。だが中を見てびっくりし、思わずそのまま後ずさった。そこには知らない男が立っていた。

斜め後ろから見た顔には見覚えがない。男は父のガラスのデカンタを持ち上げて、中のコニャックを明かりに透かして眺めている。

デカンタの中で静かに前後に揺れるそのブランデーは、壁際の電灯に照らされて、男の顔やシャツに琥珀色の光を投げかけている。金色の光と言ってもいい。その光のせいで、男はまるで幻のように見える。侵入者はハンサムで高貴な生まれの泥棒のようだ。立ち姿は優雅で身なりもいい。そしてまったく焦っていない。盗みを働いているとは思えないほどリラックスした様子だ。シャツの裾を出し、袖を折り返し、ベストのボタンを外している。泥棒というよりこの家の滞在客、父の友人たちの一人が幽霊になって現れたようだ。

いや、やっぱりトレモアではないだろうか？　他に誰がいるだろう？　彼以外に考えられない。だが視線の先に立っている男はトレモアとはかけ離れている。確かに似ていなくもない。夜のように黒い髪。だがこの男の髪はきれいに櫛で撫で付けられている。

それにトレモアは、こんなに背が高く肩幅が広くてすっきりした体つきをしていただろうか？　この男のほうがほっそりとして均整が取れているように見える。トレモアより端麗だ。服はシンプルで感じがいい。白いシャツはきれいにアイロンがかけられ、襟元が開いている。カラーは着けていない。ベストは――エドウィーナは眉をひそめた。そのベストには妙に見覚えがある。そう言えばズボンやその他のものも、どこかで見たような気がする。

男は父の机の脇に立っていたが、彼女がいることに気がついたのか、とつぜんくるりと振り向いた。胸の前に持っていたデカンタを下げる。二人は目を合わせた。男は口の端を片側だけ上げて微笑んだ。きれいにカットされた厚い口ひげの横に深いえくぼが現れる。黒い口ひげの下から並びのいい白い歯が覗き、見事なコントラストを生み出している。エドウィーナはその笑顔の温かさに一瞬見とれて立ちつくした――馬車の明かりに目がくらんで立ち止まった小さな動物のように。まあ、なんてハンサムなの。女性から良識を奪い、それをこなごなにしてしまう男性的な顔。優雅で教養と知性を感じさせる。

トレモアではない。彼も確かに力強く男性的な顔立ちだけれど――。

男は腕を広げた。片手にデカンタを持ち、もう一方の手のひらを上に向けて。「よう、どうで（どうだ）？」

エドウィーナはあやうく倒れそうになった。変身ぶりを見せようとゆっくり体を回転させるのは、紛れもないあの男だ。「ミス……ミスター・トレモア？」ほとんど質問口調になっている。「私……その……あ……あなた……」思うようにしゃべれない。

真正面から見ても、それがあのトレモアだとは思えなかった。「きれいになった」では言い足りない。まったく別人だ。

「俺、どう見える？」

「信じられないわ」あの野蛮な口ひげは？　刈り込まれている。誰かが努力して――成功したとは言えないが――大人しくさせたようだ。

「悪魔的だろう？」彼は眉を小さく動かしながらそう言うと、声を上げて笑った――その形容詞を使うのが嬉しいらしい。「貴族みたいに見えるだろ？」

エドウィーナは咳払いした。ええ、本当に。そしてあまり嬉しくない事実に気がついた。このびっくりするほどハンサムな「貴族」は、彼女の父親の古い服を身に着けている。つまりこういうことだ。父のズボンとシャツとベストを着たネズミ取りが、深夜この家の中を歩き回り、ブランデーか何かを盗もうとしていた。なんてことだ！

エドウィーナは居ずまいを正して命令するように言った。「それを下ろしなさい」

トレモアはデカンタを見て、自分の指がその容器の首をつかんでいるのに驚いたような顔をする。「ああ」やっと今理解したような口振りだ。訳知り顔に舌を打ち鳴らし、面白いジョークだと言わんばかりに歯を見せて笑う。「何も盗んじゃいねえぜ。それが言いたいんなら。ただちょっと――」

「下ろしなさい」

彼はデカンタを机の上に置いた。不当に申し開きをさせられている男のように顔をしかめて見せる。「何も盗んじゃいねえよ。なあ、俺はときどき夢を見るんだが――」

「自由に飲めるお酒の夢なんて興味ないわ、トレモアさん。この部屋に入っていいのは、私と一緒のときだけよ」

彼はまたにこりとした。「へぇ、じゃあ、入ってこいよ。ミス・ボラッシュ」

エドウィーナは廊下に立ったままトレモアをにらみつけた。彼女が入ってこないのを見て彼のほうから近づいてきた。

なんと、口を閉じたトレモアは動いても様になっている。しなやかで優雅、自分の肉体とその強さに自信を持っている男――そしておそらく真夜中の薄暗い廊下に立つ女を見て笑みを浮かべるのに慣れている男。

「その格好のあんた、いいねえ、ミス・ボラッシュ」

エドウィーナは自分の姿を見下ろした。ナイトドレスにガウン。ガウンの巻きひもは結ばれていない。とっさに両手でガウンの前を引き合わせた。その下に男性をみだらな行為に駆り立てるものがあるわけではない。それを隠そうとしたわけではない。そんなものがないことを隠したのだ。プライドの問題だ。

トレモアはドアのそばまで来て足を止めた。ドアを挟んでエドウィーナは廊下に、トレモアは部屋の中にいる。「ダチはあんたをなんて呼ぶ？　エドウィーナか？　もっと調子のいい呼び方はねえのか？」

エドウィーナは幾分怯えて身をこわばらせた。「私には『ダチ』はいないわ、トレモアさん。『ミス・ボラッシュ』は丁寧な呼び方よ。私の耳には十分調子良く聞こえるけど」

トレモアは口をよじった。口ひげが斜めになる——撫で付けた髪にはそのほうが似合っているが、どちらにしろ濃くて硬そうなひげだ。

「ウィニーだ！」彼はとつぜん叫んだ。

エドウィーナは飛び上がった。

トレモアは側柱に両腕を広げて置き、彼女をしげしげと見つめている。「ウィニー。それがいい。エドウィーナって子はそう呼ばれるもんなんだろ？」笑みを浮かべるトレモアは、それが当たっているのを知っている。エドウィーナがそれを聞いて飛び上がったことと、今眉をひそめていることが何よりの証拠だ。彼女にとってはもう何年も聞いていない呼び名だった。「いいねぇ」彼は満足そうにうなずいた。「ずっといい。ソフトでかわいい。そう思わねぇか？」

トレモアが「ウィニー」と言ったとき、その口調が優しくて、エドウィーナは一瞬うろたえた。胸の中に、ずっと忘れていた温かいものを感じたが、一方でそれを受け入れるのが怖かった。彼の笑顔につられてにこりとはしたが、その呼び名を使わせるわけにはいかない。たとえそう呼ばれたくても……いや、呼ばれたいはずがない。彼はエドウィーナをからかっているのだ。気をそらせて、酒を盗んだことをうやむやにしようとしている。もちろんそうはさせない。

「いいえ、『ウィニー』はだめよ。小さい頃親戚の人がそう呼んだけど、彼らはまるで馬がいななくみたいに呼んだわ。ウィーニーって」エドウィーナは実際馬のいななきのような声を出した。そしてすぐにそれを後悔した。

声に表れたとげとげしさにトレモアがちょっとひるんだからだ。思わず目を逸らすと、彼は思いがけないことを言った。「ああ、あんたはきっとそいつらを夢中にさせたんだろうな、ミス・ボラッシュ。俺に言わせりゃ、あんたはそんなにべっぴんだからよ」

エドウィーナはさっきより鋭く彼をにらみつけた。「トレモアさん、私はひょろっとしたそばかすだらけの不器量な女よ。わし鼻に眼鏡、男性より背が高くて――」ちょっと考えてから「あなた以外の男性より。でも私は正直で物の分かっている女だわ。盗みを見つかったのに、たわごとで言い抜けられると思っているコーンウォール生まれのコックニーにはだまされないわよ。お酒を飲みたかったら次のブロックの角にパブがあるから、そこで心おきなく飲んでちょうだい。そして酔いがさめるまで戻ってこないで」

こんなふうに人をたしなめたのは初めてだった。もちろんあんなおべんちゃらを言われたのも初めてだ。彼の不誠実に腹が立った。エドウィーナにも、もちろん長所はいくつかある。彼が褒めてもおかしくないところはいくつかある。わざわざこの容姿を持ち出さなくたって……。

トレモアはエドウィーナを見つめたまま首を横に振った。好奇心からか驚きからか、額にしわを寄せている。「俺は一滴だって飲んじゃいねえよ。なんなら――」口の端を片側だけ上げてにやりとする。その斜めの笑みは忌々しいほど魅力的だ。チャーミングな悪党だ。

「息を嗅いでみるかい？」

冗談でしょ。エドウィーナは一歩あとずさった。

トレモアは一歩近づいた。手を柱から離して薄暗い廊下へと出てくる。石鹸と、おそらくタルカムパウダーの匂いがする。ミルトンがハサミを入れたらしい髪は短くさっぱりとしている。近づくと、靴をはいていないエドウィーナに比べて彼はずっと背が高かった。首を後ろに倒して見上げなければならなかった。エドウィーナは急に嬉しくなった。この男の前では背の高さを気にする必要はないんだわ。笑いたいのをこらえて彼女はぼそっと呟いた。

「私はべっぴんなんかじゃないわ」

トレモアのシルエットが部屋の明かりに浮かんでいる。そのシルエットが首を横に振り、愚鈍な子どもに言い聞かせるような声がした。「ミス・ボラッシュ、あんたが俺よりうまくしゃべれるのは分かってる。だから俺は、別の方法であんたに分かってもらおう――」

とつぜんトレモアは顔を近づけてきた。嘘でしょう、そんな……。頭に浮かんだばかげた考えに、エドウィーナはめまいがしそうだった。まさか……そんな……ありえないわ。男は女のことをよく知ってからそんなことをするものでしょう？　ええ、まさか――。

　そのまさかだった。口ひげがエドウィーナの唇をかすったかと思うと、トレモアはそっと唇を重ねてきた。彼の唇を、その顔から放たれる体温を感じて、エドウィーナの体は麻痺してしまったかのようだった。うろたえながら動くこともできず、ただ呆然と立っていた。

　初めての感触。二九という歳になって、なんというファーストキスだろう。エドウィーナは泣きたくなった。ただおいおい泣きたかった。なんてことを……なんてことを……もうやめて。

　だが何も言えず、何もできずに立っていた。トレモアは今にも口を離して冗談だったと笑うだろう。それを待ちながらも、いっぽうでは優しい言葉をかけてくれるよう祈っていた。ところが彼は口を離さない。この信じられないくらいエレガントな悪党は、その温かく乾いたひげを押し当てて、いつまでもキスを続けている。

　ひげは全然ちくちくしないし硬くもない。ほうきとは違っている。柔らかくふわふわしていて、口と一緒になめらかに動いている。

　エドウィーナが少しあとずさると、トレモアはそれに付いてきた。エドウィーナは息を吸い込んで、声にならない声を漏らす。トレモアは彼女の腕をつかんで引き寄せる。その手は力強く、温かく、自信に満ちている。唇の皮膚は信じられないほど敏感で、エドウィーナはトレモアのなめらかで柔らかい唇をつぶさに感じ取った。これほど硬く荒々しく見える男の口が、こんなにも柔らかいなんて。口の上で滑るように動いている。カーブの途中に小さなひびが入っている。エドウィーナの唇はそれをはっきりと感じ取った。親指が頬に触れた。顔にトレモアの手を感じ、エドウィーナは思わずびくっとする。体は怯えて神経質になっている。いっぽうで、腹部のくぼみに快感がふわふわとうねりながら押し寄せてくる。初めての、強烈な快感。エドウィーナはどうしていいか分からない。そのとき階下で時計の鐘が鳴りだした。トレモアの口はまだ離れない。ボーン、ボーン、ボーン……理性が目を覚ました。エドウィーナは四度目の鐘でまたびくっとし、五度目の鐘で彼の胸を押しのけた。鐘が鳴り続けて真夜中の時を告げるまで、手のひらはトレモアの胸の上に置かれていた。その胸はシャツの下で絶壁のように硬く、温かく、手で押すとさらに数度温かさを増した。

トレモアの顔はまだ間近にある。「ああ、エイス（イエス）」あの間抜けなエイス。彼は分かったというようにうなずいた。「あんたにキスしたいとずっと思ってた。あんたはミス・ボラッシュ、あの子よりずっと良かったよ、あのかわいい――」

ああ、この男は慣れているんだ。なんという侮辱。なんという痛み。涙がこみ上げてくる。彼をぶちのめしてやりたい。だがその衝動を抑えて胸をさらに強く押した。取り乱してはいけない。なんと言ってもここではエドウィーナのほうが教える側だ。この男に新しいルールを教えなければならない。

締めつけられるような喉から彼女は懸命に言葉を絞り出した。「言っておくわ、トレモアさん」――一呼吸おいて勇気を奮い起こす――「今のことは怒っていません」要点だけを言うのよ、エドウィーナ。こんなことはやめさせるの。「ええ、確かに不意打ちだったわ。もうこんなことは、その……たった今やったようなことは、やめてちょうだい。二度としないで」そうよ。ルールどおりにやってちょうだい。そうすれば何も心配しないで済む。「ここでは間違ったことよ。あなたにとってはいつものことかもしれないけれど、ここではそうじゃないわ」そこでなぜか付け加えずにはいられなかった。「私はおだてられてたわごとを信じてしまうような女店員とは違うわ。あなたのずうずうしい遊びに付き合う気はありませんから」

トレモアは笑った。「遊び?」正確な発音だ。「ミス・ボラッシュ、人生は楽しいことが一杯だ。少しくらいかじったってばちは当たらねえ」

エドウィーナは答えなかった。真夜中に薄暗い廊下でこの男と言い争うなんて――彼が彼女にキスしていいかどうかなどというばかげた話をするなんて――慣れない真っ暗な部屋を手探りで歩くようなもの。いったいどちらの方向へ行けばぶつからずに済むのか、どこへ進んでも完全に安全とは言えない。

トレモアはふと目を落とした。エドウィーナのナイトドレスを見つめている。彼女がただそこに立っているだけで挑発的だというように。エドウィーナにとってはこれも初めての経験だった。背筋が震え、心臓の鼓動がリズムを速める。彼の胸はシャツの影を揺らすほど大きく上下している。彼女はすぐに理解した。膝ががくがくする。

もう言うべきことは言ったはず。なのになぜ、この男は引き下がろうとしないのか。どうすればいいのか分からなくて、わっとばかりにまくしたてた。「トレモアさん、あなたが深夜、下町の泥棒猫みたいにこの家で盗むものを物色していなかったなら、私だって寝間着のままでこんなところに立ってなんかいなかったわ！」

トレモアは不意に横を向いた。肩に注ぐ書斎の明かりが彼の顔を照らし出す。あざけるような表情が浮かんでいる。エドウィーナは今言ったことを後悔した。頭の中をすっかり読まれてしまった。だが他に何が言えただろう？　もっとうまいセリフは思いつかなかった。

彼は首を傾げてエドウィーナの顔を覗き込み、静かに言った。「安心しなよ、デーリン（ダーリン）。俺は泥棒じゃねえ。一生懸命働いてるし、仕事はうまくいってる」

エドウィーナの口からはとげとげしい言葉しか出てこない。「でも清潔にしてきちんとした服を着られるほどにはうまくいっていないようね」

トレモアのあざけるような表情に失望の色が現れた。腕を胸の前で組み、ドア枠に体を預ける。

「あんた、人を見下してんな？　俺のことをなんでも知ってるって顔してる。あんたみたいにしゃべれねえからか？　ネズミを取って生きてるからか？」

「コートのボタンが取れたままのだらしない男だってことなら知ってるわ。人に追いかけられるはめになったってことも――」

「ふん！」トレモアは大きく鼻を鳴らしてエドウィーナを黙らせた。「第一に、俺が誰に追われようが誰を追いかけようが、あんたの知ったことじゃねえ」あの斜めの笑みを浮かべて「少なくとも今はな。第二に、俺が買えるコートにはもともとたくさんのボタンは付いてねえ。そして付いてるボタンは全部売る。いいか、俺にはコーンウォールに何人も弟や妹がいるんだ。あいつらを養わなきゃならねえ。稼いだ金はほとんどうちに送ってる。そして第三に――ところで俺はなんと三まで数がかぞえられるし、学校教育法のおかげで字も読める――第三に、ダーリン、あんたは自分で思ってるほど変な顔はしていねえ。いい顔だ。本当さ。きれいってわけじゃねえ。だけど――」適当な言葉を探そうと、眉を寄せて下を向く。「うまく言えねえが、俺はあんたを見てるのが好きだ。あんたは――」ほの暗い明かりの中で、彼はまたあの笑みを浮かべている。「違ってるって言えばいいかな。あんたは他の女とは違ってる。背が高くて人形みてえな顔してる。あんたはとってもその……ループリーだ、ミス・ボラッシュ」満足そうに言う。「ループリーだ」

もちろん彼は「ラブリー」と言っている。だがその言い方には柔らかく心地良いリズムがあって、エドウィーナは訂正する気になれなかった。

「ループリーね」彼の言葉をまね、そして笑った。つまらない冗談をあざ笑うように皮肉っぽく笑うつもりだった――自分の容姿を意識させられるとき、エドウィーナはいつもそんなふうに笑う。だが今、彼女は思いがけず愉快だった。「ループリーだけどロングサイズってことね」

「いや、ロングサイズでループリーだ」まねられたことを喜ぶように――彼女の言い方はトレモアほど自然ではなかったが――彼もまた笑った。

トレモアの胸にあの太い低音ドラムの音が反響する。その音に誘われて、エドウィーナはまた笑った。静かに、だが心から。二人の笑いは自然に徐々に引いていき、気がつけば無言で見つめ合っていた。

その一瞬現実が変わった。エドウィーナに微笑みかけているのは黒い口ひげのハンサムな紳士。彼女を魅力的だと言う。彼のほうこそルーブリーだ。おかしなことを言って人を戸惑わせる紳士だけれど、その言葉が嘘だとは思えない。

しかし次の瞬間、エドウィーナは吹き出したくなった。ばかばかしい。この薄暗い廊下にいるのはひょろ長くて臆病なウィニー・ボラッシュ。無知なネズミ取りにお世辞を言われてどぎまぎしている。

ため息とともに愉快な気分と笑いは消え、確かな現実だけが残った。エドウィーナはガウンの前を引き寄せて後ずさった。「書斎には入らないで。ここは父の部屋なの」

「あんたの父さんの?」

「もういないわ。死んだから」

「気の毒に」

「ありがとう」彼女はうなずいた。「死んでしばらく経つわ」

トレモアは一瞬ためらってから言った。「じゃああんたが使ったほうがいいんじゃねえか? 父さんにはもう必要ねえ」

エドウィーナは横を向き、階段の暗い踊り場に何かを見ようとした。「この家はすべて父のものだったわ。私が全部引き継いで使っているけれど、書斎だけは昔のままにしてあるの」呟くように言う。「男性の部屋の典型として生徒のレディたちに見せているのよ。こうした部屋でどう振る舞えばいいのか教えるの」乾いた笑いを漏らす。「冗談みたい。私自身は男性の部屋ではちっとも居心地良くいられないのに。この部屋だけは別だけれど。ここは紳士が過ごす場所として大切に保存しておきたいの」博物館のように。

ちょっとしゃべりすぎたようだ。「おやすみなさい」明かりを消そうとトレモアの前を通って書斎へ入り、振り返って尋ねた。「必要な物はすべて揃っているかしら?」

トレモアはうなずいた。そんなことを尋ねたのは、こうして彼を明るい場所で見るためだったのだと気づかされる。ドアのすぐ外側に立っているトレモアは、書斎の電灯に正面から照らされている。エドウィーナの父のズボンは丈が足りなくて、靴が見えすぎている。おそらくあの長いシャツの裾の内側では、ズボンのボタンが留まっていないだろう。ベストのボタンが届かなかったのは明らかだ。ネクタイとカラーは着けていない。

それでもミック・トレモアが美男子であることには変わりがない。あごは四角く整っていて、鼻は高くまっすぐで――ローマ彫刻の鼻だ――濃い眉が目を陰にしている。間違いなく人目を引く顔だ。優雅な顔。ただ整っているだけじゃない。言葉では説明できない品がある。遺伝と偶然が作った傑作だ。どんな理由でそうなったのであれ、とにかく彼の優雅さはエドウィーナにとって――そしてジェレミー・ラモントにとって――幸運だったと言うべきだろう。高貴な生まれの男性として立派に通用する。紳士に仕立て上げるのもそれだけ楽なはずだ。

しかしエドウィーナにとっては別の意味で、それは幸運とは言えないかもしれなかった。

「おやすみなさい」とまた言った。

書斎の奥まで進んだが、エドウィーナは電灯の鎖を引かなかった。本を棚に戻したり、花瓶の位置を変えたりして時間を稼いだ。トレモアがじっと見守っていることを知りながら、そちらへは一度も目を向けなかった。一分を優に超えたころ、彼の足は向きを変え、少し歩いて廊下の突き当たりにある部屋へと入っていった。

良かった。彼が去ってからようやく、エドウィーナは明かりを消して寝室へ向かった。

エドウィーナはシーツの中に横たわり、自分に言い聞かせた。

彼は本気で言ったんじゃないわ。信じちゃだめ。背が高くてラブリーだなんて、まったく。嘘じゃないとしても、ロマンチックに考えすぎているだけ。

エドウィーナ自身は全然ロマンチックではない。自分の容姿は分かっている。細い顔。幅が狭くて上のほうが出っ張っている鼻——それは眼鏡をのせるには都合がいいが、女らしさの点ではなんの役にも立たない。体中を覆っているそばかすについてはもうとっくにあきらめている。胸は取り立てて言うほどのものではなく、それとは不釣り合いにヒップは張り出して大きい。そしてこの背の高さ。とても女らしいとは言えない。

良く言って十人並み、悪く言えば不格好な大女。どんな男性が振り返って見るだろう？　それに――暗闇で体が熱くなる――どんな男性がキスしようなどと思うだろう？　なんてこと！　彼はエドウィーナにキスをした。「キス」――今夜は使ったことのない言葉がよく出てくる。彼女はため息をついた。

彼はどうしてあんなことをしたのだろう？　もしかしたらエドウィーナはとんでもない誤解をしているのかもしれなかった。あれはキスではなかったとか？　この口が汚れて見えた？　人工呼吸が必要に思えた？　あるいは彼は勉強熱心で、彼女の唇の動きをじかに感じて発音をマスターしようとした？　何か論理的な説明がつくだろうか？　トレモアが自分の口を――あの口ひげを――この口にのせたことに。

そこまで考えて、エドウィーナはかすかな不安に襲われた。だが不安はいつものことだった。不安とともに暮らしていると言ってもいい。彼女が完全に安心していられるのは、階下にある自分の研究室にいるときだけ。そこにいれば何もかも忘れることができる。仕事以外のことは忘れていられる。明日も昨日や一昨日と同じように、仕事に励んで不安を忘れよう。やらなければならないことに集中して、くよくよ考えないことだ。あの男があんなことをしたのは自分の何がいけなかったのか、なんて考えちゃだめ。でも今は考えずにはいられない。彼は今夜のことを忘れてくれるかしら？　私は忘れられる？　彼は面白がって私をからかおうとするのでは？　それとも彼は怒っている？　もっと上手に叱るべきではなかった？

トレモアがどんな反応を示すとしても――エドウィーナを無視しようが、腹を立てようが、からかおうが――彼女はきっと自分を責めるだろう。もしかしたら何週間も、何が悪かったのかと考えて過ごすかもしれない。次に同じような状況に陥ったらどう対処しようかと思い巡らすだろう。彼女はいつもそんなふうにして人生の苦難を避けようとしてきた。

そしてこれもいつものように、エドウィーナはそんな自分を叱りつけた――どうにもならないことで思い悩むなんて、いかにもオールドミスらしいじゃないの、やめなさい。だが考えずにはいられない。それは習慣になっている。若いころから培われた信仰のようなものだ。もっと上手にできたなら、もっと賢かったなら、もっと時間をかけて考えたなら、人生はもっと優しくなる。彼女はそう信じて生きてきた。

そう。エドウィーナのような容姿の女は――彼女が自覚しているような不格好な女は――ロマンチックになどなってはいられない。だから彼女は現実的なのだ。分別くさく、仕事の虫なのだ。

だからエドウィーナは一晩中眠らずに考えていたのだ。トレモアが何を言い、何をしたか。あれを言ったとき、あれをしたときどんなに誠実そうだったか。彼女は考えた。あれにはどんな意味があったの？　彼はまたあんなことをするかしら？　私はそれを望んでいるの？

5

ミックは羽毛の詰まったマットレスの上で伸びをした。なんて気持ちがいいのだろう。ゆっくりとまぶたを開ける。ベッドカーテンの隙間から光が射し込んでくる。この立派な部屋で寝ていても、朝の日差しはいつもとまったく変わらない。毎日同じ時間にやってきて、彼がどこにいようと必ず見つけて目を覚まさせる。

高いベッドから下りようとして、寝ているマジックの上で足を止めた。犬を踏まないようにして床へ下り、窓へ近づいた。よろい戸を押し開けて朝陽を招き入れる。それはいつものように静けさを伴ってやってきた。ロンドンの朝は今日も静かだ。マジックより早起きの犬が遠くで吠え、近くで荷馬車が石の上を進んでいく。聞こえるものはそれだけだ。窓の下枠に手をついて、ミックは外の景色を眺めた。

ミス・ボラッシュの裏庭は朝露が下りて美しい。隣家は静まり返っていて人の気配もない。ミックは一日のこの時間――世界が自分だけのものになる時間――が好きだった。生きていることを実感できる、秩序立った分かりやすい時間。

もちろん彼は知っていた。一時間後には、今と同じようには感じられないだろうということとを。なんらかの形で一日は秩序を失ってしまっているはずだ。だが明日になれば、新しい朝はまた今日と同じようにやってくる。やはり美しく、喧噪も悩みもまだ始まってはいないだろう。

　マジックが近寄ってきて、ミックの脚に体をぶつけた。犬は朝一番の引っ掻き運動を始めた。ミックはこぶしの裏で自分の口ひげを撫でてみた。ミルトンが刈り揃えたそのひげは、いつもと違った感触がする。違ってはいるが悪い感触ではない。ミス・ボラッシュはこれを剃り落とさせたかったようだが、彼女の思いどおりにはならなかった。ひげを剃ってもミックは一シリングだって稼げない。うまく話せるようになるわけでも、いい仕事に就けるわけでもない。いい人生が送れるようになるわけではない。だいいち彼はその口ひげが気に入っている——口ひげのない自分など想像できなかった。もう一〇年以上、ミックの唇の上にはいつもひげがある。

　もちろん口ひげを剃り落としても紳士に近づくわけじゃない。思い出してみろ、皇太子にだって口ひげがあるじゃないか。ミス・ボラッシュは彼を紳士にするために口ひげを剃らせたいわけじゃない。

　窓にもたれ、マジックが床を引っ掻くのを聞きながら、ミックは確信した。そうだ、間違いない。彼女は何か別の理由でこのひげを剃り落とさせたいんだ。

　どんな理由があるのかは分からなかったが、ミックは思わずにんまりした。この口ひげは、まだミス・ボラッシュの思いどおりになっていない。まだ彼女を悩ませているらしい。これは面白そうじゃないか。

廊下を進んだ先の部屋で、エドウィーナははっと目を覚ました。意識と不安がぬかるみを滑る水のように押し寄せてくる。目の焦点が合わないうちから彼女は焦りに襲われる。しなければならないことがたくさんあって、時間が足りない。朝はいつもそうだった。ベッドに横たわったまま焦りをコントロールしなければならなかった。頭の中でリストを作り、不安の種を見極めて、解決のための計画を立てる。無理で無茶な計画も多いけれど、それでも心のよりどころにはなる。

今朝の彼女は横たわったまましばらく考えなければならなかった。何が眠りを邪魔したのだろう？　何が不安なのか。何か新しい心配事があったはず。だが頭はなかなか働いてくれない。何？　何だった？　エドウィーナは懸命に考えた。

そうだ、ミスター・トレモア！　今日の不安はすべて彼に関することだ。うまくやれるかしら？　これから取り組まなければならない事柄を並べてみた（昨夜薄暗い廊下で感じた不安については考えないことにした）。

まず発音とアクセント。この二つを変えるのが一番難しいだろう。でもきっとなんとかなる。なんとか間に合わせよう。次に文法と言い回し。これはもっと楽なはずだ。いや似たり寄ったりか。上流階級の人間にふさわしい立ち居振る舞いを教え込む必要もあるだろう。そして真実味のある経歴を作り上げること。質問されても答えに窮することがなく、それでいてどうとでも言い抜けられるような曖昧さを残した経歴を。

そこで思いも寄らなかった問題点に気がついた。「ああ、どうしよう」呻きながら腕で目を覆う。

どんな訓練をしてどんな話をでっちあげてもエドウィーナにはできないことがある。舞踏会の夜、ディナーが終わったあと、レディたちは応接間へ入り、紳士たちはポートワインとタバコを楽しむだろう。でもそのとき紳士たちがどう振る舞うのか彼女はまったく知らなかった。トレモアは少なくとも四五分間、自力で切り抜けなければならない。


部屋を出たエドウィーナが階段の踊り場にやってきたとき、階下のどこかから笑い声が聞こえてきた。初めて聞く笑い方だったが、その声には聞き覚えがあった。

階段を降りたところで、誰が笑っているのかはっきりした。通いの女中ミセス・リードだ。月曜から金曜までこの家で料理と掃除をしてくれている中年女性。彼女がまるで少女のように、ころころと笑い転げている。ダイニングルームの奥、調理室の中から聞こえてくる。今では調理に使われるだけのその部屋は、昔はパーティーのコース料理が一斉に温められた場所だ。その調理室で、さざめくような笑い声がする。おかしくてたまらないらしい。エドウィーナはつられて思わず口元をほころばせた。ミセス・リードったら何をそんなに笑っているのかしら？

調理室のドアを開けて、エドウィーナはびっくりした。想像もしていなかった光景だ。あのトレモアが、ミセス・リードが頭上に持ったフライパンからソーセージをかすめ取ろうとしている。彼は簡単に一本取って口に投げ入れ、「あちぃ（熱い）」と文句を言った。女中はヘラを振り回して残りのソーセージを守ろうとする。涙を流して笑っている。トレモアは隙を見てもう一本ソーセージを盗み、歓声を上げ、かがんだかと思うと女中の体に腕を回した。「おやめくださいな」女中は嬉しそうに叱る。トレモアは彼女の手を取って、ダンスをしながらコンロから離れさせようとする。彼女の頬に自分の頬を押しつけて――そうするためにはひどく前かがみにならなければならなかった。このコックがこれほど楽しそうにはしゃぐとは、エドウィーナは想像したこともなかった。ミセス・リードはいつも静かな女性だった。

戸口に立って、エドウィーナはその浮かれ騒ぎを見つめていた――父の家でもこの家でも見たことのない光景だ。騒ぎの主は――ツーステップ・ジグを踊らせたら右に出るものはいないだろう――自分のハミングに合わせて女を調理室のあちこちへ振り回している。低い声にははっきりとしたメロディーがある。動きはなめらかで、自信に満ちたステップで女をリードする。女は抵抗しながらも、笑いながら付いていく。

エドウィーナは顔をしかめた。またトレモアの悪ふざけだ。彼女のある部分はそれをやめさせたかったが、別の部分はその楽しそうな光景にすっかり惹きつけられていた。

やめさせれば、もちろんエドウィーナは嫌な思いをするだろう。それでなくてもここに立って、もう十分陰うつな気分になっている。彼女は黙って二人を見ながら部屋に満ちた笑い声を聞いていた。小さな調理室がこれほど生き生きとした場所になるなんて。蓋をされた黒っぽいかまども、かつてたくさんの大皿が並べられていた空っぽの棚も、これほど無用の長物に見えたことはない。調理室の二重窓は開かれて、外のフラワーボックスから顔を出した、赤、ピンク、黄色、珊瑚色などの花が窓枠の上で揺れている。差し込む広い光線の中で、トレモアは嬉しそうに踊っている。

シルバーグリーンのベストを着て、前かがみになって女の体に白いシャツの腕を回している——彼の肩までもない太った女は年齢なら彼の二倍はあるだろう。黒い髪は陽の光を受けて絹のように柔らかく輝き、襟の白さに映えている。

どうやら〈ヘンリーズ〉から服が届いたらしい。着ているものはすべて新しく体にフィットしている。昨夜ミルトンが見つけてきた服より似合っている。こうして見ていると、彼はどこかの気取らない田舎紳士のようだ——確かにこういう男はいる。地主として故郷に残り、田舎者の言葉を話す紳士。エドウィーナはときどきそうした紳士たちの娘を教えることがある。ロンドンの社交シーズンに向けて、もっとスマートな話し方を学びにやってくる娘たち。

トレモアはエドウィーナに気づいてステップを緩めた。それに気づいたミセス・リードは肩越しに振り返って主人を見た。エドウィーナは結局何も言う必要がなかった。そこにいると気づかれただけで、楽しい時間は終わりとなり、コックと滞在客は体を離して姿勢を正した。ミセス・リードは咳払いをしながら言い訳を始めた。ヘラを下に置き、エプロンの位置を直している。

「かまわないわ」エドウィーナはどう対応していいのか分からなかったが取りあえずそう言った。たわいもない浮かれ騒ぎ。見られた二人が気恥ずかしい思いをするだけのこと。うるさく咎めだてするようなことじゃない。彼女はただ、屈託なく楽しんでいた二人がうらやましかった。

本当はもっと気の利いたことが言いたかったが、エドウィーナの口から出た言葉はきわめて事務的だった。「トレモアさんにはダイニングルームに銀食器を並べて食事をしていただきます。きちんとした英国式のマナーで。少なくともトレモアさんがそうしたマナーをマスターして、自然に気持ち良く食べてくださるようになるまでは。ミルトンに給仕するよう言っていただける？　ミセス・リード」

「かしこまりました。お嬢様」

ミルトンを探しによたよた出ていくミセス・リードの姿を見ながら、エドウィーナの頭に途方もない考えが浮かんだ。トレモアはきっと彼女にキスをしたに違いない！　もちろん欲望や情熱からではなく、頬に軽く口をつけるとかちょっと唇に触れる程度とか。どちらも想像すると腹立たしいけれど、いかにもありそうだ。このコーンウォール生まれのネズミ取りは、間違いなく女好きだ。おそらくは不誠実で好奇心ばかり旺盛なのだろう。この二四時間に、ひとつ屋根の下に二人しかいない女のどちらともキスをした。痩せたオールドミスと太ったコックに。

彼には選り好みというものがないのだろうか。

エドウィーナはトレモアをダイニングルームへ案内した。彼はひとことも口をきかない。エドウィーナは自分の席の向かい側へトレモアを導き「あなたはここに座って」と椅子の高い背もたれに手をかけた。彼がそこに座り込むと、「私の椅子を引いてからよ」と付け加えた。

トレモアはテーブルを回ってエドウィーナの席までやってくると、椅子を引きながら「さっきはただふざけてただけだ」と呟いた。

「分かってるわ」

彼はまたテーブルを回って自分の席へと戻っていった。テーブルの長さは二〇フィート以上あり、かつてはこの上に枝付き燭台や花の鉢やごちそうをのせた大皿が並んだものだった。両サイドにそれぞれ一〇脚以上ある椅子も、すべて客で占められていた。向かい側の、空いた椅子のひとつに座って、トレモアはエドウィーナに目を向けた。

まださっきのことを弁解したいらしい。「あの女は俺の言うことが分からなかった。ここで話が通じるのはあんただけらしい」

「それで彼女とダンスを？」

「ソーセージをつまみ食いしたことがばれたんでね。料理があんまりいい匂いだったからだって、言ってやりたかったんだ」

「分かったわ」エドウィーナは分かろうとした。だが褒めるなら他に方法はいくらでもあるはずだ。彼女なら、どんなにいい匂いがしようとソーセージのお礼にダンスはしない。

無言の二人の前に、ポリッジが運ばれてきた。トレモアは間違ったスプーンを手に取った。

「違うわ。大きなほうよ」

彼は眉をひそめ、皿の周りに並んでいるたくさんの銀のカトラリーを見下ろした。形のパズルを解こうとしているかのように。これでいい。エドウィーナはなぜかほっとした。トレモアはポリッジのスプーンを見つけて手に取った。

「だめよ」持ち方が間違っている。エドウィーナは立ち上がってテーブルを回り、トレモアの手からスプーンを取った。

彼は眉をひそめたまま、指の力を抜いて手を預けてくる。とつぜん男の従順な手を任されて、エドウィーナはどぎまぎした。彼の手は大きく温かく、そして重かった。指はなめらかだが関節はしっかりしている。力強い手だ。だがその手はスプーンのバランスを取る方法を知らなかった。彼女は手早く正しい場所でスプーンを握らせた。

席に戻ると、汗で湿った手のひらを膝に押し当てた。糊の利いたナプキンに。そしてテーブルの向こうに目をやった。

トレモアはスプーンを持ち上げて、エドウィーナが握らせた指をしげしげと見つめている。顔には苦悩が表れている。

そのあとずっと、朝食は静かだった。

トレモアは皿に残ったトーストの切れ端をつまみ上げている。ポリッジは卵へと続き、トマトがあって、最後にソーセージとトーストが出た。彼はかなり食べたほうだが、料理を口に運ぶのにあれほど苦労しなければ、もっとたくさん食べられただろう。彼にとってはスプーンやフォークは苛立たしいものでしかないようだ。

最後には、エドウィーナはあまりがみがみ言わなくなっていた。レッスンは半分でいい。残りの半分はきちんと食べてもらおう。

食事はさておき、トレモアにはもう少し現実的になってほしかった。舞踏会の夜についてエドウィーナが心配していること、つまりディナーのあとのことについて話をすると、彼は「問題ない」と言うだけだった。平気な顔で皿に付いた卵とトマトをトーストで拭き取っている。次の食事まで誰も皿を洗わないとでも思っているのか。「黙ってればいいだろう?」何も心配ではないようだ。「他のやつらがやってることを見てればいいんだ」

「だめよ」エドウィーナは首を振った。「他の紳士たちは何もしないわ。何もしないから紳士なのよ」

トレモアは言い返そうとしたが、黙っているほうがいいと考えたらしく何も言わずにナイフを取った。ジャムの瓶へ手を伸ばす。

「違うわ。スプーンを使って」

彼はナイフをスプーンに替え、ジャムをすくってトーストにのせるとスプーンの裏でそれを伸ばしにかかった。「じゃあ、ただ黙ってるだけだ」

「いいえ、紳士たちは何か話題を出してそれについて話し合うのよ。あ、スプーンじゃなくてナイフで塗るの」

トレモアは怒ったようにエドウィーナをにらみつけた。彼女がただ彼を困らせるために、面倒なルールを作っていると言わんばかりだ。「やつらが何を話そうが、まねしてしゃべってりゃいいだろう？」

「あなたに質問してくるかもしれないわ」

「答えるさ」

「だめよ」エドウィーナは首を振った。トレモアは彼女の心配を本気にしていない。ディナーのあとのことなど、本番前にちょっと確認すればいいくらいに考えている。「それは紳士たちがくつろぐ時間なの」この男になんとか分からせなければ。「ブランデーを飲んだりタバコを吸ったり、それから――」実際には何をするのだろう？　エドウィーナには分からなかった。もしかしたら何か男性特有のことをするのかもしれない。ああ、腹立たしい。「とにかく間違った答え方をしてもらっては困るの。まるで、その……ネズミ取りみたいだって思われたらどうするの？」

トレモアは笑った。「そりゃ正解だ。だが俺はそんなドジはしねえ。あんたが教えてくれるとおりにうまく話してみせるさ。誰にもばれっこねえ。紳士たちはそんなに賢くねえってことが分かるはずだ。それと、話は違うが……ここにはネズミがいる」

「なんですって？」エドウィーナは顔をしかめた。

「ネズミがいる。家の中か、周りに」

「いないわ」

「いや、いる。たくさんじゃねえから、まだ心配することはねえ。普通にしてれば姿を見ることもねえだろう。だがあそこの角の幅木に穴が開いている。それに床板の下から音もする。きっとどこかにネズミの巣があるはずだ」

「もう結構」エドウィーナはナプキンを皿の上に置いた。彼女が知っている紳士たちなら、床下の音の話など聞けば、彼がネズミ取りだとすぐに見抜いてしまうだろう。「トレモアさん、自分がネズミ取りだってことは忘れてちょうだい。ネズミのことを考えたり――しゃべったり――するのはやめていただくわ」

この男は私のことなどまったく認めていないのだ。彼を変えようとこんなに必死になっているのに、そんなことなどできるはずがないと思っている。変わることが進歩だとも思っていない。「これはいっときの遊びじゃないわ。ひと月のあいだいい服を着て歩くだけの話じゃないのよ。これであなたの人生が変わるの。人生がもっと良くなるのよ」

「確かに変わるかもしれねえが、良くなるか悪くなるかは分からねえ」トレモアはあごを上げた。眉の陰になっていた目が光を放つ。

澄んだ冷静な目だった。エドウィーナはどぎまぎして視線を外し、彼の手元に目を据えた。トーストの最後の切れ端にジャムを盛り上げて、ナイフに持ち替えて伸ばしている。

その手は驚くほど美しい。たこのひとつもできていない。ただ左手に嚙まれた跡があるだけだ。指は長くまっすぐで、エドウィーナの不格好な指とは大違いだ。彼女は膝の上にある自分の手を見つめた。その手の指は関節が太くて先が反り返っている。

「どうにかしてほしいか？」

「どうにかって？」

「ネズミさ。もちろん、ただでやってやるよ」

「いいえ」エドウィーナは唇をぎゅっと噛んだ。「ありがとう。でも結構よ」大きく息を吸い込む。「あなたは子爵よ、トレモアさん。子爵だったらそこに座って何を考えるかしら？床板の穴のことじゃないはずでしょ」

トレモアは鼻を鳴らした。「言いたかないがダーリン、ここに座れば、目が見えないやつじゃないかぎり、嫌でもあの穴が見える。ネズミがいるんじゃないかと思わねえなら、そいつはバカだ。もっとも――」にこやかに肩をすくめて間違いを認めるかのように「紳士にもバカなやつは多いだろうから、あんたは当たってるかもしれん」

エドウィーナは首を振ってトレモアをにらみつけた。風呂のときと同じだった。彼の首根っこをつかまえて頭から投げ込んでやりたかった。上流階級のマナーと言葉と発音の中に。彼は平然とそこに座って、自分のやり方を変えるつもりはないという顔をしている。粗野で無骨で頑固者。

エドウィーナはテーブルを押しやった。「結構」ため息を付きながら立ち上がる。「研究室で待っています。急いでね。お昼には別の生徒さんがいらっしゃるから。あなたに教えることは山ほどあるんだから」

大きな山をポリッジ・スプーンで伸ばそうとしている、エドウィーナはそんな気持ちだった。

6

朝のレッスンはうまくいかなかった。午後に入ってお茶の時間までのレッスンもはかばかしくなかった。思いどおりにいかないことは誰にとっても気落ちのするものだ。エドウィーナはトレモアを気遣った――最初の一歩は常に難しいものよ。彼にとっては特に難しいものであるらしかった。

トレモアは自分の声を――母音と子音を――蓄音機に録音するのを嫌がった。なぜそんなことをしなきゃならない？ 進歩を確認するためだと説明したが、彼は機械に向かって話すのは「アホらしい」と言い張り、「大マヌケ」になったような気がすると言う。

それでもこの日の最大の収穫は、彼が自分の間違った発音に耳を傾けるようになったことだった。

「これは進歩よ、トレモアさん」

だがミックにはとてもそんなふうには思えなかった。午後のレッスンが終わる頃には紳士のようにしゃべっているはずだった。それなのに、午後が終わってみれば、彼は自分が口にする言葉に絶えずぴりぴりする男になっていただけだ。

その日の夜、ディナーのあとでジェレミー・ラモントが尋ねてきた。もちろん賭けがうまくいきそうかどうかを見にきたのだ。ラモントは的確な質問を二、三して、自分たちがトレモアにあつらえた服を確認し、そして一度レッスンに立ち会いたいと言った。実際にトレモアが話すのを聞きたいと。エドウィーナは承知したが、もちろん一日では奇跡は起こらない。

「で、彼の進歩が現れるのはいつごろになるでしょう？」

「進歩はもう現れていますわ。あなたには分からないかもしれませんが。今は黙って見ていただくしかありません。どうでしょう、五週目にいらしては？　舞踏会の前の週です。その頃には、トレモアさんがあなたの期待を裏切らないということが分かると思いますけれど」

ラモントはさらにいくつか質問をして――そのほとんどはトレモアを「もっと品良く」するための「わざ」に関するものだった――帰っていった。

それほど意外なことではなかった。クライアントが様子を見にくるのは普通のことだ。それでもラモントが去ったあと、エドウィーナは妙に落ち着かない気持ちになった。

だが彼女はいつも落ち着かない気持ちでいる。気をもむことは他にもたくさんある――新しい石炭炉の代金はまだ工面できていないし、腱を痛めた馬の足には時間とお金がたっぷりかかりそうだし、銀行の預金残高はなぜか彼女の計算と合わない。だから今さら不安がひとつ増えたところで同じじゃない？　こんな気持ちにはもうとっくに慣れてしまっていたはずだ。

一日の終わりに、エドウィーナはときどき自分を落ち着かせるためにあることをする。週に二、三回だろう、水差しに水を入れてひっそり裏庭の奥まで行き、奔放に伸びたマツヨイグサに水をやる。花は夜でも咲いていていて、誰かに見られたら、目や鼻を楽しませているのだと言い訳ができる。もちろん水をやりに来たのだと言ってもいい。奇妙な時間に水をやるものだと不審がられるかもしれないが。

彼女は今夜も庭に出て、花を見ながら歌っていた。いや、実際には歌っているとは言えなかった。メロディーはほとんどないのだから。ただ胸の中の心配事をリズムを付けて口ずさんでいるだけだった。花と夜に聞いてもらおうと。

「ラモント兄弟ラ、ラ、ラ、優しいほうもラ、ラ、ラ、とってもとっても変わってる……でもお金はきちんと払ってくれる、文句を言えるはずがない」歌は別のテーマへと続く。石炭炉の請求書、脚をひきずる馬、トレモアの反転音のR。トレモアについてはもっと個人的な不安があった。勇気を出してそれを歌にしようとしたとき、とつぜん右側で、暗闇から別の声が聞こえてきた。声はエドウィーナと一緒に静かに歌っている。

彼女は飛び上がって声のほうを見た。ミスター・トレモア！　藤の花の下で、陰になったベンチに座っている。

彼がなんと言っているのかは分からない。それよりエドウィーナは、自分の行動の説明を考えるのに必死だった。うまい説明はできそうもない。何も言わずに陰に入った。それが一番安全だろう。何を言っても嫌みを言い返されるに決まっている。

トレモアは歌いながら立ち上がり、陰から出てこようとする。声がはっきりしてきた。

「お願いだ、ラ、ラ、ラ、俺の犬にもお情けを……」

この男は私のまねをして、からかっているんだわ。エドウィーナは泣きたくなった。喉がつかえ、胃袋が燃える塊を消化しようとしているかのように熱くなる。

子どもみたいに自分をなぐさめている姿を見られるなんて。こんなところを人に見られたのは初めてだ。トレモア自身が暗がりで何をしていたのか問いただす勇気も出てこない——いったい彼は、こんな時間にこの家の周りを歩き回って何をしていたのだろう？

トレモアが完全に姿を現したとき、エドウィーナは思わずどこかに隠れてしまおうかと思った。彼の堂々たる体つきはそれだけで脅威だった。この裏庭の月明かりの中で、信じられないくらい無邪気に歌っている。白いシャツは月よりも明るく、顔は暗くのっぺりとして見える。

「今日は練習がきつかったから、ラ、ラ、ラ、俺の舌はよく回らない」彼は歌っている。

何かいつもと違う気がした。トレモアはあの皮肉っぽい笑みを浮かべていない。エドウィーナをからかおうというのではなさそうだ。いいえ、そんなはずはない。彼はいつだってエドウィーナをからかうじゃないか。

今だって、彼女のまねをしている。

同じように歌をつくって植物や星や暗闇に聞かせている。同じリズムで、もっとはっきりとしたメロディーをつけて。そしてエドウィーナがしていたように、マツヨイグサに陰を作っている生け垣の葉を、手でサラサラ鳴らしている。見慣れない表情でこちらを見つめながら歌い続けている。

エドウィーナに聞かせようとしている。

「明日はもっと楽であってくれ、そうすりゃ正しくできるだろ」声はとても小さくて、耳を澄まさなければならなかった。

エドウィーナは何も言わなかった。自分のばかな行動をまねされたことに、どう反応していいか分からない。

とつぜんトレモアは歌うのをやめ、二人は黙って見つめ合った。しばらくして彼が口を開きかけると、エドウィーナはさっと体をひるがえし、裏口のほうへ歩きだした。

弁解されたり謝られたりするのは嫌だった。そしてそれ以外のことをされるならば、何をされるのか知りたくもなかった。


ミックはウィニーが歩み去るのを見つめていた。なんとも扱いにくい女だ。月は屋根の向こうに隠れてしまい、彼女の姿は数秒で家の陰に入ってしまった。暗がりを影が動き、裏口の掛け金がカチリと鳴る。ああ、行ってしまった。

ちくしょう。それにしても追い払う手間のいらない女だ。あのウィニーはなんて変わった女なんだ。

彼女は月に向かって歌っていた。あるいは植物かここにある何か他のものに向かって。だが彼と一緒には歌ってくれなかった。誘ってやってもだめだった。それにしても、葉っぱに向かって心配事を相談するとは……。ミックはそんなに優しく悲しいものを見たのは初めてだった。そして、一人でたくさんの重荷を背負っている女がこの上なく勇敢なものに思われた。強い女だ、あのウィニー・ボラッシュは。彼が知っている中でもっとも強い女。有能でもあるらしい。

そして今までに見たどんな生き物よりも、もろく壊れやすそうな女だった。

7

次の日は一日中テストだった。最後のテストを始めたのはほとんど夜だった。エドウィーナは音叉を打って振動させ「音が聞こえなくなったら言ってちょうだい」とトレモアの耳の後ろに近づけた。彼は飛び上がった。「何すんだ?」

「ヒアリングのテストよ。ついでに文法も勉強しましょう――一石二鳥でしょ――子音を省略するのはやめること。子音もはっきり――」

「シイン?」

「それは気にしなくていいわ。『何すんだ』じゃなくて『何するんだ』よ。『言っているんだ』『聞いているんだ』」

トレモアはうんざりしたように首を傾げてエドウィーナを見た。彼女がまた音叉を手のひらではずませると、彼は顔をしかめた。

「聞こえなくなったら教えて」トレモアのほうに音叉を近づける。

音叉が耳の後ろに触れたとたん、彼はまた飛びのいた。「それ何なんだ?」

エドウィーナは手を止めて机越しに彼を見つめた。「ヒアリングのテストだと言ったでしよ。何を教えるにしても、あなたに聴く力がないと話にならないわ。あなたが私の発音をきちんと聞き取れているかどうか、確認しておきたいの」

トレモアは口を歪めた。口ひげが斜めになる。「俺があんたの言ってることを間違って聞いてるって言うのか？」

「いいえ」エドウィーナは笑った。「もしかしたら聴く力が弱いかもしれないって言っているのよ。そうだとしてもあなたが何かする必要はないわ」

やっぱり間違って聞いてるかもしれないんだ。ミックは彼女に間違いを指摘されるのが嫌だった。首を振って、音叉を近づけてくる手をつかんだ。「何か他のことをしよう。話はどうだ？　話の練習は大切なんだろ？」そして唐突に「ミルトンはあんたが貴族だって言ってた。あんたは」――ちょっと考えて――「女男爵か何かか？」

「いいえ」なんだ違うのか？「称号は持っていないわ」

エドウィーナは気がついた。そうよ、会話で気を逸らせばいいんだわ。音叉を鳴らしながらぼんやりと言い直した。「ああ、厳密にはってことよ。一般的にはレディ・エドウィーナ・ボラッシュで通るわ。六代目シシングリー侯爵令嬢」音叉をトレモアに近づけると、彼は少しひるんだが話のほうに気を取られている。「聞こえなくなったら教えてちょうだい」

数秒してトレモアはこくりと首を振って合図した。

エドウィーナはすぐに音叉を自分の耳に当てる。聞こえない。「良好」もう一度音叉を打ち、今度は自分の耳に近づける。「父が死ぬと、侯爵の称号は他の人が受け継いだの。だから私はもうその称号は使っていないわ。意味がないもの」音が消えた。

急いで音叉をトレモアのほうに近づける。「聞こえるかしら?」レディたちにするように、トレモアのあごに手をかけた。だがそれはレディたちのあごとは違っていた。触れたとたんにひげ剃り跡を感じ——剃ってから一〇時間以上経っている——どきりとして手を引っ込めた。その手を机の下へやり、スカートの中にぎゅっとうずめる。音叉を持ったほうの手は胸の前で止まっている。振動はしばらくのあいだ胸に響いていた。

何をうろたえているの?　これまで何度となくやってきたことじゃない?　いつもやってることでしょう?

「どうした?」

「ごめんなさい」エドウィーナは神経質に笑いながら首を振り、あらためて音叉を打ち鳴らした。「もう一度やるわ。耳の後ろで音がしたら教えて」

二人は無言で二回目のテストに取り組んだ。今回エドウィーナはトレモアのあごには触れず、テストはスムーズに進んだ。

「良好」記録する。

「あんたは金持ちだったのか?」

エドウィーナは目を上げてトレモアを見た。「なんですって?」

「あんたの父さんが生きてたとき、あんたは金持ちだったのか?」

「父は裕福だったわ。今だって私は決して貧乏じゃないわ」

「それは分かる。だがこの家は昔とは違ってるんだろ。昔はもっとちゃんとしてたのか？」

エドウィーナはその質問を考えてみた。ちゃんと？　この家がちゃんとしてたことなんてあったかしら？「たぶんね。でも本当に立派な家は――そうね、もうすぐ見られるわ。アールズ公爵が舞踏会を開く場所よ。私はそこで生まれたの。あそこは私たち家族の家だったのよ」

「公爵があんたの家をもらったのか？」トレモアは信じられないという顔をした。

エドウィーナ自身信じられないと思うことがある。一二年も経っているのに、ときどき朝目覚めるとびっくりする。子どものころ知っていたものが、すべてあのザビアーのものになっているなんて。そして自分はこの家に住んでいる。父が論文の発表でロンドンへ来るときに、一緒に泊まる場所でしかなかったこの家に。

エドウィーナはさっきより小さな音叉を取って打ち鳴らした。「もう一度、聞こえなくなったら言ってちょうだい」

トレモアのほうに手を伸ばすと、彼はその手をつかんで音叉を取り上げた。「あんたの古い家はどうなった？」

朝からの奇妙なテストや練習に嫌気がさして、彼は愚にもつかないことをいろいろ聞き出そうとしている。やっかいな質問だ。エドウィーナはさっさと説明してこの話を終わりにしたかった。「あなたの言ったとおりよ。父が死んだあと、次の順位の男性が家を受け継いだの。父のいとこだったわ。そのときはまだ、彼は公爵じゃなかったけれど、三日後に祖父が亡くなって――祖父は四代目アールズ公爵だったわ――祖父が持つ称号もすべて受け継いだの。シシングリー侯爵になっただけでなくアールズ公爵にもなって、その他にもいくつか称号を持つことになったのよ」肩をすくめて「きわめて普通のことよ。家系は長男でつながっていくものだから」そうよ、世の侯爵の娘たちは、土地や財産を手に入れるために結婚した。彼女はそうしなかったというだけ。

話せるのはそこまでだった。家族の歴史を話してエドウィーナはなんとなく気恥ずかしくなった。「それを返して」呟くように言って手を出した。

トレモアはエドウィーナを見つめると、彼女がやったように音叉を手のひらに打ち付けた。それを自分の耳に持っていき、音を聴いてから、エドウィーナのほうに先を向けて差し出した。彼女は仕方なく音叉の先を握った。指に振動が伝わった。

一時間後、初期録音とテストは終わり、本格的な発音のレッスンに入っていた。トレモアは間違いを指摘されてばかりで、すぐにやめたいと言いだした。

「こんなに違うって言われ続けるのは初めてだ」

エドウィーナのほうこそこんな経験は初めてだと言ってやりたかった。家の中に男がいて、震える音叉の先を握らされる。生徒は椅子にふんぞり返って、間違っていると言われるたびに、大きな口ひげをぴくぴくさせる。

それでも仕方なく彼をなだめた。「最初は間違っていて当然よ。間違いを探すのが目的なんだから。それを続けていくの。そして、正しい音を学ぶために、その音にどっぷり浸かるのよ。何度も何度も耳で聞いて、それから声に出して言ってみる。私はあなたの唇とあごの動きを見ていて、舌や歯がどの位置にあるのか、喉の開き方はどうかを想像する。見ていればどこが違っているのかたいてい分かるものよ。そうすれば、正しい音を出すにはあなたの言語器官をどの位置に持ってくればいいのか教えてあげられるわ」

トレモアは「言語器官」と聞いてかすかににやりとした。きっと面白がっているのだろう。退屈な話の中の面白い言葉。

でもどうしたら彼に分かってもらえるだろう。エドウィーナは知識は豊富だったが、この練習の意味を彼に理解させる方法を知らない。取りあえず説明を続けることしかできなかった。「ときにはあなたの発音がどうしておかしいのか、見ているだけでは分からないこともあるでしょう。でもそんなときには別の方法があるわ。たとえば喉頭鏡」引き出しを開けて、柄が斜めに付いた小さな鏡を取り出した。

トレモアはそれをちらりと見て不安そうな笑みを浮かべた。心もとないという表情だ。

「これを口の奥に入れて、喉を見るのよ。この鏡で喉が開いたり閉じたりするのが見えるわ」

彼は困ったような顔をしたが、それでも耳を傾けている。

「具体的な舌の位置は指で触って教えるわ」

「待て!」彼は手を上げてとつぜん大声で笑った。「その指を俺の口に入れるのか?」

「たぶんね。小指を内側から歯茎に当てて、舌の位置を確認することになると思うわ」

彼は眉を上げ、椅子にもたれて胸の前で腕を組み、首を左右に振りながら微笑んだ。「へえ、おもしれぇ」

「オモシロイ」エドウィーナは訂正した。「オモシロイ」

「まったくだ、面白い」

彼女は目を細めた。そう、オモシロイ。正しく言えるじゃない。本人は訂正されたことに気づいてもいないようだけど……。「パラタグラフィックも面白いといいんだけど」

「そりゃなんだ？」

「ソレハナンダ」

「オーケー、それはなんだ？」

「粉の付いた薄い人工口蓋を口に入れるのよ。声を出すと触れたところに跡が付くから、それで舌の位置を推測することができるわ」

「今夜はあんたの指が何度も俺の口に入るってことか？　そうか？」

エドウィーナは苛々してきた。「トレモアさん、私が真面目にやってることをちゃかさないでちょうだい」

「ちゃかす？」

「下品なコメントをしないでって言ってるの」

「ちゃかすの意味くらい知ってるよ。だがあんたの指が口に入ってくるのを喜んだからって、なんで下品って言われなきゃならないんだ？　指を入れてくるのはあんたのほうだ」トレモアは笑いながら首を振る。「いいかい、ダーリン、男と女がやることは下品じゃない。それどころかイギリスで一番上品なことのひとつだ。女王陛下だってやってる。女王がアルバートに夢中だってことは世界中が知ってるさ。九人も子どもがいるんだ。少なくともそれだけやったってことだ」

エドウィーナは一瞬言葉を失った。この下劣な話に女王を持ち出すなんて、なんて不謹慎な。「トレモアさん、どう言っていいか分からないけれど、その……お、男と」――口ごもりながら――「お、女のや、やることについて――」

「安心しな、ダーリン。あんたがバージンだってことは知ってるよ」トレモアは眉ひとつ動かさずに言った。それでエドウィーナが安心するとでも思っているかのように。彼の言葉は当たっているだけに不愉快だった。

エドウィーナは口を開きかけてやめた。そしてたっぷり三〇秒間、次に言うべき言葉を探し、ようやく見つけた。「紳士はそのようなことを口にしないわ」

トレモアは腕を組んだまま、首を傾げて彼女を見た。肩の後ろでベストがぴんと張っている。やがて片手を胸から離し、こぶしの裏で口ひげを撫でた。一回、二回。

「本当か？」

「ええ、本当よ」エドウィーナは言い張った。

「紳士だってバージンって言葉は知ってるはずだ」

「ああ……ええ」――なんと言ったらいいだろう――「知ってるでしょうね。でも口に出したりはしないわ」

トレモアは少し前かがみになる。「じゃあどうやって覚えたんだ？　誰かが言わなきゃ覚えられない」

エドウィーナは口を真一文字に結んだ。腹立たしくめまいがしそうでもある。「そうね、きっと男性同士なら口にするかもしれないわ」

「今朝あんたは、男だけのときに紳士が何を話してるか、知らないって言ったよな」

「ええ」このばかげた会話をどこに持っていけばいいのだろう。「きっとそれも、紳士同士の話題のひとつかもしれないわ」そして慌てて付け加える。「でもレディの前で口にするのを聞いたことはないわ。さあ、もうレッスンに戻っていいかしら？」

「ご自由に」トレモアは肩をすくめた。「どうやら俺は、数週間のあいだに何か話題を考えなくちゃならねえようだから――つまりディナーのあとの男同士の話題を――まずバージンの話から始めるとしよう」

エドウィーナは息を呑んでトレモアの顔を見つめた。すぐにからかわれていることに気がついた。彼はいつもの皮肉っぽい笑みを浮かべている。口の端を片側だけ上げて、頬にえくぼをつくっている。魅力的な笑顔だった。

腹を立てるべきなのか笑い飛ばせばいいのか、エドウィーナには分からなかった。いつもなら腹が立つところだ。だが今は不思議とそうはならない。逆に心が……ほっと温かくなってくる。からかわれているのに不快じゃないなんて、この男は奇跡でも起こしたのだろうか？　人をばかにしていながら嫌な気持ちにさせないなんて。

トレモアの笑みが広がって、エドウィーナはますますうろたえた。「あんたが男を知らないってことは分かってる。キスだって多くない」

当たり前でしょ——「一回だけよ」思わず口走っていた。「あなたと」すぐに言うんじゃなかったと後悔した。なにもその事実を強調することはなかったのに。エドウィーナにキスしようという男性は——ほんの軽い気持ちのキスでさえも——これまで一人もいなかったと白状するようなことを。

だがそうは受け取られなかったらしい。

トレモアの顔色が変わった。心底びっくりしている顔だ。さっきまでのからかうような表情は消えて、エドウィーナをまっすぐ見つめている。「ちくしょう。こんな嬉しいことがあるか、ミス・ボラッシュ。俺は誇りに思うぜ」声に驚きと感動を滲ませて、大真面目な顔で言う。

本当は笑いだすべきところなのに、エドウィーナはあっけに取られてくすりともできない。数秒間ただ呆然と座っていた。そしてようやく安全な返答を思いついた。「トレモアさん、『ちくしょう』はやめたほうがいいわね」

彼は首を傾げてかすかに眉を寄せた。「ならなんて言えばいい？」

「こう言ってみて。『素晴らしい』」

彼は声を上げて笑ったが、やがて笑顔のままいくぶん皮肉っぽく眉をつり上げて、彼女の言い方をまねた。「オーケー、素晴らしい」

それがあまりにも自然で完ぺきだったため、エドウィーナは一瞬言葉を失った。やがて「そうよ」とうなずき下を向く。「ええ、それでいいわ」

彼女の鼓動を止めたのは、次に彼が呟いた言葉だった。

「あなたは素晴らしい」

エドウィーナははっと顔を上げた。機械の仕組みか手品の種を理解しようとするかのように、目を細めてトレモアを見た。ここにいるのは誰だろう？　白いシャツの腕をシックな色のベストの前で組み、悠然と座っている。非の打ち所のないイギリス紳士。その紳士はエドウィーナを「素晴らしい」と言った――彼女を凍りつかせるほど優雅な発音で。その瞬間、ネズミの話もコーンウォールの話もすべて嘘になった。一流仕立ての服を着た自信溢れるこの男こそ本当のミック・トレモアだ。

いいえ、これこそ嘘なのよ。何を考えているの、エドウィーナ。こんなことではとても最後までやり通せない。まだ始めたばかりだと言うのにへんな錯覚をして、偽者の彼にぼうっとするなんて。これは本当の彼じゃない。この偽者の……何だったかしら……そう、子爵にだまされてはだめよ。

口が渇き、肌はほてっている。もう一度トレモアを見た。それにしてもなんと完ぺきに化けたものか。彼の優雅な指は今、厚い口ひげを撫でている。そのしぐさは彼の癖と言っても良かった。ときにはこぶしをつくった指の付け根で、ときには今のように指の内側で口ひげを撫でる。どちらにしろ、それは彼を憂いに満ちたちょっと悪そうな男に見せる。エドウィーナはその口ひげの感触を思い出した。彼女の口に触れたそのひげは、柔らかくてふわふわで――。

ああ、また変なことを考えている。エドウィーナは目を落とし、手を喉元に運んでドレスのネックラインを触った。シルクを覆うチュールの上に小さなスチールビーズが付いている。デザインに凝って作らせたドレスだ。自分にも求婚者がいるかもしれないと、愚かにも考えていた頃あつらえたものだ。あの頃は、彼女にまだ財産があって、男性たちの関心を引いていたはずだ。

当時は何を考えて生きていたのだろうか？　思い出せなかった。思い出しても仕方がない。昔に戻ることはできないのだから。かつて何を夢見ていたにしろ、今ではもう無理なこと。エドウィーナは机の上の音叉を見つめた。彼女自身もその音叉と同じ。誰かにトンと叩かれて、その音がいつまでも反響している。理解できない何かによって、胸の中が震えている。それは見えないけれど、確かに彼女の心を揺さぶっている。

窓の外はすっかり暗くなっていた。ガラス越しの夜は不透明で、エドウィーナの研究室を映し返している。遠くの街灯だけが外の世界に属している。もう遅い。こんなに長く仕事をすることはめったにない。能率も悪いだろう。そろそろ終わりにしよう。明日はもっといい成果が出るはずだ。

「今日はここまでにしましょう」エドウィーナはふらつきながら立ち上がった。膝ががくがくする。「もうベッドへ行く時間だわ」

言い終わらないうちに、言葉の選び方を間違ったことに気がついた。「ベッドへ」なんて言ってはいけなかったのに。トレモアはわずかに目を伏せた――彼女にはそう見えた。濃い眉がその目に陰を作っている。「ああそうだな、もうベッドへ行く時間だ」

エドウィーナは恥ずかしさでいっぱいになった。彼は分かって言っている。またからかっている。彼女が不注意に言った言葉を、わざと繰り返したりして。

みだらな意味を込めて……。

気づかなかった振りをしよう。彼の言葉におかしな意味などなかったのだ。おやすみを言ってベッドへ行こう。

だが思いとは裏腹に、体は言うことを聞いてくれない。腕も足も固まったように動かない。顔にはかまどの火にさらされているかのように熱がのぼってくる。肩も、首も、頬も、抑えきれない恥ずかしさに熱くなる。偶然にとはいえ、なんと破廉恥なことを言ってしまったのだろう。

トレモアは何も言わずに立っていた。彼女はそれをありがたいと思うべきなのか。

しっかりしなさい、エドウィーナ。ようやく口を開いた。「あ……ええ、そうね。もう行ったほうが――」息を吸い間違えて喉がつかえた。咳き込んで言葉が続かない。目に涙が滲んでくる。忌々しいことに、トレモアは彼女のために言い訳しようとする。

「口が滑ったんだよな、ダーリン。誰だって恥ずかしくなるさ。大丈夫。俺は分かってるから」

エドウィーナは目を上げた。二人はそのまま見つめ合う。あら、彼の目は緑だわ。濃い眉に隠れていたせいか、目を長く合わせていられなかったせいか、彼女は今まで彼の目の色を知らなかった。漠然と薄い色だとは思っていたが。それは茶色がかった緑ではなく、やや灰色がかった明るい緑で、黒い瞳を包んでいる。鮮やかな濃いモスグリーンの虹彩がその瞳を取り囲んでいる。魅惑的な目だ。彼女はその緑の目から視線を外すことができなかった。

いけない。また良からぬ方向に意識が向いている。それになぜこの体は言うことを聞いてくれないのか。顔も体も熱くなっている。きっとエドウィーナが卒中を起こして倒れそうに見えたのだろう、トレモアは机を回って近づいてきた。彼女の手を外側から包み込むように握る。その手は強く温かく、自信に満ちている。

「さあ、ベッドへ行くといい。俺はここにいる。一人で大丈夫だろ、ウィニー。いい子だ。少しびっくりしただけだ。朝にはけろっとしてるさ。あんたが下りて来るころには、俺はちゃんとテーブルに着いてるから――モリー・リードとダンスなんかしていないから」

モリー？　それがミセス・リードのファーストネーム？　エドウィーナは今までそれを知らなかった。

いったいどうなってるの？　一瞬彼が異星人のように見えた。見慣れた自分の家から現れた異星人。

またばかげた想像が始まった。もうやめよう。言われたとおり、エドウィーナはそのまま出て行こうとした。

そのときドアのそばにミルトンが現れた。「ご用はありませんでしょうか？　お嬢様」

「ないわ」エドウィーナは助けを求めるように振り向いた。

不都合がないのを確認して、ミルトンは安心したように話し続けた。「ミセス・リードを送ってまいりましたもので。息子さんの馬が蹄鉄を曲げてしまったとか。すっかり時間を取られてしまいました。ご用があればなんなりと」

エドウィーナは首を振った。たとえ頼みたくてもそれをうまく言葉にすることはできそうになかった。

「ああそうでした！」ミルトンは何か思い出した。「仕立屋からドレスが届いております。お嬢様のお部屋のテーブルの上に置いてございます」

エドウィーナはうなずいた。ドレス？　ああ、あれね。

こだまのようにトレモアの声が言う。「ドレス？」

「え？」エドウィーナは彼のほうに目をやった。

トレモアの顔から笑みが消え、代わりにいぶかしげな表情が現れている。「新しいドレスか？」

「いいえ、古いものよ」どうでもいいことだというように首を振った。「今ふうに直したの」

「どこで？」

「なんですって？」

「どこで直させたんだ？」どうやらトレモアにとってはそれが重要なことらしい。

エドウィーナは唇をなめて言った。「ミリーなんとかっていう仕立屋よ。クイーンズゲイトのそばの」その店の店員が彼の知り合いであることを思い出し、すかさず質問した。「あの店の女性たちとはどの程度のおつきあい？ お友だちなの？」一昨日までのね。

トレモアはそうだとも違うとも言わず、椅子に座り込んでエドウィーナに目を向けた。無礼なほどまじまじと見つめている。やがて首を横に振ってかすかに微笑み、また何度か首を振って下を向いた。照れているようにさえ見える。なぜか状況は逆転した。今度は彼のほうが恥ずかしがっている。不思議なことだが確かにそうだ。彼は何か言おうとしたが、それさえできないようだった。話好きのこの男が今、完全に言葉を失っている。

8

続く一週間のほとんどを、ミックはウィニー・ボラッシュのスカートを目で追いながら過ごした——彼女が脚を組んだり立ったり座ったり伸びをしたりするとき、スカートの布が動くのをまじまじと見つめていた。その視線でスカートに穴が開いてくれないかと半分本気で思っていた。どんな思いがあるにしろ、男の熱い視線になにがしかの力があるのなら、彼女のスカートは今ごろ炎に包まれているだろう。

レッスン詰めの毎日だった。一日一〇時間から一二時間、ミックの話し方を変えるために、ウィニー・ボラッシュが有効だと考えるあらゆる方法が行われた。彼は口に器具をいれ、彼女は結果を記録する。彼は言葉とも呼べないような音を出す。あるいは一人で座って発音の練習を繰り返す。あまりに長くて退屈で、マジックさえ伸びをしてどこかへ行ってしまうほどだった。

彼らはその日、研究室で隣り合って座っていた。ミックは母音の練習をしていた——鉛筆を渡されて、ウィニーが書いた発音がきちんとできているかどうかチェックするよう言われている。あのばかげた蓄音機に録音する準備ができたら、その記号に鉛筆で印を付けるのだ。

二人の前には机があった。ミックの右にウィニーが座り、左には背の高い窓があってロンドンのしゃれた一角が見えた。この八日間、ミックは毎朝同じベッドで目を覚まし、自分がそこにいることに同じようにびっくりした。起きて窓の外を見れば背の高い煉瓦造りの家々がある。朝陽にきらめく窓ガラス、フラワーボックス、きれいに刈り込まれた生け垣、鉄の門。彼は場違いな場所にいると感じていた。自分はここに合う人間ではない——だがどんな人間なら合うのだろう？　それでも彼は、人生の不公平が今のところ自分に味方してくれているのを喜んでいた。

ミックは鉛筆で紙をコツコツやりながら、練習しなければならない音の記号をながめていた。書き出されたそれらの記号は彼にはあまりよく分からなかったが、ウィニーに尋ねる気はしなかった。いつものように退屈していた。その日の朝は動詞の基礎を練習し、昨日は進行形と舌を嚙む発音を練習した。正しくできたとはとても言えない。ああ、この退屈をなんとか紛らわしたい。

ウィニーがこちらに目を向けた。鉛筆を打つこの手を見ている。ミックの心はたちまちはずんだ。話しかけてくれるかもしれない。彼は彼女と話したかった。彼女の柔らかな声、なめらかで貴族的な話し方が好きだった。彼女の言葉の選び方も、その使い方も好きだった。ところが今、ウィニーはミックを喜ばせるようなことを言ってはくれなかった。眼鏡のフレーム越しに彼の手を見下ろしながら「トレモアさん、その口ひげは本当にないほうがいいと思うわ。私たちが目指している洗練されたイメージにはやっぱり合わないんじゃないかしら？」

ミックは目を丸くした。なんてことだ。この女はいったい何度この立派なひげにかみそりを当てろと言うつもりなのか。見ると彼女はもう彼の手から目を離し、ノートを覗き込んでいる。ミックはぶすっと呟いた。「気に入ってるんだ」

ウィニーはインクの出を良くしようとペン先を舌に当てながら、また言った。「でもスマートには見えないわ」

「立派なひげだ。こんなに濃いひげを持った男はそう多くない」

「欲しいと思う人もそう多くはないでしょうね」

「それはどうだか知らないが」ミックは鼻の下に指を当てた。「それにしてもあんたいったい何様のつもりなんだ。俺のひげを目のかたきにしてよ。今にも手が伸びてきて口をひねられそうだ。ちょっとデカイ顔しすぎじゃねえか」

「デカイ顔？」ウィニーはペンを止めて顔を上げた。

「言いたい放題ってことさ。生意気って言ってもいい」

「私はちっとも」――一呼吸おいて――「デカイ顔なんてしてないわ」ウィニーは鼻にしわを寄せて優しく笑い、ミックをさらに不愉快にした。

彼は自分が怒りっぽくなっていることを知っていた。ただ……このところどうしようもなく苛々している。「ああ、言うとおりだ。あんたはいい女だ。優しい。良かれと思って言ってるんだろう。だがやっぱりあんたはなんでも思いどおりにやろうと思ってる」

「そんな……」ウィニーはペンを置いた。「ちっともそんなふうには思っていないわ。思いどおりになるのは私自身のこの足だけよ。逃げ足は速いのよ、少なくとも比喩的な意味ではね。いつも何かにびくびくしているからかしら」彼女の顔が一瞬変わった。言わなければよかったというような、おどおどとした表情が見えた。くるくると表情を変えるその顔がミックは好きだった――ウィニーは実にたくさんの表情を持っている。

だが彼は今、とにかく思っていることを言ってしまいたかった。「世の中が自分の思いどおりにならねぇから怯えてるのか？　誰かにそれを知られて責められるのか怖いのか？」

「違うわ。それと、ネェじゃなくてナイよ」

「なんだって？」

「じゃなくて、失礼」

「ああ」言葉の訂正だ。ナイ、そうだった。「みんなが自分と同じようにしないからこえぇんだ」

「コワインダ」

ミックは口をつぐんで舌を奥歯に押し当てた。歪んだ口の上で口ひげも歪む。ばかばかしい。同じ意味なのになんで言い換えなきゃならない。

彼は目の前に置かれた紙の上へ鉛筆を放り投げた。鉛筆は、先が一度コツンと紙に当たり、ころころ転がって止まった。紙には小さな点が付き、彼のほうはため息をついた。「俺に言えるのは、ダーリン、花畑をいつも満開にしておくのは大変だってことさ。特に、頼りにできるのが危なっかしい、あ……そうだ、ころころ転がって落ちるクソしかないなら」

エドウィーナにはトレモアが何を言っているのか理解できなかった。それでも知っていた。彼女を見ながらにやりと眉を上げるとき、彼は彼女を面白がらせて攻撃をかわそうとしている。

トレモアはふたたび鉛筆を手に取ると、手の中でくるくる回転させて、机の端を叩き始めた。コツ、コツ、コツ、コツ……軽くリズムをつけて叩いている。「もちろん、危なっかしいっていうのも、わくわくするものではある。そうだろう？」不可解な笑みを浮かべる。「今みたいに。俺たちはどっちも、次の瞬間何が起こるか分からない」

エドウィーナはたじろいだ。ミック・トレモアの気まぐれな哲学。相手にしないほうが無難だ。

来月の終わりまでに彼を子爵にできるかどうかは分からないけれど、確かなことがひとつある。このミック・トレモアは、通りで哲学教授の襟をつかまえて、面白い理論を次から次へと聞かせた挙句、ふらふらと去っていく教授を笑顔で見送ることができる男だということだ。不運な教授は自らの語彙と理論の独創性の乏しさを思い知る。

「勝手に言ってなさい」エドウィーナは言った。「私には」――一拍おいて――「『危なっかしい』ことは何もできないわ」

「できるさ」

「そうね、できるわ。でもしない」

トレモアは笑った。「まあいい。そのうち自分にびっくりすることになるさ」

彼の自信は腹立たしかった。わずかにぴくぴく動いているあの口ひげと同じくらいに腹立たしい。エドウィーナがあのひげを嫌っていると知っていて、わざとあれを動かして見せようとする。

かまうもんですか。何の意味もない会話だわ。エドウィーナはふたたびペンを取り、その朝の進展を記録する作業に戻った。

目の端で横を盗み見ると、トレモアは椅子を後ろに傾けて、前脚を浮かせて前後に揺れながら、首を傾げて机の下に目をやっている。彼はこの一週間ずっとその体勢を取っている。エドウィーナはなんとなく落ち着かなかった。机の下にネズミでもいるのかしら？　でも何かがいたためしはない。何かいるのかと何度か尋ねたが、何もいないという返事だった。

訊き方を変えてみた。「あなた、何しているの？」

トレモアの返事はずれている。「長くてきれいな脚を持ってるようだな」

「手足」彼女は訂正した。「紳士は露骨にアシなんて言わないわ。手も含めて婉曲的に言うのよ。話すにはちょっと要領を得ないかもしれないけれど、アシよりはいいわ」

トレモアは笑った。「手足？　脚だけなのに？」鉛筆は相変わらずうるさくコツコツ言っている。「いや、そこにあるのは脚、長い脚だ。それが見られるならなんでもするな」

なんてことを。彼女はまた言葉を失った。この無礼きわまりないコメントに切り返す準備はできていなかった。

しかもこの男はそれが無礼だということを知っている。知った上でエドウィーナをからかっているのだ。今では彼女にもそれが分かってきた。彼は彼女を苛々させて喜んでいる。虫の足を引き抜いて面白がる子どものように。加えて今日の彼はかなり混乱しているようだ。退屈しているせいだろう、「危なっかしい」いたずらでもしたい気分のようだ。

トレモアは椅子をさらに後ろに傾けて、腕を振り下ろす途中で浮いた椅子の前脚に鉛筆をコツンと打ち付けた。彼の体勢はとても不安定だ。倒れそうじゃないの——。

そのとき、エドウィーナはくるぶしの上に何かが当たるのを感じた。見ると彼の鉛筆だ。鉛筆の先が彼女の革のブーツに当たり、くるぶしから上へさっと引き上げ、スカートの裾をめくっている。

エドウィーナは慌ててスカートを押さえた。「何するの！」

トレモアはまた鉛筆を机の脚にコツコツ当てて、上唇を膨らませ、歯と下唇のあいだから息をプーッと吹き出しながら口ひげを立てた。あの口ひげを。

エドウィーナははっとした。これが目的だったの？

この脚を見るため？　見る価値なんてまったくないこの脚を？　歩くために曲げることができるただの二本の棒じゃない。彼はこの棒が見たいの？

なんのために？

もちろんそんなことを許せるはずがない。だが彼を挑発するような拒絶の仕方はまずいだろう。見てはいけないと言われれば、もっと見たくなるのが人の常だ。絶対に見ることができないからこそ見たいという人間もいる。「そうね、いい方法があるわ、トレモアさん。脚を見せてあげる代わりに、あなたが口ひげを剃り落とすっていうのはどう？」

ほんの冗談のつもりだった。彼を皮肉ってからかうための冗談。

エドウィーナがどんなつもりで言ったにせよ、トレモアはそれを聞いて鉛筆を打つ手を止めた。いや、鉛筆を落とした。鉛筆は小さくカタカタ言いながら床の上を転がって止まった——鉛筆と一緒にトレモアの体もぴたりと止まった。椅子の後脚を支えにして、その間抜けで幼稚で品のない姿勢で固まり、反抗的な表情を浮かべている。

何か言いたそうに口を開いたが、ただ唇をなめただけだった。

エドウィーナはとつぜん理解した。あら、彼は今まで誰一人見向きもしなかったこの二本の脚が本当に見たいんだわ。このひょろ長く、子馬の脚のように優美さに欠ける脚が。

冗談だったのに——まあ、どうしよう。あの表情から察するに、彼はこれを真面目な提案と受け取ったらしい。そう考えるとエドウィーナはひどく不安になってきた。彼の沈黙、あの表情……彼女は思わず膝の上に手を滑らせて、ドレスの上から向こうずねを押さえつけた。

トレモアはまた唇をなめた。より円滑に話すためのように。やがて口を開いた。「失礼？」エドウィーナが教えた言葉。教えたとおりの発音とアクセント。パーフェクトな言い方だ。だがそのために、彼女は一層不安になった。

それでも優位に立っていると思いたかった。「聞こえたでしょ」強気に出たが、胸はどきどきしている。トレモアは魅入ったように呆然として動かない。ずっと驚かされる側だった彼女がようやく彼の度肝を抜いた。すっかり勝ったような気になって、エドウィーナは自信が湧いてきた。

とつぜん、この提案がまんざら悪いものではないように思われてきた。いやなかなかいいアイデアかもしれない。「あなたが口ひげを剃るのなら、スカートを上げて脚を見せてあげてもいいわ。どこまで見せればいい？　膝まで？」うなじの毛が逆立つ。

「もっと上だ」トレモアは間髪を容れず言った。膝より上でなければ話にならないとでも言うように。

「どこまで？」

「最後まで」

エドウィーナは眉を寄せた。「脚だけよ」

「分かってる。腿の上までだ」

「もちろんドロワースははいたまま――」

「じゃあひげを剃るのも半分だ」

ひげを剃る！　「本当に剃るの？」

トレモアはエドウィーナを見ながら少し考えて、反対に訊いてくる。「スカートを上げて脚を見せてくれるんだろ？　下着無しで」

「だめよ」エドウィーナは慌てて首を振った。「絶対にだめ。ドロワースは脱がないわ」

トレモアは調子に乗りすぎたと思ったらしく、すぐに引き下がった。「分かった。下着ははいたまま、腿の上までだ」

エドウィーナは口をつぐんだ。いったいどうしてこんなばかげた話になったのだろう？ こんなつまらないことで――口ひげを剃るかどうか、脚を見るかどうかで――真面目に交渉しているなんて。成り行きはともかく、二人はどちらも失うものを安売りするわけにはいかなかった。

慎みと口ひげ。

エドウィーナは戸惑いながらも心を決めた。彼女の慎みは失われ、トレモアの口ひげはなくなる。スカートを撫でながら言った。「結構」

「どれだけ？」

「え？」

「どれだけ長く見ていられる？」

エドウィーナは口をきゅっと結んだ。半日ずっと見ていたいとでも言うの？ 冗談じゃない。「一分」

「じゃあ、だめだ」トレモアは首を振った。「もっと長く」

「どれくらい？」

「一五分」

エドウィーナの体を血が駆け巡り、全身が熱くなった。「一五分も立っていられるわけないでしょ。ばかばかしい！ スカートを上げて立っていろって言うの？ ドロワースを見せたまま？」

それがいかに滑稽なまねであるかを言いたかった。だがトレモアはその光景を思い描いて表情を緩めた。ああ、彼の余裕のある顔など見たくない。またいいようにからかわれてどぎまぎさせられている。彼の口が例によって片側だけ上がり、頬にひとつ深いえくぼが現れた。ずるそうな笑みがゆっくりと広がっていく。「いや一五分だ、ミス・ボラッシュ。そして触らせてもらう――」

「ちょっと待って、トレモアさん――」

彼は椅子の前脚をコツンと下ろし、指をエドウィーナの顔に突きつけた。「ミス・ボラッシュ、口ひげは男の象徴だ。これを剃るなら、その脚がどんな触り心地か知るくらいの見返りが欲しい」

エドウィーナは急に弱気になった。違う、そんなつもりではなかった。話が進みすぎている。

トレモアは口を突き出して、唇の上のひげを躍らせて見せる。ああ、あのひげは絶対に嫌だ。でもなぜ？　なぜこんなに嫌なの？

「結構よ」これ以上注文を付けてこないうちに決めてしまおう。「でも一〇分。触らないと気が済まないって言うなら触っていいわ。ただし」制限を付けなければ。「最後にね」そして警告。「でも脚だけよ。他のところに触ったら――」

トレモアは口の端をさらに大きく引き上げた。「オーケー。脚だけだ」歯を見せて笑う。

「一〇分でいい。だが今すぐにだ。すぐに見たい」手のひらで机の上をぽんぽん叩いた。「さあ、ここに上がって、ダーリン。スカートの中を見せてくれ」

9

エドウィーナとトレモアは、どちらも相手を完全に信用するわけにはいかなかった。二人の取り決めは、まず彼が彼女の脚を五分間だけ見る――まだ触ってはいけない。次に一緒に二階へ行き、洗面器と鏡を用意して彼がひげを剃る（ええ、彼はひげを剃る！）。それが済んだら彼はもう五分間彼女の脚を見る。そして最後に触る（ああ、なんてばかばかしい！）エドウィーナはよろめきながら――悪い夢でも見ているようだ――椅子から立ち上がった。二人がこんなことを話し合い、しかも実行しようとしているのが信じられなかった。

「一度だけよ」

「一度だけ」トレモアは言ったが、すっかり有頂天になっていて、聞いていたのかどうかは疑わしい。彼は勢い良く立ち上がった。

不意にトレモアの両手がエドウィーナの腰にかかった。驚く間もなく足が浮き、気がつけば彼女は高く持ち上げられていた。「やめてよ、机の上になんて――」

のってしまった。エドウィーナは机の上からトレモアを見下ろした。

不思議な眺めだった。彼女の下で彼は椅子を数フィート後ろへ移動させる。「目の高さでないとよく見えないからな」振り返ってにやりと笑い、すとんと腰かけて腕を組む。

トレモアは四フィート離れた場所からまっすぐスカートに目を向ける。エドウィーナはレッスン机の縁を見下ろした。絶壁のような机と深い床。こんなはずではなかった。こんなことを想像してはいなかった。思い描いていたのは——

口ひげが石鹸の泡に覆われて、まっすぐなかみそりが泡と一緒にひげをきれいに剃り落としていく光景。それだけがエドウィーナの想像だった。

ところが今、目の前には口を斜めにしてにやりと笑っている男がいる。勝ち誇ったように、その濃く黒い口ひげを傾けて、椅子に深く座り、脚を開いて膝を曲げ、仕立てのいいベストの前で腕を組んでいる。

「どうした？」トレモアはエドウィーナのせっぱ詰まった顔を覗き込む。「スカートを上げないのか？　それとももう降参？」片手を胸からはなし、わざとらしく口ひげを撫で始めた。「ダーリン、早く始めれば、それだけ早く二階へ行ってお望みどおりにできるんだが」

エドウィーナはうなずいた。そう、そのとおりだわ。手を下げて、スカートの布をつかんだ。五分はそんなに長くない。マントルピースの時計の針は一一時二〇分前を指している。一五分後にはすべてが終わる。少なくとも半分は終わっているはず。

それでもスカートを持ち上げるのは想像以上に難しかった。トレモアはじっと見つめている。一瞬も無駄にしないようにと、エドウィーナの顔に目をやろうともしない。男性にこれほどあからさまにスカートの裾を見られるのは初めてだ。奇妙な感覚——戦慄——に襲われた。背筋が凍るものとは違う、さざなみが腹部を打つような感覚だ。

「手伝ってほしいかい、ウィニー？」

エドウィーナはトレモアをにらみつけた。「ミス・ボラッシュ」と訂正するべきところだが、唇をなめるだけでやめた。今はそんなことをしてもなんの役にも立たない。

彼女は自分を励ました。さあ、やるのよ。「手伝いはいらないわ」

それでも手が動かない。彼のせいだ。彼があんなふうに見ているから――。

ああ、そういうことね。あの勝ち誇ったような笑顔。挑戦的なまなざし。エドウィーナがはったりをかけていると思っているのだ。だからあんなに悠々としていられるのだ。

彼女は不敵な思いに駆られた。できないと思っているなら、やってやろうじゃないの。前を向いたまま、エドウィーナは両手を動かした。指でスカートにひだを寄せながら上げていく。

トレモアの反応はどうだろう。彼は椅子の上でゆったり構えていたが、次第に緊張が勝ってくると、余裕は消えて驚きの表情が現れた。そして期待の表情も。大好きなオペラの序曲、その大きく力強い最初の調べを聞いたとき、エドウィーナも同じような期待に満ちた顔で幕が上がるのを凝視する。ああ聞こえてくる――ティンパニーのリズム、チェロの調べ、弦の協和音が血管の中で膨らみ高まる。そうだ。やってやる。彼をびっくりさせてやる。不思議な興奮が、彼女の血を沸き立たせ胸をくすぐった。

足を見下ろすと、靴の先が一インチほど見えている。そうよ！　そんなに難しくない！

手はシルクと馬巣織りとリネンの手触りを楽しみながらどんどんひだを寄せていく。

靴の革がさらに一インチ現れた。部屋は静まり返り、布地のサラサラいう音だけが聞こえてくる。集めた布が持ちきれなくなると、それを前腕で押さえる。集めては押さえ、また集めては押さえる。靴ひもとすねが見えてきた。

ストリップだ。笑いが漏れそうになるのを我慢する。ばかげた考えだけど、やってみると快感だわ。

スカートが膝の辺りでまで上がったとき、脚にかすかな風を感じた。それはスカートの内側へと入ってくる。目がくらむようだ。見なくても、トレモアがそこにいることは分かっている。椅子の中で身じろぎし、咳払いするのが聞こえてくる。

ドロワースのレースが見え、同時にため息に似たかすかな声が聞こえてきた――「ああ」トレモアだ。興奮がエドウィーナの体を駆け巡る。胃がぐるぐる回っている。不安と快感が入り雑じり、それは不思議な喜びとなって彼女を押しつぶそうとする。

感情はどんどん高まっていく。これほど強い感情を抱いたことがかつてあっただろうか。ただ机の上に立って、スカートを上げ、膝から下を見せているだけなのに。

さあ、もっと。エドウィーナはまた唇をなめ、布地をどんどん集めていく。手を止めず、できるだけ速く。上へ、上へ。そしてとうとう脚がすべて現れた。膨らんだ布の固まりを最後に腰に抱えたとき、腹部に電気ショックを受けたような小さな衝撃が走った。それは不思議な感覚で、温かく優しく彼女の体を――ちょうどスカートの固まりが覆っている辺りを

——刺激した。

できた。やったわ。うまくやったじゃない。エドウィーナは喜びに胸を張った。どんなものよ。あとはもう何分かこのまま立っていればいい——。

「違う」トレモアの声がした。

エドウィーナはびくっとして眉をひそめ、机の上から彼を見た。

トレモアは脚を見つめている。魅せられたように真剣に。だが……何か不満そうだ。

「ああ、その……」彼は頭を少しのけぞらせたが、目は脚に据えたままだ。「ストッキング。ストッキングを脱いで」

「嫌よ」エドウィーナはスカートを下ろし、背筋を伸ばした。

トレモアは下ろされたスカートをにらみつけ、その視線を彼女の顔へと持ち上げた。「脚を見たいって言ったんだ。ストッキングじゃない」

「脚を見てたでしょ。話してたとおりにやったじゃない」

「脚のことを話してたんだ。ストッキングのことじゃない」

エドウィーナは目を剝いた。条件を呑めないならひげは剃らないって言うの？　それくらい大目に見てくれたって——。

「脚でなきゃだめだ」彼は譲らない。「脚そのものでなきゃ」

エドウィーナは唇を嚙んだ。やっとここまでやったのに。なかなかうまくできたのに。このぼんくらは、なんだかんだ言ってひげを剃らずに済ませるつもりだわ。そんなことさせるもんですか。「後ろを向いて」

「そんな必要はない」

「あるわ。脱いでるところを見せるっていう話はしなかったはずよ。さあ、後ろを向いて。準備ができたら教えるから」

　トレモアは一言二言文句を言ってから腰を浮かし、片脚をくるりと回して向こうを向くと、椅子をまたいで立った。エドウィーナは急いで前かがみになり、ペチコートの下に手を入れた。ドロワースの裾をよけてガーターをつかむ――仕立屋が送ってくれた新しいガーターだ。それを脚に沿ってすべらせながら、すばやくストッキングを下ろす。片方が済むと、もう片方も同じように下ろす。

　頭を上げてスカートをたくし上げ、脚を見下ろしてみた。絹のストッキングが編み上げ靴のくるぶしの辺りに溜まっている。だらしなくなんとも間抜けだ。まあいいわ。一瞬そう考えた。いいえ、だめよ。虚栄心が頭をもたげる。すでに十分みっともないことをしているのに、これ以上間抜けに見せる必要はない。

　エドウィーナはしゃがみこんで机にとんと尻を付き、慎みなく足を上げて、片方ずつ靴ひもをほどいた。ストッキングごと靴を脱いで裸足になり、足指をくねらせてみる。靴もないほうがいいんじゃないかしら？　足を見つめる。なかなかいい足だ。

「まだか？　何に時間かけてるんだ？　俺なら一分もかけずに脱がせてやるが」

「待って、もう少しよ」立ち上がろうとして頭を上げたとき、窓ガラスに映っているトレモアに――そしてまっすぐの口ひげに――気がついた。ということは、彼からもエドウィーナの姿が見えていたということだ。二人はガラスの中で見つめ合った。

怒りに腕の毛が逆立った。だが怒りはエドウィーナをさらに奮い立たせた。いいえ、やめるもんですか。引き延ばしたりもしない。彼に逃げる口実は与えない。彼女はまっすぐ立って威厳を掻き集めた。「結構よ」マントルピースの時計を見る。「一一時五分前ね。一一時までよ」ここは寛大に行こう。

そのかわり最後はシビアにやってやる。

トレモアは時計に目をやりながらこちらを向いた。椅子に深く腰かけて、くつろいだ様子で脚を組む。片方の膝をもう一方の膝にのせるその動きは、教えられて身に付くものではなかった。優雅で上品、そして独特だった。なよなよした感じはなく、むしろ男っぽいとさえ言える。どこで身に付けたものかは分からないが、それは彼を一層紳士らしく見せた。

だが脚を組んだあとは、とても紳士的とは言えなかった。両手の指を頭の後ろで組み合わせ、肘を張り出し、背を反らせるように後ろにもたれ、スカートの裾をじっと見る。

今回のエドウィーナは速かった。さっさとスカートを上げていく。だがひとつ大きな間違いを犯してしまった。自分の足を見ながらではなくトレモアのほうを見ながら手を動かしてしまったのだ。

トレモアが心を奪われているのは明らかだった。平静を装おうとしていたが――両腕を頭の後ろへやり、脚を投げ出して――すぐに緊張が勝ってリラックスしたポーズは崩れた。腕を下ろし、両肘を腿にのせて前かがみになり、この数分間に人生がかかっているかのように、エドウィーナの剝き出しの脚に目を据える。

彼女は不思議な支配感を覚えた。口が渇き、下腹の辺りが生き物のような何かによって掻き乱される。

刺すような視線はエドウィーナの体を熱くした。顔も体中の皮膚もほてってくる。とくに脚の皮膚は、照りつける太陽の光が染み込んでいくように感じられる。視線はすねを撫で、ドロワースの上から腿を押す。膝の裏には鳥肌が立ち、それはすねへと回ってそのまま腿へ、さらに脚のあいだへとのぼってくる。下腹の辺りが刺激される。

エドウィーナは机の上で足を踏み替えた。素足の裏で木の表面を感じると、木はかすかにひんやりとして、靴を脱いだばかりの足から湿り気をもらっている。

トレモアの視線は脚を這い上がり、這い下りて、それがいかに長いか、いかに美しいかを叫んでいる。焼きつくような視線だった。エドウィーナは急に、言いようのない不安に襲われた。じっとしていられなくなって、また脚を踏み替えた。心臓がどきどきしている。いつからこんなにどきどきしているのだろう？　これほど長くこれほどの速さで血液を送り出すなんて、きっと体に悪いはずだ。それに呼吸が速すぎて空気を十分に吸い込めない。いえ、体はいつもより多く空気を必要としているのかもしれない。手のひらは熱くべとついて、絹のドレスが湿ってきた。

時計がカチカチ鳴っている。二人はひとこともしゃべらない。トレモアの注意が逸れたのは一度だけ。エドウィーナの脇に置かれた靴とストッキングとガーターをちらっと見て嬉しそうにしたときだけだった。

余計なことを考えないように、エドウィーナは時計に目をやった。あと一分。トレモアがこの素脚を見るのも、この部屋の重苦しい雰囲気もあと一分で終わりになる。エドウィーナの素脚。自分でもそれほどしげしげ見たことはない。もちろん他の誰も見たことはない。彼ほどこの脚に興味を持った人はいなかった。

時計が一一時を指す直前に、トレモアは沈黙を破った。「ウィニー、自分の脚がどんなにきれいか知ってるか？」

エドウィーナは当惑し、そわそわしながら見下ろした。彼が言っているのは本当にこの脚のことなのだろうか？

「触るのが待ちきれない」

その言葉にエドウィーナの胃はせり上がり、逆さまになって溶けながら骨盤へと沈んでいった。

彼女は返事もできなかった。返事どころか何もできなかった。ただトレモアの目を見つめていた。彼もエドウィーナの目を見つめる。トレモアの明るい緑の目は、黒い眉の下でいつもとまったく違う色を帯びている。そしてその下で、口ひげがつややかな光沢を放っている。トレモアに見据えられ、エドウィーナの下腹部が――脚のあいだの奇妙な場所が――またうねりを始め、脚からはまた鳥肌がのぼってくる。

「口で触りたい」ためらいがちに、トレモアは小声でそう言った。行きすぎた要求だと承知のうえで言っている。そんなことは取り決めには入っていない。彼はただエドウィーナに懇願している。

彼女は言葉が出なかった。顔を上げて向こうの壁に並んだ本に目をやった。だが本は見えなかった。目は熱く視界はかすんでいる。

トレモアはさらに言う。「脚の後ろにキスしたい。膝の後ろともっと上にも」

エドウィーナは首を振ることしかできなかった。一度だけと言ったはず。彼が触れるのは一度だけ。片方の脚に一度だけ手をのせて、それから引っ込めなければならないのだ。脚の裏に何度もキスされるなんて――とんでもない！　頭がふらふらしてきた。もう立っていられそうもない。もう限界だ。どうしていいか分からない。吐き気がする。

時計が鳴り出した――理性を呼び戻す救いの鐘が。

終わった！

喜びとともにエドウィーナの胸に安心感が膨れ上がる。それは楽しげな声となって口から飛び出した。「あなたの番よ！」

シルクとリネンとレースをサラサラ言わせながら、スカートとペチコートを一気に下ろす。神さま、また脚を覆わせてくださってありがとうございます。脚を晒しているのが――膝から下だけであっても――こんなに辛いことだったなんて想像もしていなかった。

「鐘が鳴り終わるまで」トレモアは椅子に座ったまま言った。皇帝が玉座から命令するように。「もう一度上げて、ウィニー」

「だめよ」

彼らは最後の鐘が鳴っても押し問答を続けていた。だがトレモアを二階へ連れていくために、結局エドウィーナはもう一度スカートを引っ張り上げて、さらに一〇秒脚を見せなければならなかった。

10

トレモアの肩越しに、エドウィーナは鏡を覗き込んでいた。洗面器の上の彼の顔を見つめている。彼は口ひげに手をやって、愛撫するように指先で軽く掻き下ろした。エドウィーナはわずかに良心の呵責を覚えた。本当にわずかに。トレモアは泡立てたカップの中でシェービング・ブラシをカラカラ言わせ、泡を唇の上にのせた。かみそりを手に取って、泡ののった肌を伸ばす。舌を歯の下に巻き入れて――ジョリ――剃った。

やった！　エドウィーナは手を打ち鳴らしたくなった。ひげの下の肌が見える！　白くて柔らかい肌。彼女は勝利感に踊りだしそうだった。

トレモアはさらにひと剃りし、エドウィーナのほうをちらりと見て渋い顔をする。洗面器に目を移し、かみそりを振って泡を落とす。タオルの上で刃を拭い、顔を上げてまた剃りだした。口をねじり頬を持ち上げて、端まで剃る。また口をねじって鼻のすぐ下と唇のすぐ上を剃る。ジョリ、ジョリ、ジョリ。ほんの五、六回刃を滑らせただけで、あの厚苦しかったひげはすべて泡と一緒に洗面器に落とされた。

エドウィーナは洗面器の中を見下ろして、ドラゴンを征服したような気分になった。少なくとも毛虫を退治したくらいには嬉しかった——もう怖い思いをする心配はない。

トレモアはかみそりを置き、洗面器の上にかがんで水差しから水を注ぐ。口の周りをすすぎ、頭を起こそうとして途中で止まり、鏡に映った自分の顔を覗き込む。

驚いたようにまばたきする。エドウィーナも一緒に目をぱちくりさせた。トレモアはゆっくり頭を起こし、さらに鏡を見続ける。エドウィーナも鏡の中の彼を見つめた。

まあ、ずいぶん変わったわ。前よりシャープで清潔感がある。もちろんさっぱりした感じ。だが予想以上だ。こんなふうになるとは……信じられないほどハンサムだ。きれいにひげを剃ったミック・トレモアは、シェービング・ローションの広告に描かれた男性のようだった。

今や、彼の顔で一番目を引くのはあの魅惑的な目となった。眉の奥深くに見える明るい緑色の目は、長くまっすぐな鼻ときれいな垂直を成して並んでいる。顔は骨格が際立って、強く男性的な線と平面から成るローマ彫刻のようだ。ああ、無理にでも剃らせてよかった。あの動物のようなひげを取り除かせたのはやっぱり正解だった。

トレモアは鏡を覗き込んで、鼻から下をじっと見ている。剃りたての湿った肌に手をやって口へ撫で下ろし、不服そうな顔をする。唇をきっと結んで上唇を伸ばしてみる。

どう感じているとしても、彼はすぐに気持ちを切り替えたようだ。さっと鏡に背を向けて——この部屋に入ってから一分、ひげを剃ってからまだ数秒しか経っていないのに——洗面器の横にある木の椅子を指差した。「よく見えるようにここにのって。それからスカートを上げる。いいね、ウィニー」

第二幕だ。どうしよう。エドウィーナは一歩後ずさった。「命令しないで」

「俺は命令なんてしちゃいない。俺たちは話し合ったじゃないか。あんたの番だ。さあ椅子にのって」

「急に一人称がうまくなったじゃない。『俺』と『俺たち』がきちんと使い分けられているわ」

「先生の言うことをちゃんと聞いてるからな。さあ、時間稼ぎは無しだ。あと五分で済む。椅子にのって」

「嫌よ」その椅子にはのりたくないと言ったつもりだった。

トレモアはしかし、彼女の反抗的な口調から、約束が反故にされると思ったらしい。彼の怒りの形相は、エドウィーナが初めて見るものだった。後ずさりしながら早口で説明した。「椅子にはのらないって言ってるの。下で机にのったとき――」息を吸い込む。「とても嫌な気分だったわ。あれはあまりにも――」やりにくかった。説明するのは難しいが。机の上に立っていた結果、あの奇妙な感覚に襲われて、体が熱くなり頭がふらふらしたのかもしれない。「あんなことはもう嫌よ。いつもの目線でなきゃ」

トレモアは一瞬不満そうに口を曲げたが、椅子を自分のほうへ引き寄せると背もたれをまたいですとんと座った。椅子の背に腕をかけて言う。「結構」

それはエドウィーナの言葉だった。彼女がいつも言うのとまったく同じイントネーション。今日の彼は吸収がいい。だが今の彼女にとって、その吸収力は忌々しかった。彼女はさらに後ずさり、シャープになった新しい彼の顔を見つめた。それは口ひげがなくなって、前ほど優しく見えなかった。一瞬あの口ひげが恋しくなった。今の顔はなんだか彼らしくない。

「スカートを上げて」

エドウィーナはむっとした。「言っておくけど、下品なまねはお断りよ」

「俺は好きなようにする。約束は守ったんだからな」

トレモアはまた唇の上に手をやって、片方の眉に物思わしげな深いしわを寄せながら、指で剃りたての肌を撫でる。

いつの間にか壁際まで来ていたことにエドウィーナは気づかなかった。一歩下がって幅木に素足のかかとをしたたか打ち付けた。大きな体の重心はすでに後ろに移っていて、肩が壁を叩いた。

「始めてくれ。それとも手伝おうか？」

エドウィーナはスカートに手を当てて、しゃんとして立った。もう少し時間が欲しかった。もう少し遅らせてくれたら……それは無理な願いのようだ。さあ、やるのよ。自分を奮い立たせた。「いいえ、手伝いはいらないわ」両手でスカートをつかみ、下を見る。

「早くしてくれ。最後の一分が待ち遠しいんでね」

最後の一分？　そうだった。エドウィーナはまた胃が下がるのを感じた。彼が触る時間。だが今はそのことは考えまい。彼女は目を上げた。さっきと同じことを、今度は彼のきれいになった唇を見ながらやればいいのだ。

今回はしかし、前より難しそうだ。エドウィーナはまだあの鳥肌が立つような感じを覚えているし、さっきは最後にほとんど倒れそうになった。それに加えて今、トレモアの目はさっきより鋭くて、まるで手で触れられているような気がする。どうしたらまたあんなことができるだろう？　それにどうしたら最後の一分を乗り切れるだろう？　ただここに立って、彼が近づいてくるのを待って——ああ、そんなこと……。

いいえ、これは無駄じゃないのよ。トレモアの唇を見つめながら、エドウィーナは自分に言い聞かせた。指でスカートの布を集め、ひだを作りながら上げていく。部屋は下より暖かく、脚を撫でる風は心地いい。手はシルクとリネンをサラサラ鳴らす。握りきれなくなって、集めた布を腕で押さえて引き上げる。スカートはどんどん上がっていって……裸のすねが見えてきた。やがて膝の辺りにドロワースが見えて——。

とつぜんトレモアが何をしたがっていたかを思い出した。そう、エドウィーナの脚の裏側にキスしたいと言ったのだ。嫌よ。彼の目を見つめる。「だめ——だめよ——」言葉が出てこない。「そんなこと——」

「口で触るってこと？」トレモアが代わりに言ってくれた。そしてエドウィーナの心配を取り除くかのように声を出して笑った。特に優しい笑い方ではなかったが——乾いた皮肉っぽい笑いだった。エドウィーナはそれまで気がつかなかったが、トレモアには相手の気持ちを敏感に察する力がある。微妙なニュアンスを理解する。そしてどうやら、言った本人でさえ気づかない、言葉の二重の意味を聞き取ることができるらしい。「オーケー、ダーリン。あんたが嫌がるところには口は付けネェよ。嫌な思いはさせたくネェからな」

ネェ――その言葉はエドウィーナの喉のつかえを取り除いた。顔は変わっても彼はまだあのトレモアだ。冗談を言って笑わせてくれるミック・トレモア――今は冗談など言っていないけれど。エドウィーナは思い直してまたスカートを上げていった。じっと見つめるトレモアは、口の内側を噛み、下唇の端が内側に吸い込まれているように見える。まぶたをなかば閉じるようにして、さっきより低い舞台でのショーに見入っている。一瞬も気を散らさずに、見て、見て、見つめて……。

引き上げたスカートを腰の辺りで抱え込んだまま、エドウィーナはじっとしていた。もうどれくらいこうしているだろう？　親指でシルクをこすりながら、一心に目を凝らしている男の前でじりじりして立っていた。やがてトレモアが腰を上げた。エドウィーナははっとして体をこわばらせた。彼は片足を後ろに引いて椅子から離れ、高くそびえるように立ち上がった。大きな体が近づいてくる。

「何してるの？」エドウィーナは思わず尋ねた。

「その二本の脚に触るんだ。約束したろ――」

「いいえ、してないわ」願望のこもったこじつけを試みる。

「いや、した」

「一方の脚よ。一度だけと言ったでしょ。一方の脚に一度触るだけ」

トレモアは答えずに、エドウィーナの前にしゃがんで片膝をついた。彼女はしゃがんだ彼の頭を見下ろした。つややかな黒髪が彼女の脚のほんの数インチ前にある。「向こうを向いて」

「嫌よ」

トレモアは見上げた。「ウィニー、俺のひげは洗面器の中だ。俺が子どものお遊びのためにあれを剃ったと思うんなら大間違いだ。一度だけとは言ったが、長い一度だ。脚の上まで触る。口が嫌だと言うなら使わない。だが向こうを向くんだ。俺は脚の裏がいいんだ」

「片方だけよ」エドウィーナは念を押した。

「オーケー、片方だけ。だがこのゴージャスな長い脚全部に手で触る。まずこのかわいいかかとから」――トレモアは指差した――「ふくらはぎの裏へ上がって、膝の裏、腿の後ろ」――想像しながら指を動かす。その手つきにエドウィーナは鳥肌が立った。手が腰の高さまでくると、彼は腰を両手でつかみ、くるりと回して向こうを向かせ、手を離して続けた――「そしてここ、尻の下のカーブまで触る」

エドウィーナは頭を壁にもたせかけた。「尻の下のカーブ」に鳥肌が立つ。助けて。彼はまだ何もしていないのに、体は反応している。腿の裏側の鳥肌は波のように這い上がってくる。腹部では、何かが身をくねらせている。飲み込んでしまった生き物が外に出ようとしているかのように。

不安がその感覚を鋭くした。彼の手を待つエドウィーナはまるで、空中に放り出されて飛び続ける女のようだった。あるのは恐怖と不安だけ――そのどちらも彼女は嫌いだった。

一方で、ときどき別の感情が見え隠れする。壁にもたれてミック・トレモアの手を待ちながら、エドウィーナは考えた。なぜ言われるままに壁を向いているの？　そもそもなぜ脚に触れることを許したの？　進んでこんなことをしているのではない。早く終わってくれればいいと願っている。この緊張感は堪えられない。それでも……。

こうしてうろたえながら立って待ち、不愉快で不安でも、エドウィーナはどこかで……言葉にできないスリルを味わっていた。

今までの人生にはこれほどぞくぞくすることはなかった。

ミックには分かっていた。何が起こっているのかはっきり理解していた。彼の手にあるのは罪悪感にさいなまれたバージン。彼は少し彼女をいじめすぎた。なんとか大人しくさせようとはした。かわいそうだと思い込もうともした。だが結局ウィニーはこうして身もだえし、ミックはこのためらいと苛立ちに苦しむ女を攻撃している。だが考えてみれば……この女はそれほど臆病ではなかったのだ。男の口ひげを取ってやろうなどと、無謀にも考えたのだから。

怒りがこみ上げてきてミックの体を一気に貫いた。聖アグネスの夜に打ち上げられる花火のように赤々と。ウィニーは分かっていないんだ。ここで自分がしていることは何なのか、どんなに俺を苦しめているのか何も分かっていないんだ。なにせ彼女は男と女のことをほとんど経験していないんだから。

ミックは呟いた。「じっとしてて」そのほうが楽だよ――許してあげるほどかわいそうだとは思わないが。

くるぶしに手を当てた。思わず肩が震え「ふぅ」と声が漏れて出る。ウィニーが言う「気息音」のH。こうすればうまく発音できたんだ。喜びの音。彼女の裸の脚を前にして、喜びは研ぎ澄まされてミックの体をナイフのように突き刺した。彼女の肌は驚くほどなめらかだ……彼の肌より十倍もなめらかだ。くるぶしは細く、ふくらはぎは長くふっくらとして――。

とつぜんウィニーは体を引いて、くるりとこちらへ向き直った。「ここまでよ。終わったわ。一〇分経ったわ」と言ってスカートを離した。

ミックは落ちるスカートをつかまえて、それを彼女の腰へ戻しながら立ち上がった。

そのままドレスの束を彼女の腹部に押しつける。「ペテンは無しだ、ウィニー。もう一度やろう。怖いのは分かるができるはずだ。さあ、スカートを持って」

ウィニーは拒絶した。「終わったのよ」囁くような声だった。

「いや、終わってない。あんた、さっさと切り上げて済ませようとしてるだろ。このアイデアを思いついたときからずっとそうだったからな。思い出してほしいが、俺は文句ひとつ言わず二階に来て、一分もかけずにひげを剃り落とした。ごまかしたり泣き言を言ったりしてあんたを困らせたりはしなかった。さあ、さっさとスカートを上げて、あんたが遅らせた一分を堪えるんだ」

ミックはスカートの束をウィニーの腹部に押し当てて、くしゃくしゃのシルクの上から体重をかけた。怖がらせているのは分かっていた。ウィニーが思いどおりにならないのを嫌う女だということも知っていた。くそっ、この女にぶち込んでやれたら――。

もちろんそうしたかった。ウィニーに「ぶち込んでやる」という考えはずっと頭の中を激しく駆け巡っていた。ふぅ……彼女が欲しい。乱暴に犯してやりたい。その思いに強烈に襲われて目の裏が熱くなる。理性的にならなければ。感情のままにばかな行動に走ってはいけない。だが鏡の中でひげを失った唇を見た瞬間から、ミックは自分が剝き出しにされ、責さいなまれ、もてあそばれているように感じていた。彼はずっとそう感じていた。だから思わずにはいられなかった――この女にぶち込んでやれ。

ミックはしかし、ウィニーの体から離れて膝を付き、彼女が許してくれたことだけをしようとした。

ウィニーは彼が離れるのを見ていた。彼はもう目の前にはいない。彼女はただ硬くなって立ち、つかんだシルクの束の上から彼の肩を見つめていた。スカートの布に彼の頭が触れている。なかば埋もれているように見える。脚に彼の体温が感じられる。それは信じられないほどの快感をもたらして、彼女は戸惑いと恐ろしさで一杯になった。呼吸が小さなあえぎとなって口を出る。恥ずかしさを伴うそんな声を、これまで口にしたことはなかった。いったいどうしてしまったの？　口は空気を求めて乾ききっている。

ミックは顔を横に向けた。垂れ下がったペチコートの裾が頰を撫でる。リネンはまだ温かく、ウィニーの体の香りがする。清潔で甘くて糊のような香り。その女らしい香りは彼を、性に目覚めた少年の頃へといざなった。あの頃以来、こんな欲望を感じたことはなかった。

すぐにズボンの中が持ち上がった。硬く、完全に。彼は勃起した。ああ、ちくしょう。これをどうすればいい？　ここから先、彼女に触れながら奪えないなんて。こんな拷問があるだろうか？　バッキンガム宮殿のように巨大な拷問だ。ホールも庭もモニュメントのひとつひとつもすべて彼をいたぶろうとする。

だがふくらはぎを撫で始めてすぐ、ウィニーはまたしても体を引いて、腰をねじった。怯えたように息を吐く。「もういいでしょう。ここまでよ。終わったわ」

猛烈な怒りがミックを貫いた。これほど強く混じりけのない怒りを最後に抱いたのはいつだったのか、思い出せないほどだった。その純粋な怒りとともに立ち上がった。「だますのか！」ドレスが全部落ち切るまえに、ウィニーに体を押しつけて、顔を近づけた。唇が鼻をかすめ、目と目が合う。ウィニーの肩を挟むように両腕を突き出した——手のひらが壁を打ち、彼女は飛び上がる。ミックの影がウィニーの体を包み込んだ。

ウィニーは体を引こうとして、壁に頭を打ち付けた。その衝撃で古い何かが打ち砕かれ、彼女はこの状況を受け入れようと決心した。これはすべて自分で始めたゲームの結果。もう後戻りはできない。前へ進むだけ。でもその先には何が待っているの？

ウィニーの頭がしっくいの上でゴツンと音を立てるのを聞いて、ミックは怒りにあえぎながらもうろたえた。理性が戻ってきた。

これ以上ウィニーの脚には触れない。彼女には無理だ。

ミックは不公平を呪ってわめきたかった。ウィニーの脚を思う存分撫で回すことを想像しながら、結局は軽く触れただけ。くそっ、これではまったく触らなかったより悪い。唇を噛みしめた。上唇が冷たくしびれている。それは赤ん坊の唇のように頼りなげだ。

二人はそれぞれどうしていいか分からずに、いたずらに揉み合うしかなかった。ウィニーはミックを押しのけようとし、ミックは彼女が本当に大きな女だと感じた。ミックが顔を近づけていくと、ウィニーは肩をつかんで押し返す――形ばかりの抵抗ではなく力のこもった本気の拒絶。

ミックは別の手を探し始めた。

ウィニーはやっとの思いで息を吐いているが、ミックは逃がしてはやらない。彼女に押されても、彼の体はびくともしない。

それどころかミックは脚を広げてさらにどっしりと立ちはだかった。そしてウィニーの耳元で囁いた。「で、約束を破った罰は何にしようか?」

ウィニーはぎょっとした顔をする。「約束を破ってなんか――」

「そうだダーリン。これはどうだ? 下着を脱ぐってのは?」

「ヒッ!」彼女は小さく悲鳴を上げる。「だ、だめよ。絶対にだめ――」

「いや、あんたは約束を守らなかった。あるいはなんとか俺をだまそうとした。罰は当然だ」

「嫌よ」その声はウィニー自身の耳にも哀れっぽく響いたはずだ。ミックの言動のひとつひとつが彼女を震え上がらせている。それは分かっていた。もう怖がらせるのはやめよう。やりすぎた。

「オーケー、ウィニー。下着を脱がないで済む方法がある」

ウィニーは不安を覚えながらも彼の目を覗き込んだ。彼の顔はすぐ近くにある。気がつけば、彼女の手はいつの間にか彼の胸にぺたりと当てられている。その胸は広く温かく筋肉が盛り上がって、背中に当たる壁と同じくらい硬かった。そしてあの胸毛！　あろうことか彼女の親指は、彼の胸筋のあいだへ流れるそのふわふわとした胸毛に触れている。彼の体を意識して、ウィニーは頭がくらくらし、ほとんど気が狂いそうだった。あの美しい彫像のひとつがとつぜん体温を放ち、手の下で呼吸を始めたかのようだ。

「ど、どんな方法？」恐る恐る尋ねた。

「しばらく付き合ってくれればいい」ミックはウィニーの頰に鼻を近づけて、息を吸い込んだ。彼女の匂いを嗅いでいる。そして同じ場所に今度は口を近づけた。ひげを剃ったばかりのすべすべの口を。ウィニーの体を戦慄が走った。体は小刻みに震えている。

首を曲げて頰を離すと、ミックはそのカーブした首に乾いた唇を付け、軽く触れながら耳の下まで這わせていった。そこで二人は動きを止めた。

ウィニーは恐ろしくて動けなかった。ミックのほうは――ウィニーには分かった――彼女にどんな罰を与えようかと考えている。哀れで卑怯なヒキガエルは、言われたとおりに償いをするしかなさそうだ。

「キスだ。つまり……本当のキスをする。そしてウィニー……あんたは俺にキスさせる。口を開けて――」

「口を開けて！」

「シーッ、嫌がるだろうとは思ってた。だが待ってくれ。聞くんだ。黙って俺のやり方を見てくれ。ただ口を開けて俺を入れてくれればいい。俺の好きなようにキスさせてくれ」そう言うと彼は顔を離した。陰になってはいたが、その顔は笑っている。わずかに唇を曲げたあの見慣れた笑顔。ひげをなくした斜めの唇は、ふっくらと豊かで形良く、天使ケルビムの唇を思わせた。こんな完ぺきな唇を持つ男性が他にいるだろうか？「それだけだ。それで終わりにしよう」

ああ、終わりにしたい。ウィニーはこれを早く終わらせてしまいたかった。胸は何時間も走ったあとのようにどきどきしている。ミックの言葉がその疲れきった胸をいやしてくれた――「それで終わりにしよう」やっと終わりにできる。これでもっとも恐れていたこと――脚に触れられること――も終わりだ。あれはあまりにもみだらすぎる。体はもう限界だ。肘の内側がどくどくと脈打って腕がだるい。からだ全体も同じだった。激しく脈打ち、熱かった。一方でエネルギーがのたうち回っている感じがしたが、他方では横になって休みたかった。何も考えないアンニュイの中でぐったりしてしまいたかった。

ああ神さま、これを終わらせることができるなら。ウィニーは短くこくりとうなずいた。

「目を閉じてリラックスして」

それなら楽かもしれない。もう一度うなずいた。目を閉じて、のたうち回るエネルギーを静めようとした。

ミックの手のひらが肩の後ろに伸びてきて、指が髪をすきながら首筋をのぼっていく。気持ちいい……まさかこんなに……彼の手がこんなに気持ちいいなんて。

ミックは優しかった。片手でウィニーの頭を支え、もう一方の手で細い背中を押さえながら自分のほうへ引き寄せる。そのまま優しく唇を重ねてきた。ウィニーはもう何も考えられなくなった。唇の上を唇が滑り、声が囁いた。「開けて」

ウィニーがわずかに口を開けると、その口を覆うようにミックは口を押しつけてきた——ウィニーは彼の力を感じ、その力が抑制されていることも感じ取った。激しい感情に襲われる。ミックの力、体を二つに引き裂いてしまいそうな筋力への恐怖。胸がしびれ、膝がくずおれそうな快感。大きな体に包まれて、その中で征服されてしまいたいという衝動。ミックは頭を傾けて、歯のあいだへと舌を入れてくる。その舌はウィニーの舌を押しやりながら口蓋を撫で、頬の内側を探る——彼女の開けた口を完全に奪う。口の中にこれほどのスペースがあったなんて、ウィニーは考えたこともなかった。

ミックの腕に抱かれたまま、ウィニーは体をこわばらせて立っていた。口の中を這い回る舌は横暴で……いや、横暴とも言えない。そう、衝撃的。彼の舌はただ衝撃的だった。だがしばらくすると、それは不思議と心地良いものになっていく。温かい。口の中で、それは信じられないくらい温かかった。そして力強く、甘酸っぱい味がした。とつぜんウィニーは、一時間まえ朝食のテーブルでミックが食べていたオレンジを思い出した。

オレンジ味のキスをする男はウィニーを壁から引き離し、手を腰の裏に滑りこませてさらに自分のほうへ引き寄せる。キスはたちまち力を増した。キスにこれほどの力があるなんて。ああ、彼の舌は大胆すぎる。唇を襲い、歯を襲い、舌を襲って口深く入ってくる。温かくて濡れていて刺激的。ウィニーの体を震わせる。そしてそれは……信じられないほどに気持ちいい。

ウィニーは少しずつ、そのキスに魅了されていった。ミックは深くゆっくりとキスをする。硬く大きくどっしりとした体のすべてを注ぎ込んで。二人の体をまた壁にもたれさせ、ウィニーにもっと近づこうとする。これ以上近づきようもないほどそばにいるのに。手は彼女の腰、胸、腕を撫で回す。彼女は引き気味だが抵抗はしない。抵抗する気持ちは何か別のものに変わっていた。言われたとおり彼に「付き合って」いた。そんな自分に気がついて、ウィニーはまた体を震わせた。

二人の体はくしゃくしゃのスカートを挟んで重なっている。ミックのズボンがウィニーの裸のすねをかすめ、手は彼女の尻へと下がる。その手は尻をしっかりと捕らえ、彼の体へと引き寄せる。ウィニーの体は逆らわない。ミックは慎重にリズムを刻みだした。ウィニーの震えはめまいとなって、胸が鳴り、頭がぐるぐる回りだす。

ミックはドレスの束を押しつぶしながら、膝を曲げ、腰を突き出した。一回、二回……キスの合間に快楽のうめきが漏れて出る。舌はゆっくりとリズミカルに口を突く。

恐ろしいことに、ウィニーはミックが何をまねているのかぼんやり理解しながらも、次の腰の突きを、次の舌の突きを待たずにはいられなかった。彼にこんなふうにキスされるのを、こんなふうに体に触れられるのを猛烈に求めていた。それはいっぽうで彼女を恥じ入らせ、脚から力を奪っていく。立っているのがやっとだった。

ミックはかすれた声を出しながら息を吸い込むと、口を離して一度横を向き、またキスをした。荒々しい息がウィニーのあえぎと重なった。彼女はめまいを起こしあえいでいるのに、彼はさらに望んでいたものを探し始めた。たくし上げたスカートの縁をもてあそびながら、脚へと指を伸ばしていく。

脚？　キスは脚の代わりだったはず。だめ、だめよ。そのとき遠くで声がした。好奇心に溢れた勇敢な声が。イエス！

恐れと喜び、狼狽と期待に激しく揺さぶられながら、ウィニーはその声を受け入れた。

ミックの手はドレスを離れて腿を下り、ドロワースの繊細なリネンの内側へと入っていく。指を開いた手のひらが腿の裏を這いだすと、ウィニーは胃を締めつけられるような鋭い衝撃を覚え、痙攣したようにひきつった。体は快感に打ち震える。温かくてなめらかな手のひらは、腿を撫でながらためらいがちに尻の下のカーブへとのぼっていく。

ああ、どうしよう。みだらすぎる。知り合って二週間も経っていない男にその傲慢な手で脚の付け根を触らせている。そのおぞましい考えにウィニーは胸がむかついた。だがやめさせるには、その手はあまりにも甘美だった。

手は腿を撫で回す。後ろ、外側、前、そして内側を……ああ、なんという心地良さ。ミック・トレモアに触られて、ウィニーは純粋な恍惚感に浸っていた。全身の毛を逆立てるほどのエクスタシー。その力、その高まり、その透明で目のくらむような明るさに怯えながら。

強烈な快感は、あらゆる論理的な考えを追い払いながら膨らみ広がっていく。何かがあの下腹部の場所から悪魔のようにウィニーを操って、これまで気づかなかった本能の手に彼女を委ねたのだ。それはぼんやりとして恐ろしく正体の分からない「何か」、彼女を無力にしてしまう獰猛で怖い感情だった。ウィニーはそこで体重を移し、わずかにもがいた。

「シーッ」手は腿の裏に戻る。彼女にとってはそこのほうが安全かもしれないが、もう感情は高まってしまっている。

ウィニーの中に生まれたこの奇妙な新しい感情は、彼女を暗い穴へと引っ張っていく。彼女はそこへは行きたくない。その穴には落ちたくない。そこへ落ちて知らない自分に会うのが怖かった。彼に付いていけば、穴に落ちて二度と戻って来られないだろう。少なくとも同じ場所には。彼女は永遠に変わってしまう。

理性は声を張り上げてそう言っている。人が見れば、ミックの腕に包まれて心地良さそうに立っているかに見えただろうが、ウィニーは今にも気が狂いそうだった。崖っぷちに立たされている。もう一杯だ。あまりにも新しく、あまりにも強烈で、これまで知っていたものとは違い過ぎている。それは彼女を罪の縁へと導こうとする。

ミックは自分を駆り立てる力と闘っていた。ほんの少し手を動かせば、ウィニーの中心に触れることができる。それはこんなに近くにある。自制心など捨ててしまいたかった。彼女を奪いたい。二人はミックの部屋にいる。ベッドはすぐそこだ。

だがミックは屈しなかった。ベッドは二人の取り決めをはるかに超えた範疇だ。彼にはキスすることしか許されていない。唇を合わせたまま、ウィニーを壁に押しつけて、舌で彼女の口を探り、首を回してまた探る。男のすべてをこのひとつの行為に注ぎ込む。ウィニーの体に自分の体をすりつけて、長く美しい腿の曲線を撫でる。女性らしく柔らかい腿の内側も。だが頭の中には囁きかけてくる声がある。欲しいものはそこにある。ほんの数インチだ。取ってしまえ。彼女に触れろ。

声は執拗だ。執拗にミックを攻め立てる。無視することなどできなかった。彼は結局屈してしまった。腿を撫でていた手をそのまま脚の付け根へ、デリケートなくぼみへと滑らせる。指は尻の下のカーブに沿って進み、腱のうねに辿り着く。そこで……手の角度を変え、ウィニーの脚のあいだをすくった。力を込めて彼女を感じる。それは無駄ではなかった。彼女は濡れている。下着も濡れている。彼女の体は準備ができている。どんなに彼を求めているかは明らかだ。どんなに彼の――。

ウィニーは頭を引いて鋭く叫んだ。ミックがわずかに体を離すと、彼女はとつぜんこぶしを振り回して向かってきた。腕と脚を使って攻撃してくる彼女は今や、死に物狂いで身を守ろうとしている動物だ。

すねに強力な裸足のキックを、顎にあごが外れるかと思うほどの拳を受けたあと、ミックはなんとかウィニーの腕をつかんで下ろし、後ろへ下がった。彼女は半狂乱になっていて、またかかってきそうな勢いだ。ミックは大きく息をしながら前腕を上げて身構えた。

だがウィニーはもうかかってこなかった。くるりと壁のほうを向くと、ミックが触れた場所を両手で押さえ、肩を落としてうなだれて、すすり泣きを始めた。

ミックはうろたえた。たとえウィニーが銃を取り出して彼に向かって撃ったとしても、これほどにはうろたえなかっただろう。

だがもちろんこうなるはずだった。分かっていたはずだ。ウィニーは人一倍罪の意識の強い怖がりなんだ。ミックは彼女に歩み寄り、肩に手をかけた。「シーッ、もう大丈夫だ。済まなかった。あんなことするんじゃなかった」

本当に、本当に済まなかった。ウィニーは子どものように泣いている。夕飯を抜かれると思って、ムチで打たれると思って、孤児院へ送られて誰かにもらわれると思って泣いている子どものように。ミックは自分が許せなくなった。

両手を彼女の肩に置き、そのまま腕へと撫で下ろす。「大丈夫。普通のことだよ、ウィン。男と女がやる普通のことだ。でもやるんじゃなかったよ。俺は――」ウィニーを振り向かせようとしたが、動かない。後ろからそっと抱きすくめ、片手で腕を撫で続けた。

手が顔のそばにきたのは偶然だった。それはウィニーの匂いがした。目を閉じて拒絶しようとしたが、欲望は抑えられない。手のひらを鼻に近づけて、ウィニーの匂いを吸い込んだ。手のひらにはまだ濡れている場所がある。二本の指の付け根に彼女に触れた跡が残っている。ああ神さま……ミックはウィニーをなだめながら、彼女の後ろで自分の指に開いた口を押し当てた。指のあいだに舌を当て、彼女の味に打ち震える。

ちくしょう、何をしてるんだ。ウィニーの首筋に口を付ければいいじゃないか。勃起した部分を彼女の後ろにこすりつけて、何もかもめちゃくちゃにしてしまえばいいじゃないか。こうして彼女を腕に抱いてなだめ、大丈夫だと言って謝って何になる？ 彼女の後ろに立ってミックが本当にしたいのは、その丸く美しい尻の下に手を入れて、脚のあいだに指を伸ばし、必要なら下着を引き裂いて、彼女のあの部分に直接手で触れること、そこに指を突き入れて滑らせることだった。

ああミック、早まるな。頭を冷やせ。ウィニーはお前が今何を考えているかを知っただけで復讐の女神みたいになるぞ。いやその前に自殺するかもしれない。

体中でウィニー・ボラッシュを感じながら、ミックはただ立っていることしかできなかった。彼が望むことはすべて、彼女が嫌がることだった。意志の力を振り絞って彼女の甘美な体をはなし、懸命に足を動かして後ろへ下がった。一歩、二歩、彼女を壁の前に残してあとずさる。

離れてウィニーを見ると、自分が小さくなったように感じられた。彼のムスコも小さくなってくれればよかったのだが無理だった。それはズボンの中で硬くなり、ミックの気持ちを代弁している。ウィニーはスカートを下げることも思いつかずに泣いていて、脚は剝き出しのままだ。片脚を壁に押しつけて、ドレスを腰で押さえたまましくしく泣いている。なぐさめることは誰にもできない。

それでもミックは言ってみることにした。「ウィニー、俺があんたを欲しがってるってことはもう分かったはずだ。俺をあんたの男にしてくれ。一緒にあのベッドへ行こう」言ったそばから彼は首を横に振った。こんなこと、紳士なら絶対に口にしない。ミックが言いたいことはすべて、紳士なら言わないことばかりだ。どんなにウィニーの中に入りたいか、どんなにその長い脚のそばかすを口に含みたいか、どんなにその口にキスしたいか――二人の舌がヒリヒリして唇の皮が剝けるまでキスしたかった。そしてどんなに愛し合いたいか――二人はどちらもまっすぐに立てなくなるまで愛し合い、終わったあとの倦怠感の中で、ミックは彼女の体を這い下り脚のあいだにキスをする。さっき口にしたような長く深いキスをする。そしてそこに顔をうずめて眠るんだ。

賢明にもミックはその思いを口にしたりはしなかった。彼にとってはすべて美しく詩的なことだったけれど、ウィニーにとってはどれも下品なことに違いなかった。彼の思いをすべて聞いてしまったら、彼女は壁の前でふらふら倒れてしまっただろう。

案の定、ウィニーは泣きながら言った。「あ、あなた言ったじゃない。ほ、他の場所には触らないって」

反論の余地はなかった。悪いのは彼だ。「だけど良かっただろ、ウィニー?」

「全然」

「オーケー、でもいいと思いそうになった。その気になればいいと思えた。そうだろう?ありがたいことに、ウィン……」ミックは自分でも驚いているというように首を振って、やんわりと言った。「俺は良かった。くそ忌々しいほど良かった」思いを伝えようと彼は必死だった。「とても口じゃ言い表せない。だがもうしないよ。もうしない。あんたが嫌がるなら二度と近づかない。ああ、だけどウィン」首を振って「あんたは素晴らしい。あんたは俺がこの腕に抱いたどの女より素晴らしいよ、ダーリン。確かに何人か抱いたが、あんたみたいじゃなかった。全然違う」

ウィニーは聞いても喜ばなかった。ただ泣きじゃくるばかりだった。

ミックは無意識に手を鼻の下に持っていった。半分しびれたような剃りたての肌に触れる。くそっ。自分がやってしまったことを隠すかのように、親指をあごに置き、他の指で唇を覆った。

「俺はどうすればいい？　ウィン」

彼女は何も言わない。ただ肩を震わせて泣いている。

ミックは片手で髪を後ろに撫で付けた。思わず髪を引き抜きたくなる。「出ていこうか？」

彼女は答えない。

「この家を出ていくって意味だ。マジックとフレディを連れて出ていく。一〇〇ポンドは忘れるさ。別の方法で稼ぐよ」もちろんそんな方法などないが、それはまた別の話だ。

ウィニーはやはり何も言わず、大きく鼻をすすった。

ミックは冗談で泣きやませようとした。「それとも結婚してほしいか？」ばかばかしい。彼女がネズミ取りと結婚するわけがない。

ウィニーは一瞬泣くのをやめたが、すぐにまた大きくみじめそうにしゃくり上げ、顔にかかった赤っぽいきれいな髪の向こうからこちらを見た。そして小さく吠えるように言った。

「もうからかわないで。もう笑わないで。私は冗談の種じゃないわ！」

そのとおりだ。ウィニーに力が残っていたら、今ごろミックは平手で打たれていただろう。ああ、そのとおりだ。

結婚。ウィニーはもう結婚しているべきだ。こんなにいい女なのだから——優しくて面倒見がよくて。場違いな場所にいるコーンウォールの坑夫の息子が手を突き出しているからって、壁にしがみつかなきゃいけないような女じゃない。

そのとおりだ。結婚なんて冗談は、みじめな人生を送ってきたウィニーをもっとみじめにしただけだ。だがミックは決して彼女を冗談の種にしたわけではなかった。自分自身をからかったのだ。

もちろんミックはウィニーにぴったりだ。だが彼女の目にはそうは映っていないだろうし、世間の目にもそうは映らない。彼には分かっていた。それでいいし悔しいとも思わない。世の中そんなものだ。だから冗談で言っただけ。なのにウィニーは自分が冗談の種にされたと思っている。彼女は何が起こっても、いつも自分が悲惨な目に遭っていると思うんだ。両肩に世界をしょっていて、どんな小さな出来事にもみじめな気持ちになる。ときには出来事が起こらなくてもみじめになるんだ。

ウィニーには、身の周りで起こることのすべてが自分のせいみたいに感じられるんだろう。

きっと長い年月、それは重荷になっているはずだ。この家だって問題を山ほど抱えているらしいが、彼女は一人で悩んでいる。

この優しいウィニーには男が必要だ。彼女は頼れる男を欲しがっている。だがどうすれば男を、いや望みどおりの男を手に入れられるか分からないんだ。たまたま飛び込んできた男を受け入れるわけにはいかないんだから。

ミックは長い息を鼻から吐き出した。考えても仕方がない。とりあえず手っ取り早い方法はあった。彼にはいつもその手がある。何も考えずに抱いてしまえばウィニーはなぐさめられるだろう。それは分かっている。思いきってそうしたかった。ただ彼女を押し倒して満足させてやれば、少なくとも一時的には喜ばせてあげられる。もちろんそのあとで彼女は死ぬほど苦しむかもしれないが。

幸いにもミックには、そこまでウィニーの面倒を見ることは期待されていなかった。

「分かった。マジックを連れて散歩に出る。用ができたら紙に書いて洗面器の横に置いてくれ。戻ってから読んで、書かれたとおりにするよ」皮肉っぽく鼻を鳴らして「難しい言葉はほどほどにしてくれよ、ウィン。何をしていいのか分からないと困るからな」

マジックは見つからなかった。ミックはマジックを呼びながら廊下を歩き、犬のお気に入りの部屋を順番に覗いていった。ようやくそのバカな犬を見つけたとき、彼は思わず犬を蹴飛ばしたくなった。マジックはウィニーの研究室で、しゃれたシルクのガーターからゴムを抜き出すのに奮闘していた。

11

ミックが見つけたメモは短かった。

ミスター・トレモア
今朝のことをこれ以上考えたり話したりするのはやめましょう。何もなかったと思ってこれまでどおり続けなければなりません。スケジュールどおり、三時からレッスンを行います。研究室に来てください。することはたくさんありますが時間は限られています。
エドウィーナ・ボラッシュ

午後のレッスンだった。エドウィーナはトレモアに言った。「レディが最初に馬車に乗ります。手を差し出して」彼が言われたとおりにすると、彼女は一瞬躊躇してから差し出された手に指をのせ、慎重にそれを握った。彼の手は乾いて温かく、ためらいは感じられない。
エドウィーナは馬車のステップに片足をかけた。馬車はもちろん動かない。馬はつながれていなかった。二人は馬車小屋で、馬のついていない馬車で練習している。

「私が乗ってしまってから、あなたが続いて乗ります。私の向かい側、馬の側に、馬がいるはずの側にね。馬車の中ではレディの隣には座らないこと。隣に座っていいのは自分の妻か娘だけ。それ以外は必ず反対側、いつも来たほうを向いて座るの」

「後ろ向きってことだな」トレモアは確認した。「俺は後ろのほうを見て座る」

「そうよ」

彼はちゃんと聞いている。いい態度だ。どうやら練習の意味は分かっているようだ。トレモアを馬車小屋に連れてきたのは、話して聞かせるより動きながら教えたほうがいいと思ったからだった。舞踏会の夜を想像しながら動いてもらおう。どこに立ち、どう振る舞えば礼儀作法にかなうのか、彼は知っておく必要がある。

さらに正直に言えば、トレモアをここへ連れ出したのは、彼の口を見なければならないレッスンには堪えられそうもなかったからだ。彼の舌が歯に当たるのを見ながら、その舌が自分の歯に当たった感触を思い出すのは嫌だった。あの口を見ながら胸をざわつかせて午後を過ごすわけにはいかない。

馬車がきしんでこちらに少し傾いた。エドウィーナはトレモアの手のひらでバランスを取り、そのままステップをのぼっていった。トレモアの指は強く、頼もしく、しっかりと彼女を支えている。それでも彼女は早くその手をはなしたかった。ドア枠をつかんだ瞬間に、エドウィーナは手をはなした。

ところがドア枠をくぐったところで、体はとつぜん後ろに引っ張られた。エドウィーナは驚いて飛び上がった――このステップの上で襲いかかろうというの？　後ろでトレモアの声がした。「失礼」スカートが軽くなった。

彼がスカートの裾を踏んだだけだった。

エドウィーナは神経質に笑った。「ときどきあることだわ」落ち着きを取り戻そうと、足を戻してドアの外に出る。トレモアのほうへ向き直り、両手でドア枠をつかんだ。不安定なステップの最上段でバランスを取りながら、彼を見下ろした。できるだけにこやかに。「それと『失礼』は完ぺきよ」なんとか笑顔になっているはずだ。「レディと一緒に乗り物に乗るとき、中にはとても苦労する紳士がいるわ」ひと呼吸おいて気を落ち着けたあと、できるだけ快活に言った。「もう一度やってみましょう。今度は上手にできると思うわ」

二度目、トレモアはスカートを踏まなかった。エドウィーナはスムーズに馬車に乗り込んで腰を下ろし、トレモアが乗り込んでくるのを観察した。筋肉質の体が元気よく軽やかにドア口を抜けてくる。これはちょっと不自然じゃないかしら。彼の体の大きさを考えればなおさらだ。もう少し落ち着いた感じで乗り込むよう直す必要があるかもしれない。だがそこでエドウィーナは考え直した。いや、レディたちは、きっと彼のこの乗り方を好もしく眺めるだろう。原始人のように軽快な身のこなしを。

トレモアは教えたとおりエドウィーナの向かい側に腰を下ろし、ドアに手を伸ばした。

「だめよ」エドウィーナは手で制した。「ドアはそのままに。舞踏会の夜は下男がドアを閉めてくれるわ。彼に任せるの。人に任せることに慣れなければいけないわね。舞踏会では召使いが大勢いてなんでもやってくれるはずよ」

トレモアはそれを聞いて困ったような顔をしたが、ドアを開け放したまま深く座り直した。二人は戸を開けたままの馬車小屋で——陽を入れるために馬車小屋の戸は閉めなかった——ドアの開いた馬車の中に座っていた。小屋の端にある馬房から馬のいななきが聞こえてくる。今朝の出来事のあとの気まずさが、その鳴き声で少し和らげられた。エドウィーナは息を吸い込んで、干し草と馬とオイルがたっぷり塗られた馬具の匂いを体に行き渡らせた。バラ色の日光が、細かいほこりを躍らせながら馬車のドア口から射し込んで、トレモアの膝に落ちていく。

エドウィーナは顔を巡らせて、さっと窓の外を見た。えび茶色の馬車から小屋の向こうに目をやって、並んだ馬房の前、干し草が敷かれた通路を見つめた。今では馬房のほとんどが空になっている。目を動かさずに彼女は言った。「舞踏会では、会場に入るときやどこかの部屋に入るとき、一緒にいるレディたちを先に通して——」

「レディたちが一緒なのか？」

「ひょっとしたらね。たぶんあなたはラモント兄弟と一緒に舞踏会に行くことになるわ。彼らは訪問先の御婦人たちを連れて行くかもしれないわ」

「あんたも？」

「私？」

「あんたも行く？」

「いいえ」驚いてトレモアの顔を見た。「私はただあなたを教えるだけよ」

「一緒に行ってほしい」

「それはできないわ」

「どうして？」

エドウィーナは困って口をつぐんだ。どう説明すればいいだろう？　説明はしたくなかった。「父のいとこは私に来てほしくないでしょうから」慌てて付け加える。「もちろん私も行きたくないわ。さあ、話を戻すわね」さっき言ったことを繰り返す。「一緒に歩いている女性に必ずドアを開けてあげること。女性を先に通してそれから――」

「どうして行きたくないんだ？　あんたはとても楽しそうにしゃべってる。たくさんルールがあるが、あんたはそれを全部知ってるじゃないか」

エドウィーナは顔を曇らせた。「私は彼が好きじゃないの。そして彼も――」

「どんなやつだ？」

「誰が？　ザビアー？」

「それがそいつの名前？」

「ええそうよ。彼は年寄りで、魅力的で、有力者をたくさん知っているわ。あなたもきっと彼を好きになるでしょう。たいていの人が彼を好きになるわ」

「あんたを嫌うようなやつは好きになれない」

エドウィーナは口を開きかけて閉じた。トレモアの忠誠心を褒めればいいのか笑えばいいのか分からなかった。「そうだとすると、あなたは彼を恐れて卑屈になるしかないわね。彼を嫌う人間は、彼を恐れるのよ。あの男は権力を持っているから」

「あんたは恐れてない」

「なんですって?」

「あんたはそいつを恐れていない」

今度は笑っていいところだ。エドウィーナははじかれたように笑った。「恐れてるわ。だから行かないのよ。もう先に進んでいいかしら?」返事を待たずに続けた。「とりわけ気をつけなければならないのは、三〇歳未満の女性とは二人きりにならないこと。これは絶対にだめよ。一分でもね。これが守れなければ大変なことになるわ。三〇歳未満のレディが紳士と同席するには付き添いの女性が必要なの。さもないと――」

「あんたはいくつ?」トレモアは後ろにもたれて片腕をシートの上に伸ばし、完全にくつろいだ様子を見せた。彼の特技だ。ミック・トレモアはどこへ行ってもくつろげる――エドウィーナはそれがうらやましかった。

ちょっとのあいだ顔をしかめて見せたあとで、彼女は言った。「紳士はレディの歳は訊かないわ」

「じゃあ、どうやって付き添いが必要かどうかを知ればいい?」

彼女のしかめっ面はたちまち緩んだ。トレモアは本当にそれが理屈に合わないと思っているらしい。彼女は呟くように言った。「もうすぐ三〇になるわ。二九日で」

「四月の？」今月だ。

「ええ」あと三週間で誕生日。

トレモアは笑みを浮かべて後ろにもたれた。「じゃあ、付き添いが必要だ」

「確かにそうね。でも私にはそんな人はいないし、親戚の人たちも気にしていないわ。でも公爵の舞踏会に出るようなレディたちは違う。彼女たちの誰かを脇へ連れ出そうとでもしたら、彼らはあなたを破滅させるでしょうね」

トレモアは笑った。「なんだって？　俺の莫大な財産をかすめ取ろうとでもするのか？」

「いいえ」教えておいたほうがいいだろう。「あなたの弱みを見つけて、イタチと犬を取り上げて、痛い思いをさせて、監獄に送るのよ。出てくるには何年もかかるわ。出てこられればの話だけど」

トレモアは真顔になった。

エドウィーナは首を傾けて見据えるように彼に目を向けた。「トレモアさん、私たちがだまそうとしているのはこの国でもっとも力のある人たちよ」その言葉が彼の頭にしみ込むのを待つ。「だから私はこうして言うの。彼らをだますのもそれはそれで危険だわ。でももっと危険なのは、彼らの娘たちの一人があなたにほだされて、あなたと結婚しなければならないはめになって、そしてあなたが結婚には不適当だと分かることよ。そうなったら、彼らはあなたを、ひどい目に遭わせるでしょうね」

あなたと私を、と言うべきだったかもしれない。

警告のシナリオを、エドウィーナは沈黙で終わらせた。彼を怖がらせたいわけじゃないが、危険についてはきちんと知らせておくべきだ。

奇妙なことだが、エドウィーナはこの計画が失敗するのを恐れてはいなかった。恐れているのは彼がうまくやりすぎることだった。

ひげを剃り落としたトレモアは、怖いくらいにハンサムだ。エドウィーナはその顔をまじまじと見つめた。彼女の不安を感じ取ったのか、彼はそこで身を乗り出した。日差しが彼の顔と肩を横から照らし、その整った容貌を浮き彫りにする。彼女は思わずぞくっとした。

大変だわ。もしもうまくいったなら、トレモアは女性たちの息を止めるような男性になるだろう。彼が疑われないためにマナーと話し方を徹底的に教え込むつもりだが、それが成功したら、舞踏会の夜、彼が部屋に入ったとたんに医者たちは呼び出しを食うかもしれない。失神したり心臓発作を起こしたりしたレディたちのために。彼はそんな男だ。女性たちの鼓動を速め、喉を痙攣させ、妄想しか浮かばないほど頭を混乱させる男。

哀れなレディたち。今考えている成果の半分でも達成できたなら、舞踏会に出ているすべての女性たちがトレモアを見たとたんに分別を失うだろう。彼の行くところ行くところ、みっともないクスクス笑いやひらひら舞う扇子が伝染病のように広まるのだ——運が良ければ軽い症状で済むが、下手をすれば命取りになる。

このまれにみるハンサムな男性は今、エドウィーナを見ながらぽつりと言った。「俺はあんたに一緒に来てほしい」

なんと、彼が必要としているのは、ザビアーが通りに放り出した六フィートの大女。恋わずらいの牛みたいに彼の後ろを付いていく不格好なオールドミス。

恋わずらいの牛？　まあどうしよう。エドウィーナは下を向いた。ありがたいことに、馬車の陰は赤くなった顔を隠してくれた。ばかな。彼女はミック・トレモアがなろうとしている男に恋をしている。ああ、なんてばかな。彼自身は本当はそんな男になりたいとも思っていないのに。興奮とためらい、そして驚愕の混じった感情は、次第にエドウィーナの態度をぎこちないものにしていった――彼を見つめていたくてたまらないのに、見れば数秒で目を逸らしてしまう。

気をつけていなければ、エドウィーナはあの愚かでふわついた女性たちの一人になってしまう。彼女はいつもそうした女性たちに教えてきた。もっと気高い人間になりなさい。もっと強く自立心のある女性になりなさい――快活でありながら、社会が求める女性像を裏切らない女になりなさい。

膝の上で組んだ両手に目を落とした。今何をしゃべっていたのだったかしら？　思い出せない。顔を上げるがトレモアの顔は見られない。彼の頭上数インチに迫った馬車の天井を見つめながら、話しだした。

「馬車が着いたら、紳士たちと一緒に先に馬車を降ります。紳士たちの中であなたが最後に降りることになったら、レディたちに手を貸してあげて」そうよ、出ましょう。エドウィーナは早く馬車から出たかった。トレモアをここへ連れてきたのは思っていたほどいい考えではなかった。「下男がドアを開けていてくれます。あなたは降りて、振り向いて、手を差し出すの」

トレモアは何も言わない。

「分かったかしら?」ちらりと彼を見た。

彼は両腕を腿にのせて前かがみになっている——戸口から射し込む光がその半身を照らし出している。シャツの袖はくっきりと白く、シルクのベストは柔らかな光沢を放ち、いかつい肩はなめらかにカーブしている。

彼は真面目くさってうなずいた。それから小さく笑った。「いや、分かってない」無邪気そうに首を振る。「だけど間違えたらあんたが教えてくれる。あんたはルールを教えるのが好きそうだから」


そうかもしれない。だが馬車を降りたあとに訪れた驚くほど穏やかな瞬間、エドウィーナはすべてのルールを頭から締め出した。

トレモアはステップの下で紳士らしく手を差し出した。エドウィーナは手をのせて指を曲げ、トレモアは親指で彼女の関節を押さえた。完ぺきだ。この男はときどき驚くほど覚えがいい。とつぜん彼の声がした。「大丈夫か?」

トレモアはそう言って、ステップを降り切ったエドウィーナの手を強く握りしめた。そしてそのままはなそうとせず、二人はルールより数秒長く手を取り合ったまま立っていた。

トレモアは何を訊いているのだろう？　彼が手を貸しているのは取り乱した女ではない。自分のしていることが分かっていて、衣服にはなんの乱れもなくて、自制心のある教師だ――威厳を持って仕事をしている女性なのだ。ところが奇妙なことに、エドウィーナ自身、一瞬トレモアの質問に体を投げ出して答えたくなった。彼の胸に額を押しつけて、声を上げてこう言いたかった――いいえ、ちっとも大丈夫じゃないわ！

もちろんそんなことは言わない。「ええ、大丈夫よ」

トレモアは笑顔で小さくさっとうなずいた。「よかった」笑顔が大きくなる。横目づかいにエドウィーナを見ながら「それを聞いて安心したよ、ダーリン」と言ってまたうなずいた。だが次の質問をしたあと、にこやかな彼は一瞬ひるんだようだった。「疲れてない？」

ああ、そういうことね。「全然」

朝の激しい出来事のことでトレモアを恨んでいたとしても、この瞬間エドウィーナは完全に彼を許していた。彼のなめらかな口元を見ながら微笑んだ。

「よかった」彼はまた言った。「よかった」心からほっとしたように。「じゃあ、家へ戻ってまた母音の練習か？」

エドウィーナはおざなりな笑みを浮かべた。ああ、どうしよう！　午後のレッスンはまだ残っている。それだけではない。この先四週間の午後のレッスンも、夜のレッスンも、朝のレッスンも。どうすれば彼の口が音を出すのを見ないで過ごせるだろう？　彼女はそれでも平然とうなずいた。「そうね、行きましょうか？」

12

家への砂利道を歩きながら、トレモアの横でエドウィーナは自問した。最初にこのゲームを始めたときは、いったい何を考えていたのかしら？　無邪気なゲームだと思っていたの？　危なくなったら彼を放り出せばいいとでも考えていたの？

墓穴を掘ったわね、ウィニー。これから一カ月、自分の蒔いた種のせいで気まずい思いをして過ごさなければならないのよ。

まったくだ。ここから先最良の対処法は、何もなかったと思い込むこと。エドウィーナはあんなぞっとするほど下品なことをしなかったし、トレモアは放牧地の雄牛みたいな行動を取らなかった。今朝の出来事はなかったと思い込もう。あれを思い出させるようなこと、彼が言わずにいてくれたらよかったのに。遠回しにでも言ってほしくなかった。

エドウィーナはただ、トレモアの特異な言語構造を研究したいだけ。それを分解して再構成したいだけだ。王立言語学協会で発表できるようないい論文ができるはずだ。生涯最良の研究になるだろう。それになんと言っても費用がかからない。彼女には報酬が支払われる。トレモアにとってもこれはいいことのはずだ。彼にはお金が必要で、賭けがうまくいけばそれを手に入れられる。おまけにその過程で、社会的地位を上げるのに役立つ話し方を習得できる。二人とも、ここでやめれば損をするが続ければ利益がある。そう、家へ向かおう。後戻りのできないゲームを続けよう。犠牲は少なくないけれど。

それに今やめればなんと説明すればいい？　ラモント兄弟はすでに大金を投じている。

家に着くと懐中時計が届いていた――トレモアは喜んだ。二本の針がカチカチ仲良く鳴っている。同じ箱には――二人は玄関ホールでその箱を見つけ、子どものようにわくわくしながらすぐに開けた――昼用の靴二足、男性用のフォーマルな上履きが何足か、暗い色の手袋とフォーマルな白の手袋が一組ずつ、黒いシルクハットと焦げ茶色のビーバーハットがひとつずつ入っていた。ビーバーハットはうっとりするような触り心地で、エドウィーナはもう何年もそんな帽子を手に取ったことはなかった。

昼用の帽子が入っていたことを不思議に思いながら（ラモント兄弟はなぜこんなものが必要だと思ったのかしら？）エドウィーナは帽子の内側に指先を当ててくるっと回した。その帽子をスマートにかぶった男性の姿を想像する。帽子の山は高くしっかりとして少しの歪みもない。黒いバンドを巻いた外側のフェルト地は猫の腹より柔らかく、裏地はシルクだ。

エドウィーナが帽子をしげしげ見つめていると、トレモアも時計を置いて顔を近づけてきた。「たまげたな」そしておどけたように「なんて素晴らしい帽子《アット》だ」と言い直した――ハットと言えれば満点だったがやはりHが抜けていた。

トレモアはエドウィーナの指から帽子を取って、それを自分の頭にのせた。

もちろんぴったりだ。その素晴らしい帽子は彼の頭に合わせて作られたものなのだから。だが本当に彼女を驚かせたのは彼のかぶり方だった。嫌みなくわずかに傾けて、とても自然に見える。彼女が想像していたスマートな男性がそこにいた。

エドウィーナは脇へどき、トレモアが廊下の鏡に自分の姿を映し出すのを眺めた。彼は満足そうだ――山高帽をかぶった口ひげのないトレモアは、本当に別人のように見える。だが彼は唇の上に目をやって、一瞬残念そうな顔をした。

「ごめんなさい」エドウィーナは呟いた。

トレモアは彼女をちらりと見た。「ひげのこと？　いや、あんたが剃ったわけじゃない」

「私がそうさせたのよ。そのせいで二人とも嫌な思いをしているわ」

トレモアは振り返り、派手な手振りで帽子を取った。彼は芝居がかったしぐさが好きで、それが様になっている。「みんなあんたのおかげじゃないか。そうだろ、ウィニー？」

「みんなって？」

トレモアは首を振った。「俺を紳士みたいにしてくれた。まじないをかけたみたいに」

「まじない？」

「肩の上に塩を振ったみたいにさ」

「でもこんなことに――」

「ウィニー」彼はさえぎった。「おふくろの話を聞いてくれ。すごい女で、偉い母親だった。

おふくろは神さまを信じてた。俺が叱られるようなことをすると、おふくろはよくこう言ったもんさ」――完ぺきなコーンウォールなまりで――「『おまえはなんて悪い子なんだろうね、ミック。だけどきっとバチが当たるよ。神さまは見ておいでだからね』ってな。そして俺が転んで膝をすりむくと、ほれ見たことかって顔して『分かっただろ？』って言うんだ。俺がもたもたしてて転んだんじゃなくて、神さまに突き倒されたんだって言い方だった。結局おふくろは肺から血を吐いて死んだ」

うつむいてしばらく床をにらんでから、トレモアはまた言った。「おふくろはみじめで辛い人生を送ってた。俺は言ってやった。神さまはいったい何してるんだって。おふくろは自分が悪かったんだって言って泣くんだ。ザンゲってやつさ。きっと自分が何か悪いことをしたか、いいことをしなかったんだって言って泣き続ける。だが俺たちは信じなかった。あんな優しいおふくろが悪いはずないじゃないか。おふくろに殴られたことなんて一度もない。俺たちが何か悪いことをしたら、さっき言ったみたいにバチが当たるって言うだけさ。そんなこと言われても子どもたちはただ目をきょろきょろさせるだけだった。バチなんか当たるわけないじゃないか。おふくろがそばにいてくれるのに」

彼は一度口をつぐんでまた言った。「おふくろみたいな死に方をしちゃいけないよ、ウィニー。あんなふうに生きるのもだめだ。先のことをあれこれ想像して、へまをやらかさないように何度も自分に言い聞かせて生きるなんてのは」

エドウィーナは言い返した。「でもときには、これでいいのかって考え直すことも必要だわ――」

トレモアは彼女の顔を覗き込む。「ウィニー、俺は自分がしたかったことをやっただけだ。あんたはきっかけを作ってくれただけ。大したことじゃない。もう終わったことだ。もう忘れよう。あんたはなんでも気にしすぎだ」

「私はいろいろ考えて、どう行動すればいいのかを見極めてるの。自分に何ができるか考えて、ときには考え直すことも――」

彼は悲しそうに首を振った。「いや、考えすぎはへたをすれば不幸の元だ。心配に押しつぶされて、みじめで不安になるだけだ。おふくろみたいに。あんたは悪いことなんてしていない。さあ、行こうか？　あんたはいい女だよ、ウィニー・ボラッシュ。優しくて上品だ。それに威張ってない。前に言ったことは取り消すよ。あんたはデカイ顔なんてしていねぇ」からかうようににやりと笑って「たいていのときは」と付け加えた。

「ナイ」

「そうだった」

ミセス・リードがハミングしながらやってきて、置物の埃を払い始めた。二人は黙ってその声を聞いていた。ミセス・リードが行ってしまうと、トレモアは小声で言った。「真面目な話、俺がひげを剃ったのは、あんたが何か言ったせいじゃない。俺がそうしろと自分に言ったんだ。ひげはまた生やせるからな」小さく笑ってウインクする。「俺にとってはそれほど悪い取引じゃなかった。この先ずっと、俺はイギリスで一番見事な脚を思い出せるんだ。思い出したくなったら今度は目をつぶるだけでいい」

この減らず口。エドウィーナは平然と微笑んで見せた。「いいえ、トレモアさん。想像もいいものだけれど、もちろん現実とは違うわ。私は現にここにひげがないのを見ることができるのよ」無意識にトレモアの唇の上に触れ、慌てて手を引っ込めた。「私は現に見ることができる。でもあなたは思い出すか夢に見ることしかできないわ」

トレモアは眉を持ち上げて、唇に手をやった。たった今エドウィーナの指が触れた唇に。一瞬現れた驚きの表情はすぐに消え、彼はとつぜん笑い出した。あの低く太く胸から響いてくるような声で。いつもの余裕のある斜めの笑みが浮かんでいる。「おや、ミス・ボラッシュ、俺といちゃつきたくなったのか?」

とんでもない。だがエドウィーナの頬はたちまち熱くなってきた。顔を伏せて隠したが、口元は自然と緩んでくる。「ばか言わないで」

「そうなんだ」トレモアは面白そうに笑った。

「違うわよ」エドウィーナは激しく首を振ったが、口元は勝手にほころんでいく。

トレモアは彼女のあごに指を添え、顔を自分に向けさせると、真顔になって「いや、そうだ」と静かに言った。「気をつけるんだ、ミス・ボラッシュ。俺はもちろん歓迎する。だが俺はそれだけじゃ満足できなくなる。あんたはそれじゃ困るだろう?」

玄関ホールで陰になったトレモアの目を見つめながら、エドウィーナはその忠告を嚙みしめた。トレモアのくすんだ緑の目が胸に突き刺さる。彼女ははっとした。彼の言うとおりだわ。気をつけなさい、ミス・ボラッシュ。

それでもエドウィーナはかすかに笑みを浮かべないではいられなかった。彼は本心からエドウィーナを魅力的だと思っているらしい。彼女には本当に魅力があるのかもしれない。朝から何度もそのことを考えていた。単に言葉を信じているわけではなかった。彼がどんなに自分を魅力的だと思っているか、今では肌で感じることができる。そしてああ、エドウィーナはもっとそれを感じたかった。私は私なりに魅力的。それを魅力的だと思う男性にとっては。

甘美な思いはトレモアの声に邪魔された。「俺とふざけるのはやめておいたほうがいい。あんたは道を踏み外すことになる。俺はあんたには――」三〇分前エドウィーナが言った言葉を一音一音慎重に発音した。「フテキトウ」一拍置いて、今度は自分の発音で繰り返した。「まったく不適当だ」

その瞬間エドウィーナは理解した。ミック・トレモアは、これまで考えていたよりずっと頭が良くて、魅力的で、自分のことが分かっている。だからこんなに力強いんだ。そんな彼の強さに魅了されないよう、エドウィーナは気をつけなければいけない。彼にはそれが分かっている。もちろんエドウィーナは気をつけている。だが彼女の中にはもうひとりの女がいる。トレモアの指の上にあごをのせたまま、エドウィーナはひとつのことをはっきりと意識した。誰も、何ものも、彼がそばにいるときほどこの胸を熱くするものはない。

エドウィーナの臆病から、夜の新しいレッスンが始まった。ディナーのあとになっても彼女はトレモアの口を見ることができなかった。自分に「道を踏み外させる」男の口を。なんとかあの口に目を向けずに済む方法はないだろうか？　考えあぐねた末に、おそらく最良の方法ではないかというレッスンを思いついた。もちろん彼の言葉を仕立て直すことができて、もしかしたら考え方も変えることができるかもしれない。

「今夜は図書室へ行きましょう。私が本を読んであげるわ」エドウィーナは明るく言った。「正しい英語に浸って、しかも古典文学を学ぶことができるのよ」

二人で図書室へ入ると、エドウィーナは一冊の本を取り出した。火のない暖炉を挟んでトレモアはソファーに、彼女は椅子に腰かけた。エドウィーナは読み始めた。

一時間くらい読んで終わりにするつもりだったが、読み始めてみると――オヴィディウスの『転身物語』ドライデン訳だった――トレモアは一心に耳を傾けて、その二行連句のリズムに聞き入っている。この本を選んだのは、散文とは違った英語のリズムを聞かせようと思ったからだが、それは正解だったようだ。引き込まれたトレモアは、ソファーから床へ下り、最後には暖炉の前のラグに寝転がって聞いていた。片腕を頭の上に置き、もう一方の手で胸の上にあるビーバーハットのつばをもてあそびながら――彼はその帽子が気に入ったらしく、ディナーのときもかぶっていた。

読んでいるあいだ、二人は一度も言い争うことがなかった。相手を怒らせるようなこともしなかった。トレモアはときどき知らない単語の意味を訊いたが、割り込むのはそのときだけ。だが意味が分からないとき、エドウィーナがそれを教えないうちは、絶対先へは進ませなかった——辞書を繰らなければならなかったため、結局彼女は三時間かけて二人の作家の詩を読んだ——『ブルフィンチの神話』を読んでいるときには、質問に答えるために、本を手から下ろさなければならなかった。最後には、彼女の声は嗄れていた。

トレモアはいつの間にか眠ってしまっていた。いつ眠ったのかは分からない。この三〇分間ずっと帽子が彼の目を覆っていたからだ。横たわった彼の息のリズムと胸の動きを見て、エドウィーナは本を下ろした。彼は何も言わなかった。もう帽子を上げて先を促したりはしなかった。

トレモアはラグの上で無防備に横たわっている。彼の犬がその横で長くなっている。どちらもすやすや眠っている。静かで動かない彼らを見て、エドウィーナはほっと息をついて微笑んだ。彼らのこんな姿を見ることはめったにない。

膝の上で本を閉じ、その上に手を置いた。もう一度トレモアの姿を見つめる。押し寄せる奇妙な力に思わず息を吸い込んだ。ためらいながらも意識して、エドウィーナはその日彼が触れたあの場所を本の上からぐっと押す。彼があんなことをしようとは夢にも思っていなかった。それは衝撃的だったが、同時に屈辱的だった。彼女の動物の部分が知られてしまって——。

それ以上は考えられない……だけどああ、あの手はなんというものを残していったのだろう。あの強く曲げられた指の感触を、エドウィーナはずっと必死で思い出さないようにしていた。あのカーブした手が触れたとき――。

もう十分よ。考えてはいけない。だが思い出すまいとすればするほど他には何も考えられなくなる。思い出したくないことは次から次へとよみがえってくる。

エドウィーナは首を振った。立ち上がって本棚まで行く。本を戻そうとして、とつぜんその皮肉な内容に気がついた。腕の毛が逆立つ。『ブルフィンチの神話―伝説の時代』と背表紙に書かれたその本から、彼女が最後に声に出して読んだ物語、それはまさしく彼女と彼のことではないか。

〈彫刻師ピグマリオンは象牙から美しい乙女を作りだし……〉

暖炉の前で眠っている男に目をやった。エドウィーナは自分の能力に自信を持っていた。上流階級の英語を教える「わざ」に。母音と二重母音を分解し、抑揚を作り、それを言葉に与え、人の頭に植え付ける。彼女はこれらのことを賢く鮮やかにやってのけられると自負していた。今彼と彼女がこうしているのはこの虚栄心のせいだ。少なくとも一部分は。

〈出来映えは完ぺきで、彼はこの作り物の乙女に恋をして……〉

だが今日、エドウィーナは仕事以外のことをした。自分でも分かっていた。自分の理想の男性像、いや紳士像をトレモアに押しつけた。こんな紳士を見たい、こんなことを言われたい、こんなふうに接してほしいと考えて、それを期待した。彼はそれをすばやく理解して、まるで競走馬のような速さで彼女の理想に近づいた。一日にしては信じられないくらいの変わり様だった。

〈香が立ちのぼり……ピグマリオンはビーナスの祭壇に生け贄を捧げ……〉

第二部　ウィニー

ビーナスの式典は間近に迫り……生け贄が捧げられ、香が立ちのぼり……ピグマリオンは式典の務めを果たすと祭壇の前に立ち、おずおずと願い出た。「万能の神々さま、どうか私に妻として」――彼は「象牙の乙女を」と言う勇気はなく、代わりにこう言った――「象牙の乙女のような女性を」

「ピグマリオン」（トマス・ブルフィンチ『神話の時代』一八五五年）

13

父が亡くなったのはウィニーが一七歳のときだった。母が出ていってから七年後のことで、母はすでにどこかの大陸で亡くなっていた――家を出てからいろいろな国を旅していたため誰も母の居場所を知らなかった。何度も転送されて届いた手紙からは、レディ・シシングリーが肺炎にかかってアフリカかインドか中国で死んだということだけが読み取れた。ウィニーと父に分かったのはそれだけだった。

ウィニーは父と何人もの家庭教師によって育てられた。父は娘を愛していたが――彼女はそう思っている――いつも自分の研究に没頭している人だった。言語学者で、幾分かの才能に恵まれ、亡くなるまでに言語に関する論文を百以上と教本を二冊仕上げていた。容認発音――上流階級の口から生まれた発音――の理論家としてはイギリスでも一流で、発音の構造、耳への伝わり方、学校教育を通じて中産階級へ広まったときに起こったわずかな変化を研究していた。

大学教授であり、四代目アールズ公爵の唯一の息子シシングリー侯爵でもあったライオネル・ボラッシュが亡くなったとき、娘エドウィーナはライオネルのいとこに当たるミルフォード・ザビアー・ボラッシュに引き取られるだろうと誰もが考えた。それまでザビアーは単に四代公爵の甥でしかなく称号はひとつも持っていなかった。

ところが驚いたことに、侯爵の身分を継いだザビアーは、侯爵の称号だけでなく、侯爵領の法定相続人として、エドウィーナの父の土地や財産、所有物をすべて手に入れたのだが、エドウィーナを引き取ることは拒否した。しかし彼女がその意味を理解したのはもうひとつの不幸に見舞われたあとだった。

ウィニーの祖父、一〇三歳でまだかくしゃくとした四代目アールズ公爵は、散歩の途中で雷に打たれ、その場で亡くなった。生きていれば祖父は、ザビアーを脅してウィニーの面倒を見させていただろう。少なくとも社交シーズンをひとつ終えるまでは、わずかばかりであれ援助を引き出していたはずだ。だが頼りの祖父は、一人息子が死んだ三日後に息子のあとを追って逝ってしまった。すでにシシングリー侯爵として莫大な財産と権利を手に入れていたザビアーは、その幸運から一週間もしないうちに五代目アールズ公爵となり、グレネウィック伯爵、バーウィック子爵、その他数え切れないほどの称号を受け継ぐことになった。

ザビアーは一七歳のウィニーに対して極めて明確に意向を伝えた。ウィニーを同じ屋根の下に置いておくつもりはないと。「社交シーズンのあいだ君を援助しても無駄だろうね。君は結婚できるタイプではない。取り立てて見るべきところもないし、もちろん美人とは言い難い。それでなくとも君は、あの気の触れた父親のまねをして、人の話し方なんかに夢中になっている。女らしさも何もあったものじゃない」

サビアーはウィニーの結婚資金を使う理由をこう話した。結婚できない彼女には、八頭の鹿毛の馬と美しい彫刻を施した箱馬車、お仕着せの服を着た下男や御者は必要ないだろうというわけだ。

ウィニーを馬車に押し込んで、片道旅行に送り出すとき、最後にザビアーは言った。「君は男だったらよかったな」

彼女が男だったなら、ザビアーは何も相続できなかった。

だがウィニーは女。しかも不格好な女だった。父と祖父の死を悲しむばかりで自分の運命についてはなんの心の準備もできていなかった。彼女は最初――きっと父や祖父も――父のいとこが自分を文字どおり放り出すとは考えていなかった。面と向かってそう言われているときでさえ信じられなかった。執事のミルトンと一緒に馬車に揺られているときやっと、そのことを理解した。馬車はミルトンの妹の家へ向かっていた。なんと彼女は執事の妹の家へ身を寄せたのである。

もちろんザビアーに言わせれば、彼はエドウィーナの面倒をまったく見なかったわけではない。一年半後、彼女の状況を知った内務省がエドウィーナの結婚資金の返還を彼に求めたとき（ザビアーが彼女の取り分を使ったのは違法だった）、彼は処置に困っていた彼女の父親の蔵書とそれが収められている建物とをウィニーに譲ることにした――それ以外の財産は売り払ったり使ったりして何も残っていなかった。ウィニーがナイツブリッジにある父の家を手に入れたのはこんないきさつだった。

ザビアーはどんな人間か？　トレモアに訊かれた。貪欲だという以外に何があるだろう？狡猾な老人だ。すべてを相続したときすでに七〇代後半だった。それより前にウィニーが覚えているザビアーは、いつも家族の中心にいる、話の面白い頭のいいおじさんだった。みんなを楽しませ、よくパーティーを開き、友だちや知り合いが多かった。彼はなにより権力を愛し、権力を増大してきた人間だ。人から高く評価されたいし、事実たいていの人が彼を評価している。

ウィニーも彼に一目置いていた。父という小さな惑星の周りを回りながら――父自身は孤独な学問の世界に浸っていたが――父より明るく社交的なザビアーに畏敬の念を抱いていた。ザビアーは太陽、ウィニーは闇に包まれた小さな月。

手に入れた父の蔵書と知識を利用して、ウィニーは生計を立てることにした。娘がそれで仕事をしようとは、父は想像もしていなかっただろう。ライオネル・ボラッシュはビジネスにはうとい人だった。それについて考える必要もなかった。彼の父も他のシシングリー侯爵もそうだったように、恵まれた血筋の上にあぐらをかいていればよかった。しかしウィニーは、その仕事で見事なまでに成功した。自分でも誇らしいくらいだった。仕事が好きだったし、仕事をしているときが一番幸せだった。

それでも彼女はザビアーに対する恨みを抱き続けている。言いようのない屈辱感をずっと引きずって生きている。

最初の生徒たちの一人は事情を知ってこう言った。「きっとこれが一番良かったんですわ。

こうしたことはよく起こるものですもの」なぐさめたつもりだったのだろうが、ウィニーはそれを聞いて苦い思いを抱かずにはいられなかった。

一番良かった？　選ぶことができたなら、こうなることを望んだとでも？　自ら進んでこの道を選んだと？　うまくいっているから？

いいえ。ウィニーはこの仕事がなかったとしてもかまわなかった。

面白いことに、同じ生徒の両親は、公爵がウィニーを追い出したと知って烈火のごとく怒っていた。当時はほとんどの人が激怒していた。だがやがてそれは静まった。世の中は巡っていく。一年と少し経ったころには誰もが公爵夫人への朝の訪問を再開し、ザビアーに個人的な援助や布教活動への寄付を願い出たり、投資の話をもちかけたりした。もちろん公爵の年に一度の舞踏会にはみんな着飾って出かけていった。

ウィニー自身は一度もその舞踏会に出席したことがない。かつては若すぎて、今はわだかまりから。もちろんザビアーの家を訪問することもなかった。彼は会おうとしなかっただろうし、ウィニーも会いたくはなかった。ただ彼女にもいくぶん置き去りにされたような気持ちはあった。引き潮で岸に取り残されてしまった赤い小舟のように。別の赤い小舟を送り出すことはできても——娘たちに水上を正しく優雅に滑る方法を教えてイギリス社交界という大海原へ送り出しながら——彼女自身の舟は、いつまでも岸で帆を風にはためかせているだけだった。

次の朝、ミックはあごと頰に泡をのせた。だが唇の上は濡らさなかった。ひと晩でそこにはうっすらとひげが生え始めている。口をねじり指で頰を伸ばして、いつものように剃り始めた。両頰を剃り、口の下とあごを剃った。顔の下半分が、鼻の下だけを残して剃り上げられた。

口の周りをすすぎ、顔を上げ、タオルで水気を拭き取りながら鏡を覗き込んだ。唇の上が汚れているように見える。これならきれいに剃ったほうがいいかもしれない。とたんに古いミックが言った。二、三日もすればマシになるさ。だが新しい彼はむずむずする唇を見つめながら思った。これじゃあビールを飲んだあと口を拭き忘れたみたいじゃないか。

どっちの俺を選べばいい？

考えて苛々した。

どっちの俺？　俺は一人に決まってるじゃないか。

剃ってしまえ。話をややこしくするな。ウィニーはひげが嫌いだ。俺が男だってことを、オスだってことを思い出させるものはなんだって嫌いなんだ。結構。ウィニーに優しくしてあげよう。彼女が知っているような、紳士らしい紳士になろう。ウィニーの上品なルールがすべて虚飾だということは分かっていた。それでもミックは、なぜ紳士たちがそんなルールを苦労して守っているのかようやく理解し始めていた。

鏡を見つめながら横を向く。理髪師が来て首の後ろを刈ってからまだ一週間も経っていない。襟の上の髪はきれいに切り揃えられている。でこぼこしたところはない。カラーは高く首にぴったり合っている——付けるときは窒息しそうになることもあるが。ミルトンはネクタイの結び方を教えてくれたが今日はもつれてくしゃくしゃだ。今は努力の跡を残して首の両側からベストにそってだらりと垂れ下がっている。

ミックの外見はどんどん紳士らしくなっていた——どこまで行けばいいんだろう？　子爵に見えるまで？　だが内側の彼は今でもコーンウォールからロンドンに出てきたミック。がらくた市場の横にある靴屋の地下室に住むネズミ取りだ。

ウィニーは今のミックが気に入っている。それだけで彼の半分は——腰から下半分は——これを続けていこうと思っている。これまでだって、好きな女に近づくためにもっとばかげたことをやったこともある。だがもう半分の彼にはためらいがあった。

話し方もどんどん変わってきている。振る舞いも変わった。そして不思議なのは、最近では考え方までも変わってきた。いや変わった。くそっ、「変わってきた」か「変わった」かどっちなんだ？　どっちでもいいじゃないか。どうしてそんなことを気にするんだ？

ミックは考えた。ウィニー・ボラッシュのような貞淑な女を自分のものにできたらどんなにいいだろう。もちろん一緒のときには貞淑ぶってほしくはないが。いや、だめだ。ウィニー・ボラッシュなんか欲しくない。彼女をものにすることなどできないんだから。ミックが欲しいのは……あの仕立屋の針子みたいな女だ。ウィニー・ボラッシュのような女はだめだ。思いやりがあって頭が良くて勤勉で、そして貞淑な女など。これまで付き合った五、六人のレディたちはみな結婚していた。だがウィニーは……ウィニーのような女は結婚しても浮気なんかしないだろう。ああ、昨日の彼女を思い出す。さんざん怖がらせた数時間後、ミックの横で足を踏みしめて立っていた。彼女はへこたれない。強い女だ。

ミックはまたかみそりを取り、気取った発音で鏡の中の男に話しかけた。「その口ひげは本当にないほうがいいと思うぞ。きっとステキになる」

このめかし屋め。ただミックはこの部屋が好きだった。靴屋の地下室は、雨が降った日の半分は壁が濡れていたが、ここはいつでも気持ち良く乾いている。それにここにいれば、一日の終わりにへとへとにならないで済む。毎食きちんとうまいものが食べられる。そして新しい言葉を覚えられる。微妙なニュアンスを表す特定の単語を発見して、それを使い、相手に理解されるのは、この上ない快感だった。

誤解されることが少ないというのは、驚くほど嬉しいことだった。考えたり感じたりしたことがそのまま人に伝わる。気持ちを表すのが楽になって、ミックは今まで気づいてもいなかった緊張から解き放たれた。何よりも、希望を伝えられるというのは便利だった。最近ではミルトンもミックの言いたいことを分かってくれる。そしてモリー・リードはミックのジョークを笑ってくれる。便利で楽しい能力だ。それにきっと仕事にも役立つだろう。立派な家の上品な家政婦に、物乞いではなく衛生問題を解決しに来たのだと説明するときに。

ああ、きっと役に立つ。ミックは真珠色の柄の付いた鋭いかみそりを見下ろした。ここに来るまでは、これほどなめらかな触り心地の刃を手にしたことはなかった。この刃はよく切れて、肌に当たる感触も格別だ。

かみそりからそれを握る自分の手に目を移す。きれいな手だ。引っ掻き傷も嚙まれた跡も付いていない。しばらくネズミの巣に手を入れていないからだ。このままだとすぐに何もしない紳士の手になってしまうだろう。考える時間しか持たないその手はミックの気持ちを見透かしている。どうしてお前は大事なひげを、あの二本の脚を見るために剃ってしまったんだ？　触れることもできない脚なのに。ましてや自分のものになど絶対できない脚だぞ。

結局ミックは、救いようのないばかだった。シェービング・ブラシを取り上げて、泡のできたカップに突っ込むと、唇の上に泡をのせ、わずかに伸びたひげを剃り始めた。ウィニーに気に入られるように。もう一度あの、ふぬけた顔を見るために。

皮肉にも同じとき、廊下の向こうでウィニーも鏡を覗いていた。だが彼女の見方はちょっと違っていた。鏡から一〇フィートほど離れて立って、全身を映し出している。そして彼女は生まれたままの姿だった。

こうして自然光の中で服を脱いだことなどあっただろうか？　しかもただ自分の体を見るために。避けてきたわけではなく、そんなことをしようなどとはこれまで思いつかなかった。ところがこの朝、ナイトドレスを脱いだウィニーは着替えの服に頭を入れる前に、鏡に映った自分の体を観察し始めた。

ウィニーの体。すぐに目を引いたのは長い脚だった。脚のことなど考えたこともなかったけれど、確かにこの脚は長い。筋肉がほどよく付いて形もいい。しっかりとした脚だ。そして美しい。自分の体のどこかを美しいと思ったのはこれが初めてだ。いつも覆われていて、まともに目を向けたことなどなかった。今やっとそれを見て、その美しさに気がついた。ウィニーの体で唯一美しい箇所は、誰も見ることのないところ、誰も、ぼんやりとした輪郭さえ見ることのないところだった。

そして他の部分は――がっくりだ。乳房は胸にのった二つの小さなじょうご。ウエストは細いがヒップはナシのようにたっぷりと大きくてとても見られたものじゃない。

目は次に、腿の上部に注がれた。二本の脚のあいだに。細かく縮れて密生した濃いチェリーブロンドの茂み。髪よりやや暗い色。手で触れてみる。髪より硬い。まるで――。

まるで口ひげみたいだわ。

ウィニーはミック・トレモアのその部分を想像した。だが思い描くことはできなかった。天使ケルビムの彫像には小さな赤ん坊のペニス（この言葉を使ってしまった！）が付いていたが、それは弱々しい感じがして、まるで殻のないカタツムリのようだといつも思っていた。トレモアのイメージとはかけ離れている。大人の男性の彫像はどうかと言えば、その部分には必ずイチジクの葉が付いていた。もちろん嘘に決まっている。やっぱり想像するしかない。

あの言葉。ウィニーは声を出さずに言ってみた――「ムスコ」それはどんな形をしているのだろう？　毛は？　ムスコにも口ひげがあるのだろうか？

急に自分がとんでもなくおかしなことをしているような気がして、ウィニーは笑いながら服を着た。ちょうど髪を結い上げていたとき、ドアでノックの音がした。

悪いところを見られてしまったかのように、ウィニーは飛び上がった。ああ、トレモアはなんてマイペースなんだろう。ずうずうしく私の部屋のドアを叩くなんて。

だがドアを開けるとそこにはミルトンが立っていた。「お嬢様、ちょっとよろしいでしょうか？」深刻な顔つきだ。

「もちろん、かまわないわ。何かあったの？」

執事は難しい顔つきで口ごもる。「あ……ええ、はい――」ようやく話し出した。「わたくしはずっとこちらのご家族に仕えてまいりました」――咳払いする――「長く仕えてまいりましたが、一度も口出しをしたことはございません」ウィニーは黙ってミルトンが何を言いだすのか待っていた。ややあって彼は続けた。「あなた様がお生まれになったときのことも存じ上げております」

「ええ、ミルトン。何が言いたいの？　何か気にかかることでも？」

「その……」ミルトンは小さな眼鏡のフレームを押し上げると一度口を固く結び、そして言った。「その……ミセス・リードとわたくしは話し合いまして、考えますに――」思いきったように残りの言葉を一気に吐き出した。「トレモア様は下の部屋へ移られたほうがよろしいかと存じます」

ウィニーはベッド脇の椅子に深々と腰掛けて、ミルトンの顔をまじまじと見つめた。「どうして？」

執事は顔をしかめる。「お嬢様、あなた様はこの二階で男性と一緒に暮らしておられます。

その方は……その……わたくしたちは考えてもおりませんでしたが……誰も想像しなかったでしょうが……ですが、その……あの方は明らかにお嬢様を――」

「彼を二階に住まわせておくのは問題だと言うのね。彼の部屋が私の部屋と同じフロアにあるのが不謹慎だと？」

「そのとおりです、お嬢様」

なんと、いつも控えめなミルトンが、こんなことを言い出すとは。ウィニーは分かったというようにうなずいた。

「下には空いたお部屋が八つございます。どれもトレモア様に使っていただける部屋です。わたくしがご用意して、あの方にお伝えいたしましょう。それからわたくしが手伝いまして――」

「いいえ」ウィニーはさっと首を振った。「私が伝えるわ」もちろんミルトンは正しい。彼女は同じ屋根の下に……紳士を寝かせている。二階は彼女と彼の二人きり。なぜもっと早く気がつかなかったのだろう？

「私が伝えて説明するわ」ウィニーはまた言ってミルトンの顔を見た。彼女のもっとも忠実な家族。「ありがとう」彼女は言った。「言ってくれてありがとう」

ミルトンはうなずいて「あなた様のためです」とぽつりと言った。「わたくしは、あなた様が素晴らしい女性に成長されるのをずっと見守ってまいりました。レディ・ボラッシュ」侯爵の長女に対する敬称を、この執事は常に同じ敬意を込めて使っている。「あなた様にお仕えしておりますことは、わたくしの誇りです。あなた様のお悲しみになる顔は見たくありません。たとえ」——ためらって——「あの方が去られても、わたくしがそばにおります。いえ、決して——」

ああ、彼は体裁のためにトレモアを移そうというのではないのだ。ゴシップや世間体を気にしているわけではない。私がトレモアのために身を持ち崩すのを心配している。

「つまり、その……わたくしが思いますに、トレモア様はわたくしの部屋の隣でお休みになったほうが都合がよろしいかと」

「ええ、そうでしょうね」ウィニーはうなずいてまた言った。「私から彼に伝えるわ」

ウィニーはトレモアにどう言おうかと考えた。下へ行ってトレモアを見つけたら、できるだけ率直に言おう。もう今までのようなわけにはいかないと。なぜなら彼は今では——何？ 男になった？ 彼はウィニーにとって男になったのだと？ 周りの人々もそう見ていると？ とんでもない。そんなこと言えるわけがない。それじゃあ以前の彼は何だったと言うの？ とにかくウィニーに分かるのは、トレモアが違ったタイプの男性になってしまったということだけ。ただのネズミ取りがこの家の一番いい部屋を使ったとしてもなんの問題もない。だがミックという男が、彼女のベッドから忍び足で行ける距離に眠っているとなると、これは問題だ。しかも彼女はさっきも自分の裸の体を見ながら彼のことを考えていた。

これは絶対に問題だ。彼に言おう——。

なんと言うの？　ウィニーは階段を降りると研究室へ向かった。部屋に入って机につき、ぼんやりとノートを眺めながら、彼に言う言葉を探していた。

14

ウィニーはその日ずっと機会をうかがっていた。ミックに話さなければならない。いろいろ考え合わせると、あなたは荷物をまとめて下へ移ったほうがいいと。ところがなかなか言いだせない。なぜためらうのだろう？　ここは彼女の家。決めるのは彼女のはずだ。それなのに、適当なタイミングはなかなか訪れない。

おまけにミックはいつもよりむっつりとして集中力を欠いている。こんな彼は珍しい、いや初めて見るかもしれない。物思いにでもふけっているように見える。彼は鏡と蓄音機を使って自分で練習していたが、ウィニーが様子を見ると、宙に目をやって鼻の下を撫でている――驚いたことに彼はまたひげを剃った。あごを形良く覆った筋肉は朝からずっとぴくぴくしている。ウィニーはその日、結局彼に一階へ移ってほしいと言えなかった。明日は絶対に言うのよ。彼女は自分に言い聞かせた。

ところが次の日、ミックはなかなかつかまらなかった。

彼は頻繁に外へ出ていく。真面目くさって「所用がある」と言い残して。彼は何をしているのだろう？　動物たちの世話でもしにいくのだろうか？　あるいは――あまりありそうもないが――新しい服やマナーを友だちに見せびらかしてでもいるのだろうか？

正午ごろ、ミックが戻ってきた。図書室で本を読んでいたウィニーは裏の洗い場を使う音でそれを知った。ミルトンが使うときとは違う音――裏庭を走り抜けてきたあとのように、泥を蹴り落としている。ミックは今日、何度も泥を体に付けて帰ってきた。

数分後、廊下を歩いてくる大きな足音がして、彼が戸口に現れた。

「馬車小屋だ」

「馬車小屋がどうかしたの？」

「ネズミさ。あそこにいたんだ。巣がある。さあ、行ってつかまえよう」

「一緒にネズミをつかまえるの？」ウィニーは笑った。

「楽しいぜ」彼はにこりと笑う。ここ二、三日で一番リラックスした顔だ。むっつりした様子はどこかへ消えて、人生を楽しもうとしているいつものミックに戻っている。

ウィニーは思わず笑顔になって、椅子に深く座り直した。そうね、いろんなものを見ておくのもいいことかもしれないわ。彼の言うとおり楽しいかもしれない。人生が楽しいと感じられたらどんなにいいだろう。彼と同じくらいそう感じられたら……「でも遊びじゃないんでしょ？」たしなめるように言った。実際、彼は仕事用の身繕いをしている。頑丈そうなブーツと着古した服。

ミックはウィニーに近づいて、腕を取りながら立たせようとする。「もちろんこれは仕事だ。だが楽しい仕事だ。さあ、行こう。手伝ってくれる必要はないし、嫌だったら見なくてもいい。それでもどんなに楽しいか分かるから。馬車小屋だ」

ウィニーは腕を取られたまま立ち上がり、眉を片方引き上げた。「殺すの？」

「ネズミを？　もちろんだ」

「怖くない？」顔をしかめる。

「ああ、怖くなんかない。ネズミたちのほうは怖いかもしれないが——犬とイタチが大暴れするからな」ミックはわざと怖そうな顔をする。「ウィニー、やつらはネズミだ。汚くて醜くて、一年に五〇四から六〇四の子どもを産む。その子どもが二カ月でまた子どもを産むようになる。分かるだろ。放っておけば、そのうちネズミがうようよ走り回って、馬の餌を食べ散らかして、壁をボリボリやって、あんたの馬車の中に入ってきて——」

「もういいわ」ウィニーは身震いした。「でもネズミだって生き物よ」と鼻にしわを寄せる。ミックはあの低く響く声で笑った。それを聞くと、彼女はいつもつられて笑い返したくなる。

「言うとおりだ、デーリン」デーリンではなくダーリンだとウィニーは何度も言っている。どちらにしてもそれは不適切な呼び方だったがミックはそう呼ぶのをやめようとしなかった。彼は腕を引っ張って言う。「チーズを買ってきて毎晩墓に供えよう。軽くおじぎをすることも忘れない。これでいいだろ？　さあ、来て」腕を持ったまま後ろに回り、ウィニーの背中を押そうとする。

ウィニーが振り返って見ると、ミックは眉を小さく動かした。何かに興奮しているときの顔だ。「わくわくするな」上機嫌の言葉は以前のアクセントに戻っている。むしろ強まっているると言っていい。海賊の言葉コーンウォール語にコックニーが混じったアクセント。「さあ、馬車小屋であいつらを怖がらせてやろう」

一抹の不安はあったものの、ミックが元気になったことが嬉しくて、ウィニーは付いていった。

馬車小屋へ向かいながら、いい機会だと思っていた。彼が楽しい気分でいるあいだに下へ移ってほしいと言おう。それにしてもなぜ、こんな簡単なことを言うのにこれほど苦労しているのだろう？　なんでもないことのはずなのに。彼はきっと肩をすくめるだけだろう。なんとも思わないに決まっている。

砂利道を歩いて馬車小屋の前まで来ると、一台のロバ車が止まっていた。犬やイタチを運ぶためにミックが友人から借りてきたものらしい。荷台に乗っている動物たちは、ウィニーたちの姿を見ると、とたんに吠えたり蹴ったりし始めた。

木でできた荷台から、ミックは六個の檻を地面に下ろした。イタチが二匹ずつ入っている。ミックが口笛を吹くと、小さな五匹の犬たちも一斉に這い降りてきた。彼の足元ではマジックがめずらしく警戒心を示し、今までに見たこともないほど興奮して飛びはねている。ウィニーが見ている前で、ミックと動物たちは馬車小屋へと入っていった。それはちょっとした動物劇のようだった。ミックは両脇と両手にイタチの檻を持ち、足元に犬たちを引き連れて、歌をうたいながら歩いていく。動物たちをコントロールしているのか——彼らは歌に合わせて進んでいくように見える――一人悦に入っているのか、低い声で『ハーメルンの笛吹き男』を口ずさんでいた。

小屋に入るとミックはしゃがんでイタチの檻を地面に並べた。犬たちはまだ騒いでいたが、彼が「ヘイ」と言って手を振り上げると、一斉に吠えるのをやめて腰を低くした――それぞれに違った顔を持つ六匹の小さなテリア犬が、指示を待つように主人を見上げている。「待て」ミックは命令した。

ウィニーはミックの動きを目で追っていた――彼は腰を上げて立ち上がり、ひとつの檻に手を伸ばして地面に滑らせた。そして一匹の犬に合図する。犬たちはみな、脇目も振らずに彼の合図を待っている。一方で彼はウィニーに話しかけていた。

「俺の故郷じゃネズミ取りはスポーツだった。近所中でやる役に立つスポーツだ。納屋でやったり鶏小屋でやったり、ときには一〇人以上の仲間と鉱山でやったり……」

ミックはずっと話し続けていたが、ウィニーはほとんど聞いていなかった。催眠術をかけられたかのように、彼の動きに見入っていた。そこにはなんらかの秩序があるらしい。犬たちを等間隔に座らせて、イタチの檻をそれぞれの犬の前のほうへと滑らせる。檻の向きを直し、少し離れて見てからひとつの檻の向きをまた直す。分析に基づく決まりでもあるかのように、ときどき距離や配置を見ている。腰に巻いた太い革のベルトには、さまざまな道具――鈴の付いた首輪、ひも一巻、剪定ばさみ、長く細い木の棒と短い金属の棒――が吊り下げられて、ジャラジャラと揺れている。

ベルトには古い革手袋も挟んである。頑丈そうなブーツは歩くとドシンドシンと音がする。ズボンはブーツの中にたくしこまれ、ズボンの内側にしまい込まれているのは色褪せた赤いニットのシャツ。上半身をぴっちりと覆っている。最初に会ったときと同じような着古した仕事着だ。誰にも追いかけられていない今、仕事着を身に着けた本来のミックは威厳があって魅力的だ。

優雅で規則的な彼の動きは自分の仕事に自信を持っている男のものだった。

気がつけば、ミックはひととおりの説明を終えようとしていた。「……だが肝心なのは、犬をうまい場所に配置すること。あとはねらいを付けた場所にイタチを送り込めばいい。やつらが巣を襲い、逃げてきたネズミを犬が押さえる。そして俺は、二つの戦線を逃れてきたネズミをつかまえる」

戦線だなんて。彼はこれを戦場みたいに思っているんだわ。動物を兵士に見立てた戦場。ウィニーはまた身震いした。きっと知らず知らず声が出てしまったのだろう、ミックは立ち止まって振り返った。「怖かったら始める前に出て行くといい。俺はただ、あんたに知ってほしかっただけだ。その……俺がここをきれいにしてやるってことを」そして思いついたように「怖いって言ったって、キツネ狩りよりはマシだ。あれはひどいもんだ。獲物がキツネとなれば、テリアは歯を折ることだってあるからな。このマジックだってやるだろうさ。地面の下までも追いかけていって、人がつかまえに来るまでずっと吠え続けるだろう」

ウィニーは眉をひそめた。「ネズミでも十分怖そうだけど……」想像してみようとする。

「ネズミってどんな姿なの？」

ミックは笑った。「見るか？」怖がる彼女が好奇心を示したのを面白がっている。「やつらはどこからでも飛び出してくるぞ。そしてどこへだって走っていく」首を振って「戦闘が始まったら、しばらくは大騒ぎになる。ネズミたちは気が触れたみたいに逃げ回って、俺たちはばかみたいに追いかけ回す。きれいなもんじゃないよ、ウィニー。だがあんなに興奮するものもない。怖かったら屋根裏にのぼれば安全だ」

「本当に安全なの？」

「ドブネズミは高いところが苦手なんだ」

「そう。でも……いいえ、やめておくわ」

「それは残念だ」ミックは大げさに残念がった。「人生で一番面白い見せ物を逃すとはな」

ウィニーは信じなかった。人生で一番面白いだなんて。棒を持って鈴の付いた首輪をぶらさげて、鋲の付いた靴でバタバタと歩く男が馬車小屋を「きれいに」するからって、それほど面白いとは思えない。

「ん？　そんなに俺を見つめてどうした？」彼はにこりとしたあと、白状するように言った。「分かったよ。なんでこんなところに連れて来たのかって言いたいんだろ？　あんたに俺がどんなにうまく仕事をするか見せたかったんだ。仕事を見せればきっと俺を見直すだろうって思った」口の左側を上げて、いつもの皮肉っぽい笑みを浮かべる。

「もう見直してるわ」ウィニーは弱々しく微笑んだ。だからネズミを見るのは許して。「あなたはとても有能だと思うわ」感心するように首を振る。「なんでも上手にやってのける」

「いつもあんたに直されてるけど？」ミックは疑うように首を傾げた。

「いいえ、あなたはなんでも上手にやってのけるわ」

「ほんとにそう思う？」彼は嬉しそうだ。

「ええ」

ウィニーは小屋の中を見回した。ミックの戦闘作戦が実施されるのを想像して、わずかに体を震わせた。それはあまりにも野蛮で恐ろしく、とても最後までは想像できない。ひとつ確かなことは、彼はここで必ず勝利するだろうということだ。「それじゃあ、あなたには――」なんと呼べばいいかしら……そうだ。「得意客があるんでしょうね？」

「エイス」ミックはおどけて言う。

「じゃあ、どこの家に行って、どこの家にまだ行っていないとか、報酬はいくらだったとかは、どうやって覚えてるの？」

ばかな質問だと言うように、ミックは肩をすくめた。「覚えちゃいない。書いておくんだ」

「書いておく？」紙の切れ端か手の裏にでも書くのだろうか？

彼はまた、この女はなんてばかなんだとでもいうような顔をする。「ノートに付けるんだ」

「顧客台帳っていうこと？」

ミックは目をぎょろりとさせた。「まあそう呼んでもいい。俺はビジネスマンだから。決まった客は百人ほどいる。それとは別に、毎年百軒に売らなきゃやっていけない。そのノートには、行った家の住所やそこで何を言われたかが書いてあるんだ。稼いだ金の計算だってしてある——去年は六四ポンド稼いだ。俺みたいな男にしてはそれほど悪くない額だ。いや、なかなか稼いでるほうだと思う」

本当だわ。ウィニーは驚いた。それに彼は記録を付けていると言う。

「あそこにいる犬はジョーって名前で、マジックの息子だ。あのロバ車を貸してくれた男がメス犬を飼っていて、それがジョーの母親だ。ロバ車を貸してもらった代わりに、次に子どもができたら、そいつに一番いい子犬を選ばせてやろうと思ってる」

「優しいのね」

「そんなんじゃない。これはビジネスだ。そいつの生活を助けておかなきゃ俺はロバ車を使えない。やつがあの車を手放さなきゃならなくなったら困るのは俺で……」

ミックは熱心にしゃべり続ける。この仕事に誇りを持っている。ウィニーはいつしか、ネズミ取りの話をする彼に見入っていた。

ミックは檻の中からイタチを一匹取り出して、首輪の鈴を軽く叩いた。「……床の下に潜るのはこいつで、どこにいるのか俺に知らせてくれる」イタチを掲げて見せる。光沢のある黒っぽい毛はまるでミンクの毛皮のようだ。「きれいだと思わないか?」

いいえ、きれいなのはイタチじゃなくてあなただわ。ウィニーはイタチを檻に戻すミックを見ながらそう思った。長い腕と長い脚、たくましく健康的な体。ネズミ取りの服を着ていても、ああ、彼の体はなんて美しいのだろう。

確かに彼はネズミ取り。でもウィニーにキスをしたネズミ取り。最初は優しく、次には彼女を泣かせるくらいに激しくキスをした男。

何を考えているの、エドウィーナ。ばかなことを考えちゃだめ。彼にふらふらするなんて。彼のキスがそんなに忘れられないなら、今度は煙突掃除屋を呼んでキスしてもらったら？ ガラス屋に表の窓を直してもらってついでに抱いてもらったらどう？ 配管工だって優しそうな男じゃない？ ああ、エドウィーナ、何をにたにたしているの。しゃんとしなさい。

ネズミなんて見たくない。彼の準備も済んだようだから、もう出ていこう。ウィニーはくるりと背を向けた。「それじゃあ、行くわ――」

ミックはウィニーを見つめていた。彼女は出ていこうとしている。引き止める理由を思いつかなくて、とつぜんこう言った。「これを見て」

マジックの上に腕を振り上げた。そして指を鳴らす。するとマジックはまっすぐ上にジャンプした。ただ主人を喜ばせるために、犬は芸を始めたのだ。

マジックは決して見栄えのいい犬ではない。白い体にしょぼくれた顔。口ひげみたいに見える鼻には茶色がかった短いぼさぼさの毛が生えている。肩まで一フィートもない小さくてみすぼらしい犬だ。だがその犬には巨人の心がある。やるとなったら大胆に自分のすべてを傾けてやる。

マジックはまっすぐ五フィートを超えるジャンプをして見せた。そしてそのしなやかな足が地面に触れたかと思うと、またまっすぐ飛び上がる。犬のエネルギーはミックを喜ばせた。

マジックは何度もジャンプした。ミックがやめろと言わなければ、いつまでも飛び続けるだろう。仮にやめろと言わないうちにミックが死んでしまったら、マジックは死ぬまでジャンプし続けるかもしれない。

ウィニーを見ると、マジックのジャンプを見ながら驚きに顔を輝かせている。ミックは嬉しくなった。「後ろ脚にバネが入ってるみたいだろ。こんな芸はめったに見られないぜ。自分の体の五倍飛び上がるなんて、信じられないじゃないか。俺にそれができたらこの小屋から飛び出しちまう」

ウィニーはその芸に釘付けになって見入っている。魅せられたようなその顔は、ミックの心を浮き立たせた。ミックはウィニーを喜ばせたかった。なんとか彼女の気を引いて、ここにこのままいさせたかった。だがどうすればいいだろう？　死んだネズミを足元に置いてもウィニーは決して喜ばない。

マジックをずっとジャンプさせておくわけにはいかない。ミックは犬にうなずいて見せた。マジックはいったん飛ぶのやめたが、目を嬉しそうに輝かせ、次の合図でいつでもジャンプできるようにと身構える。ミックはポケットからリンゴをひと切れ取り出して与えた。ご褒美だ——たとえ褒美が無くてもマジックは怒らなかっただろうし、実際何もやらないことは多かった。

ウィニーにはミックの話など耳に入っていないようだ。彼自身、自分の声をほとんど聞いていなかった。本当はこう言いたかった。行かないで。ここにいてくれ。ここでこの俺をそうやって見つめてくれ。なのに口はどうでもいいことをしゃべり続ける。「一度だけネズミがこいつを噛んで怒らせたことがあった。こいつは狂ったみたいにネズミを……」

ちらりと見ると、ウィニーは犬の顔を面白そうに見ていたが、一瞬びくっと身震いした。ネズミの話はウィニーをぞっとさせるんだろう。これから怖いことが始まると思っている。ネズミが殺されるところなんか、見たくないに決まっている。

なぜウィニーをここに連れてきたんだ？　こうなることは予想できたはずなのに。

答えは簡単だった。彼女の顔がその答えだ。ミックはネズミ取りなら誰にも負けない。どうやって取るかを話すだけでもその手際の良さを分からせることができる。ウィニーが教えてくれることは何ひとつまともにできないけれど、これなら自信がある。とにかく彼女に、悠々と巧みに何かをしているところを見せたかった——それがネズミ取りとは笑いだが。これはレディたちの気を引く方法のひとつだった。

実際少なからぬレディたちが、ネズミを取るミックの姿を気に入ってくれた。二階から手すり越しに見下ろすレディたちの目の前で、彼はドブネズミをつかまえる。一階にいるのはドブネズミ、上の階ならクマネズミ。それはネズミの世界の決まり事で絶対に変わることはない。二階のクマネズミなら数匹の猫で片付くかもしれないが、地面の近くを牛耳っている、よりたちの悪いドブネズミはミックでなければ始末できない。レディは彼の仕事を見ながらときどき恐怖に悲鳴を上げるが、目は彼に釘付けだ。仕事が終わって流し台か洗い場で手を洗ったあと、彼はお茶かクラレット酒を勧められる。そしてお決まりのコースへ。

「もう行くわ」ウィニーは言った。

ミックは目を上げて彼女を見た。「そうだな。これが終わったら手を洗って着替えて午後のレッスンに行くよ。遅れないから」

「よかった」ウィニーは一歩進んで振り返った。「そうだわ、言っておかなくちゃ。ミルトンは――」その名前を出せばどんなことでも許されると思っているかのように言いかけたが、考え直したらしく首を振った。「いいえ、私は――」

ミックはウィニーの言葉を待ったが、何か嬉しくないことを言われるのは察しがついた。彼女の気が進まないような表情を見て、あるいは他の何かを感じて、血は急に巡りを速めた。

「つまり、私は、その――あなたに一階の部屋へ移ってほしいと思っているの。ミルトンの部屋の隣へ。彼が移動を手伝ってくれるわ」

「召使いの部屋へ行けって言うんだな」ミックは即座に言った。

ウィニーはそうではないと首を振る。「ミルトンの部屋の隣よ」それが素晴らしい特権でもあるかのように言う。「彼と一緒なら都合がいいでしょう?」

「分かった」

ウィニーは弁解するように、ミックがすでに知っていることを付け加えた。「ミルトンは大切な人よ。召使い以上の存在だわ。彼は下が好きで下のほうが便利だから一階にいるのよ」

「そして執事だから一階にいる」

その事実を口にしたのを非難するかのように、ウィニーはミックをにらみつけ、口を開きかけて閉じた。

ミックの頭の中で真実がこだました。彼が移動しなければならないわけははっきりしている。遊び人ミックは信用ならないというわけだ。きっとウィニーは、雇い人とキスをしてはいけないこと、自分の寝室から数フィートの部屋にイーストエンドのごろつきが住んでいることを思い出したんだろう。いいさ、そのとおりなんだから。

ミックはそれ以上何も言わなかった。気落ちしていることを悟られないように、ウィニーに背を向けて、追い払うように手を振った。彼女は戸惑いと苛立ちに言葉を失っている。

「何も言わなくても分かってるよ」ミックはかがんで犬の体を撫でた。「どの部屋でもかまわないさ。ミス・ボラッシュ。ここが済んだらすぐに荷物をまとめる。さあ、行った行った。仕事を始めるから」

立ち上がって手をズボンの上で拭き、ベルトから手袋を引き抜いた。

そのときだった。向こうのほうで、一匹のイタチが檻の中の仲間を小さく威嚇した。かすかなシーッという音に続けて柔らかい体が触れ合う音がした。

とつぜんウィニーは悲鳴を上げて飛びついてきた。ミックの両肩をつかんで背中におぶさり、首に腕を回してしがみついてくる。ウィニーの重みがミックの体にのしかかった。あやうく押し倒されそうになりながら、彼はかろうじてウィニーの片脚をつかんだ。彼女はミックのあごの下に腕を巻き付けて、彼の耳を手でしっかりと押さえている。

「イタチだよ」あごの下に腕を挟んだまま、ミックはやっとそれだけ言った。ウィニーは少し力を抜いたが背中から降りようとはしない。二本の脚は万力のようにミックの腰を挟んでいる。スカートもなにもかも一緒に巻き付けて。

「イタチが騒いだだけだ」もう一度言って彼女を安心させた。

腰をひねり、不安定に背中にのっている大きな体を落とさないように、ミックはゆっくりとウィニーを下ろしていった。ウィニーの体がミックの体にぴったり沿って下りていき、彼は恍惚となる。開いた脚が腿の付け根を滑り下りる一瞬、体が震えた。ミックより戸惑いながら、ウィニーもやはりぴくっと体を緊張させた。二人の体が快感に躍り上がるのを、ミックは意識せずにはいられなかった。それは抑えようもない強烈な快感で、二人の体をいたぶった。

ウィニーの体が下まで降りたとき、ミックの血は体中を激しく駆け巡っていた。背中にはまだ胸の感触が残っている。腿もまだ脚の圧力を覚えている。くそっ。ウィニーの体を正面に回し、豊かな腰を持ってそこに立たせた。

彼女の顔が目の前に迫り、体はすぐ下にある。じっとそこに立ったまま、ウィニーはこちらを見上げている。息を吐けばまつげが揺れそうなほど近くに。ほんの一瞬、ミックはウィニーが待っていると確信した――こういう状況で彼が普通することを。キスしたい女性をこれほど近くに感じたとき、彼はこれまでためらったことなどなかった。

だが今回は違った。ミックはウィニーの顔を見つめ、ぽつりと呟いた。「俺の勘違いかな？」

「何が？」ウィニーは唇を濡らしてそこに立っている――待っている。

くそっ、もう少し離れていてくれさえすれば何もしないのに。だが彼女はこんなに近くにいて、腹立たしいことにとぼけている。ミックはぶっきらぼうに言った。「キスしてほしい？」

「何言うの！」ウィニーは即座にそう言ったが、顔には動揺が現れている。

「結構。してほしくなったらいつでも言ってくれ。喜んでお相手するよ、ミス・ボラッシュ。キスしてほしいならそう言ってくれたほうがまったくありがたい。でないと――」わざと目をよそにやって「あんたはいつまで経ってもキスしてもらえない」

ウィニーは目を剝いて、唇が白くなるほど強く口を引き結んだ。顔にはさまざまな表情が浮かんでいる――苛立ちと戸惑い、そして失望。

口を開いたのは意地の悪いウィニーだった。「『まったくありがたい』は良くないわ。『まったく』じゃなくて『たいへん』か『ひじょうに』あるいは『まことにもって』を使うべきね」

ミックは鼻を鳴らした。「『まことにもって』なんて死んでも使わないね」

またこれだ。ミックは大声で笑いだしたくなった。いつものウィニー。ちくしょう、なんて鼻持ちならない女なんだ。彼女はあれを感じなかったのか？　くそっ、彼女を壁に押しつけて、あのぶらさがった手綱のあいだでスカートをたくし上げてやれたら。あるいは馬車の中へ連れ込んでシートの上に倒してもいい。それとも……ちくしょう、どうしていいか分からない。いや、どうしたいかは五万と思いつく。とにかく彼女が欲しい。ただ奪ってしまいたい――そうだ、犬とイタチに許してもらって今この場で押し倒したっていい。

だが代わりにミックは尋ねた。「他にはなんて言った？　なんて言えって？」

ウィニーはとことん意地が悪かった。「『失礼』よ。相手にもう一度言ってほしいときは『失礼』」

ミックは苛々しながら大げさに眉を持ち上げた。「失礼、ミス・ボラッシュ。『まったく』の代わりにどんなボケ単語を使えばお気に召しますか？」

ウィニーはミックを見据えて答えた。「『たいへん』か『ひじょうに』」

「ひじょうに」ミックは言った。発音が合っていることも分かっていた。ウィニーは彼がフレーズ全部を言い直すのを待っている。なんてばかな女だ。俺のいいところを見ようとしないで直してばかり。それが彼女のやり方だった。ミックを疲れさせて、何がなんだか分からなくさせる。

「ひじょうにありがたい、ミス・ボラッシュ」

まだ何か間違っているのか、ウィニーは目をぱちくりさせてこちらを見つめている。だがそうではなかった。「そうよ。とてもいいわ。完ぺきだわ」彼女は言って、めずらしく快活に笑った。そして唐突に呟いた。「ごめんなさいね」

また謝っている。だが何を？　それ以上何も言わず、ウィニーは急に背中を向けて走りだした。

ミックはウィニーが走り去るのを見つめていた。小屋を出て、裏庭を抜け、裏口の戸の向こうに消えるまで、彼女は一度も足を止めなかった。

何やってるんだ、ミック。おまえは褒美をあげたいくらいばかだな。

髪を後ろに掻きやって、そのまま頭をつかんで目を閉じた。息を吐き、胸を落ち着かせ、体を駆け巡っている血を静めた。ああ、あの女は俺を狂わせる。

ミックは仕事に取りかかった。

それはあっという間に片付いた——イタチは走って飛びかかり、犬はジャンプし、ネズミは金切り声を上げながら小屋中を逃げ回る。その一〇分間の大混乱はミックの気分そのものだった。

やがて彼は騒ぎの真ん中に座り込んだ。見回すと、数十四のネズミが横たわっている。イタチと犬に噛み殺されて。中でも犬の仕事は汚かった。まったく——まったく汚かった。

「ウィニーの言うとおりかもしれないな」ミックはマジックの傷口を優しく撫でながら言った。「ひどいありさまだ。お前もこんなになってしまって……」

ミックはそこで、ここへ来たもうひとつの理由に気がついた。確かにウィニーにいいところを見せたかった。だがそれとは別に——それ以上に——自分が以前とどこも変わっていないことを確認したかったのだ。

ところが彼は変わっていた。マジックは認めていないようだが——犬はミックが手をはなすとひょんと飛び上がってまたやる気を見せている。無邪気な犬だ。ミックの周りでは、いつも何かにネズミの歯形が付いていた。ときにはミック自身にも付いていた。今は手とすねにある。ネズミ取りはいいスポーツかもしれないが、まったくむかつく仕事だ。

おっと、ひじょうにむかつく仕事だ。

鼻から息を吐きながら、ミックは自分をあざ笑った。今までの彼は、この嫌になるほど汚い仕事を当たり前のようにやってきた。汚かろうがなんだろうが、他に選択肢があるとは思ってもみなかった。だが今はそれがあることを知っている。選択肢。探してみれば、新しい仕事があるかもしれない。

ミックはネズミの死骸を袋に詰めていった。手では触らずフックに引っかけて拾っていく。それが済むと動物たちを集め、ネズミから病気や虫をもらわないように、ポンプの水で体を洗ってやった。自分の体を洗うのと同じように。

マジックの体に水をかけながら、ミックは自分の体を早く温かい湯船に沈めたいと思っていた。

頭の中で昔のミックが言う。なんだ、お前は風呂まで好きになったのか？　そうだった。最近のミックは湯船の栓を抜くのが嫌だった。浴槽にもたれ、指にしわができるまで浸かっていたかった。

この家に住んで、ミックは想像以上に変わった。本来なら手に入れられないようなものを好きになっている。浴室もそのひとつ。蛇口をひねるだけで何ガロンもの湯が浴槽に注がれる、体を湯に浸けるためだけの、湯気でもうもうの部屋を。

そして手に入れられない女を好きになっている。

なぜウィニーを信じているのだろう？　言葉を好きに直させているのだろう？　彼女がこちらを見て何か言ったり、言葉を聞いて数週間で用なしになるような言い方に訂正したりするのを、なぜ抵抗なく受け入れているのか？　最近では教えられたことを進んで身に付けようとさえしている。ゲームが終われば必要のないものなのに。だがウィニーから学んでいるのは賭けに勝つためのものだけではない。ミックは新しい考え方を学んでいた。そしてウィニーは優しい鏡。彼女を覗き込めば、自分を修正することができる。

それにウィニーは最高の話し相手だ。ときどき融通が利かなくなるが、そうでなければウィニーと話すのは楽しい。毎日早く彼女に会いたかった。夜明けとともに最初に意識にのぼってくるのはウィニー、寝る前に重いまぶたを伏せながらうなずく相手もウィニーだった。優しいウィニー。滑稽なウィニー。賢いウィニー。怖がりで、勇敢で、慎重で、細かいことを考えすぎて、世間から非難されないようにびくびくして生きているウィニー。

そう、ミックはもう以前のミックではなかった。だからといって何になったのかも分からなかったが、とにかく昔とは違っていた。それに気がついて、彼はあらためて自分を見直してみた。ひげのない唇を初めて見たときと同じ気持ちが湧いてくる。言いようのない興奮と不安。おぼろげに見えるさまざまな選択肢に目を回しながら、どこへ向かっていいのか分からない。レッゾたちとつるむネズミ取りでないならば、いったい何になれるというのだろう？　行き先も分からずに進むなんて、まったくおかしな——ひじょうにおかしな——話だ。とつぜん、ウィニーとの読書の時間に覚えたたくさんの単語が頭に浮かんできた。ミックはそれらの単語が気に入って記憶したのだが、今は自分の記憶力を呪いたくなった——狼狽、困惑、混乱、当惑。

ネズミ取りがこんな言葉を覚えてどうするんだ？

すべて片付いたあと、ミックは馬車小屋の奥へ歩いていって、フレディを落ち着かせた。このメスのイタチはもう仕事をしていない。小屋の隅に置いた檻の中で騒動を聞いていただけだ。きっと「狼狽」していただろう。フレディは一三歳で、ケナガイタチの寿命は一〇年から一二年。今では足腰も弱まり目はほとんど見えていない。フレディの死期が近づいたことを知って、ミックはフレディをポケットに入れて歩くようになった。その言い訳も考えた。若い頃のフレディは、勇敢でずる賢くて、最高のネズミ取りだった。コーンウォールの家族を養っていたのは彼女だった。ロンドンで仕事を見つけられたのも彼女のおかげだった。そしてなにより彼女はミックに自信を与えてくれた。

このところフレディはまた元気を取り戻している。少し太ってきたようだ。新しい環境は彼女に合っていたらしい。ミックは優しい声をかけながらフレディの体を撫でてやり、新鮮なレバーを食べさせて、今日しとめたネズミたちの話を聞かせてやった。彼女は喜んでいる。ミックにはそれが分かった。フレディを愛撫して、その元気そうな姿を見て、ミックは自分も元気が出てくるような気がした。

15

トレモアはあっという間に部屋を移った。体を洗ったあと、自分の持ち物をすべてベッドの上に放り投げ、ベッドスプレッドの端を寄せ集めてナップザックを作り、それを引きずって下へ移動した。ミルトンの隣の部屋へは入ろうせず、もう二つ離れた部屋を選んだ。それはたまたま一番小さな部屋で、トレモアに言わせれば、より「くつろげる」部屋だった。かつては食器室として使われていて、歩道に面した高い窓がひとつあるだけだ——夜には街灯の明かりが射し込み、昼にはロンドンの街を行き交う人々の足音が聞こえてくる。

ウィニーはこれで良かったと思った。少なくとも問題は減るはずだと。そして実際、ある意味ではやりやすくなった。ミックの口数が少なくなったからだ。その沈黙は、彼の心の中で何かが起こっているのを暗示するものだったがそれでもかまわなかった。いや、むしろそれは歓迎すべきことかもしれなかった。

おかげでそれから二、三日後に、ウィニーはまたミックと差し向かいでレッスンができるようになった。いったんそれができるようになると、彼とのレッスンは思いのほか楽しかった。

ミックは教養があるとは言えなかったが想像していたほど無知でもなかった。コーンウォールの学校はリーディングの基礎をしっかり身に付けさせたらしく、彼はそれを最大限に利用した。言葉遊びが好きな彼は、生徒としても教えがいがあった。そして典型的な教師泣かせの生徒でもあった。物知りタイプというわけではなく、いつもウィニーの先回りをして思ってもみなかった質問を浴びせてきた。

ミックは特に語彙を増やすのに熱心で、気に入った言葉をどんどん覚えて使うようになっていった。かつてのお気に入り「悪魔的」だけが、他の単語の習得によって使用頻度を減らされていた。ただ不思議なこともあった。ミックが新しく使うようになった言葉には、ウィニーが教えても読んでもいないものがある。まるで天から降ってきたかのように、彼はそれらの単語をどこかで見つけて使っている。

「ふくよか」ミックはある日とつぜん言った。

ウィニーは目を上げて机の向こうを見た。ミックは瞑想にふけっているような物思わしげな目でこちらを見つめている。

「豊満」ミックはまた言った。

ウィニーは目をしばたたいた。彼がこんな言葉の意味を知っているわけがない。

ところが彼は知っていた。「肉付きがいいことだ。ナシのような尻を持った女の体だ」

そしてにっこり笑った。「大きくていい形をしているってことだろう？　そんな言葉を探してたんだ。長い脚の上に大きくて形のいい尻があって、オーケストラのバイオリンみたいにカーブした体をなんて言えばいいのかって」

ウィニーは驚いてミックの目を見た。オーケストラのバイオリンですって？　女神カリピガスだわ。彼は確かに参考書を変えたようだ――興味の対象は変わっていないが。

目を合わせているのが辛くなって、ウィニーはミックの鼻の下に視線を移した。ひげはきれいに剃ってある。だが今ではそれも大した意味を持たなくなった。いくらひげが無くなっても、ミックの荒々しい男らしさはまったく変わっていなかった。

何を言い、何をしてもミック・トレモアは男を感じさせる。言葉遣いやちょっとしたしぐさに男っぽさが満ちている。ただ黙って座っていても、彼の周りにはタフな男の香りがある。それはびくともしない男としての自覚だった。口ひげがなくなっても変わらない。少し品が良くなったというだけだ。

奇妙なことに、ウィニーはそんなミックの男っぽさを好もしく思うようになっていた。以前はあんなに嫌い、できればなくしてしまいたいとさえ思っていたのに、今はその野放図で力強い男のエネルギーが素晴らしいものに感じられる。そんな自分が歯がゆくもあったが、その歯がゆささえもほとんど受け入れるようになっていた。最近のミックには不可解な面も多かったが、逆にウィニーは――認めたくはなかったが――彼の歯に衣着せぬ物言いや、その率直な態度を魅力的だと思うようになっていた。彼の単純さが好きになりかけていた。

さてミックの新しい言葉についての謎は、次の日の夜にようやく解けた。

朝の二時だった。ウィニーは自分の泣き声に驚いて目を覚ました――狂ったようにすすり泣いていた。しばらくして涙は収まったが、顔を拭う彼女の心はまだ揺れていた。乱れる心を落ち着かせようと、そのまま横たわっていた。夢を見ていたのは分かっている。だが内容は思い出せない。夢で感じた怒りと喪失感だけが残っている――何かが欲しくて泣きわめいているのに誰かがそれを渡そうとしない。

眠れない。ウィニーは苛立たしくベッドから滑り降りた。最近は眠れないことが多かった。この二週間、朝までぐっすり眠れたことは一度もない。そして今日は最悪だ。悪夢から解放されて、ミルクを飲もうと下へ降りていった。

キッチンから戻ろうとしたとき、廊下の突き当たりから明かりが漏れているのに気がついた。図書室の明かりだ。ウィニーは静かに歩いていった。部屋の外まで来ると、そっとドアを押し開けた。

中にいたのはミックだった。読書灯の横で、厚い詰め物をした椅子に座っている。ウィニーの姿を見て、悪いところを見られたかのようにびくっとした。膝には一冊の本がある。

ウィニーは部屋に入っていき、二人は何も言わずに見つめ合った。どちらも話しだそうとせず、二人は黙り込んでいた。

やがてミックが口を開いた。微笑みながら肩をすくめ、そこにいる理由を説明しようとする。「本が読みたかったんだ。できるだけ読んでおこうと思って。こんなにたくさんの本を読めるチャンスはもうないかもしれないし……あと一二日しかないから」

舞踏会までたったそれだけ？　いつの間にそんなに経ってしまったのか、ウィニーには信じられなかった。最近は日も時間もあっという間に過ぎていく。

「これが終わったら、眠ることはいくらでもできるからな」

それはこのところウィニーが考えないようにしてきたことだった。あと一二日経ったら、二人が顔を合わせる理由はなくなってしまう。その関係がどんなに奇妙なものであろうとも、毎日こうして会う必要はなくなる。

「読んで分からないところはない？」

「ある。分からないところだらけだ」ミックは笑った。ネクタイを緩め、ベストの前は開けてあるが、彼は昼の服のままだ。読書灯の光が当たって白いシャツはわずかに黄色がかって見える。「だが分からないところは少なくなってきた。これは単語を増やすにはもってこいだ」

「でもどうやって単語の意味を？」彼が難しい単語の意味を自分で理解したとは思えない。

ミックは読書灯の下から五、六枚の紙を取って見せる。

そこにはかっちりとした文字でさまざまな単語が書き連ねてあった──「豊満」や「ふくよか」、「自我」や「追放」などの単語が並べて書かれ、ところどころに印が付いている。それぞれの単語の横に、それを見つけた本の名前が（ときには略して）書いてある。ページ番号と、上からあるいは下から何行目に出てきたかとが、矢印と一緒に記されている。

「最後にこれを見返して、出てきたところをもう一度読んで意味を想像するんだ。次の日またこれを見直して、忘れた言葉があったらもう一度本を開いて読んでみる」ミックはそう言ったあとで、勝手にこんなことをした弁解をするように、また肩をすくめてぽつりと言った。「言葉が好きなんだ」

それはもう分かっている。ウィニーはかすかに笑みを浮かべて呟いた。「悪魔的」

「凶悪」

「極悪」

ミックは驚いたように目をぱちくりさせた。何をしているのか分からないけれど面白い、そう思っているようだ。「邪悪」

ウィニーは笑った。「本当ね。あなたは言葉をたくさん知っているようだわ。問題は使い方かしら」

「言葉で遊ぶのが好きなんだ」彼は最初から、ぎょうぎょうしくもったいぶった言葉が好きだった。

あるいは面白い言葉が。「ムスコ」のような。「知ってるわ。でも舞踏会では目立たないように遊ばなければね。それと、使ってはいけない言葉もあるわ」

ミックは眉間にしわを寄せた。一心に考えているような表情は、ケンブリッジの教官を思わせる。黙って真面目な顔をしていれば、ミックの顔立ちは、洞察力と判断力、そして鋭い英知を感じさせる。もちろんそんな顔をしていても何も考えていないときもある。彼はその顔つきから――眉の寄せ方、目の透明さと焦点の合わせ方、そして額の広さから――知性や深みを感じさせるのだ。

ウィニーはそのハンサムな顔を見つめた。「抜け目ない」という言葉が頭に浮かんでくる。顔立ちだけから感じられる印象ではない。「用心深い」「世慣れた」「ずる賢い」も思い浮かぶ。この生徒は手厳しいクライアントだ。ウィニーはミックの目を見ながら理解した。

彼は私を値踏みしている。

思わず顔をそむけた。「いくつか表現を教えておく必要があるわね」咳払いする。「本番で使う言い回しを」渡された紙を見下ろして、思案しながらパラパラとめくった。「実際、文法や発音が良くなってきて、あなたの言葉の使い方もそれほど露骨ではなくなったわ」

ちらりと見上げると、ミックはまだこちらを見つめている。相手をどぎまぎさせる落ち着き払った表情だ。目はウィニーを見通している。彼は自分が悪い言葉遣いをしているとは思っていない。ちょっと変わった使い方、いや賢い使い方だと言いたいのかもしれない。そしてそれは間違いではない。

ミックを厳しく評価して、悪いと決めつけていたのはウィニーだ。彼女は最初から、彼を正しく評価していなかった。ときどきいい気になって、ミックはなかなか賢い、頭がいいなどと傲慢にも考えていた。

とんでもない。ミックは輝く原石だ。彼ほど覚えの速い生徒は今まで一人もいなかった。その能力の高さにときどき恐ろしくなることさえある。私よりずっと頭がいい。

紙を彼に返し、ナイトガウンの襟元を首にしっかり巻き付けるように腕を交差させた。

ミックに見つめられ——その目は緑の海の色、底に海草が生えた入り江の色だ——ウィニーは顔に熱がのぼってくるのを感じた。彼に見つめられているという以外、なんの理由もないのに。顔の皮膚が熱くなってくる。手のひらで顔を覆いながら彼に背を向けた。顔を隠すためにとっさに取った行動だった。頬の上で手が冷たく感じられる。ウィニーは頬を赤らめている。自分でも信じられなかった。わけもなく彼の前で赤くなっているなんて。これで二度目だ。彼は何もしていないのに。

ミックは読書灯の明かりの中で座っている。暗がりで彼だけが輝いている。黙ってこちらを見つめている。ウィニーの視界の隅で、首を傾げて。彼の犬マジックが人間のそぶりに戸惑ったときと同じように。

そう、彼はきっとこんな私に戸惑っているだろう。少なくともウィニーはそんな自分に戸惑っていた。

16

ミックがやってきてから五週間近く、彼は今では上流階級の英語をほとんどマスターし、その使い方もきわめて好もしいものになっている。あとはウィニーが先延ばしにしてきたレッスンを残すのみ。彼女はやめられるものならやめたかった。だが彼は舞踏会へ行くのである。ダンスができなければ話にならない。調理室でジグを踊れてもしようがない。

娘たちにダンスを教えるとき、ウィニーはいつも二階の音楽室を使った。それはディナーの客にちょっとした演奏を聞いてもらうために作られた部屋で、母がまだ家にいた頃は、演奏会がときどき即興のダンス・パーティーになったものだ。今では黒いグランドピアノがあるだけで、そのピアノは弦が切れ鍵盤がところどころ硬くなっている。かさばるピアノは部屋の隅に追いやられ、誰にも触られずに少しずつ壊れていっている。ピアノ以外に何もないその部屋は、少し埃っぽいが、堅木の床が広く空いた、ゆったりとした場所だった。もちろん舞踏場の広さとは比べものにもならないが、動き回れるスペースは十分にある。

ウィニーには、ダンスレッスンは仕事とは思えなかった。彼女にとって、外国人のレディや弁護士のやぼったい娘とのレッスンは、大好きなダンスができる唯一の機会だった。普通なら一番楽しいレッスンだ。蓄音機を持ってきて閉じたピアノの蓋の上に置き、自分で録音したシュトラウスの三重奏をフルボリュームでかける。

ミックの前で、ウィニーは音楽をかけた。まず立ち位置から。「真正面に立ってはだめよ。少し横に。脚が……」脚のあいだに入るように、と言いかけてやめた。「ぶつからないように」

そこから先、ウィニーは何も言う必要がなかった。ミックはもう知っていた。ウィニーの手を取ると、体を自然に正しい角度に傾けた。ウィニーが上腕をつかむと、つかまれた腕を彼女の腰に回した。彼がそうしたことを知っていたのは驚きだった。ウィニーは手を上へ滑らせてミックの石のように硬い肩に置き、ミックは手のひらをウィニーの狭い背中に当てて、ポーズは完成した。

教えることはいつもの逆だ。「あなたは前へ踏み出すのよ。私をリードしながら三拍で……」

ウィニーは後ろへ下がった。いつもとは逆の方向へ、逆の足で。ミックはウィニーの手を握って前へ出た。そのときだった。とつぜんすべてがひっくり返った。ウィニーが足を滑らせたのだ。足の下で何かが転がったような気がする。石でも転がっていたのだろうか？　だがそんなものがどこからこの部屋に入って来るだろう？　もしかしたらまたミックの前でおかしくなってしまったのだろうか？

姿勢を立て直す前に、別の問題が持ち上がった。ピアノの上で蓄音機の針がレコードのひびに引っかかっている。「ああ、なんてこと」

ミックの腕を出て、ウィニーは別のレコードを探し始めた。たくさんのシリンダーレコードの中から適当なものを探していると、静まり返った部屋の中で何か音がする。ウィニーは目を上げた。

待っているミックが、何かを小さくチャリンチャリンと鳴らしている。金属が触れ合う軽い音だ。見ると彼は片手をズボンのポケットに入れ、もう一方の手で脚を軽く叩いている。

パン――チャリン――パン。なんて苛立たしい音だろう。

ミックは一応紳士らしい格好をしている。馬車小屋が「きれいに」なったので、もうネズミ取りの服は着なくなった。今日の彼は、夏用に軽く仕立てられた緑色のウーステッドウールのズボンをはき、やはり暖かい季節を意識した落ち着いたブラウングレーのベストをぴったりと身に着けている。ズボンにはきれいに折り目がつき、ベストには下のほうに飾りボタンが二つ付いている。ようやく結べるようになったネクタイは、先を分けてたたんでベストの内側にしまい込み、糊の利いたシャツを見せている。

一応ではなく完ぺきな紳士だ。どこから見ても立派な上流階級の男性だ。あの服装がすっかり板についている。けれど……チャリン、チャリン、チャリン。ウィニーは眉をひそめてミックを上から下まで見下ろした。あの耳障りな音はいったい何?

頭ではミックの進歩を喜ぼうとしていたが、ウィニーはこのところ彼に苛々していた。その完ぺきな容姿に戸惑い、妙な沈黙に腹が立った。事実、彼はときどき彼女が褒めても平然としている。そんなことは進歩でもなんでもなく、自分のほうがいろいろ知っていると言いたげな、自信に満ちた顔をする。さらに忌々しいことに、ウィニーはときどきミックに見とれる――黙って何もしていないとき、ミックはぞっとするほど魅力的で、ウィニーはからかわれているような気持ちになる。

今日のミックはぴりぴりしている。手で脚を打たなければ間がもたないほどに。

ウィニーのほうも気が短くなっていた。「静かにして」

彼はまっすぐ彼女を見たが、手を止めようとはしなかった。チャリン、チャリン、チャリン。思い過ごしでなければ一段と強く手を打ちつけている。

気にするのはやめよう。ウィニーはシリンダーに目を戻し、ひとつひとつ抜き出しては自分で書いた曲名を読んでいった。だがそのあいだもミックのポケットの中味が気になって仕方がない――あそこに何が入っているの？　男性は普通ポケットに何を入れているかしら？

ミックが「普通」持っているものを思い出してみた。獰猛に暗がりに飛び込む細くしなやかな動物。棒と鈴。鈴？　彼はまだ鈴をポケットに入れているの？　ウィニーは急にミックのズボンの中を探りたくなった――彼に近づいてポケットを裏返し、いつか彼を自分から引き離すものがそこに入っていないことを確かめたかった。そしてウィニーはもう一箇所、ミックのベストの内ポケットも確かめておきたかった。腹部をぴったり覆っているそのベストに手を滑り込ませて、そこにあるはずのものを見て安心したかった。鎖が見えているからあることは分かっている。彼のお気に入りの懐中時計が入っている。

そうだ。あれの音だ。ミックが腿の横を打つわずかな震動で、懐中時計の鎖がベストの石のボタンに当たっているのだ。ウィニーは一瞬その音と動きに引き込まれた。所在なく脚を叩いているミックにうっとりとして見入った。

だめだめ。ウィニーは首を振って目を戻すと、シリンダーを掻き分けてやっと適当な曲を抜き出した。やはり初心者向けの、ゆっくりとしたシュトラウス。曲をかけ、ミックの前に戻ってはみたものの、彼に手を取られると、ウィニーはまた落ち着かない気持ちになってきた。彼はまるで、そんなダンスはずっと前から知っているというような顔をしている。

実際には、ミックはそれほど知らなかった。四度やり直してやっと二人はなんとか動けるようになった。リードの仕方は良かったが、それでも二人の動きはぎこちない。ミックが曲のリズムに乗れないのだ。慣れているダンスとは勝手が違うらしい。そして彼は、肩に置かれたウィニーの手を何度も首の後ろへ上げようとする。彼女はできるだけ穏やかに、それは上品な踊り方ではないと言って聞かせた。それではカップルが近づきすぎてしまうわ。

ミックは鼻を鳴らしてちらりとウィニーの顔を見た。彼女が自分で規則を作っているのではないかと言わんばかりだ。それでも黙って言われたとおりに踊り続ける。休憩の合図のように、ときどき曲が終わって二人は動きを止めた。そのたびに、ミックの鎖もチャリンと鳴って止まった。

六度目か七度目に蓄音機の蓋を開けにいったとき、驚いたことに、ミックはあとに付いてきて自分で曲を探し始めた。彼にこれらの手書きの文字が読めるだろうか？　たとえ読めたとしても作曲家や楽曲の名前が分かるだろうか？　ミックはしばらく探してからひとつのシリンダーを引き抜いた。「これがいい」

ウィニーはそれを見た。ああ、この曲を彼が知っているはずがない。名前で選んだのだ。

「雷鳴と電光のポルカ」いかにも彼らしい。

「これはワルツじゃないわ」ウィニーはそれを箱に戻そうとした。

ミックはウィニーの手首をつかむ。「分かってる。だけど俺は、こっちのほうがワルツより上手に踊れるんだ。君はきっとこれの踊り方を知らないはずだ。実はそろそろ君に操られるのに飽きてきたんでね」

「操ってなんていないわ」ウィニーは眉をつり上げた。

「いや、君は俺を操っている。手押し車を押すみたいに」

「手押し車ですって！　そんなことしてないわ！」したかしら？　ウィニーはむっとしながらも戸惑った。

「俺たちはまるでレスリングでもしてるようだったじゃないか、ウィニー。君がリードしたがるから、ダンスはうまくいかないんだ」

「何を言うの。あなたが経験不足だから――」

「ああ、確かに経験不足だな。俺にリードされるのが怖くて、俺をいじめたくて仕方がない女と踊った経験はあまりない」そして息を継ぐ間もなく言った。「オーケー、ワルツでいい。だが靴を脱ぐんだ」

「なんですって？」ウィニーはあとずさった。「嫌よ」

「いいや、靴を脱ぐんだ。そのほうが足を滑らせやすいから。リードするのも楽になる」

そしてそれはウィニーの背を低くした。ストッキングの足でミックの前に進み出ると、ウィニーの頭はミックの鼻の下までしか届かなかった。動きの点でもミックは断然優位に立った。滑りやすくなった床の上では、ウィニーはさっきのようにミックを引っ張ることができなかったし、体を回されればバランスが取れなかった。おまけにウィニーの胸の内はもやもやしている。なぜ彼の言いなりになって靴を脱いでしまったのだろう？　とつぜんウィニーには、靴を脱いだことがひどく間抜けなアイデアのように思われてきた。

実際にはしかし、ミックは正しかった。ウィニーが靴を脱いでから、二人のダンスは前よりずっと良くなった。

いや、きわめて素晴らしいものになった。何よりウィニーの動きががらりと変わった。彼女はミックに身を任せるしかなくなって、そのために彼は必要な動きを自分で見つけることができた。そしていったんワルツの基本的な動きをつかんでしまうと、ミックはステップを速め、ウィニーの体をぐるぐる回した。彼はそれを楽しんでいた――最後に速度を上げるワルツがあることを知って喜んだ。そしてウィニーの考えが正しければ、ミックは彼女の体を意のままに操れることが嬉しかったのだ。

速い動きは良かったが、ミックはゆっくりとしたダンスを優雅に踊ることはできなかった。スローワルツの練習が必要だった。膝をわずかに曲げて左右にすーっと動くイングリッシュワルツの練習が。もちろん二人は喜んで取り組んだ。ミックはダンスが好きだったし、ウィニーもダンスとなればどんな練習でも大歓迎だった。ミックは次第にワルツを自分のものにしていって、ウィニーの体を持って何度も部屋を回った。彼の自信は高まっていく。男としてのその自信を感じてウィニーは思わず息を呑んだ。その自信に圧倒されながら、大きく暗い影の中で踊っていた。影はあまりにも大きくて、そこにある恐ろしいほどの魅力にウィニーは気づこうともしなかった。

ミックは興奮しているようで、ほとんど口を開かなかった。ダンスは見事で容姿はイギリス紳士そのもの――偽者のイギリス紳士が翼を持って飛び回っている。だがウィニーは素直にそれを喜ぶことができなかった。なんて図々しいんだろう。こんな間抜けなアイデアを押しつけて、人をこんなふうにぐるぐる回して、みじめな気持ちにさせるなんて。身の程知らずもいいところだ。こんなにぐるぐる回されたら、ちゃんと立ってなんていられないじゃない。私の基準をまったく無視して、私に自分をばかみたいに思わせて、なんて忌々しい男だろう。

しかも彼はネズミ取りだ！　ロンドンの薄汚れた通りに巣くうネズミ取り。コーンウォールの貧しい村から出てきた下層民。何もない田舎でお粗末な教育を受けただけの生意気に笑う男。

蓄音機の蓋を開けにいくのはもう一〇回以上になるだろう。ミックはウィニーの横に来て尋ねた。「もうやめるかい？」

「いいえ」ウィニーは即座に答えた。

「俺もやめたくはない。でも君は顔が少し赤くなってきたようだけど?」ミックは意地悪そうにウィニーを見る。二人はまるで無理やりダンスを楽しんでいるようだった。なんておかしな二人だろう。彼女は運動で紅潮し、彼はそれを面白そうに見ている。

ウィニーはなんだかばかばかしくなって、思わずぷっと吹き出した。

つられてミックも笑った。

二人のあいだの緊張はほんの少し和らいだが、それも一瞬のことだった。ここ何日か二人はずっとこんな感じを続けている。なんとかしたい、ミックはそう思っていた。

もう犬と猫みたいにいがみ合うのはやめにしたかった。ミックはウィニーを追いかけて首根っこをつかまえようとし、ウィニーはミックにつばを吐いて威嚇する。すぐにでも一緒に寝なければ、殺し合いでも始めそうだ。だがどう説き伏せればいいだろう? ウィニーはきっと聞く耳を持たないだろう。たとえ体のどこかで真実を分かっているとしても。

ほんの一瞬だったがウィニーの笑顔を見たのは嬉しかった——あのはにかみ、わずかに横を向いた歯、うっすらと見えるそばかす、眼鏡の向こうのうつむきかげんの目。こんなにいがみ合い、つつき合っていて、しかもウィニーには一般的な美人の要素なんか何もないのに、彼女ほどミックを喜ばせる女性は今まで一人もいなかった。口を大きく広げて笑うとき、眼鏡の奥の目は生き生きと輝いて見える。

その目が今はぼんやりとしか見えない。窓から射し込んだ光が眼鏡に反射して、レンズの奥を見えにくくしている。ミックは衝動的に手を伸ばし、ウィニーの目から眼鏡を取った。

　ウィニーはもちろん取り返そうとしたが、ミックは腕を上に伸ばして取らせない。眼鏡をピアノの上に置き、ウィニーの体を持って踊りだした。

「見えないじゃない」ウィニーはうろたえた。ああ最悪だ。足もおぼつかないのに目も見えないなんて。

「これはなんて言う？」ミックはウィニーの手をはなして——彼女は霞の中に放り出される——鎖骨を覆ったヨークのレースに触れてから、また手を取った。

「これって？」

「名前だ。これの名前は何？」ミックはウィニーの鎖骨を見ている。眼鏡がなくなって、ウィニーの視界は狭くぼんやりとしている。近視の目はミックの顔に焦点を合わせることしかできない。

「ああ、これは……レースよ」

　ミックは悲しげに眉を上げた。ウィニーの警戒心を読みとったときの表情だ。

　彼の表情などどうでもいい。問題は、彼に後ろへ運ばれながら指で鎖骨を触られて、あの目でじっと見下ろされ、部屋がぐるぐる回っているのに、それでも考えなければならないということだ。

「そうじゃない。その下だ。ここ」——ミックはまた手をはなして指を差す——「君には見えにくいかもしれないな」

見下ろそうとしてウィニーはステップを外し、ミックの指はレースのバラを突き抜けた。一瞬ウィニーは自分の名前さえも思い出せなくなった。軽く息を吐いてから、かすれた声で答えた。「ああ、チュールね。シルクのチュールの上にレースを編んであるのよ」

「シルクのチュール？」ミックは繰り返した。完ぺきな発音で。「肌の色にそっくりのシルクのチュールか」一語一語正確に発音されている。それから皮肉っぽい笑みを浮かべて毒づいた。「くそったれ」ウィニーは目を見開いた。彼を殴ってやりたくなった。わざと以前のアクセントなんか使って、また私をからかっているんだわ。霞の中にストッキングの足で立たされて、埃っぽい床の上で必死にバランスを取らなきゃならなくて、頼りになるのは彼の気まぐれで意地悪な腕だけだというのに。

「それとこのドレス――」ミックは背中を反らせてウィニーの胸の辺りを見た。胸の前で交わるXに目を沿わせる。「ドレスがこんなふうになってるのはなんて呼ぶんだ？　とてもすてきだ」

「これは、ええと」――ウィニーは彼が何のことを言っているのか考えながら見下ろした――「サープリスよ」そして顔をしかめながら目を上げた。「女性の服装のことはそれほど覚えなくてもいいと思うわ」

ミックはまだ何か言おうとしたが、蓄音機の音が低い唸り声に変わり、曲が止まりそうになった。「失礼」ウィニーは言ってミックから離れた。

ピアノの上で眼鏡を見つけ、腹立たしさに手を震わせながらそれを掛けた――左のつるを耳の上にのせるのに、二度髪のあいだを探らなければならなかった。曲を探しながら落ち着こうとしたが、シリンダーの文字はひとつも頭に入ってこない。後ろでミックの声がした。「〈ブル・アンド・タン〉でよく踊るんだ」うち解けた口調だ。「ダンスっていうのは好きな相手と踊るもんだ。踊りながらキスしてくれる相手とね」一呼吸置いて「試してみない？」

ウィニーは振り向いた。今度は本当に彼を殴り倒してやろうと思った。目を細めて見ると、ミックは部屋の真ん中で、また脚を叩いている。まるでダンスのいろいろなスタイルについて談笑しているといった感じで。

キスしながら踊るなんて。いいえ、結構。そんなことしたいわけないでしょ。さっきまでと同じシリンダーを手に取った。同じ曲で何度も踊ればいいんだわ。

曲が始まると、ミックは今言ったことなどすっかり忘れたかのように、ウィニーの手を取ってポーズを作った。

これでいいわ。ウィニーも今聞いたことは無視することにした。腹を立てて顔を赤くしていることも分かっていたが、それも無視して彼女は言った。「ピボットを練習しましょう」

それは速い動きだったため、ミックはすぐにマスターした。

この男は本当に素早い動きが得意なんだわ。あらゆる意味で。

ウィニーはミックがどこかの女と口を合わせながら踊る光景を想像した。胸がむかつく。なんて下品な。自分は絶対にそんなことはされたくなかった。

でもどんな感じがするだろう？　一瞬考えた——試してみる？

前に馬車小屋で、ミックはキスしてほしくないかと言った。したければ自分からそう言わない限りキスしないと。また同じことを訊かれているのだ。そんなこと言えるわけがない。いくらキスしてほしくても――絶対してほしくないが――自分から求めるなんて大胆すぎる。レディとして、そんな行動は作法に反している。

それにミックは玄関ホールで警告してくれたはずだ。彼と「いちゃついて」いたらどんなことになるか。なのになぜ今になってキスで騒ぎ立てようとするの？　ウィニーは踊りながら冷たく言った。「あなたがいろいろとおかしなことを言うのは、私に『道を踏み外させる』ため？」

「へえ？」――ミックはウィニーの体をなめらかに回しながら笑う――「君はそれがお望みか？　キスだけじゃなく」

「そんなこと言ってないでしょ――」

「ああ、そうだ。君はこの俺がそれを望んでるって言ったんだよな。だけどそれは君の願望じゃないか、ミース・ボラッシュ？」

ウィニーは自分の名前をそんなふうに呼ぶミックが憎かった。「下品な振る舞いはやめて――」

「なぜ？　俺の下品なところがお気に召したんだろう？　俺が本当の紳士だったらそんなに威張れないからな。ごろつきミック、下層階級のミックだからいいんじゃないか。たとえ俺が悪趣味で、考えるのもおぞましいことを君に感じさせるとしても」

「このゲス！」ウィニーは足をドンと踏み鳴らして止まった。ダンスはもうお終い。二人は動かない。ウィニーの耳に、今言った言葉がこだまする――ゲス。こんな罵りの言葉を口にしたのは初めてだ。自分の口からそんな言葉が出るのを耳にして、ウィニーは恐ろしくなった。

二人は壁ぎわに立っていた。部屋の反対側で鈴のような音楽が鳴り響いている。

ミックは笑った。ウィニーの言葉は彼を驚かせたと同時に大いに喜ばせたらしい。「よく言った！」クスクス笑いながら皮肉っぽく褒める。「おめでとう、ウィン――」

ウィニーの手が上がり、今度は本当にミックの頬を打ちつけた。なんのためらいもなく。一度、そしてもう一度。手に思いきり力を込めて、ミックの頬にするどい平手打ちを食らわした。偶然でもなんでもない。本当に彼をぶちたかった。一度目の快感は二度目を誘い、ミックが止めなければもう一度ぶっただろう。三度目に手を振り上げたとき、彼に腕をつかまれた。

つかんだ腕をゆっくりと下ろし、ミックは手をはなした。部屋は重苦しい空気に満たされている。二人は見つめ合い、どちらも視線を逸らそうとはしない。ただウィニーは視界の端で、ミックの頬に赤く大きな斑点が現れるのを見ていた。彼女が平手を打ちつけた場所は徐々に赤みを帯びていき、やがて怒りの手形が現れた。指を開いた手のひらの跡がくっきりと浮かび上がっている。

「まあ」赤くなっていく頬を見て、ウィニーはうろたえた。なんてことをしてしまったんだろう？　人をぶったことなど一度もなかったのに。なぜミックを？　なぜ彼なの？

「どうしよう……痛む？」

さっきまでの威勢は萎え、罪の意識にさいなまれて、ウィニーはミックの頬に手を伸ばした。そこは熱くなっている。自分が付けた恐ろしい手形の上に、ウィニーは指を滑らせた。もう一方の手も上げて、ミックの頬を両手で包み込む。そして優しく愛撫した。

あごを包み込まれてミックは一瞬びくっとしたが、手を振りほどこうとはしなかった。ウィニーは頬を撫で続けた。

その頬はなめらかで、かすかに半日前のひげ剃り跡が感じられる。あごの骨は四角くて硬い。緑色の目に宿った情熱はウィニーの手形と同じくらい赤々と燃えている。指は顔の骨をなぞり、手のひらはあごを撫でながら包み込む。指は後悔するように、今では赤黒く変色している高く見事な頬骨を撫で、細くまっすぐな鼻の軟骨へと下りていき、そのまま口へ――。

ミックはウィニーの手をつかみ、自分の口に押し当てた。もう一方の手でウィニーの背中を引き寄せながら、手のひらの中で息をする。さらに温かい舌をその真ん中に押し当てて、手の内側にキスをした。数週間前口にしたのと同じキスを。

ウィニーは驚きのあまり声が出なかった。ミックがこんなことをするなんて――濡れた口を開いて彼女の手のひらに押し当て、舌で突きながら目を閉じて低い声を漏らしている。

取られた腕を鳥肌が走り、首の後ろの毛が逆立った。へその奥では何かがのたくっている。二人の周りで部屋はゆっくりと回転し、その中心でウィニーはじっと立っていた。

体が麻痺してしまったかのようだった。手を引こうとするが、その手は言うことを聞いてくれない。まるで自分の手ではないようだ。ようやくミックは顔を上げ、ウィニーは手のひらを握りしめた。するとミックはそのこぶしの裏にキスをした。ああ、神さま——ウィニーは目を閉じた。

「やめて」ほとんど声にならない言葉を漏らしながら、ウィニーは反対の手で、取られた腕を引き戻そうとした。「私は……道を……」言葉が途切れて続かない。それでもなんとか言いきった。「踏み外したりなんかしない」

「遅すぎる」ミックは囁くように言った。「君はもう踏み出している」声には喜びというよりあきらめが滲んでいる。「二人とも後戻りはできない」

蓄音機の音はまた遅く低くなり、最後にきしるような音を立てて止まった。ウィニーはミックを見つめていた。

やがてじんじんする手を胸に当て、ストッキングの足で部屋の反対側まで歩いていった。ピアノに辿り着くと、蓄音機の蓋を上げ、勢い良く何度も回した。回しすぎて、始まった音楽は高くて狂ったようなテンポだった。

部屋を横切ってミックの前に戻った。二人はそのままそこに立って、蓄音機の音がいくらか正常になるのを待った。

ところが音が落ち着いても、ウィニーは踊ることができなかった。腕を上げてミックに触れる勇気が出ない。曲は続いているというのに、二人はじっと立っていた。やがてミックのほうから腕の下に手を滑り込ませてきた。ダンスを始めようというように。

手はそのまま背中へ進み、背骨のくぼみを滑り下りる。「もう一度スカートを上げて、ウィン」

ウィニーは耳を疑った。短く神経質に笑って済ませようとしたが、ミックの手は本当にスカートを握っている。

とっさにその手を止めようとすると、ミックは首を振って叱った。「いい子にするんだ、ウィン。言うことを聞くんだ」

ウィニーは反射的に手をはなした。

いい子。そう、ウィニーはずっといい子だった。いい子にしろと言われたとたん、みぞおちの筋肉が硬くなった。

ミックは囁く。「君がいけないことをしたとき、みんなは何て言った？ ウィニー」

「なんですって？」ウィニーは目をしばたたいてミックを見上げた。心臓の鼓動が喉の付け根にどきんどきんと打ちつける。

それが分かったかのように、ミックは親指の縁でウィニーの喉に触れ、その指を首の腱に沿わせて耳の後ろへと運んでいった。

ウィニーはぶるっと震えて小声で言った。「手をこっちへ。背中へ回して。ダンスをしなきゃいけないでしょ」

「しなきゃいけない？」ミックは呟く。「しなきゃいけないことをしなかったとき、みんなはなんて言った?」顔を近づけてくる。「君がやりたいようにやったらいったいどうなった?」質問の方向を変える。「君にやりたいことをさせるにはなんて言ったらいい?」そして最後に「俺がやりたいのは君にキスすることだ。俺はする。だが君にもしたいと思ってほしい。したくないのか?」

「い……」言葉が出てこなかった。ミックの不思議なエネルギーに圧倒されて、なんと言っていいのか分からない。部屋がぐるぐる回り出す。ウィニーはただ唇をなめた。いいえ、したくないわ。

音楽は鳴り続いている。二人の後ろで二人とはまったく関係なく、曲はその小さな世界を作っている。ミックはしばらく待っていた。そしてもう一度鎖骨に指を伸ばす。指先が鎖骨の上を滑るのを、ウィニーはじっと感じていた。それは首の下まで滑っていく。信じられないほどに軽く、現実のものとは思えない。崇高な指だった。

ウィニーは唇を噛み、目を閉じた。

ミックの声がする。「結構」前にも聞いたことのある柔らかな声。「したいと言えば、したいことができる」

彼はそれしか言わなかった。

目を開けると、ミックは蓄音機のほうへ向かって歩いていた。それはまた低く唸りだしている。蓄音機の蓋を閉めた二秒後には、ミックはウィニーにピボットをさせながら部屋を回っていた。バイオリンのけたたましい音に押されるように。

したいと言えば？

ウィニーはミックとのキスを思い出した。あの「本当のキス」を。あれは……刺激的だった。驚くほど力強く、それでいて優しかった。あれを忘れることなんてできない。ウィニーは部屋を後ろ向きに回りながら――ミックはワルツのカウントを無視し、リズムだけを追って踊っている――ミックの口が押し入ってきて息を吐いたときの躍動感を思い出した。

またあれをしてと言わなきゃいけない？

ばかな、そんなことできるはずがない。「厳しすぎるわ」と呟いた。

ミックは踊りながら平然と答える。「ウィニー、君は俺を非難して泣いた。君は俺を叱ってぶった。俺を一階へ追いやった」首を振って「君の本当の気持ちに目を向けろっていうのがそんなに厳しいことかな？」

考える必要はなかった。彼が言いたいことは分かっている。ちょうどそのとき、ウィニーは埃っぽい床の上で、何か小さくて尖った物の上に足をのせた。

「あっ――待って――何か踏んだわ」ステップを止めて片足をひょんと上げ、スカートの下から足の先をつかんだ。

音楽は鳴り続いていたが、二人の呼吸音のほうが大きかった。ダンスをしながらしゃべっていた二人はわずかに呼吸が乱れている。

ミックの腕でバランスを取りながら、ウィニーは足の裏を探った。彼の体はすぐそこだ。まだ彼女の背中に腕を回している。ウィニーはその広い肩をつかんだ。

ええ、彼にキスしてほしい。キスしてほしいわ。

だけどこちらから言うなんてみじめすぎる。不公平だわ。ウィニーは眉をひそめ口を尖らせた。そんなのずるい。床に付けている足をしっかり踏みしめて、横目でミックの顔を見た。口を開きかけてやめ、唇を噛みしめる。顔を上げて、彼の目を探るように見つめた。

17

ミックはウィニーを抱いたまま、彼女のこわばったような顔を探っていた。二人は部屋の隅、ピアノのそばに立っている。ウィニーは片足立ちでミックにつかまって、眉にしわを寄せ、口をねじ曲げて、何か言いたそうにしている――。

そうだ、ウィニーは言おうとしている！　ミックにはそれが何か分かっていた。ウィニーの手がミックの背中をつかんだ。ああ、これですべて乗り越えられる。ミックは黙って待っていた。

ウィニーの頭の中が読めるような気がした――自分の負けを認めることなくミックにキスさせる方法はないかと探している。いろんな角度から考えて、どう話を持っていこうかと思案している。

ウィニーがとうとう口を開いた。

ミックはひとことも聞き逃すまいとわずかに顔を近づけた。少なくとも言ったことを撤回させないように、しっかり聞いておかなければ。

「痛い！」ウィニーは言って膝を折った。長い体がすっと崩れてドレスの中に吸い込まれ、床の上にスカートのバルーンが膨らんだ。

ミックは身動きもできずにウィニーを見下ろした。これはがっかりするべきなのか？とりあえず彼女の横に腰を下ろし、スカートの下に手を入れようとして、その手を反対の手でぴしゃりと叩いた。

むっつりとして尋ねる。「脚を見てあげていいかな？　何か刺さってるのかもしれない。とげかな？」

「いいえ、もっと大きいものを踏んだはずよ」

「これか？」ミックは床に片手をついて転がると、小さな黒いねじをつまみ上げ、ウィニーの前に差し出した。

ウィニーはうなずいた。「ピアノのねじだわ。さっきもその上で滑ったのね。あのとき見つけておけばよかったわ。見て、ストッキングが破れてる」彼女の足の裏には、指の付け根のふっくらとした部分に何かが刺さった跡がある。血が滲んでいるところを見ると、思いっきりそのねじを踏みつけてしまったらしい。

ミックはねじをウィニーの手の中に落とし、血の滲んだ足をつかもうとした。例によってウィニーは抵抗したが、強引に足を引き寄せて、土踏まずを親指でマッサージした。

「ああ」ウィニーは声を漏らす。「ああ、いい気持ち」

しぶしぶといった表情で、ウィニーは床に片手をつき、ミックの膝に足をのせる。手の中にあるねじを見ながら呟いた。「譜面台から取れたんだわ。そう言えば先週からなかったわね」

ミックは足の裏をさすり、かかとを強く押し、足首を回した。

「ああ」ウィニーはまた息を吐き、ミックの手が足をさするのをじっと見ている。「こんなに気持ちいいなんて」

「で、君が悪いことをしたら、みんなはなんて言った？　君をどうした？」

ゲームがまだ続いていたことにびっくりして、ウィニーは目を上げた。「誰が？」

「たとえば君の両親」

「両親は何も言わなかったわ」

「本当に？　ひとことも？」予想外の答えだった。「じゃあ別の人だ。誰がいた？」

ウィニーは眉をひそめて遠くを見た。

「家庭教師？」

ミックがそう言うと、ウィニーは心を読まれて驚いたように、さっと彼に目を戻した。

「そうか、家庭教師がいたんだな。で、家庭教師はなんて言った？　君にどんな罰を与えたんだ？」

「家庭教師はたくさんいたわ。そうね……」ウィニーは思い出すような顔をして、早口で言った。「ミス・ニビツキー」

「ミス・ニビツキーか」ミックは手を滑らせてふくらはぎの下を撫でた。

「で、ミス・ニビツキーは君に腹を立てたときなんて言った？」

「彼女はこう言ったわ。悪い子ね、言うとおりにしないとおもちゃを全部壊すわよって」ウィニーは恥ずかしそうに笑って下を向いた。「こんな話、誰にもしたことなかったわ。大人の男の人に話してるなんて、おかしいわよね」

「そんなことないさ」ミックは興味が湧いて尋ねた。「彼女は本当におもちゃを壊した?」

ウィニーは肩をすくめた。「いいえ。ただ彼女の前ではもう好きなおもちゃで遊べなくなった。代わりに彼女は私の誕生日のお祝いをやめにしたわ。あなたは六歳にはなれませんよって。誕生日のお祝いは次の年までおあずけ」

「意地の悪い女だな」ミックはそういう話が嫌いだった。手を足の裏に戻して、かかとから爪先までを撫でる。「誰かに言わなかったのか?」

「誰に? 父に言っても適当に追い払われるだけ。母に言ったら叱られるわ。私の言うことなんて信じていなかったから」

ミックは顔をしかめた。話をもとに戻そう。「それから? もしも君が言うことを聞かなかったら?」もっと優しいお仕置きがあったはずだ。ミックはそれを使いたいと思っていた。ウィニーがまた尻込みしたら、それを使って叱れないものかと考えていた。手は足首をさすりながらスカートの裾をもてあそぶ。「君がちょっとした悪さをしたら?」

ウィニーは何も言わなかった。ミックは手を止めて、表情を探ろうとした。首を傾げて顔を覗き込むと、そこには恐怖が現われていた。「ちょっとした悪さじゃ済まなかったんだな?」考えたくないことが頭に浮かんできた。「その女は君に痛い思いをさせたんだ。本当に痛い思いをさせたんだな」

ウィニーはすぐに言った。「一度ムチで叩かれただけよ。彼女は言ったわ。私が男の子だったら今ごろは寄宿学校に入ってるって。こんな悪いことをしたらたちまち校長先生の前に連れていかれて説教壇に立たされて――」そこで口をつぐんだ。自分の受けた教育は正しかったと言いたいらしいが、ミックにはそれもショックだった。

ウィニーの足をはなしてドレスを戻し、床にもたれて唇の上を撫で始めた。

「どうかした？」ウィニーは不安そうに尋ねる。怒らせるようなことを言ったのかと考えている。

ある意味で彼女はミックを怒らせた。胸がむかむかする。ネズミを棒で叩きのめすこの俺が、ウィニーの子ども時代の話に腹を立てている。それがずっと昔のことでよかった。今そのニビツキーなる女を目にしたら、この手がどんな暴力を振るうか分からない。

「君の両親は知ってたのか？」

「たぶんね」

ミックが知っている寄宿学校と言えば、気取った鼻持ちならない男を育てる場所だ。そこで行われる罰のことなど何も知らない。ましてや意地の悪い家庭教師が何をするかなど考えたこともない。だがムチの罰がどんなものかは知っている。孤児院や救貧院の話を聞いたことがある。

「それほどひどいことじゃないわ――」ウィニーはまた、大したことじゃないと言うように肩をすくめた。

ウィニーが哀れになって、ミックは黙っていられなかった。「いいや、ウィン。イギリスの紳士や淑女は最低だ。自分の子どもにそんな怖い思いをさせるなんて。金を払って子どもをいじめさせるなんて、まったく上流階級の人間ってやつは」――覚えた単語の中から適当な言葉を探し出す――「野蛮だ」

「でも私は手に負えない子どもだったのよ。だから彼女はあんな――」

「それにしてもひどすぎる」

ウィニーはぼんやり目が覚めたかのようにミックを見た。「本当だわ。ひどいわよね？ あんなことをするなんて」そして不安そうに尋ねた。「私のこと嫌いになった？」

「なるわけないだろ！」ミックは笑い、ウィニーの体を床の上でくるりと回し、引き寄せて後ろから抱きしめた。「シーッ、ああ、ウィニー」

ミックは急に故郷が恋しくなった。岩だらけの荒野とでこぼこの海岸線。少年はどこへ行っても海から二〇マイル以上離れることはなかった。そしていつもしっかり家族と結び付いていた。

「コーンウォールの話をしてあげよう」ウィニーの体をさっと引き上げて腿の上にのせ、両腕で彼女を抱きすくめると、頭の上にキスをした。

そして話しだした。ケルト族の廃墟で遊んだことを。崩れかけたアーチ道を、造った人々の苦労などまったく気にせず走り抜けていた少年のころのこと、弟たちや妹たちと一緒に海岸を走り回ったことを。きょうだいはどんどん増えて——中には九カ月違いで増えて——最後には一四人で走ったことを。

「きょうだいが多かったのね」

「おふくろはカトリックだった。神がくださるものをいらないとは言わなかった。自分にくれたわけでもない子どもまで育ててた。弟のブラッドはおふくろの子どもじゃない。やつの母親は死んで、父親はやつを殴ってた。だから俺たちと一緒に住むようになったんだ。やつはたくましいトレモアの血を持っていて、すぐにうちに馴染んだ」

「お母さんが大変になったとき、お父さんは助けなかったの？」

「ああ、おやじは四人目か五人目の子どもができたあと、うちを出ていった」

ウィニーは不思議そうな顔をした。「じゃあ、六人目以降はどうしてできたの？」

ミックはクスクス笑って答えた。「神の子だ。おふくろはそう言い張った。残りはみんな純潔の懐妊だって。とんでもない女だったよ、おふくろは。向こうに言わせればこっちがとんでもないガキだったんだが」懐かしさが込み上げてくる。「おふくろは、子どもたちに神の恐ろしさを叩き込もうと、必死になって怖い話を聞かせたんだ。だがそんな話を真に受けたのはいつも小さい子どもだけさ。やつらはよく泣きながら俺のところへ来たもんだ。俺は教えてやった。『神さまはお前を罰したりしない。お前を愛してるんだ。母さんもお前を愛してる。ただ母さんは、お前を殴ったりできないからそう言って怒るんだ』ってね。

「俺は一番年上だったから、おふくろの味方にならなきゃいけないって思ってた。おふくろがなぜ怖いことばかり言うのか、弟たちにもちゃんと分かるように説明してやった。小さい子どもに罰の話ばかりして怖がらせたってなんの役にも立たないからな。だが最後にこう言うのは忘れなかった。『だけど俺はお前を殴れるぞ。だからいい子にしてるんだ。母さんは優しすぎてお前を殴れない。だからあんな話を作ったんだ』って」笑って続ける。「やつらはちゃんと分かってくれた。俺たちはみんなでおふくろを助けてた」

「あなたは特に力になってあげてたのね」

ミックはウィニーの頭の上で口をずらし、唇で髪の感触を楽しんだ。「ああ、そうだった。一番上の兄貴として、あのちっぽけなうちを仕切ってた。うちの中をちゃんとして、みんなを助けるのが俺の役目だった」

ウィニーは少し考えて「それであなたはときどき王様みたいに振る舞うのね」とからかうように言った。今ではすっかりリラックスしてミックの胸にもたれている。

「もちろん俺は王だ。ミック・トレモアの人生の王だ。そして君は、ダーリン、女王だ。君の人生の女王」

「そんなにコーンウォールが好きなのに、どうしてそこを離れたの?」

「食っていくためさ。おふくろが死んだあと、俺たちは腹を空かせて死にそうだった。」また笑う。「正直に言おう、ウィン。弟や妹の何人かはおふくろの仕事の成果だったんだ」本当に笑い話のようだった。そして悲しい話だった。ミックの母親は、子どもを養うために始めた仕事で、もっと子どもを持つことになった。「取りあえず俺と三人の弟たちが炭坑で働いてなんとかしようと思った。でもそれじゃあだめだった。だから俺は、小さい弟や妹を親戚に預けてここにやってきた。フレディを連れて。最高のイタチさ。会っただろ？」

「ええ、一番いいイタチなんでしょ？」

「いや、ちょっと嘘をついた。前は一番いいイタチだったんだが、今はもう歳だ」思い出しながら続けた。「フレディのおかげで、ここに来た最初の週にもう、うちに金を送ってやることができた。しかも、食べ物を買ったうえに服も買えるほどたくさんの金だ。服は本当に必要だった。小さい子たちは冬に着る服がなかったから。それを全部稼ぎ出してくれたのがフレディだ。だから俺は彼女に精一杯のことをしてあげたい。最期まで面倒を見たいんだ」

「一四人も……大家族だわ」

「確かに。だが俺はなんとか稼いできたし、今じゃ上の弟たちも助けてくれる。弟が五人に妹が八人。末の妹は一一歳だ。まだ自分で稼げないやつらの食いぶちは俺が送ってる。それとは別に、やつらを育ててくれてる親戚にも金を送って、わずかだが残った金は俺のものだ。結構うまくやってるよ。家族がいなかったら、俺はどうなってたか分からない」

「あなたがいなかったら家族がどうなっていたか分からないわ」ウィニーは言い換えた。

ミックは笑いながら「かもな」と言い「かもしれない」と言い直し、「実にそうかもしれないね」と言ってフンと鼻を鳴らした。いいか悪いかは別として、いかにも紳士っぽいだろう？「とにかく、金を独り占めしようなんて考えたこともない」ミックは暗に、ウィニーの父親のいとこなる男を非難した。「弟たちが金に困ってるのを知ってたら、自分だけたくさん金を持ってても嬉しくないじゃないか？」

誰を非難しているのかウィニーは分かっていたかもしれないが、何も言わなかった。

ダンス室の床の上で、二人は数分間黙って座っていた。ミックは心地良さを感じていた。ウィニーの髪を唇で撫でる。それはシルクのようになめらかだ。彼女の他の部分とおんなじだ。そしてレモンの香りがする。

ウィニーを食べてしまいたい、あの首に舌を這わせ、そのまま押し倒してしまいたい。だがミックはその気持ちを抑え、ウィニーを膝から降ろして立ち上がった。「その男、君の親戚の男だが、いいやつのようには聞こえないな」以前彼女に言われたことを否定した。その男を好きになるとは思えない。

ウィニーはスカートを敷いたまま、くるりとこちらを向いて膝を胸に引き寄せた。長く美しい首を反らせてミックをまっすぐ見上げると「でも冗談はうまいわよ」と言って笑いながら首を振る。

そして下を向いた。ウィニーの髪は結い上げられ、二本のスティックで巧みに留められている。ミックは興味をそそられた。なぜあの髪は落ちないんだろう？　あんなにたっぷりと重そうに見えるのに。鮮やかな薄い赤褐色の輝く髪は無数にある。きれいな髪だ。

ウィニーは男の話を続けた。「ザビアーが変わったという話を最近聞いたわ。前ほど陽気じゃなくなって、厳格になったって。でも私が最後に見た彼は違ってた。一族の土地を全部手に入れて、声を上げて喜んでたわ。惨めなくらいに幸せそうな八十いくつのおじいさん。

そう言えばザビアーが結婚したのもその頃だった。相手は彼が一〇年以上思い続けた女性で、今の私と同じくらいの歳よ。想像できる？　ということは、ビビアンはもう四〇歳くらいだわね。彼女がわがままなガミガミ女でお金目当てに結婚したなら良かったんだけど、私が一〇年以上前に会った彼女はとても優しい人だったわ。大人しくて従順そうで。今でもそうだという噂だけど。ビビアンはイタリアの裕福な家の出だった。何か爵位を持った家だったわ。権力を持った家。そうじゃなきゃザビアーが結婚するわけないもの。でもとてもきれいな人だった。彼女はまだザビアーと一緒にいるのね。きっと最期を看取るつもりだわ」

ミックはウィニーの気持ちを察した。「ガミガミ女なら本当に良かったな」

ウィニーはまた笑って膝を抱え込んだ。「よくそう思うわ。エースがいつも全部一人に渡ってしまうみたいだって」

「いや、こっちからはやつがエースを持ってるように見えるだけだ。本当はどうだか分からない。やつの手の内を見ることはできないんだから。君には君のカードしか見えない」

ウィニーはうなずいたあと、しばらく黙ってぼんやり床を見つめていた。やがて顔を上げて呼びかけた。「ミック」ウィニーが彼のファーストネームを呼んだのは初めてだ。ミックの胸は膨らみ体は熱くなる。「あなたは私が知っている中で一番寛大な人だわ」

ミックはその言葉も嬉しかった。大きな笑みが浮かぶ。「俺は寛大なわけじゃない。ただ――」肩をすくめる。「人の性質はそう変わらないんだから、責めてもしようがないだろう？」

ウィニーは一瞬考えるような表情になり、とつぜん腕を広げて体をまっすぐ後ろに倒し、床に仰向けになった。

「天井が剝げてきてるわ」そう言って、急にころころ笑いだした。本当におかしそうに。

ミックは見下ろしながら、立ち上がるのが早すぎたと後悔した。まだ座っていたら、横で一緒に体を伸ばすことができたのに。

どうやってウィニーの横に行こうかと考えていると、彼女は立たせてほしいと手を伸ばしてくる。

ミックがその手を引っ張ると、ウィニーは小さく「あっ」と声を出した。「もう少しそっと引っ張ってくれたらいいのに」立ち上がった彼女はすぐに言った。「で、また踊る?」

「いや」ミックは重々しい口調で答えた。「つまり、少し違ったやり方がいい。俺はずっとワルツを踊ってきた人間とは違うんだから、もう少し練習が必要だ」嘘だった。確かにウィニーが考えている堅苦しいものとは違うが、ミックはしょっちゅう〈ブル・アンド・タン〉でワルツを踊っていた。だが知らない振りをした。もっとウィニーとダンスをするために。

そしてもっと彼女に「あっ」と声を出させるために。ミックは手を差し出した。

ウィニーが手をのせると、ミックは彼女に腕を回し、教えられたとおりのダンスの姿勢を取った。そしてカウントを始めた。「ワン、ツー、スリー。ワン、ツー、スリー」音楽は鳴っていない。いや、二人のあいだに音楽はあった。ウィニーの体を回しながらミックが耳に囁きかける音楽が。

ウィニーはミックの腕の中で、微笑みながら心地良さそうに踊っている。ウィニーの体は温かい。ああ、ミックはそんな彼女が好きだった。人生の脇道で、ちょっとした満足感を覚えながらワルツを踊っているウィニー。

二人は夕食が終わってからも、足が痛むまで踊っていた。ときどき蓄音機をかけたが、それが酔ったような音を出し始めると、ミックはその先を引き取った。自分でワルツの曲を作り、ウィニーの耳元でハミングし、腕で彼女の感触を楽しんだ。ウィニーは笑いながら踊っている。

だがもちろんミックは最後にばかなまねをせずにはいられなかった。二人の口が偶然近づいたとき、彼女を引き寄せずにはいられなかった。ウィニーは驚いて目を見開いた――彼女はなぜいつも驚くんだ？　戸惑っている表情だ。目にはいつものように不安が宿っている。ミックが仕掛けてくるのを待つように身を固くしたが、自分からは動かない。その態度はミックを一瞬にしてくじけさせ、彼は顔を引いた。

「ウィニー」ミックはたまらず言った。「俺は君にキスしたい。他にもたくさんしたいことがある。そして男として、俺は正直に気持ちを表してきた。だがいつもこっちからじゃ疲れるよ。俺は押して、誘って、君に自分の気持ちに正直になれと言ってきた。だがいつまでもむなしく追い続けることなんてできない。いくらそれが君の望みでも。ウィニー、俺が欲しいって言ってくれ。白状してくれ」

ウィニーの表情は変わらなかった。口をきつく結んで何も言わない。

「するのかしないのか？」

「何を？」

また振り出しからだ。「キスしてほしいって言わないのか？」

ウィニーはむっとしたように下を向く。キスしてほしいと思っているのは明らかだ。

「言うんだ。キスしてって」

ウィニーは口を開きかけて閉じ、天井まで跳べと言われているかのように首を振った。

ミックはやめなかった。ウィニーを、そして自分自身をさらに苦しめた。「言うんだ。『私に触ってミック』って。ああ、ウィン、俺がどんなにそれを聞きたいと思っているか。言ってくれ。『私を抱いて、ドレスを剝いで、体に触って、私の中に入って』って」

ミックはいたたまれず目を逸らした。口は渇ききっている。ピアノに向かってぼそぼそと悪態をつく。自分自身を、そしてウィニーを呪う言葉を吐いた。

ウィニーの顔に明らかな苛立ちと怒りの表情が現れた。「レディの前で毒づくなんて、ほとんどの紳士はやらないわ」よそよそしい口調に戻っている。

「ほとんどの紳士は俺ほど君のことを知らない」

「あなたは何も知らないでしょ――」

「俺は知ってる。君は俺の大事なところを脅かしてる。俺のアソコの毛を剃りたがってるんだ。腹立ち紛れに剃り落とされちゃかなわないから俺は身をかわす。そしたら君は俺を手なずけてそばに寄ろうとしてるんだ」この口はなんてことを言うんだ？　ミックは言ったことをすでにほとんど後悔していた。

ミックの後悔を深めたのはウィニーだった。皮肉っぽく驚いたように言い返す。「まあ！　よく知ってるわね」語気を強めてさらに言う。「上等だわ！　大した紳士だこと。ならさっさと私の脚のあいだに指を突っ込んだら？」

そこまでだ。ミックはウィニーに体を寄せた。「そうだな、それ以外に男の体がそこに突っ込まれることはないからな。あんたはセックスが怖くて仕方がないんだから。そうだ、あんたは人生も怖いんだ。何が理由でそうなったにしろ、ミース・ボラッシュ、あんたの本能や冒険心はひとつ残らず死んじまってる。もともと生きてたかどうかも疑わしいが」

ウィニーは一度目をつぶり、そして見開いた。その目には挑むような光が宿っている。「本能と冒険心？　偉そうな言葉を使うじゃないの、トレモアさん。ただのやりたがり屋のくせに。シルクのペチコートならどこにでものぼりたがるネズミのくせに」

ミックの胸に猛烈な怒りがこみ上げた。残忍な気持ちが湧いてくる。「言っておくが、あんたのはごめんだ。そのペチコートの下に潜るくらいなら、かじられて死んだほうがましだよ。あんたと寝たって一瞬も気が抜けないからな。一〇秒ごとに命令されて、言うとおりにしようと頑張ってたらそのうち死んじまう」

見事な一撃。その言葉はウィニーの急所に命中した。だがそれを知ってもミックは誇らしい気持ちになどなれなかった。この優しいウィニーに俺はなんてことを言ったんだ。男は誰も自分など欲しがらない、そう信じているウィニーに向かってそのとおりだと言ったのだ。

俺だって欲しくないと。

ミックは息を吸い込んで慌てて訂正する。「嘘だよ、ウィニー。俺は君が欲しくてたまらない。君は俺に、心にもないことを言わせるんだ」だがそれも違う。「いや、もちろん君のせいじゃない。俺が勝手にしゃべくってるんだ。ああウィニー、これまでに一緒に寝たレディたちのことを言われると、俺は頭に血がのぼるんだ。レディたちはみんな俺を欲しがったが、その日だけのことだった。俺はいい暇つぶしでしかなかった。もうあんなことはうんざりだ」息をつき、横を向いて彼女から離れ、両手をポケットに突っ込んだ。「君は正しい。俺が間違ってる。君と簡単に寝たところでどのみち俺は嬉しくなんかなかったよ。きっと後悔したと思う」首を振ってウィニーを見た。

ウィニーは目を大きく見開いている。

「もう下へ行く」ミックは言った。「くそっ」自分に腹が立った。「用があったらベルのひもを引いてくれればいい。階段の下で鳴れば俺にも聞こえるだろう。君の執事にも聞こえる。それが鳴らない限り俺は君の前には姿を見せない。そのほうが誰にとってもいいはずだ。俺にとっても」

18

ウィニー、ミック、ジェレミーとエミールのラモント兄弟は、二階の書斎でお茶を待っていた。紳士たちの訪問を受けるという珍しい折り、ウィニーはいつも、かつて父が同僚たちと談義したこの部屋に客を招き入れる。どっしりとした大きな椅子と落ち着いた色の木製家具は、そんな機会に適当だと思われた。本棚には言語学の文献の他に詩集や小説が並んでいる。『白鯨』、『ジキル博士とハイド氏』、リチャード・バートンの『アラビアンナイト』等、紳士たちの興味を引きそうなものもある。やはり紳士たちが好みそうなカットグラスのブランデー・デカンタも置いてある。それはこの部屋でもっとも優美な装飾品として、壁のニッチに収まっている。逆さまに吊された揃いのスニフター二個も一緒だ。

ラモント兄弟がやってきたのは、ちょうどエドウィーナとミックが請求書をにらみつけていたときだった。朝の郵便で届いたその請求書は仕立屋から送られたもので、ミックが持っている衣類一式の代金を求めている。請求先はミス・エドウィーナ・ボラッシュとなっていた。

もちろんミックは目を怒らせた。「仕立屋が引き取ってくれる分は返そう。あいつらめ

――」ラモント兄弟のことを言っている。言葉は続かなかったがミックが兄弟をどう思っているかは明らかだ。「結局俺たちが全部払わされるかもしれないぞ。やつらは何か企んでるよ、ウィン」

ウィニーは首を振った。「引き取ってくれるわけがないわ。全部オーダーメイドだもの。だいたい、この請求書は間違いよ。ただの間違いに決まっているでしょう」

もちろんそれは間違いだった。よく起こるミスだった。

だがウィニーはおそらくミックの疑いを聞いて少なからず不安を抱いていたのだろう、ジェレミー・ラモントの言葉に大きく胸を撫で下ろした。ジェレミーは「なんということだ！」と封筒を裏返し、住所を見て顔をしかめた。「店はおそらく商品の送り先と請求書の送り先を混同したんでしょう」そしてすまなそうにウィニーを見た。「申し訳ありませんでした。まったく困ったことをしてくれる。ではこれを」

例によってあの深い内ポケットから、いつものように膨らんだ札入れを取り出した。そこには前と同じように紙幣がぎっしり詰まっている。

何枚か数えたあと、ジェレミーは目を上げて尋ねた。「で、いくらお支払いすればよろしいですか、ミス・ボラッシュ？　今日までの経費ですが？」

ウィニーはミックのほうをちらりと見た。ミックはエミールが座っている場所から離れた窓際に立っている。ミックの敵意は部屋中に霞のように立ちこめていた。

数分前ミックは玄関で、ねぐらを守る鬼のように兄弟を迎え入れ、彼らがびっくりした顔をすると、本当に気分を害したようだった。

兄弟は今、互いに目配せしなら何度もミックのほうへ目をやっている。特にジェレミーは明らかにミックの話し方と風貌に興奮している。

ウィニー自身の請求書はもう準備してあった。問題はそれを部屋から取ってくることだ。書斎に三人だけを残すのは気がかりだ。できるだけ急いで取りに行った。

戻ってみると、男性たちは出ていったときとまったく同じ様子でいる。ウィニーがいないあいだ、動かず黙ってにらみ合っていたように見える。まあ、どうしよう。取りあえず請求書を差し出した。一時間単位で慎重に計算したもので、必要なら最初から説明するつもりだった。どちらかと言えば寛大に計算してあった。

ジェレミーはそれをちらりと見て、何も言わずに札入れからぴんとしたポンド紙幣を何枚か抜き出して、マントルピースの上に置いた。「今度来るまでの経費として、二〇ポンド余分にお支払いしておきましょう。エミールと僕は二、三日海辺の町へ行くことになっていますが、舞踏会の前日にはまたこちらへうかがいます。招待状を持って」

ジェレミーは肩越しにミックのほうを見て、片眼鏡を目に当てた。窓際に立っているミックを上から下まで眺めると、今度は近づいて周りを歩きながら観察した。ミックはやや挑戦的に胸の前で腕を組んだ。

「どうやら」ジェレミーはウィニーに言った。「エミールの金はきわめて有効に使われているようですね」クスクス笑って兄のほうを見る。賭けに負けたほうが経費を払うという約束を思い出させるように。

離れた椅子に座ったまま、エミールはやはり興味津々といった目つきでミックを観察している。ただこちらは弟より厳しい目つきだ。エミールはようやく口を開いた。「まだ成功したわけじゃないぞ。だが認めよう。ミス・ボラッシュは奇跡を起こしたようだな。その服と顔を見なかったら別物だと思っただろう」

別物？「別人ですわ」ウィニーは訂正した。「あなた方が素晴らしい服を選んでくださったおかげで――」

「いやいや」ジェレミーがさえぎった。「玄関で迎えてくれたこの人を見てびっくりしましたよ。物腰が全然違っている。それに聞いた限りでは話し方も実に素晴らしい。あなたは天才ですよ、ミス・ボラッシュ」

ウィニーのプライドが少し膨らんだ。ええ、確かに一級の仕事ができたわ。

ミックは鼻を鳴らした。「まったくだ。あんたたちみんなよくやったよ」

ウィニーはすかさず言い直した。「いいえ、私たちみんなよ」そしてラモント兄弟に向かって「トレモアさんは私が教えた生徒の中で一番優秀な方ですわ。日一日と変わってきています」とミックを褒めた。

ウィニーの言葉でミックが少しは機嫌を直したとしても、ジェレミーが言った次のセリフでそれは一挙に崩れ落ちた。「おい、何か言ってみろ」それはまるで調教されたサルにでも言っているような口調だった。

ミックは口を斜めに引き上げて、手を差し出した。「その札を見せてくれねぇか、大将。こっちへ渡せってんだ、ええ？」ひどいコーンウォールなまりだった。

ジェレミーは警戒しながらウィニーを見た。「最初に来たときよりはマシになっていますね」

ウィニーは眉間にしわを寄せた。「あなたにちょっと腹を立てているんですわ」

「俺は自分がしゃべりたいときにしゃべる。さあ、その札の束を見せてくれ、相棒」ミックはマントルピースの上に置かれた紙幣を指差した。

ジェレミーは尊大に眉を上げた。

ミックは身じろぎもせずまっすぐジェレミーを見据えている。

緊張が走った。

ありがたいことに、ちょうどそのときミルトンがお茶をのせた盆を持って入ってきた。お茶とビスケットが並べられると、ジェレミーは椅子に腰掛けて、ステッキの石突きに両手をのせてバランスを取った。「金はここに置くよ。好きに調べてくれたまえ、ミスター・トレモア。ああ、そうだ――」ウィニーに気遣わしげな一瞥を送る。「もっと気の利いた名前を考えなければいけないと思うがね。僕が考えているのは、マイケル・フレデリック・エジャートン、トレモア子爵。どうだろう？　もちろん実在する爵名ではないが、トレモアと呼ばれたほうが君も自然に反応できるんじゃないだろうか？　説明を求められたら、コーンウォールの子爵家の出だと言えばいい。田舎の子爵家のことなんて、気にする人間はいないだろう」そして試すように呼んでみる。「なあ、マイケル？」

ミックは鼻を鳴らした。「練習する必要はない。それは俺の名前だ。マイケル・トレモアだ」

「ほう？」ジェレミーは何か言いたげに兄を見た。顔にはさらなる驚きと喜びが現れている。兄弟は一瞬目を輝かせた。「今の話し方を聞いたか、エミール？　この変わりようはどうだ？」ジェレミーはミックに言った。「じゃあ、決まりだな。マイケルで」そしてウィニーにも言う。「これからはこの人のことをマイケルと呼んでください。彼に慣れてもらわなければなりません」

マイケル？　ウィニーにはなんだかむずがゆいような落ち着かない感じがする。彼はミックでしかありえない。違う名前で呼ぶなんて……。

「もう一度何か言ってみろ」今度はエミールが椅子に座ったまま言った。「もっとしゃべらせてください。もっとこの男の言葉が聞きたい」

ミックはエミールをきっとにらみつけた。ウィニーは気が気ではなかった。ミックは何かとんでもないことを言い出すのではないだろうか？　どんな悪態をついてもおかしくない状況だ。ウィニーはとっさにいい方法を思いついた。「トレモアさん、何か読んでいただける？」本を一冊抜き出して、ミックを机の前に連れていく。

ミックは不機嫌そうに座り、本を開いた。昨夜二人で読んだページを声を出して読み始める。くじらについてのひと通りの説明文だ。それをほぼ完璧に読んでいく――ときどき思い出すのに苦労しながらも、ほとんど正確な発音だ。

文句をつけることはできないだろう。

ウィニーはミックの声を聞きながら、またあのおかしな錯覚に捕らわれた。エミールが言ったとおり、そこで本を読んでいるミックは別人だった。コーンウォールの家族の話も、ロンドンの友だちの話も、ときどき使うあのなまりの強い発音も――それらはすべて本当のミックなのだが――彼が作ったほら話か冗談のひとつのように思えてくる。ここにいる男こそ本物だ。マイケル何某かという子爵だ。世界を旅する博愛主義者、金持ちで道楽者のイギリス貴族。

そしてシシングリー侯爵令嬢レディ・エドウィーナ・ボラッシュの求婚者。なかなか楽しい空想だった。魔法使いが現れて、カボチャとネズミを馬車と八頭の馬に変えてくれる。本当にそうだったらいいのに。誰かこのネズミ取りを王子様に変えてくれないかしら？ 彼らでもいい。今ミックを――いやマイケルを――呆然と見つめているこの二人でも。ミックは本をぴしゃりと閉じて、ラモント兄弟に投げつけようとするかのように片手でつかんだ。

ウィニーが慌てて本を引き取ったとき、ジェレミーが叫んだ。「素晴らしい！」拍手でもしそうな勢いで立ち上がる。「これは……」言葉を探すのに苦労して「奇跡だ。信じられない」兄のほうを向いて「どうだ、聞いたかい？ ますます嬉しくなってきたな」

エミールは何も言わずに腰を上げた。ミックも立ち上がる。二人はそのままじっとして、ひとこともしゃべらない。そろそろ兄弟を玄関へ案内したほうがいいだろう。ウィニーはそう考えてジェレミーの腕を取った。エミールはすでにドアへ向かおうとしている。ミックは顔をこわばらせて立っていた。「あなたはここにいて」ウィニーは言った。

だが兄弟がドア口へ近づいたとき、ミックは思い出したように声を上げた。「今度持ってきてくれる招待状だが、それがあれば彼女も舞踏会に行けるのか？」

ウィニーはさっと振り返った。「それは必要ないわ」

その口調があまりにもきっぱりしていたため、男性三人はびっくりしてウィニーを見た。「私への招待状は毎年送られてくるの。そして私は毎年断りの返事を出しているわ。ザビアーは形式的に私を招待しているのよ」

「なら、やつを驚かせてやれよ」ミックは言った。「一緒に行くんだ」ウィニーが渋面を作ると、今度は頼み込むように言う。「なあ、ウィニー」

「ウィニー？」エミールは面白そうに眉を持ち上げた。

「黙れ！」ミックはエミールに向かって吠えた。

部屋は一瞬凍りついたように静まり返った。やがてエミールはわざとらしく微笑んで「いやはや……それはもっけの幸い――」と言いかけてはっとしたように口をつぐんだ。

ミックの形相は恐ろしかった。エミールより頭ひとつ分高く、体重なら五ストーンは多いミックが、憎しみと敵意を剝き出しにしてこの紳士をねめつけた。

エミールは降参するように手を上げた。「参ったな」顔をひきつらせて何か適当な言葉を探していたが、やがて思い直したように皮肉っぽく言った。「いやいや、実に驚くべき午後になった」

ウィニーは慌ててジェレミーに大げさに礼を言い、追い立てるように兄弟をドアの外へと導いた。そそくさと玄関へ案内し、彼らが帽子をかぶり、ステッキと手袋を手に取って、ドアの向こうへ消えていくのをほっとしながら見守った。迎え入れたときと同じほど救われた思いだった。

書斎に戻ってみると、ミックはまだそこにいて、紙幣を明かりにかざして見ている。

「いい金だ」

ウィニーはそれを聞いて安心した――不安から完全に解放された。彼女自身疑っていたことをミックは調べてくれたのだ。

だがその安心はすぐに打ち消された。「きわめていい出来だ。レッゾと俺が作ったのより本物っぽい。いい紙を使ってる」

「何を言うの！」ウィニーはすたすたとミックに近づき、その手から紙幣を抜き取った。マントルピースの上から残りの紙幣もつかみ取った。

ミックは怒ったようにウィニーを見た。「見てみろよ、ウィニー。全部新品だ。古いのは一枚も入ってない」そして言い聞かせるように「刷り立てだ」と付け加えた。

ウィニーは手につかんだ紙幣に目を落とした。言われたとおりすべて新札だったが別に不思議とは思えない。「イングランド銀行はときどき新札を刷るわ」

「だが刷った金を全部二人の男に渡して湯水のように使わせたりはしないだろ？」

「あの二人はもともとお金を持ってる人たちなのよ。だいたい私たちのほうにはお金なんてないんだから、だましてなんの得があるの？」

「いや、やつらは得をするんだ。それは間違いない」

ウィニーはちょっと考えて「どんな得をするのかしら？」と尋ねた。

ミックは片方の肩をすくめた。「さあな。君のわざと、貴族みたいな格好をしたこの俺と、その舞踏会……」少し考えて「ウィニー、一緒に行ってくれ」と心細そうに続ける。「一人で行かせないでくれ。君はそこに来るやつらのことをよく知っているはずだ。俺がだまさなきゃならないやつらのことを。あの二人が何を企んでいるのか、俺には分からなくても、君には分かるかもしれない」

ウィニーはしばらく黙っていたが、首を振った。「私は行けないわ。あなたが不安なら、この賭けは終わりにすればいい。彼らにやめるって言えばいいわ」

ミックも首を振る。「やめることなんてできないさ。俺はこうしたゲームのことならよく知っている。ジェレミーはいいヤツで、エミールは悪いヤツだ。俺たちが手を引くと言えば、二人はうまく圧力をかけてくるだろう。ジェレミーは残念だと言って首を振り、エミールをなだめようとするが、結局うまくいかなくて、エミールは俺たちを脅しにかかる――どこまでやるかは分からないが。使った金をどうしてくれるんだとか、準備にも苦労したとかなんとか言ってな」

「二人が脅してきたって、あなたなら……」ウィニーはそこで口をつぐんだ。何を想像しているの？　英雄ミック？　女のもとに駆けつけて、悪漢たちの手から守ってくれるヒーロー？

「ありがとうよ」ウィニーの言いたいことが分かったかのようにミックは微笑んだ。「ああ、俺ならやつらをなんとかすることくらいできるだろう。だが俺は、まだやつらを止めたくないんだ。やつらを破滅させてやりたい。だまされて大人しく引き下がるなんて嫌だ。やつらが何を企んでいるのか嗅ぎつけて、一泡吹かせてやりたいんだ」にやりとして「一緒に行こう。一緒にやるんだ」

「無理よ」現実的な理由を思いついた。「ドレスがないもの」

「探せばいい。衣装入れには何がある？」

ドレスなんて……。ウィニーは生まれてこのかたイブニングドレスなどあつらえたことはない。直してなんとかなりそうなものさえ持っていない。裕福な頃には若すぎてそんなドレスは必要なかった。そして今では経済的余裕がなくて、そんなドレスには手が届かない。ミックの質問は無視することにした。

だいたいミックは悪いほうにばかり考えすぎている。ザビアーをちょっとだます以外に、この計画にどんな悪巧みがあるというのだろう？　これはただの賭け、金持ち兄弟のばかげた意地の張り合いにすぎない。ミックは自分がこれまで何度となく「ゲーム」をしてきたから、他人も同じことをしていると思い込んでいるのだ。「目くそ鼻くそを笑う」とはこのことだ。

ミックはしかし、引き下がろうとはしなかった。あれこれ考えを巡らしてから、最後に「君にも知り合いがいるはずだ。誰かに訊けないかな?」と尋ねてくる。

その真剣さにとまどいながらもミックをがっかりさせたくなくて、ウィニーはうなずいた。

「分かったわ。以前教えた人たちの何人かとは連絡が取れるから、訊いてみるわ。ラモント兄弟のことを何か知らないかって」

その日の夜、ウィニーは何通かの手紙をしたためて、ミルトンに届けさせた。朝までに二人から返事をもらったが、なんの成果ももたらされなかった。ウィニーを上流階級の世界と結びつけている数少ない人々のうち、その二人はラモント家のことを何ひとつ知らなかった。良いことも悪いことも。欠席裁判は今のところ無罪だ。

そして一一時のお茶のあと、三人目の返事が届けられた。最近結婚したウィチウッド侯爵夫人からの手紙だ。若く快活なその女性がウィニーの生徒だったのは、ほんの昨夏のことだった。

ウィニーはその娘からの返事が特に嬉しかった。すぐに封を開けて、愉快で長い手紙を読んだ——愉快だったのは最後の段落に至るまでだったが。最後の部分を読んでウィニーは仰天し、もう一度読み返した。

あなたの新しいクライアントのことですが、私も母も、エミールあるいはジェレミーという名前には聞き覚えがありませんし、サー・レオポルド・ラモントという方も存じ上げません。ですが母は昨シーズン、ブライトンで双子の紳士の話を聞いたそうです――残念ながら母は名前を覚えていません。その紳士たちは、何か怪しげな投資話でラテール侯爵のいとこからお金を巻き上げていったそうですわ。お尋ねのラモント兄弟がその男たちと同じでなければいいのですが。

まあ、どうしよう。ウィニーは一瞬そう思ったが冷静に考え直した。彼女の高慢な知人たちが、取るに足らない家柄の紳士をすべて知っていないとしても、必ずしもおかしなことじゃない。でもこの双子の紳士の話は……。

いいえ、最悪のことを考えちゃだめ。イギリスには双子の紳士など大勢いる。どうしてブライトンで問題を起こしたのがラモント兄弟だと言えるだろう？

そもそもアールズ公爵の舞踏会に、偽者の貴族を潜り込ませたとして、どうしてあの兄弟が得するだろう？

ウィニーにはもうひとつの声も聞こえていた。損得は抜きにして、もしもこの賭けが正当なものでないならば、これ以上ミックに教え続ける必要はなくなる。予定より早いけれど、今すぐにレッスンを打ち切らなければならなくなる。

二人の最後の一週間がなくなってしまう。

ウィニーは手紙をたたみ、不安を搔き立てる最後の段落とともに封筒に押し込んだ。レディ・ウィチウッドが書いてきたことは、ミックが疑っていることと同じだ。ウィニーはそれをはっきりと理解していた。どこかの詐偽師が何某かの不正行為を行うために彼女たち二人を利用している。

だがウィニーの別の部分は、真実が何か、どんな危険が待っているかなどどうでもよかった。ミック・トレモアとの最後の一週間がなくなるのは嫌だった。その一週間はウィニーのものだ。期待して待っていたのだから。そしてウィニーは何が起ころうと、それを手に入れるつもりでいた。

19

「その忌々しい言葉をもう一度言うなんて、吐き気がしそうだよ」ミックは苛立たしそうに口を歪めてウィニーを見た。二人のあいだには、数週間前彼女が長い脚を見せて立っていた机がある――忘れたくても忘れられない鮮明なイメージだ。

ウィニーは目をぱちくりさせて「まあ、完ぺきだわ」とうなずいた。「でもそれを言うのは本当に吐きそうなとき以外にしてね」と言って小さくころころと笑う。「Hがきちんと発音されているし、どの母音もきれいだわ。ハキケも、イマイマシイも正確だし。意味に下品なところはないし文法も合っているわ。自然な感じもいいわね」

「本当に?」嬉しそうに話すウィニーを見て、ミックも笑った。ウィニーは笑うと鼻にしわが寄り鼻先がぴくぴく動く。

ミックはこの前ウィニーに言った。必要なとき以外は彼女の前に姿を見せないようにすると。だが結局ミックにはそんなことはできなかった。どのみちウィニーがそれを許さなかっただろう。ウィニーを避けていたこの数日間、彼女はミックがどこにいても探し出して「急ぎましょう」とレッスンを始めようとした。そしてミックは、何に向かって「急ぐ」にしても、ウィニーのそばにいられるならそれでよかった。彼女は礼儀正しくよそよそしくて、うっかりとでも手を出せそうな雰囲気ではなかったが、我慢して待っていた。彼女の様子に注意を払い、何かを期待して。

「すてきな鼻だ」ミックは手を伸ばそうとした。

ウィニーは笑うのをやめて顔を引く。目には痛々しいまでの警戒が現れている。からかわれていると思っている。

「本当だ。君の鼻が好きだ」

君が好きだとは言わなかった。ただ鼻を好きだと言っただけ。

眼鏡の奥で、ウィニーの目は不安と期待を滲ませて大きく見開かれた。自分の目には見えない魅力が彼にはきっと見えるのだ、そう思い込もうとしている。

「この鼻は嫌いだわ」

「自分に厳しすぎるな。君の鼻は、僕がこれまで見た中で一番の鼻だ」

ウィニーはふんと鼻を鳴らした。「確かに一番大きな鼻かもしれないわね。でも鼻が一番目立つなんて女性にとっては嬉しいことじゃないわ」

「どうして？」

「バランスの問題よ。鼻は美しい顔の一部でなければならないわ」

「君の鼻だって、その美しい顔の一部だ」

ウィニーはわざとしかめっ面をして、舌を突き出して見せる。

ミックは吹き出し、腹を抱えて笑いだした。

ウィニーは青い目を皮肉っぽく見開いて、にこりともせずミックが笑うのを見つめている。笑いが収まるのを待って尋ねてきた。「私は本当に自分に厳しすぎると思う?」

「ああ」

「どんなふうに?」

「君は自分のいいところを見ようとしない。まず自分の容姿がどんなに印象的か、認めようとしないだろ?」それは新しい言葉だった——印象的。特に考えて言ったのではない。気がついたら口から出ていた。

ウィニーは嬉しそうじゃない。肩をすくめただけだった。

「私のことをそんなふうに見るのはあなただけ」

「そんなことはないさ。何人もの男が君に目を止めたはずだ」

「そんなふうに言ってくれた人はいなかったわ」

「そんなことを言ったら、女性を見る目がないって君に批判されるだけだからな。僕みたいに」

「私が批判した?」

「僕が君のことを美しいって言ったら、それは間違いだって言うんだろ?」

ウィニーは困ったような顔をした。「でも私のことを一番愛してくれていたはずの人たちだって、私の容姿がいいとは思っていなかったのよ。母は私を『みっともない』と思っていたし、父は私を見ようともしなかったわ。きっと父は私の目の色も知らなかったんじゃないかしら」

「他にも愛してくれた人はいただろう？」

ウィニーは肩をすくめた。「ミルトンかしら」

「ほら――」

「ねえ、トレモアさん――」

「ミックだ」ウィニーはたまにそう呼ぶこともあるが、意識してそれを避けていた。

「あら、マイケルだったじゃない。そう決めたんだったわよね、マイケル？」

ミックはうなずいた。「そうだ、マイケルだ」

「マイケル？」ウィニーは言ってから、まんまとファーストネームを呼ばされているのに気がついて口をつぐんだ。何の話をしていたのだったかと考え、思い出してふうっと長く息を吐いた。「トレモアさん、ばかなことは言わないで。私の鼻は大きすぎるの」

ミックは笑った。「確かに、余計な匂いまで嗅いでるんだろうな。ダーリン、そんなにかわいい形をしてなきゃ同情するべきところだ」

「かわいい？」くだらないとでも言うように、ウィニーはハッと息を吐いた。

「ほんとだよ」ミックはまた手を伸ばし、ウィニーの鼻梁を指で撫で下ろした。彼女はさっと顔を引く。「細くて優雅な鼻だ。長い鼻孔とこの美しく微妙なカーブ。上流階級の鼻。貴族的だ。生まれの良さが現れている。うらやましいよ」

ウィニーは口をねじった。大嘘をついているのでなければ完全に思い違いをしているわよ、そう言っている。「私はおかしな顔をしているのよ」

「おかしな顔ねえ？」ミックはその顔をじっと見つめた。「そうかもしれない。君の顔を見てると楽しくなるよ、ウィン。かわいい子犬を見ているようだ。賢そうで生き生きしてる。神はきっと、みんなの顔を作ったあとで君に戻ってきて、少し手を加えたんだ。だから人とは違ってる。他の女性たちの顔よりずっと見応えがあるんだ」

「でもきれいな顔じゃない」ウィニーは悲しそうに言った。

ミックは顔をしかめた。「オーケー、もしかしたらそうかもしれない。だが君の顔はきれいな顔より魅力的だ。きれいな顔はどこにでもある。みんな似たり寄ったりだ。もうそんな顔は見飽きたよ。だけど君の顔は、いつまで見てても見飽きない」

その言葉は二人の耳にずしんと響いた。ミックは言ってしまってから後悔した。言うんじゃなかった。もちろん彼はウィニーの顔を見飽きるわけがない。二人はあと三日しか顔を合わせていられないのだから。

舞踏会まであと三日。その集いについて、ミックはようやく最近になって本気で考えだした。だが分かるのは、土曜の夜に開かれるということと、何度もダンスを踊るんだろうということだけだ。

気分を変えよう。「ウィニー、二人で出かけてみないか？　君のそのすてきな顔を外の空気に触れさせるんだ。外で僕をテストしてくれないか？」いたずらっぽく眉を動かして、机の上に乗り出した。「そうだ、あのティーハウスへ行ってみよう」

ウィニーはくつくつと笑った。「だめよ。ばれるわ」

「ばれないさ」ミックは口元を触りながら背を正した。「口ひげはない。髪も切った。服も新しい。しゃべり方も違う。どうしてやつらに僕のことが分かる？」眉を片方引き上げて「別人になったのに」とウインクする。「だがこっちはやつらのことを知っている。僕を追いかけ回したマヌケたちが、午後のあいだずっと僕の給仕をするなんて、考えただけでも愉快だ」

ミックはウィニーの手をつかんで立ち上がった。「さあ立って」そこで思い出して顔を輝かせた。「そうだ、あのビーバーハットをかぶっていこう」外へ出るという考えがぜんぜんいいアイデアに思われてくる。さらにあることを思いついてさっと振り返り、ちょうど立ち上がったウィニーとぶつかった。彼女の顔を覗き込んでにこりとすると、指を左右に振りながら「大きな帽子は無しだ。いいね？　かぶるなら小さい帽子だ。あるいは帽子はかぶらないこと。君のおかしな顔をいつも見ていられるように」

ウィニーはまた顔をくしゃくしゃにして見せた――眼鏡の奥の目は笑っている。ミックはその顔を見てまた吹き出した。ああ、なんてすてきな顔だ……ねじれたり曲がったり、いろいろな動きを持った顔。

「帽子は自分で選びますからお気遣いなく。そこを通していただけません？　ドレスを替えてまいりますわ」

ウィニーは小さな麦わら帽子を選んだ。前のほうが広くなった狭いつばの帽子。もう何年もかぶっていない。古いデザインだがそれほど悪い帽子ではない。ミリーが新しいリボンと花飾りを付けてくれてある。心が浮き浮きしてくるような黄色い麦わら帽子だ。小さな黄色いバラを付け、濃い緑のリボンを巻いている。

本当に、それほど悪い帽子じゃないわ。ウィニー自身と同じだった。彼女だって、どの角度から見てもそれほど悪いわけじゃない。特にこの帽子をかぶるとそれなりに見られる。そうよ、冗談を抜きにして、見方によっては強く健康そうな女性美と言えなくもないわ。なんといってもウィニーには美しい脚がある。そして何よりも、ミックが本気で魅力的だと思ってくれている。さっき彼の顔を見て、それが嘘ではないことをウィニーは確信した。ミックは本当に彼女を魅力的だと思っている。ウィニーは一日中でも彼の顔からその事実を思い出すことができるのだ。

ティーハウス〈アバナシー〉で、そんなミックの顔をテーブルの向こうに見ながら過ごすのはどんなに楽しいだろう。それを考えるとウィニーの心は浮き浮きした。だが一方で、ひどく緊張してもいた。ミックは本当に公衆の面前に出る覚悟があるのかしら？　ウィニー自身は不安だった。外で男性とお茶を飲むなんて、父と一緒に出かけたとき以外には一度もない。

ウィニーの緊張をよそに、ミックは落ち着き払っていた。むしろ嬉しそうで、そのリラックスした様子はチャーミングでさえある。彼はアバナシー氏に二人用のテーブルを頼んだ。「かしこまりました」アバナシー氏の返事を聞いて、ミックは声を上げて笑った。

見事に紳士を演じているミックを見ているのは嬉しかったが、それでもウィニーははらはらせずにはいられなかった。綱渡りを見ているようだ。しかもミックを綱の上にのぼらせたのはウィニーだ。彼女のたわいもない願望をかなえるために、彼は頭上高く張ったロープの上を歩いている。できることなら大きな網を持ってロープの下で見守っていたかった。いや足首に命綱を巻いてあげて、一緒にロープの上に立ち、シャツをつかんでいたかった。落ちないで。気を抜かないで。

アバナシー氏のあとに付いてメイン・ティールームに入っていく。穏やかな話し声と長いヤシの葉のあいだを歩いていたとき、ウィニーは改めて心配になった。ミックは帽子を脱がないことを知っていただろうか？　大声を出さないことは？　公の場所でのルールはすべて教えただろうか？　たぶんすべてではない。教え忘れた何かが必要になったとき、ミックは即興でその場をしのぐことができるだろうか？

「こちらのテーブルでよろしいでしょうか？」アバナシー氏は尋ねた。今日の彼は自分で客を案内している。

店は満席ではなかったがかなり込んでいた。店主が二人を連れてきたのはドアに近い小さなテーブルだった。さっと出ていくには都合がいいわ。ウィニーは苦笑して、そわそわしながら席に着いた。

二人はお茶とケーキを注文した。最初の五分がスムーズに過ぎて、ウィニーは少しリラックスしてきた。ミックは紳士らしく振る舞うだけでなくウィニーへの気遣いさえ見せて、軽く手に触れてくる。ウィニーは頬を赤らめた。

体じゅうが熱くなるのを感じながら、ウィニーはちょっとした空想を楽しんだ。二人は来週の水曜日にもこうしてお茶を飲みに来る。舞踏会が終わったあとの水曜日だ。その次の水曜日にもやってくる。オペラを観に行ってもいいんじゃない？

もちろんいいわ。想像してみよう――そんな光景は頭の中でしか見ることができないのだから。いいえ、だめだわ。ミックは楽しまない。オペラなど彼の好みではない。オペラどころか水曜の午後のお茶だってこれが最後だ。二人に将来はない。ミックがウィニーの生活になじむことはありえない――半日か一晩紳士の振りをするのと一生そうして過ごすのとでは全然違う。そしてウィニーのほうも、ネズミを取って過ごす生活になじむはずがない。それはもう証明済みだ。ネズミが姿を見せるたびに、震え上がってミックの体に飛びつくだろう。

ミックはティーカップを優雅に口に運んでいく。前回ここでお茶を飲んだときとは大違いだ。だが彼はカップを口の前に持ったまま、中のお茶を飲もうとしない。固まったように部屋の向こう側をじっと見つめている。

「なんてことだ。見ないで。でも覚悟して。ちょっとした知り合いだ」

六週間まえ仕立屋でウィニーにガーターを買った男爵夫人が、まっすぐ二人のテーブルめがけて歩いてくる。

夫人はウィニーを無視してミックに話しかけた。「レディ・ランドルフ・ローンハースト、ウィティング男爵夫人です」そしてあだっぽく「ブランチですわ」と付け加え、ミックのほうに腕を伸ばして手の甲を差し出した。「どこかでお会いしていますわね。間違いありませんわ」眉を片方引き上げて、尋ねるように微笑んだ。ミックはほっとした。男爵夫人はどこで会ったのかまでは覚えていない。

ミックは紳士らしく腰を上げたが、心の中では夫人をテムズ川に放り込んでやりたかった。夫人は立ち上がろうとするミックを止めた。「いいえ、どうかお座りになって。邪魔をするつもりはありませんのよ」もちろんすでに邪魔をしている。「ただ、どこでお会いしたのか気になったものですから」記憶を補ってほしいと待っている。

ミックは座り直して微笑みながら首を振り、できうる限りのもっとも優雅な発音で言った。「残念ながら、そのような幸運に恵まれたことはないと思いますが」困ってうろたえたような顔をして見せる。

「あら、ですがきっとどこかで――」

「いいえ」笑みは崩さない。「お間違いでしょう」

夫人は首を傾げて顔をしかめ、やがて微笑んで、またしかめた。ネオンサインのように顔を明るくしたり曇らせたりしながら彼をしげしげ見つめている。最後に大きく首を振り、微笑んで嬉しそうに言いきった。「いいえ、間違ってなどいませんわ。確かにあなたに会っています」

そうか、覚えられているなら仕方がない。「そう言えば、お会いしたことがあるかもしれません」

ウィニーは驚いて、咎めるように小さく舌打ちした。ミックが危険なほうへ向かっているのは間違いない。

男爵夫人はあからさまにミックの気を引こうとした。何度もまばたきしながらボアの下の肩をくねらせている。「こちらの方ですの？」

「いいえ」ミックは即座に答えた。

「ではどちらのご出身？」

とっさに思いつく限り一番遠い場所を選んだ。「パリです」

ウィニーはテーブルの下でミックを蹴った。

彼は笑った。二人の女性から同時に迫られているような気がしてうっとりとする。

「パリですって？」男爵夫人は顔を輝かせた。「パリは大好きですわ！　パリのどちらですの？」

ミックがパリで知っている場所はひとつしかない。「エッフェル塔です」と嬉しそうに答えた。

男爵夫人の視界の外で、ウィニーは恐ろしさと驚きとから、手で口を覆い、目を見開いた。

「あのエッフェル塔？」男爵夫人は首をひねる。「あなた、エッフェル塔に住んでいらっしゃるの？」

夫人の声の響きから、ミックは間違ったことを言ったと理解した。「とんでもない。もしかしたらあそこでお会いしたのかと」

夫人はいかにもありそうだというようにちょっと考えて「いつあの塔にのぼられました？」と尋ねる。

「しょっちゅう行っていますよ」ミックは言ってから、夫人の表情を見てそれも間違いだったと気づいた。「ええ、もちろんばかげたことです。それに低俗でさえある。最下層の人々でも知っているような場所ですからね。ですが行かずにはいられないんです。あそこはただもう――」なんと言っていいのか分からない。

夫人が代わって言ってくれた。「ええ、とても素晴らしいところですわ。それにあの噴水――」

「ああ、そうだ。特にあの噴水。それから――」それから何がある？　話を続けるにはなんて言ったらいい？　ミックは手を上げて「それから塔そのものが素晴らしい」と続けた。

「ええ、もちろん。驚くべき建物ですわ。フランス人はよくあんなものを造りましたわね」

「まったくです」ミックは微笑んだ。「またお会いできて何よりでした」

夫人は目をぱちくりさせたが、ありがたいことに、どうやらあきらめる気になったらしい。「本当に。お会いできて良かったわ」と背を向けた。だがほっとしたのもつかの間、彼女は一、二歩進んだところでくるりと向き直り、戻ってきて尋ねた。「お名前を」とにっこり笑う。「お名前を忘れてしまいましたの。思い出させていただける？」熱い視線には単なる礼儀以上の関心が表れている。仕立屋でミックを警戒させた目と同じだった。

思い出させる？　とんでもない。だがトレモアという名前を聞けば、夫人はどこで会ったかを思い出すかもしれない。ミックは目を伏せてティースプーンを裏返した。スプーンの背に書かれた文字を覚えてさっと元に戻す。「バートンリード」平然と言った。「マイケル・エジャートン。バートンリード子爵です」

「バートンリード？」夫人はぼんやり繰り返した。それ以上何を訊いていいのか分からないようだ。「ではバートンリード卿」もっと知りたいけれどこれ以上は無理だと考えたらしい。「お会いできて光栄でしたわ」

男爵夫人が行ってしまうと、ウィニーは身を乗り出して囁いた。「名前が違うでしょ！」

「トレモアとは言えなかった。彼女は知ってるから」

「知ってる？」ウィニーは問いただすように繰り返した。

ミックは説明したくなかった。それにもう危険は去ったのだ。

ウィニーはもちろん、それで危険が去ったとは思っていない。「ああ、なんてことかしら」長い指を口に押し当てる。「バートンリードっていう名前を覚えておかなきゃいけないわ――いったいどこから拾ったの？　すぐに反応できるようにしておかなきゃ。大丈夫？」

「大丈夫さ。だけどそれを使わなくても――」

「いいえ、その名前で通すのよ。彼女は女王の猟犬管理長の奥方。舞踏会にも顔を出すわ」

「くそっ、参ったな」ミックは後ろにもたれ、この期に及んで面白そうに笑った。

ウィニーにはもちろん面白いとは思えない。「やめて。笑い事じゃないでしょ」

「大丈夫さ」

ウィニーはミックのほうに顔を近づけた。しわというしわを全部寄せて。「お歴々の前で失敗するのがどんなものか、あなた分かってるの？」真剣な口調で尋ねる。

「お歴々？」

「そうよ、全員。一人残らず。イギリスで権力を持っている人すべて」

ミックは眉を上げた。「舞踏会に来る全員が君に関係あるのか？」

「いいえ、そんなことはないけれど」ウィニーは一瞬まごついて、やがて首を振った。「ああ、分からないわ。関係ある人たちもいるけれど、ほとんどの人は関係ないわ。両親と関係があったというだけ」

「ああ、ダーリン」ミックは優しく笑った。「心配しすぎだ。僕はベストを尽くすよ。ご両親はきっと褒めてくれる――君のことも褒めてくれるさ――天国でね」

ウィニーは不本意ながら笑いださずにはいられなかった。半分は天国で自分を褒める両親を思い描いて、もう半分は少し気が楽になって。やがて唇を噛みながら認めた。「私、少し神経質になっているのね」

「そのようだね」かわいそうに、ウィニーはほとんどいつも神経質になっている。

だが今回は、不安のあまり余計なところにまで気を回してほしくはない、できるだけ自分の判断でやりたい、ウィニーにはそっと見守っていてほしい、ミックはそう思っていた。もちろんウィニーがどの程度口を出してきても、きちんと耳を傾けるつもりだったが。

さしあたりはウエイターに注文だ。ミックは合図を送ってウエイターを呼び、クリームの代わりにミルクを持ってくるよう頼んだ。ところがウエイターが去ったあと、舞い戻ってくるトラブルメーカーがミックの目を捕らえた。

勝ち誇ったような笑みを浮かべながら、男爵夫人がふたたび連れの一団から離れて二人のテーブルへと近づいてくる。

ミックは身を乗り出して囁いた。「お茶を飲んでしまおう、ダーリン。あの女、何か思い出したらしい」

男爵夫人は二人のそばまでやって来ると、指をミックのほうへ向けて振り動かし、ひとこと「ニース」と言った。ミックにはそれが場所の名前だということが分かった。「ニースのネグレスコ・ホテル。あなたは床の上にいた」逃げる記憶をたぐり寄せるのに心底苦労したという表情だ。きっと穴だらけの記憶に自分で継ぎを当てたのだろう。「ええ、そうだわ」夫人はもう確信している。「私の猫を見つけてくださった方だわ。本当に英雄的行為でしたわ」またネオンサインのように、顔をしかめたり微笑んだりを繰り返す。やがて当然のことを思いついたように、フランス語と思える言葉をどっとまくし立てた。

ミックは礼儀正しくうなずきながら聞いていたが、夫人が一息ついたところで口を挟んだ。「申し訳ありませんが、フィアンセはフランス語を話さないのです。紹介しましょう。ミス・エドウィーナ・ボラッシュです。僕たちはこの六月に結婚することになっています」これで夫人に口を閉じさせ、立ち去らせるつもりだった。

ところが事態はその逆となった。夫人は顔を輝かせた。「ミス・ボラッシュですって？　レディ・ボラッシュ？　ライオネル・ボラッシュのご息女の？」すっかり興奮している。

それでも夫人はウィニーの横で、ひとまず冷静さを保っていた。

とつぜんフィアンセだと言われ、ウィニーは卒倒しそうになった。なんとか口を開いて「マイケル」と弱々しく笑ったが何を言っていいか分からない。「その……まだそのことは……言うべきではなかったわ」男爵夫人に向かって詫びるように言った。「公式ではありませんの。まだ発表していません。ですからまだ何も——」

ミックが手を伸ばしてウィニーの手に触れた。「ウィニー、ダーリン。また同じことを蒸し返さないで。約束してくれたじゃないか。もう少し待ってほしいなんて言わないで。僕はもう待てないんだよ。早く君を自分のものにしたいんだ」

ウィニーのあごががくんと落ちた。一瞬あごが外れてしまったかのように口を開けたまま、ミックの顔を見つめる。やがてクスクス笑いだし、顔を赤くして視線を逸らせた。恥ずかしがっている花嫁の姿そのものだ。

なかなか真実味があるぞ。いや、本当の姿か？

男爵夫人はウィニーを好奇心に満ちたまなざしで見つめ、ミックに目を戻すとまたフランス語で話しだそうとした。

ミックは首を振りながら手を上げて制した。「どうか英語でお願いしますよ。レディ・ウィティング」

レディ・ウィティングか。笑わせる女だ。それにしてもなんて愉快なんだろう！　だがそろそろ切り上げたほうがいいだろう。今のところ運はこちらにあるが、男爵夫人がまた何を思いつくか分からない。

「お茶はもういいかい、ダーリン？」

ミックはお気に入りの懐中時計を取り出した――これを返すことになるとは残念だ。時計の蓋を開けると――ディン、ディン、ディン、ディン――ちょうど四時のチャイムが鳴った。

「大変だ。もうこんな時間だ。レッゾ卿と五時に約束しているんだった。そろそろ行こうじゃないか」立ち上がってウィニーに言う。「ダーリン、帰り支度をして。僕は勘定を払ってくる」

ウィニーはとっさにミックの腕をつかんだ。小声で叱るように「払えないでしょ」と言ったが、こらえきれない笑いがこみ上げてくる。できるだけ声を落として言った。「お金を持っていないでしょ」

「持ってるに決まってるだろう？　新札で二〇ポンド」ミックはまっすぐウィニーのほうに向き直り、意味ありげに眉をぴくぴく動かした。「刷り立てのお札だ。どれ、使ってこようかな」

「マイケル！」ウィニーはめまいを起こしそうだった。

ミックはウィニーの手をほどき、軽くうなずいてテーブルを離れた。男爵夫人もつまらなそうに後ろからついてくる。振り返って、夫人の向こうに目をやると、ウィニーは手の中に顔をうずめて必死で笑いを隠している。「ウィニー、支度して。出るからね」

もう帰らなければ、何が起こるか分からない。それにしても男爵夫人は本当に土曜の夜の舞踏会に来るのだろうか？ あるいは他にも知っている貴婦人たちが来るのではないか？ 何人かとは男爵夫人より親密な間柄だ。くそっ、本当に知っている人間に会うことになろうとは……ちょっとしたショックだった。不面目なショック、そして挑むには十分のショックだ。ミックはにやりとした。

外に出ると、ウィニーの手をしっかり握って歩きだした。乗合馬車が目に入る。六番ルート。完ぺきだ。「行こう」ウィニーを引っ張って走りだした。

ウィニーはまだ笑っている。いたずらをして逃げてきたおてんば娘。おかしな出会いを楽しんで、まだその余韻に浸っている。「どこへ行くの？」走りながら声を張り上げている。

「あの馬車に乗るんだ」ミックは乗合馬車を指差して、ウィニーの手をぐいと引いた。

「でも私の馬車が――」

「それはあとで考えよう、ダーリン。さあ急いで」

ウィニーは速くは走れなかった。帽子を押さえ、あの素晴らしい脚にまとわりつくスカートを蹴りながら、カタコトと靴音を鳴らして後ろから付いてくる。

間に合いそうには思えない。馬車は停まって一人の男性を降ろし、二人の女性を乗せた。ミックは大声で御者に呼びかけたが、馬車に乗った人々は誰もその声に気づかない。あきらめて足を緩めた。一ブロック先で、乗合馬車はよたよたと走りだした。

「次の馬車にしよう」

そのとき通りの向こう側、馬車に近い場所で、一人の女性が大声で御者に呼びかけた。馬車は速度を落とし始める。ミックは言った。「行こう。走るんだ」

ウィニーは走った。初めてミックを見た日のことを思い出す。彼は息を切らして逃げ回っていた。今はこうして一緒に走っている。なんてスリリングなのだろう。この感覚はスリリングとしか言いようがない。ミックの温かく乾いた手に引かれながら、人々のあいだを走り抜けていく。やがてミックはウィニーの腰に腕を回し、縁石の上で彼女の体を持ち上げて、ぴったりと抱いて馬車のステップを駆け上がった――ウィニーがためらったのは馬車に乗るほんの一瞬だけ。ああ、なんて大胆な、そしてなんて楽しいのだろう。走りながら彼女はいつしか大声で笑っていた。抑えようとしても抑えられない。笑わずにはいられない。

馬車に乗り込むと、ミックはウィニーを抱いたまま二階席への階段をのぼり、屋根の上のベンチに陣取った。ウィニーはシートに膝をつき、見下ろして自分の馬車に手を振った。御者のジョージ――近所の家二軒と共同で雇っている――が気づいて馬車を出す。馬車は縁石を離れて乗合馬車のあとから付いてくる。ウィニーは前を向いてシートに滑り落ちた。ミックの腕も――ベンチの背もたれに伸びていたが――一緒に滑り落ち、彼女の肩を抱いてぎゅっと引き寄せた。二人は高らかに笑った。

馬車はカタカタとハイドパークの横を過ぎ、バッキンガム宮殿の外を回っていく。二人は腹を抱えて笑っていた。男爵夫人の驚きまごつく様子をまねながら、シートにもたれ、互いの体に寄りかかり、ベンチのアームにつかまって、げらげら笑い転げていた。しばらくするとウィニーはゼイゼイ言い始めた。激しく駆けた上に笑いすぎて、息が切れている。

ミックが心配すると、ウィニーは手を振って言った。「大丈夫。喘息よ。すぐ収まるわ」呼吸を整えようと大きく息を吸い込んで、クスクス笑いながらゆっくりと吐き出した。

息が正常に戻ってくると、ミックの心配そうな顔に笑みが戻った。首を振りながらウィニーの頬に触れる。「ああ、ダーリン。かわいい人。君はかわいいよ」

そこでミックはとつぜん前を向き、ベンチに背を預けた。ウィニーの腕は彼の胸に触れている。温かさと湿り気が伝わってくる。彼はキスしたがっている。ミックはウィニーに体を寄せ、彼女の顔を、唇を見つめる。ウィニーは思い出した。彼は言わせたがっている。キスしてほしいと言われるのを待っている。

ああ、どうしよう。正直に心の中を覗いてみれば、ウィニーはキスしたくてたまらなかった。永遠にキスしていたかった。食べることも眠ることもいらない。ただ口を合わせ、横たわり、体を押しつけ合って、いつまでもキスしていたかった。ミックの部屋でキスしたときの記憶は鮮明だ。ウィニーはときどきそれを思い出し、あのときとほとんど同じ感覚に襲われる。さざなみのように押し寄せてくるあの快感は、忘れたくても忘れられない。

そして別のことも、ウィニーは忘れることができなかった。ミックの手が腿の上を探り、焦れたような指であの部分に触れたときのことを。今考えるとそれは不快なこととは思えない。ただ親密すぎるというだけ。とても親密な行為。

ええ、キスしてほしい。さっと抱き寄せて、強く激しくキスしてほしい。口ひげを剃り落としたあとでしてくれたように。キスして。ウィニーは唇をなめ、口を開く。だがそこで頭の中は真っ白になる。呆けたように座っている彼女の口からは、収まりかけた喘息の音、耳障りなゼイゼイ声しか出てこない。ウィニーは絶望して目を閉じた。いつもの気持ちが波のように押し寄せてくる。そう、私はこの世の中で一番不格好な女。

なぜ頼まなければならないのか？　きれいな女性は絶対に自分からキスしてとは言わないはずだ。ウィニーだって、もう少しきれいで女性としての魅力に溢れていれば、いつだってキスできる。どこにいたって……キスは向こうからやってくる。

キスがやってこないから、自分に自信がなくても思いきってそれをやらせてほしいと言わなければならない。簡単な理屈だ。さあ、頑張って言いなさい。ウィニーは言おうとした。馬車がバードケージ・ウォークを抜けてホワイトホールを進むあいだ、何度も何度も言おうとした。だがその口からは、ゼイゼイ言う音しか出てこない。

トラファルガー広場に近づいたとき、ミックは笑って頬に唇を寄せてきた。「君は救いようがないよ、ウィニー。だけどこれはばかなゲームだった。僕が傲慢だったんだ。そのせいでこんなに苦しんでいる。二人とも苦しんでいる。君が何も言わなくても僕はキスするよ。キスさせてくれ」

ミックはウィニーのあごを持ち上げて、自分のほうへ引き寄せた。そして彼女の口の中に、深く長い息を吐き出した。酸素吸入でもするかのように。

いや、酸素吸入より効果があったかもしれない。ミックは確かにウィニーの鼓動に刺激を与えた。それはどきどき高鳴っている。喜びを響かせている。

ロンドンじゅうが見守る中で、カタカタ走る乗合馬車の屋根の上で、ミックはウィニーにキスをした。ネルソン提督が、石柱の上から二人を見下ろしている。

世界が見守る中で、頭が良くてハンサムでひょうきんなミックはウィニーにキスをした。彼女の胸はどきどきし、腹部はのたうって、もっと低いところで何かが溶けていく。ミックはウィニーの体を自分のほうに向かせると、両脚に手をかけて、腰をさっと膝の上に引き上げた。

体をぴったり押しつけて、力強くキスをする。ウィニーはそれを許し、それに応えた。ミックの美しくたくましい首に腕を回し、ためらいがちに髪のなかに指を滑り込ませて、自分から口の中に入っていった。そして思いきり彼をむさぼった。

ミックの髪は柔らかく、熱く程良く濡れた口はどこまでもウィニーを求めてくる。ミックは少し体を倒し、ウィニーの重さを胸で受けとめようとする。ウィニーはミックの広い胸板に体を預けた。そのときだった。不思議な新しい感触がある。彼女が座っている場所に、スカートの下に、その輪郭がぼんやりと感じられる。それはどんどん硬くなり、丸く大きく隆起した。

それは不快な感触ではなかった。それが不快なものだと信じるようになったのはいつだったろう？　きっと誰かにそんな印象を吹き込まれたのだ。だが実際は違っていた。それは……うっとりするような感触だ。長く、重そうで、存在感がある。ミックがキスしてくるあいだに、ウィニーの下で、さらに長く太くなっていく。誰かが言っていたとおりだ。ああ、なんという感触だろう。だがそれをどう受けとめていいのか分からない。それはあまりにも強烈で、ずっと信じてきたものとは違いすぎている。想像していたよりずっとなめらかで――優雅で――ずっと恐ろしい。

ウィニーが顔を引いたのは、もちろんその恐ろしさからだった。ミックの顔をじっと見つめる。何を感じているかはミックも分かっている。彼の大きさが、彼女を怯えさせていた。生物学的に、それが挿入される場所と比べてあまりにも大きすぎる。想像もできない。

恐ろしいことを想像しなくて済んだのは、車掌のおかげだった。「へい、そこのアベック」見回すと、階段の降り口から男が顔を出している。「どこまで行くつもりだ？」男はイーストエンドなまりで話した。

「オールドウィッチまで」

「二人で四ピーだ」

ミックは四ペンスを取り出そうとポケットの中を探りだし、ウィニーはシートの上を滑って元の位置へと戻った。そしてレディらしく座り直した。ああ、いったいどうなってしまったんだろう？　馬車の上で、物見高い人々の前でこんなことをするなんて。誰かに気づかれなかったかしら？　陰口をきかれるのではないかしら？　なんて恥ずかしいことをしてしまったのだろう。実際恥ずかしい。

それでもウィニーは東に向かう馬車の上で、心の中でハミングしていた。

一度ミックにどこへ行くのか尋ねたら、彼は「僕の町へ」と答えた。

ウィニーはそれを聞いて黙り込んだ。ホワイトチャペルのことだ。その地区へは父と一緒に行ったことがある。純粋で完全なイーストエンドなまりを聞くために。なまりは十分に聞けたが、ホワイトチャペルの雰囲気はウィニーを怯えさせた。イーストエンドの中心にあるその地区は、ぼろを着た子どもと貧困がはびこり、狭く薄暗い通りが延々と続く場所だった。ロンドンの貧民街。父と一緒に訪れてから三年後、切り裂きジャックで一躍有名になった場所。

だが揺れながら進む馬車の上で、ミックの腕が肩胛骨に当たったとき――彼はウィニーを守るようにベンチの背もたれに腕を伸ばした――不安は吹き飛んだ。もうどこへ連れて行かれてもかまわない。どこへ行くにしても付いて行きたい。不思議なくらい、ウィニーはミックのことを信じていた。彼が安全だと思うなら、そこはきっと安全だ。

それは水曜の美しい午後だった。ロンドンはまだ喧噪の中にある。店はそろそろ仕舞い支度を始めたところだ。人々は行き先をめざして慌ただしく歩いていく。馬車の上で感じるそよ風は気持ち良く、街の眺めは素晴らしい。馬車はセント・マーティン・イン・ザ・フィールズ教会の尖塔を後ろに見ながらコベントガーデンを通り過ぎる。観光客になったような気分だった。やがてオールドウィッチに着いて、二人は馬車を降りた。

ピンク色の脚をしたハトを追い払いながら、二人は教会の小さな庭を抜けていく。どこからか花の香りが漂ってくる。近くに生花市場でもあるのか、辺りにその香りが立ち込めている。そしてとつぜん鼻を突くビールの匂い。さらに音楽。遠くから楽しそうに聞こえてくる。音楽に導かれて、二人は裏通りへと入っていった。そこはウィニーが抱いていたイメージとは違っていた。労働者階級が住むところとしては、それほど悪い場所ではない。建て込んだアパート、うなぎパイの店先で遊ぶ子どもたち、丸石が敷き詰められた道——下水が漏れて、重そうな荷馬車馬が足を滑らせ馬具をジャラジャラ言わせながら、パッカパッカと歩いていく。

ミックはずっと手を握ってくれている。その手は温かく、ウィニーの手を包み込んでいる。ここはミックの町。彼はウィニーを地獄にだって連れていける。それでもかまわない。いやそれだって楽しそうだ。

まさか本当に地獄に連れてこられようとは。ミックは足を止め、半ブロック先で揺れている看板のほうに腕を振り上げた——〈ブル・アンド・タン〉。音楽はそこから聞こえてくる。大音響だ——音の悪いピアノ、けたたましいバイオリン、鈴を入れた袋を振っているだけのようなパーカッション。その三重奏は、繊細さに欠ける分を音量でカバーしている。多少音程はずれているが、「地獄のオルフェ」からカンカンの旋律が生き生きと演奏されていた。

「ダンスだ」ミックはプレゼントを差し出すように、嬉しそうに微笑んだ。「ダンスの種類は保証できないが、連中の中には夜明けまで踊ってるやつがいる。仲間に入ろう、ウィン」

20

パブ〈ブル・アンド・タン〉は片側にカウンターがある広い一室だった。置かれているものは木のテーブルと椅子くらいで、壁にはビールのロゴ、営業許可証、ダーツボードといったものが、女王や王室メンバーの写真と一緒に誇らしげに飾ってある。木の床はもうずっとワックスがかけられていないらしく、フットレールや手すりの真鍮は鈍く光ってところどころがくぼんでいる。それでも店の雰囲気は温かかった。ミックとウィニーが入っていくと、中にいた大勢の人々がみな口々に声をかけてきた。何人かはミックを名前で呼んだ。彼は常連だった。

カウンターの反対側で、三重奏団が浮かれたような曲を演奏している。労働者階級の好みに合わせてアレンジし直されたオッフェンバック。叩きつけるようにピアノを弾いているのはつむじの毛が抜け落ちた男。ときどき勢いあまって鍵盤から指を外している。はれぼったい目をした浅黒い男はまるでのこぎりを挽くように、バイオリンの弓を前後に動かしている。スティックを持った才能溢れる若者は、グラスを叩き、缶を叩き、そばに人が寄ってくれば服のボタンを叩いてリズムを打ち出している。

客は長いテーブルに肘を突き合わせて座っていたが、まだ席には余裕があった。空いた狭い床の上で、数人の男女がそのフランスの音楽に合わせて荒々しくポルカを踊っている。それはミックのダンスだった。彼はすぐに踊りたがった。「さあ踊ろう。遅くなると混んでくるから」

だがミックはまず、ウィニーを知り合いたちに紹介しなければならなかった。レッゾは小柄だが屈強そうな男だった。他の男性たちの名前は初めて聞いた。二人の女性はナンシーとマリー。マリーがミックを好いているのはひと目で分かった。彼のほうはそれにまったく気づいていない。

ミックはみんなに好かれていた。そしてよく知られていた——知り合いたちは彼のジョークや哲学を聞きたがり、「だめだ、だめだ。あのしゃべり方でやれよ。もっとなまりを入れろ」とその独特の言葉を聞きたがった。みんなその言葉が好きだった。ウィニーを紹介するとき、ミックは最初ところどころになまりを入れて、新しい話し方と古い話し方の混合を試みたが、すぐにあきらめた。友人たちは最近彼の言葉が変わったと言って二人をからかった——どこかで違う匂いを拾ってきた仲間をからかうように。二人はまるで、戸棚の中でバジルの葉のそばに置いてあったパイのようだった。

言葉はどうあれ、友人たちはミックを会話に引き入れて、意見や答えを聞きたがった。彼が何で生計を立てているかは問題ではなかった。みんなが聞きたいのは仕事のことではない。ここでのミックは——誰かが言ったとおり——ダンスがうまくて、どの女とも踊ったことがあって、なるほどと思う知恵がたくさん詰まった面白い話を聞かせてくれる男だった。

ウィニーは友人たちと話しているミックを見つめた。彼はみんなとは違っている。服装にしろ話し方にしろ物腰にしろ、ここにいるにはあまりにもスマートすぎる。髪は黒々と輝いて巧みにカットされている。目は誰よりも魅惑的だ。灰色がかった緑の美しい目。きっとミックはもともと彼らと同じではなかったのだ。ああ何をばかな、ウィニーは笑った。ひいき目で見ているだけだろう。でも……どう見てもミックは一番ハンサムだ。一番賢くて、一番背が高くて……優しくて気さくで楽しくて……ああ、とても挙げきれない。

一〇分ほどの会話のあいだにミックとウィニーは二人の男から飲み物をおごられた――ミックはエールを、ウィニーはレモネードを。そしてミックはダンスをしようと立ち上がった。

「一時間もすれば、踊れなくなるかもしれない」

ミックにとってはもちろんただのダンスだった。彼はここでの踊り方を知っていて、足さばきもリズムの取り方も慣れたものだ。だがウィニーはそうではない。どのリズムにも何度かやり直してようやく足を合わせることができた――ミックはそんな彼女を見ながら、なんて覚えが速いんだ、なんて上手に踊るんだと何度も感嘆の声を上げる。少し照れ臭くはあったがウィニーは楽しかった。ミックとのダンスはいつも喜びを与えてくれる。

やがて最初のワルツが始まりミックはさっとステップを変えた。

その慣れた様子を見て、ウィニーはびっくりして口を尖らせた。

「ワルツだって踊れるんじゃない！」

ミックは肩をすくめて笑ってから、曲に合わせてウィニーの体を右へ左へと回していく。

「一応ね。君が教えてくれたワルツとはステップも雰囲気も違うけど」にこりとしてからかうように言う。「それに君は教えるのを楽しんでいた。君の楽しみを奪うわけにはいかないだろう？」

「あら、じゃあ私が教えなくても知っていたことは他にもあるのかしら？　もしかしたら紳士の話し方も前から知っていたんじゃないの？」

ミックはちょっと笑っただけで何も言わなかった。そうかもしれないと言うように。

ウィニーはこれまでの苦労を思い出した。ミックがここまで辿り着くにはいろいろな困難があった。それでも最近では、そんな苦労が本当にあったのかと不思議になるくらい彼は上達した。特に今日は、ごく自然に上流階級の言葉をしゃべっている――パリの話は大ざっぱすぎていたが。それにしてもティーハウスでは傑作だった。ウィニーは思わず口元をほころばせた。あのばかな女は何も知らずにミックに色目を使っていた。

彼は私のものなのに。

私のもの――ウィニーはそう思い始めていた。ダンスフロアは次第に人が増えていって、ミックはその中で唯一のコーンウォール人だった。だが遠くから出てきた人間は彼だけではない。ここにはロマもいればアイルランド人もユダヤ人もいる。ダンスをしながら耳を澄ませば、彼らの話し方でそれが分かった。ポテト飢饉で故郷を追われた人々の孫がいる。大陸での迫害を逃れて海を渡ってきた人々の子どももいる。天国を求めてこの国にやって来た人々の子孫だ。ここから東にもう数ブロック行ったなら、とても安全とは言えない地域があるのもまた事実だが、少なくともここは安全だ。ここは彼らにとってと同様に、ウィニーにとっても天国だ。明かりがあって笑いがあって、エールがあって歌がある。

そして音楽が。ミックと一緒に踊っているこの音楽。こんな音楽に合わせて踊れる機会などそう多くあるものじゃない。いつもとは違う音楽とその速いテンポに体は熱くなる。イーストエンドの西端にあるこの小さなパブが、今やウィニーの舞踏場になっていた。彼女は踊りまくった。ミックと二人、背中や腰をぶつけ合い、足がふらふらするまで踊り続けた。フロアにはさらに人が増えて、移動するのもままならない。喉が渇いても、一五フィート先のカウンターまで行くのに三〇分もかかってしまった。店には熱気がこもっている。それでも入ってくる人の波は途絶えない。水曜の夜だというのに。

店の隅からダンスフロアにテーブルが運ばれてきた。そろそろダンスは終わりだという合図らしい。するとナンシーと紹介された女性がウィニーの腕をつかんで「まだ踊り足りないなら一緒にステージにのぼろうよ」とその場所を指差した。

「ステージ」とは長い木製テーブルを横に三つ並べた上のことだった。ミックも含めて何人かの男たちがその設置を手伝っている。ミックは「ステージ」のすぐ前に二人分の席を確保していた。ウィニーはミックとともに椅子に座った。

音楽が始まると、ナンシーとマリー、さらに二人の女性たちが、並べられたテーブルの上にのぼっていって、曲に合わせて踊りだした。だがこの踊りは今までのダンスとは違っていた。

しばらくスカートを揺らしてから、ナンシーはそれを後ろに蹴り上げた。上がったスカートをつかんだ手をそのまま腰に当てがって、挑発的で茶目っ気たっぷりに体を揺らす。その動きはリズミカルで、見ていても気持ちがいい。他の娘たちもそれぞれにペチコートを見せて笑いながら踊っている。

汗を飛び散らせて踊る四人の娘たちを、ウィニーはびっくりしながら見つめていた——最初はぎょっとしたが、すぐに惹き付けられた。さらに驚いたことに、娘たちは一人また一人と体をくねらせながらブラウスを脱いでいく。もちろんみんな下着をたくさん着けていた。現れたコルセットやリネンは、レースがたっぷり付いたきれいなものばかり。みだらなものなど見せていない。腕が露わになっただけだ。

ウィニーはミックの様子をうかがった。ところが彼はこのショーをまったく見ていない。顔を横に向け、隣の男と楽しそうに話をしている。娘たちのダンスはもう何度も見たというのだろうか、まったく関心を示していない。

ウィニーのほうは、そんなわけにはいかなかった。どんな顔をしてこれを見ていればいいのだろう？

「何か食べるかい？」ミックは音楽に負けないように声を張り上げた。ウィニーが答えられずにいると、立ち上がって代わりに言った。「何か持ってくるよ」

ミックが行ってしまうと、空いた椅子を踏み段にしてマリーがテーブルから降りてきた。

ウィニーに笑いかける。「一人ものの女なら誰でもこの上で踊っていいんだよ。あんたも一緒に踊ろうよ」

ウィニーはたじろいだ。

「もしよかったら」マリーは言い足した。

「いいえ、結構よ」ウィニーは慌てて答えると、口をきっと結んで首を横に振った。だが不思議なことに、まんざらでもない気持ちだった。ええ、少しなら踊りたい。ダンサーたちは楽しそうだ。あの大胆さ、生の喜び、あけすけな笑い、気さくな態度。ウィニーはすっかり魅了されていた。

「あたしたち、売春婦じゃないからね」マリーは声を張り上げた。ウィニーの頭上に手を伸ばし、ナンシーが差し出した飲み物を受け取る。

「まあ、そんなふうには思っていないわ」しかしウィニーは心の片隅でそんなふうに思っていた。

「あたしは縫製工場で働いてる」今度はナンシーが言った。「マリーはリンゴと花を売ってるわ。どっちもまともな女だよ」そして笑って付け加えた。「でも男は好きさ。それにダンスも大好きなんだ」

ええ、ウィニーもダンスが大好きだ。今も音楽に合わせて足で床をコツコツ打っている。爪先で床を叩いていても、あくまでも彼女はレディ。静かにレディらしく座っていた。目の前でナンシーは半パイントのエールを一気にあおると、椅子の上へ、そしてテーブルの上へと戻っていった。

ピアノは速いポルカから、またオッフェンバックのカンカンへと移っていく。ウィニーの爪先は相変わらずテーブルの下で小さなステップを踏んでいた。

彼女がはっとしたのは、娘たちが足を高く蹴り上げたときだった。なんと大胆な！　そしてなんとみだらな！　こんな姿を人に見せるなんて。娘たちは膝をスカートの外に突き出して脚を回している――ストッキングをはいたきれいな脚は、上半分がレースの付いたドロワースに覆われている。ウィニーは胸をどきどきさせて見つめていた。

みんな彼女より若かった。一番歳上に見えるナンシーでさえ、五歳は若いだろう。そして四人ともそれぞれにきれいだった。黒髪の娘、小柄な娘、少しふっくらした娘、そして色白でほっそりとしたスタイルのいいナンシー。

なぜかウィニーは母のことを思い浮かべた。ウィニーが六年間知っていたヘレナ・ボラッシュは、自分の娘にほとんど関心を示さなかった。たまに娘に何か言うときは、いつも厳しい口調だった。まだ言葉も話さない赤ん坊のうちから、ウィニーは本能的に母が子ども嫌いだということを理解していた。シシングリー侯爵夫人が唯一の子どもを持ったのは一八歳。二四歳で家を出て、二六歳で亡くなった。

母について誰かが何かを言うのを聞いたことはない。だがきっと誰かにこう言われていたはずだ――奔放な女だった。ミックならこう言っただろう――自由で冒険心旺盛な女。

ウィニーは今、母の性格を受け継いでいたら良かったのにと思わずにはいられなかった。

ヘレナ・ボラッシュなら、キャミソールを見せてスカートの下から脚を突き出す踊りでも、尻込みはしないだろう。誘ってくれたマリーに優雅に笑い返し、もしかしたら歓声を上げ、臆することなくテーブルの上にのぼるだろう。母ならきっと、あそこでダンスをするだろう。そして父はどうするかと言えば、たとえテーブルの下にいたとしても、母がそこで踊っていることには気づかない——父は母に甘かったが夢中になっているというわけではなかった。ライオネル・ボラッシュは、妻が美しい声できれいな上流階級の言葉を話すときだけ目を上げる。シシングリー侯爵夫人は悪態をつくこともあったはずだが、その声はあまりにも柔らかく朗々として威厳に満ちていたために、誰も自分の耳を信じようとしなかったのだろう。このレディがそんなことを言ったはずがないと。

自由で冒険心旺盛な女……。

ウィニーは娘たちを見つめた。母を見ているような気がした。自由に楽しむ女性たちを見つめながら、自分はそこに踏み出す勇気が出ない。

ウィニーの心を見抜いたかのように、ナンシーが声をかけてきた。「おいでよ」手を伸ばしてくる。「さあ、こっちへ。ブラウスは脱がなくてもいいんだよ。ただここで一緒に踊るだけ。楽しいよ」

「できないわ」

「いや、できるぞ」ちょうど戻ってきたミックが椅子を前へ引き寄せながら口を挟んだ。「もうじき踊りだすだろう。今でも膝が動いてるからな」と言って笑う。

ウィニーは体をねじってミックをにらみつけた。「またスカートを見てたのね」

ミックは悪びれた様子もなくにこりと笑った。「ああ、見てたよ。どうしても目が行くんだ。はい、これ」フィッシュ・アンド・チップスとレモン・シャンディ――レモネードとビールを混ぜたもの――を差し出す。ああ、またあのお金を使ってきたのだ。あれは使うべきではないのに……。

ウィニーは今夜二杯目のシャンディに口を付けた。ミックはエールをぐいっと飲みながら椅子を後ろに傾ける。何気なく腕をウィニーの椅子の背もたれに伸ばし、遠い側の背柱に指をかけた。自分のものだというしぐさ。ウィニーは背筋がくすぐったいような気がした。

二人は並んでフィッシュ・アンド・チップスを食べていた。デートを楽しむカップルだ。ウィニーにとっては初めての、そして心のどこかでいつも憧れていた経験だった。ミックに寄りかかっているようで、なんとなくそわそわもするが、それでも彼の腕がそこにあるのは嬉しかった。

そのあいだも娘たちはエネルギッシュに踊り続け、見ている者を楽しませようとする。そして見事に成功していた。彼女たちは最高だった。音楽は胸にドンドンと打ちつける。ミックはときどきウィニーの肩を親指で撫でる。ミュージックタイムの軽い愛撫。

「ねえ、おいでったら」ナンシーが三度目に降りてきてウィニーを誘った。「体がうずうずしてるんだろ？　嫌なことはしなくていいんだから、あたしたちと一緒に踊ろうよ。さあ」

その励ますような口調に、ウィニーは椅子の中で思わず前へ乗り出した。だが立ち上がれない。恥ずかしくて不安だった。するとナンシーは肘をつかんでウィニーを引っ張り上げようとする。わずかに腰が浮くと、横からミックの手が伸びて、手のひらが尻を押し上げた。ウィニーの体はふわりと浮いて、気がつけばテーブルの上に乗っていた。

頭を起こして振り向いた。どうしよう、また机の上に乗せられたじゃないの！　見下ろすと店は満員で、人の動く隙間もないほどだ。たくさんの顔……知らない人々……とつぜんどこかから拍手が沸き起こった。レディが自分たちのゲームに加わったぞと喜んでいる。「レディが踊るぞ！」男の声が飛んできた。

音楽は鳴り響き、人々は足を踏み鳴らす。ウィニーはしばらく呆然と立っていた。周りでダンサーたちの足がテーブルを打ちつける。靴の下でテーブルが弾み、脚はリズムに合わせて上下する。体は音楽を感じていた。

恐る恐る、ウィニーはリズムに合わせて体を動かしてみた――ちょっとみんなを喜ばせてあげて、それから降りればいい。彼女の最初のステップに、下にいた人々は男も女も歓声を上げた。

「いいぞ、嬢ちゃん！　何か見せてくれ！」

ああ、母ならこの歓声に陶然とするのだろう。だがウィニーは恥ずかしくなっただけ。顔を真っ赤にしてミックを探す。

ミックはすぐ下で、後ろにもたれて椅子の後脚で危なっかしくバランスを取っている。心配する様子はみじんもない。こちらを見上げて笑っている。彼ならきっと、何が起こっても受け止めてくれるだろう。頼めばここから降ろしてくれる――ああ、降ろして。そして思いきって踊り始めようとすれば、すぐにも拍手してくれるだろう。

ウィニーは足を踏み替えて、気乗りがしないままに体を揺らした。フランスの歌劇音楽は、アイルランド人の男が弾くイギリス製の古いピアノによって、見事にイーストエンドのリズムになっている。少し気を入れて足を動かしてみた。爪先が見える程度にスカートを持ち上げる。

とりあえず踊ってみよう――他の娘たちのように大胆にはできないけれど。家でときどきやるように、小さく上品なステップを踏んでみた。だがどうにもそれでは音楽に付いていけない。ステップを少し速めてみた。リズムに合わせて軽く蹴り出し、小さく体を回してみる。おじぎをするように足を交差させ、すっと戻って最後にターン。

もう一度ミックの顔を見ると、彼は嬉しそうに笑っている。ウィニーのダンスを楽しんでいる。気に入ってくれたのだ。ミックの笑顔と体を動かした爽快感が足を軽くした。その瞬間に、ウィニーはかさばる大女ではなくなった。身も心も軽くなって、爪先で踊るダンサーになった。

そしてなかなか見応えのあるダンサーだったに違いない。なぜなら数分もすると、ナンシーとマリーと他の二人は後ろへ下がり、見ている人々が一斉に手を打ち始めたからだ。ダンスを応援するように、リズムに合わせて手拍子している。ウィニーはびっくりすると同時に嬉しくなった。そしてさらに大きく動き、回り、跳びはねた。大丈夫だわ。うまく踊っている。やった！

踊りながら、テーブルの端まで行って戻ってくる。途中でわざとコップを蹴り上げて、中のビールを飛び散らせる。それはちょうどピアノのジャンと叩きつける音と重なって、観衆のあいだから小さなどよめきが起こった。ウィニーは夢中で踊り続けた。スカートが体に張り付いて、結った髪がところどころでほどけてきた。足を高く蹴り上げたときには、彼女の美しい脚を見て店じゅうの男性たちが声を上げた。ナンシーやマリー、あるいは他の娘たちに上がった声よりずっと大きな歓声だった。

またミックを見ると、彼はウィニーにウィンクし眉をぴくぴくさせてから、視線を落として彼女の脚を見ようとする。顔は誇らしさと予感に輝いている。この女は俺のもの、そう思っている。私はミックのもの。それは嬉しい自覚だった。なんと言っても彼は、ああ彼は、ここにいる誰よりもすてきな男性で、他の誰でもなくこの私のものだから。誰よりも背が高く、誰よりもハンサムで、誰よりも楽しくて……温かくて、卑俗で……。

予感？　ウィニーは数週間前と同じ感覚に襲われた。胃がぐるぐる回っている。ミック一人の前で机の上に立ったとき、そしてそのあと壁に押しつけられたときと同じだった。音楽はまたカンカンだ。ウィニーは握ったスカートをテンポに合わせて振り動かし、これでもかとばかりに高く足を蹴り上げた。パブは沸き返る。男性たちがよだれを垂らして見つめている。おいしいものを見たと喜んでいる顔だ。だがミックの顔には何か別のものがある。みんなにとってはただの余興だが、ミックにとっては――ウィニーにはそれが感じられた――これは変化だった。ウィニーが解き放たれて、血の欲するままに行動し始めたのを見ているのだった。

予感。ミックの視線はまた体をのぼり、ウィニーの視線とぶつかった。そしてああ……あの熱いまなざし。美しい灰色の目が——緑よりも今は灰色に近い——この目を捕らえてはなさない。その強烈なまなざしは何かを語っている。

何？　何なの？　ウィニーは目で尋ねた。なぜそんな目で私を見るの？　とつぜん彼女は挑発的な気分になってきた。

ナンシーが腕をつかんだ。「髪が落ちてきてる」ウィニーの肩から髪を上げてピンで留め直し、顔を近づけて言う。「上着とブラウスを脱ぎなよ。ここじゃ誰も気にしない。そのほうが涼しいから。あんた着すぎだよ。脱ぐか襟を緩めなきゃ」

きっと的確なアドバイスなのだろう。だが結構だ。

でも……そうね、襟を緩めるだけなら。ハイネックを開ければきっと気持ちいいだろう。ナンシーに頼んで首を覆っている襟のホックを外してもらった。足を止めて立ったまま、骨の入った襟のホックが外されるのをじっと待つ。

襟が開くと、ナンシーは手早く小さなジャボをほどき、ついでにボタンを二、三個外してくれた。湿った肌が空気に触れて、ウィニーの体は冷された。ああ、生き返る。

「これだけでも脱ぎなよ」ナンシーはさらにウィニーの上着を引っ張った。それは丈の短い袖の膨らんだボレロだった。汗が染みを作っている。「これじゃあひどいよ。冬の夜の尼さんだってこんなに着ない。ほら脱いで」ナンシーはボレロの袖を引っ張って剝がし、そのままウィニーの体をぐるりと一回転させた。

正面に向き直ったとき、ウィニーは前よりずっと涼しく、ずっと自由になった気がした。ナンシーはまだ満足できないらしく、ウィニーの胸にぴったり張り付いているブラウスを二本の指でつまむ。「これも脱いだら腕がずっと楽になるんだけどね」

ブラウスを脱いだら、ウィニーは裸になったような気がするだろう。だが確かにブラウスを脱いでもキャミソールがある。その下にはコルセットがあって、またその下にはシュミーズが、さらに下にはひだを取ったブラジャーがある。あら、本当に着すぎだ。

ウィニーは自分でブラウスの袖のボタンを外し、まくり上げた。腕が空気に触れて気持ちいい！　涼しくなって、さらに激しく踊りだす。そしてとうとう喘息の発作が始まった。足を止め、息をつくためにテーブルから降りた。

ブラウスは汗でぐっしょりだ。キャミソールと肌が透けて見える。キャミソールの深いV字からは、コルセットの上に覗くシュミーズのひだべりまで見えている。このブラウスはまったく役立たずだ。

「もうやめる？　飲み物を持ってこようか？」ミックが訊いてくる。

「いいえ。ええ、お願い」咳は少し楽になった。ちょっと休んだらまたのぼろう。やめるなんてとんでもない。

ミックが背を向けて人込みへ入っていくと、ウィニーはブラウスのボタンに指を当て、ボタンホールからポンと押し出した。一個、二個、三個、四個……ハミングしながら爪先を床に打ち当てて、ボタンをどんどん外していく。全部外し終えるとブラウスを脱ぎ、ミックの椅子に投げ掛けた。

ああ、これでずっと楽になった。それに腕はまだ剝き出しではない。ネックの広いシュミーズには、小さなキャップスリーブが付いている。首を伸ばし、喉に手を当てた。ああ、こんなに爽快な気分は生まれて初めてだ。だが足はちょっとふらついている。少し酔っているようだ。

それでもウィニーは自分に色目を使う男に気づかないほど酔ってはいなかった。一人で立っていると、知らない男が近づいてきて、明らかに気を引こうとした。ウィニーもせいぜい色っぽく見返した。その男が気に入ったからではない――あとから尋ねられてもどんな男だったか思い出せないし、聞いた名前もすぐに忘れてしまった。そんな男はどうでもよかった。ウィニーはただ、ミックが戻ってきたらどんな目をして見てやろうかと考えて、練習したかっただけだ。

そして少し有頂天になっていただけだ。

ヤッタ！　と叫びたい気分だった。なんとウィニーは母のように、自由で奔放に振る舞っている。しかもまだ命を落としてはいない。なんと素晴らしいことだろう。ただ気の向くままに行動するのがこんなに素晴らしいことだったなんて。ああ、生きていて本当に良かった！

21

「へい、楽しんでるじゃないか」カウンターの向こうでチャーリーが言う。

ミックは笑ってエールとシャンディのお代わりを頼んだ。いつものようにチャーリーとの会話を楽しもうと思ったが、話してみると、他の仲間と話したときと同じでどうもしっくりこない。

友人たちはいつものように接してくれる。いいやつばかりでみんなミックとしゃべりたがった。もちろんミックも、いつものように話して笑った。ところが口から出てくる言葉はいつもとは違っていた。みんなには分からなかったとしても、ミック自身には分かっていた。一カ月前と同じようにしゃべろうとすると、なんとも気持ちの悪い響きがしてその言葉は耳を素通りしていってしまう。

確かにミックは、紳士のようになりたかった。そして事実、新しく覚えたしゃべり方が好きだったし、新しく身に付けた振る舞いも気に入っていた。自分が洗練されていくのが嬉しかった。

もしかしたら紳士の端くれぐらいにはなったかもしれない、そう考えていた。これで何か他の職業に就けるだろうかとミルトンに尋ねたら、執事はいくつか適当な仕事を挙げてくれた。きっとどこかの店員として働ける。そのうち自分の店が持てるだろう。あるいは立派な家の奉公人として高い賃金をもらい、快適な暮らしができるかもしれない。他にも——それほど興味は湧かなかったが——就けそうな仕事はいくつかありそうだった。いずれにしろ、ミックはネズミ取り以外の、何か自分の能力に合った仕事に就けそうだった。

最近ミックはぼんやりと想像することがある。ウィニーの夫として恥ずかしくない職業に就き、二人でロンドンを離れて小さな田舎家に移り住み、死ぬまで夫婦として暮らす。できないことではないような気がした。ミックは誠実でよく働き、頭もいい。ウィニーは少しくらい暮らし振りを落としたってやっていけるし、なんと言ってもミックを好いている。だがもちろん現実にはそんなことはありえない。ああ、二人で一緒に暮らしていけたら、人生を共にできたらどんなに幸せだろう。

カウンターで飲み物を待ちながら、ミックは振り返って人込みに目を向け、種々雑多な人々のあいだにウィニーの姿を見つけた——なぜウィニーと一緒になれないんだ？　彼女はあのぐしょぐしょのブラウスを脱いで、めかしたスラム通いの男としゃべっている。

ミックはその男を前にも見たことがある。ときどきこの店へ来る男だった。コベントガーデンでオペラか何かを観たあとで、ちょっとしたどろんこ遊びをするために、貧しい地区をうろうろしている上流階級の男。ウィニーに馴れ馴れしく話しかけている。酒場の女だとでも思ったのだろう。ふん、今ごろびっくりしているはずだ。

ところがびっくりしたのはミックのほうだった。ウィニーはいつものつんとした態度ではなく、気さくな様子で返事をしている。もちろん男は表情を変える。ウィニーがあの甘く柔らかな声で、クリームのようになめらかな上流階級の言葉をしゃべったからだ。男は驚きながらも嬉しそうにしている。それはミックのいる場所からでも見て取れた。

ミックはもちろん嬉しいはずがない。ウィニーと男はテーブルの下で親しげに話を交わしている。思わぬところで仲間を見いだしたとでも言うように。ウィニーは笑い、微笑んで、男の言葉に指を振って答えている。

チャーリーが飲み物を二つ置いたとき、すでにミックはカウンターに背を向けていた。大きな体に物を言わせて人込みをまっすぐ突っ切っていく。あのやろう。ウィニーを見ながらうなずく男にミックは訳もなく腹が立った。

近づくと、めかし屋は言っている。「じゃあ、僕らはちょっとした息抜きを楽しんでるってことだね？」僕らだと？　お前とウィニーは一緒じゃない。ミックはそれを男に思い知らせてやろうとした。

だがそんな必要はなかった。ミックの姿を見たとたん、ウィニーは顔をぱっと輝かせ、男を完全に無視して尋ねた。「飲み物はどうしたの？」

ミックは何も持っていない。ウィニーは笑った。「かまわないわ」レッゾのビールをひょいとつかみ、ぐいっと飲んで、指先で上品に唇を拭った。何をやっても許されると思っているようだ。ミックには訳が分からない。いったい何が起こったんだ?

さらに驚いたことに、ウィニーはこちらへ体を伸ばすと爪先立ちでミックの頰にさっと湿ったキスをした。そして空いた椅子を踏み段にしてテーブルの上へとのぼっていく。ミックは呆然と立ちつくし、ウィニーの濡れた冷たい唇が触れた場所を手で押さえた。ああ、ウィン……。

ウィニーはまた踊りだし、ミックは笑顔で見守った。ウィニーは夢中で踊っている。ダンスに夢中だ。飽きることなどなさそうだ。遊び相手を探すめかし屋なんかにかまってはいられないんだ。ミックは男のことなどどうでもよくなった。ただウィニーが踊るのを見つめていた。めかし屋も見つめている。そしてたくさんの男たちも、同じように見つめている。ウィニーを見ない男などいるわけがない。だがめかし屋は、彼女が足を止めて喉を潤そうとするたびに話しかけている。

男がくだくだ言っているのをミックは聞くともなく聞いていた。やつは「ひどい」を連発している――まったくひどいもんだ、ひどい話さ。そしてウィニーを「もっと静かなところ」へ誘い出そうとする。ミックはようやく口を挟んだ。「彼女を連れ出そうなんて、それはちょっとヒドイんじゃないか?」

男はミックをにらみつけた。同類が口出ししてきたと思っている。この熱狂的なスカートの下をねらっているもう一人のスラム通い、気晴らしをしている奔放なレディを見つけてほくほくしている男だと。勘違いもいいところだが、それでもミックはウィニーにむっとした顔をせずにはいられなかった。彼女は今までとは違っている。それは一方で嬉しい変化だったが同時に不安を掻き立てるものでもあった。

ミックを安心させるように、ウィニーはいつもの彼女に戻った。精一杯表情を硬くして、何を勘違いしているのかという目つきで男を見て「あなたとどこかへ行く気はありません」とぴしゃりと言った。そんなことを言わされるとは心外だという顔をして。

ありがとう、ダーリン。

男はウィニーの返事を受け入れたが、それでも立ち去らずにキニーネ水を差し出した。ミックは飲み物を置いてきたことを後悔した。ウィニーはひどく喉が渇いているように見える。彼女が水を受け取るのを黙って見ているしかなかった。グラスが一気に飲み干されると、男はまた話し始めた。馬のオークションでロンドンに来ているのだと言い、ウィニーの関心を引こうとする。

こいつまだしゃべるのか。ミックは腕組みして見守った。水を飲んだついでのように、ウィニーは立ったまま話に付き合っている。二人は馬の飼育について話し——どう育てれば荷馬車馬ではなくアスコットに出る馬になるか——いい猟犬を育てるには何が必要か、ヴァン・ダイクなるものを買うにはどこへ行けばいいかを話している。

ミックは聞きながら思っていた。ウィニーはこうした話が分かる。どれも知っていることばかりなんだろう。彼女はかつてこの男と同じ世界に住んでいた。今だってその片隅にいる。

なんと言っても侯爵の娘だ。ミック、お前は分かっているのか？　出世して侯爵令嬢と結婚しようなんてばかなことを考えているのか？　それからどうする？　花嫁をロバ車に乗せて田舎へ連れて行くのか？　それだって、安いロバが見つかればの話だ。

そもそもいったいウィニーのどこがいい？　どこがいいかだって？　いいところなんてたくさんある。まずウィニーは完ぺきなレディだ。思いやりがあって誰にでも優しい。もちろん俺にも優しい。そして知っているどの女より知的だ。俺はそこが好きなんだ。それにウィニーは傷つきやすくて慎重で、ときどき慎重すぎて頭がおかしくなるほどで、美しくて……そうだ、ウィニーは美しい――他のどの女もまねできない独特の美しさがある。

肌はなめらかで、目鼻立ちがくっきりしていて、イギリス的な顔立ちだ。そしてきれいに頬を染める。背が高くてエレガント。でも体つきはしっかりしている。胸はかわいく、尻は見事な大きさがある。ああ、そしてあの脚。男をとりこにする脚だ。どんなにあの脚が見たいことか。死ぬ前にもう一度、剝き出しになったあの脚が見たい。

ウィニーの体は最高だ。おかしなことだが、ウィニーを見るまでは、女の体の線を美しいとは思ったことなどなかった。彼女が現れてようやくそれが分かった。あるいはそれがウィニーの体だから美しいと思ったのか？

ここまで考えて、ミックは自分自身に分かりきった質問をした。なぜこんなに好きなんだ？　なぜこんなにウィニーが欲しい？　答えは決まっている。愛しているからだ。

それは苦しい答えだった。ウィニーを――レディ・エドウィーナ・ボラッシュを――愛してしまったなんて。連れ去って永遠に一緒に暮らすことなどできない女を愛してしまったなんて。彼女と別れることを考えると胸が張り裂けそうだ。それでも別れなければならない。それは決まったことだった。今ウィニーと話しているこのきざったらしい男たちの世界に彼女を残していかなければならない。

真夜中には客の数もやや減って、フロアでは酔ったカップルたちが、互いにもたれかかり痙攣した足を引きずるように音楽に合わせて体を揺らしている。そこはまたダンスフロアになっていた。テーブルの上の娘たちも今ではけだるそうに動いている――残っているのはナンシー、ロリーという名の娘、そしていとしいウィニーの三人だけだ。本人は気づいていないかもしれないが、ウィニーの動きは前よりずっとしなやかになり、穏やかな波のようだ。官能的と言っていい。ミックは目を離すことができなかった。

紳士面したあの男もまだそばにいる。店に残ってウィニーの動きに見入っている。誰が見ていようと関係なく、ウィニーは自分で楽しんでいる。誰を傷つけるわけでもなく自分自身を楽しませている。その上に大勢の男たちに至福の時を与えている――彼はそんな彼女が誇らしかった。店じゅうの男たちが、ウィニーの長い体が動くのを見て催眠術をかけられたかのようにうっとりとしている。

気取った男は行儀良く見ていたが、それでもミックは男を絞め殺してやりたかった。特に何が気に食わないというわけではない。いや、気に食わないと言えば、女の趣味がいいということだ。この店で一番魅力的な女が一番色っぽく踊っているのを、あんな顔をして見ていやがる。ウィニーの動きは実に音楽に合っている。いつだったかウィニーは、自分の体にはシュトラウスが染みついていると言っていたが、今夜の彼女はオッフェンバッハでごく自然に踊っている。しとやかなダンサーだ。

しばらくして気がつくと、男はまだミックと肩を並べてウィニーを見つめている——ミックの肩は男の肩より優に六インチは高かったが。

男もミックに気がついたらしい。声をかけてきた。「目が離せないね。僕らは女性の趣味がいい。君の彼女かい、兄弟？」その言葉はぎこちなかった。「兄弟」などという呼び方はその男のものではない。ミックに親しげなところを見せようと、店の言葉を無理して使っている。おそらく相手がここの顔利きだと気づいたのだろう。

「ああ、そうだ」ミックは答えた。くどくど説明するよりそのほうが簡単だった。

そこへ融通のきかないウィニーが口を挟んだ。息を弾ませむっとした表情だ。「私はあなたの彼女じゃないわ。誰のものでもないわよ」ミックをまっすぐ見ながら言う。文句は言わせないという表情だ。だがどうして文句なんか言えるだろう？　もちろんウィニーはミックのものではない。

男は尊大に眉をつり上げ、ミックを見下すように見て、目を転じてウィニーに微笑んだ。

「では一杯ごちそうさせていただけますか？」

「いいえ、結構」ウィニーは快活に答えた。「彼と飲むから」

「僕ならもっとしゃれた飲み物をごちそうできると思いますよ。実は……僕の父は男爵でして」男は言いにくそうにそれを告げた。それが本当のことだとして、自分には金も権力もあるという意味だった。こんなしけた店じゃなく、もっと楽しい所へ連れていってあげられるという意味だ。

ミックはウィニーと同じくらい快活に言った。「君が娼婦の息子でも、誰も気にしたりなんかしないよ」

男は顔をひきつらせてミックをちらりと見た。男が挑発に乗ってくれればいいと、ミックは本気で思っていた。喜んでこの阿呆をぶちのめしてやる。もう何年も人を殴っていないが、今夜は無性に誰かを殴りたい。胸には怒りが渦巻いている――ウィニーに色目を使うこの気取った男に対してというよりも、もっと大きな何かに対して怒っていた。この偉そうな口をきく男に怒りをぶつけられるなら、十分すっきりするだろう。

経験から言えば、男たちはそう簡単にはミックの挑発に乗ってこない。たとえミックが黙っていても、長身でたくましい体が目の前にたちはだかれば、たいていの男は引き下がる。腕力を試そうという男はめったにいない。だから楽に勝とうと思えば、ミックは自分の体を相手によく見せればよかった。彼は今も、横にいる男がこちらにちらちら目を向けて考えを巡らせているのを何も言わずに見守った。

だがミックの胸を押したのはウィニーだった。「やめて。トラブルは起こさないで」トラブルを起こそうとしてるのはこの俺か？　ウィニーは目を落としてミックの握りこぶしを見ると、顔をしかめた。「飲み物を持ってくるはずじゃなかったの？」

ああ、そうだ。エールとシャンディは三〇分前からカウンターに置かれたままだ。いや、もうなくなっているだろう。ミックはその質問をはぐらかしたかった。ウィニーをここに残して飲み物を取りに行くのは嫌だった。だが彼女は暑くて喉が渇いているようだ。はぐらかすのは無理だった。

「持ってきて」ウィニーはまた胸を押す。手のひらを広げてぴったり胸に押しつける。ミックはその手をつかみ、シャツをこすりながらわずかに引き上げた。ああ、もっと触ってくれ、ウィン。

ウィニーの手を感じながらミックは恍惚とした。彼女の目はまるで王を見ているようだ。ミックの胸に男のプライドと不満が頭をもたげてくる。それはひとつの思いへと膨らんでいく。この女が欲しい。今すぐ奪ってしまいたい。それが法に触れないならば、このままテーブルの上に放り投げて自分のものにしてしまいたい。もしもそれを禁じる法律がなくて、周りに人がいなかったなら、きっとそうしている。ウィニーがそれを許してくれるのは分かっている。

ミックが何を考えているかも知らず、ウィニーはまるで挑発するように唇をなめて突き出している。顔は輝いている――俺の気持ちが分かるのか？　いや、彼女は飲み物が欲しいだけだ。

「分かったよ」ウィニーに飲み物を持ってきてあげよう。

ミックはきびすを返し、人を押しのけながらカウンターへと向かった。振り返って、寄り添うカップルたちの向こうにウィニーとあの退屈な男の姿を見た。ウィニーは男に目もくれない。男はまだ言い寄っている。ミックはさっきと同じようにカウンターで飲み物を頼み、それを待ちながらフロアの向こうの二人を見つめて悶々とした。指をコツコツ打ち鳴らしてチャーリーをせかす。飲み物ができると、ジョッキをさっと引ったくってフロアを突っ切った。

戻ってみると、ウィニーはなんとかあの男を厄介払いしたらしい。そう、厄介払い。彼女にとって男はみんな厄介な生き物だ。男爵の息子はちゃっかりナンシーに乗り換えている。冗談でも言われたのか、ナンシーはビールを吹き出して笑っている。興ざめ――ミックが覚えた新しい言葉は今の彼の気持ちにぴったりだった。

胸のなかに渦巻く狂おしいまでの感情は、とつぜん行き場を失った。

ミックはウィニーに半パイントのエールを差し出した。「さあ、全部やるといい。君にはこいつが必要らしいから」

ウィニーは顔を扇ぐように大げさに手を振って微笑んだ。「暑いわ」

ほどけた髪が首に張り付き、汗が二本の筋になって喉を伝う。筋の一本が胸のあいだに滑り落ちていく。ミックは舌先を歯の裏に押し当てた。ああ、ウィニーの体がほてっている。

彼女はエールをぐいっと喉に流し込み、ほとんど空になったジョッキの縁からミックの目を見つめた。彼はさっと頭を振って裏のドアへ行こうと合図した。夜の空気を吸いに行こう。

ウィニーはすぐにうなずいた。「ええ、いいわ。気持ち良さそう」

ミックは口を付けないままジョッキを下に置き、ウィニーの手を取った。その手は細くてもろくて柔らかい。握った指をさすりながら、ウィニーを店の裏口へと連れていった。ドアを押し開き、それにもたれて彼女を先に通してやる。ウィニーはミックの胸をかすめてドア口を抜け、階段の上に出た。一段降りて地面を踏み、夜の闇へと歩きだした。

ミックはあとから付いていく。夜気は驚くほどひんやりとして、辺りは静かだ。浮かれた音楽だけが後ろで響いている。ウィニーに少し近づいて、その後ろ姿に目を凝らした。彼女は剝き出しの腕を体の前に巻き付けて歩いている。建物の合間から射し込む月明かりが首を青白く見せている。襟を外したその首は、長く細くしなやかだ。肩は丸みを帯びている。そして石畳に映った影を見れば、背中はすっきりとして力強い。ウィニーは美しい背中を持っている。

ミックは追いついて、ウィニーの肩をさすり、手のひらを滑らせて肘へと下ろしていった。ウィニーはびくっとして小さくかわいいため息を漏らし、後ろへもたれかかってミックをびっくりさせた。ああ、おいで、ウィン。ミックはウィニーを腕に抱いた。右手で彼女の左肩に落ちていた髪を上げ、そのまま頭を傾けさせて、そのしなやかな首をカーブさせる。

剝き出しの首に顔を近づけて、そこにキスをした。巻き付けた腕に力を入れてぐっと引き寄せ、唇で、歯で、舌でウィニーの首をむさぼった。口をずっと這わせて耳の後ろに辿り着き、またずっと這わせて鎖骨が肩にぶつかる場所まで戻ってくる。肌は甘美な味がした。

ウィニーは体を震わせて、ミックの口を感じている。

お前は俺のもの。この俺だけのものだ。ミックはそう言いたかったが、そんなことを言う権利はない。

それでも胸に渦巻く思いをどうすることもできなかった。どう自分に言い聞かせようとしても、その気持ちは容赦なく襲ってくる。ウィニーが欲しい。ウィニーの甘く暗い部分に押し入って、何度も何度も打ちつけて、イってしまいたい——ああ、ミック、かわいそうなやつだ。

欲望を言葉にして、頭はくらくらしてきた。足の下で世界が傾いていく。もうやめろ。何か他のことを考えろ。ズボンの中に刺激を与えるな。大人しくさせておけ。ウィニーが嫌るじゃないか。

分かっていても、ミックは首にキスするのをやめられなかった。なぜなら今夜のウィニーはいつもとは違っているから。どんなバカでもそれは分かる。

まだ期待しているのか？　ミック。

ウィニーをどんな女だと思っているんだ？　馬のオークションのことやヴァン何とかのことを話す女だぞ。人の話し方を変えて、友だちと話をさせないようにする女だぞ。そんな女が欲しいのか？　ミックは欲しかった。ああ欲しい。そんなウィニーが欲しいんだ。

今だって、どうやって彼女をもっと暗いところへ連れていこうかと、そればかり考えている。

22

〈ブル・アンド・タン〉の裏口は、小さな路地に面していた。店のネオンサインが通りの唯一の明かりで、それはあまりにも弱々しく、ウィニーは目が慣れるまでそこにネオンサインがあることにも気づかなかった。ドアを出てすぐに一段だけの小さな階段があり、ウィニーはその下に立っている。同じような階段が三〇フィートほど先にもあって、パブの別のドアがある。かすかに漏れ出る光の様子から判断して、おそらく厨房へ続くドアだろう。さっきまで後ろにいたミックはいったい何をしているのだろう？　なぜ離れていったのか？　ウィニーは腕をさすりながら振り返り、暗がりにミックを見つけた。前かがみになっている。何をしているの？　よく見ると、ミックは開いたドアの下に石を挟んで閉まらないようにしている。店の熱気を逃がしてみんなを涼しくしてあげようというのだろう。確かに中は蒸し風呂のようだった。なかなか気が利くじゃないの。ウィニーは向き直って、ミックが戻ってくるのを待った。彼がいなくなって、首は寂しく腕はまた冷たくなってきた。だが彼はすぐに戻ってくる。それは分かっている。

ミックは私を外へ連れ出してキスをした。私が頼んでもいないのに。

音楽は、ここでは柔らかく聞こえてくる。もちろんあの爪先を打ちたくなるリズムは同じだが。ウィニーは幸福感に漂いながら、かすかな風を受けていた。汗で濡れたコルセットにシュミーズが張り付いている。ウィニーの体から発散された汗。また振り返ってドア口から店の中を見つめた。人の熱気と汗の匂いが伝わってくる。あの蒸し風呂から出られたのは本当に良かったわ。

ウィニーはまた楽しい気分になってきた。なぜだか分からないが、とつぜん自分が幸運な人間に思われてきた。人生に祝福されているような気がしてきた。風が体を撫でていく。肌に冷たく気持ちいい。〈ブル・アンド・タン〉の勝手口に面した通り抜けの道は、きっと店のご用聞きくらいしか通らないのだろう、がらんとして端から端まで見渡せる。暗がりで店の中を想像した――ボトルの大箱と店の備品が置いてあるのがここから一〇フィートくらい先。風に乗って店の匂いが漂ってくる。それはビールの酵母のような匂いだった。胸が悪くなるというほどではなかったが、それでもあまり近づきたくない匂いだ。

思わず苦笑いが出る。何が幸運なんだろう。夜なのにこんな薄い格好をして、しかも着ているものは汗に湿っていて、ビールの古いボトルと水道管の匂いを嗅ぎながら、こんな寂しい路地裏に立っている。大した運だ。

本当に大した運だ。長く力強い腕を腰に巻き付けられるなんて。ミックがふたたび後ろから腕を回してきたとき、ウィニーはその幸運を喜んで、声を上げて笑った。

「こっちへ来て」

ドアを開けてできた陰へ、ミックはウィニーを引っ張っていく。ドアがネオンサインの明かりをさえぎっている。厨房から漏れる明かりは壁のそばまで届かない。まあ、なんて察しがいいの。人に見られずに二人だけで楽しめる場所を作ってくれたのね。

ミックはその暗がりで、初めて真剣なキスをした。本気のキス。ウィニーの腰をつかんで壁際へ寄り、彼女の背中をレンガに当てて、自分が行きたい場所――明かりが一番届かないくぼみ――へと誘導する。そして体と口をすべて使ってウィニーに熱いキスをした。ウィニーは何も見えなくなった。ミックの体がすべての明かりをさえぎっている。あるのは彼の体とダンスでほてった彼女の体、そして彼の甘い口。モルトとホップの混じった味がする。

その口がウィニーの口を押し開けた。舌が舌に触れる。ああ、最高だ。そうしてほしいと言ってもいないのに。だがもちろんウィニーはそうしてほしかった。ミックは開いた口を押しつけてくる。何も言わずにあのときと同じように。彼の部屋でしてくれたのと同じキス。ええ、それよ。完ぺきだわ。両手を背中へ這わせ、体を押しつけて、口を大きく開いた官能的なキスをする。不思議なキス。夢見ていたとおりのキス。ウィニーには、ここからどこへ進めばいいのか分からなかった。ミックに任せよう。彼に付いていけばいい。もっと嬉しい思いをさせて。もっと感じさせて、ミック。

なんて無邪気に喜んでるんだ。ミックには分かった。ウィニーはキスの先へ行きたがっている――その先がどんなものかも知らないで。

教えてあげよう。「ウィニー」首から口を離した。「またスカートを上げたいんだけど？　それに」肩を覆っているリボンやレースをつまみながら「ここにあるもの全部」――ウィニーはコルセットや下着やレースをいろいろ着けている――「腰まで下ろしたいんだけど？」

その率直さにウィニーは一瞬驚いたようだが、すぐに笑って言った。「たぶんできないと思うわ」

「できると思う。だから言ってるんだ。やめるなら今のうちだ」

ウィニーはまた笑った。落ち着き払っている。「じゃあやめましょ。行くわ。中へ戻るわ」

ミックが黙っていると、ウィニーは自分で答えた。「行っちゃいけないってこと？」

「君が嫌がることはしない」

ミックはウィニーをはなさなかった。ドアと壁のあいだに張り付かせたまま動かない。自分が何をしたいのかは分かっている。

ウィニーの体をなめ回したい。あの腿の内側を優しく嚙んでみたい――隅から隅まで味わいたい。細かいことはさておき、頭をよぎるイメージは十分官能的だ。体から汗が吹き出してくる。それでもミックは、ここでウィニーの処女を奪おうとは思わなかった。店の裏で簡単に奪ったとなれば、真剣さが疑われるかもしれない。

警告はもう十分だ。ミックはまたキスを始めた。もう一度、ウィニーの口を押し開けて深くキスをする。彼女は体を震わせる。新しい経験に夢中になっている。

いや、警告されるべきはミックのほうかもしれなかった。ウィニーの高くて大きくて危険なまでに誘惑的な体、それに溺れそうなのは彼だった。彼はその体に完全に参っている。どれほど参っているかをウィニーが知ったなら、彼女はきっともっと強気に出るだろう。だからミックはあえてそれを知らせない。ウィニーは知らないのだ。自分の体がどれほど挑発的なのか、どれほど彼を惹き付けているのか。

それは秘密だった。ミックはキスしながら親指をそっとウィニーの肩に這わせていく。レースやリボンや沙の布をひとつひとつ滑らせて下ろしていく。肌が現れた。ミックは喜びに打ち震える。その裸の肩に顔を近づけてキスをした。ウィニーはびくっとして息を呑む。ミックはネックラインをもっと下げて、彼女の硬く小さな乳房をひとつ剝き出しにした。

「ああ……」ウィニーは柔らかな上流階級の声を出す。「ああ……」ティー・パーティーで何かに感心しているような声。ミックはその甘く上品な声が好きだった。

そしてばかなことをするのも好きだった。大きな手で、硬いコルセットの上に突き出た小さな乳房を包み込み、指の関節にできたたこをその柔らかい肌に押し当てた。そのまま乳房を撫で回し、驚いたウィニーにあえぐような声を出させた。やめてと言っているのではなく、新しい経験に胸を躍らせている声だ。ミックはさらに乳房をもてあそぶ。手のひらと親指のあいだに乳首を挟んで引っ張った。ああ、なんてかわいい乳房だろう。小さくて柔らかい。ウィニーは素晴らしい。

彼女の手が止めようとする。「小さすぎるでしょ」と恥ずかしそうに呟く。

「ちょうどいい。口にぴったりだ」ミックは顔を下げて乳首を口に含んだ。

ウィニーは飛び上がる。嬉しいショックを受け入れようとしている。彼女の鼓動が感じられる。乳房に唇を押し当てて、ミックはウィニーの胸がドキンドキンと打ち付けるのを数えていた。ウィニーは暗闇に向かって祈るような囁きを繰り返している。「ああ、神さま。あああんな……ああ……ああ……」

ミックはスカートに手を伸ばした。引き上げようとすると、ウィニーはそれを拒絶した。頭はまだ働いているようだ。「だめ」ときわめてはっきりと言う。その声は夜の闇に優しく響き渡った。

オーケー。ミックはウィニーのじたばたする手をつかんで自分の肩に乗せ、そのまま首の後ろへと運んだ。また顔を下げて乳房を吸い、乳首を噛む。手は反対側の肩から沙とリボンを下ろしてもう一方の乳房を露わにさせる。最初の乳房が十分濡れると、もう一方の乳房にキスを始めた。ウィニーの胸は二つの小さなボンボン菓子のようだった。ミックの舌はそれを自由になめ回した。

「ああ……」ウィニーはその声を繰り返す。興奮した体が蓄音機の針になって、レコードの溝を走っているかのようだ。「ああ、ああ、ああ……」

それはもう声にもなっていなかった。喉からしぼり出される音だ。ミックはさらに、硬く小さな乳首の先を歯で刺激した。

ウィニーはのけぞって頭を壁に打ち付ける。

「リラックスして」

「ああ、やめてミック。もうだめ――だめ――」

ミックは膝でウィニーの脚を開かせた――彼女はためらいながらも彼に従う。そして体を押しつけた。二人のあいだには何層もの布があったが、ミックの体は目的の場所をすぐに見つけ出した。たくさんの服を挟んだまま、彼はウィニーの狭いくぼみへと押し入っていく。そして長く深い唸り声を上げた。叫び出すのを必死でこらえた、あえぎにも似た声だった。ああ、いいぞ。パラダイスだ。

ミックはもっと無理をしたくなった。もっとやらせてくれ。「脚を広げて」よくもウィニーにこんなことが言えたものだとかすかに笑う。それでも脚を開かせたい。「広げるんだ、ウィン。馬に乗ってるみたいに。大きく広げるんだ。そしてこっちの脚を上げて」

ウィニーの腿の裏に手を当てて、ミックはその脚を持ち上げた。肉感的な長い脚を自分の腰に巻き付けて、その先のかかとを尻に押しつける。「こんなふうに」そう言って手をはなした。「ああ、そうだ。これでいい」快感に目が回りそうだ。頭がくらくらする。

もしも紳士らしく、きちんとスカートを上げることができていたなら、ミックは今ごろウィニーに入っていたはずだ。彼女の中に飛び込んで、そこに埋もれることができただろう。だが実際には、何枚あるか分からない布が二人のあいだに挟まっている。スカートにペチコートにズボンが邪魔をしている。ミックは勃起したものをその服の上からウィニーの体に押し当てた。彼女のわずかにくぼんだ場所で、一杯に張ったペニスを激しく揺する。

ズボンの中で、ミックは突いた。何度も何度もウィニーの体を突き上げた。動悸がして体じゅうが熱くなる。それでもほとんど痛いほどにまで、突いて突いて突き続けた。そして呻き声を上げた。それは苦悶の声に似ていた。

いや、苦悶の声だった。「ああっ！」

二人はともに激情の中にいた。もしもミックがウィニーの殻を破ってあげられたなら、二人の情熱は、無数の山を征服し、大海を潜り、地を割ることもできただろう。そして二人のあいだの引力は巨大だ。

ミックはもう一度スカートを上げようとした。

「人に見られるわ」ウィニーは抵抗する。

誰がこんなところを歩いてる？　歩いてたって暗くて見えやしないだろう？

だがミックは気がついた。ウィニーの抵抗はもう自分の意志から出た拒絶じゃない。「人」を気にしているだけだ。

人目をかまわずやりたいようにやれば、ここでウィニーを奪ってしまえる。彼女はこの腕の中で、興奮に体を震わせている。もう殻を破っている！

俺のものだ。

だがミックは「路地」という言葉に引き止められた。理性が訴えかける。ここじゃあ安っぽい。紳士だろうミック。紳士なら考えろ。男と女のことなんかまったく知らずに生きてきた優しくて傷つきやすいレディから、その処女を奪うのに、酒場の裏の路地はないだろう？

愛しているとかいないとかにかかわらず、それはやめておけ。だが愛しているならそんなことは絶対にしちゃいけない。

そのとおりだ。それでも別の声がミックをそそのかす。ここで奪ってしまえ。もう少し口説いて頼み込めば、ウィニーは完全にお前のものになる。

認めたくない現実は、誰かが本当に二人を見るかもしれないということだった。誰かがランプを下げて出てきたらどうする？　だめだ。店の中へ戻ろう。今はこれで満足しよう――ウィニーを降伏させたじゃないか。この勝利感を胸にして、このまま彼女の家へ帰り、それなりの品位と雰囲気の中で、人に見られる心配をせずにきちんと愛し合えばいい。

それでもミックはウィニーの体から離れることができなかった。何か物足りない。最後まで行けないにしても、まだやめることはできない。まだだ。ミックの体は――いや心は――反り返ったままぴんと張りつめて、折れそうになっている。その心はわめくように叫んでいる。まだだ！

この場所から出る前に、まだ何かを成し遂げたい。ミックは飢えていた。何かが欲しくて仕方がない。このままではのたれ死んでしまう。通りの物乞いと同じだった――どうかお恵みを。強盗と同じだった――早くよこせ。

ミックはウィニーに、そして自分自身に約束した。「君に触らせてほしい」またスカートに手を伸ばし、ウィニーを怖がらせないようにゆっくりと生地を集め始める。ドアの下の階段に足を掛け、彼女の脚を落とさないようにして。「君に触らせてくれ。それから中に戻ろう」

ウィニーは何かもぐもぐと言っているが、言葉になっていない。脚はミックの脚の上で力を抜き、手はキャミソールを引き上げようとしている。しかし動揺している彼女はキャミソールを上げられない。ケーシングからリボンを抜いただけだった。ミックは分かっていながら手を貸そうとはしなかった。

まだだ。ウィニーがあえぐのを聞きたい。天国へいざなうあえぎを。ウィニーに我を忘れさせ、興奮した息を吐かせ、恍惚とした言葉を呟かせるんだ。彼女に触るんだ。前はできなかったが今ならできる。ウィニーの脚のあいだに触る。下着の上からじゃない。直接この手で触るんだ。

気違い沙汰だ。この路地で彼女にこんなことを頼むなんて。勝利の証が欲しいなんて。だが実際のところ、まだ彼女のことは何も分かっていない。リストと秩序と正しい礼儀作法を除いたら、どんなウィニーが残るんだろう？　どうすれば彼女をこのままにしておける？どうすればあの堅苦しいウィニーに戻さずに済むんだ？

今奪ってしまえ。そうだ、それが一番だ。欲しいときに食べておけ。今食べてしまうんだ。今夜ここで殻を破ったウィニーが明日はもういなかったらどうする？　いや、帰りの馬車の中でいなくなるかもしれないぞ。家に着くまでに、今の彼女が消えてしまったらどうするんだ？　早く奪ってしまえ。

だめだ。できない。ミックは妥協するように——英雄的に踏みとどまった褒美をもらおうというかのように——またキスをしながらスカートの上から脚のあいだをまさぐった。たくさんの布の上からくぼんだ部分に指の先を押し当てる。ウィニーは一瞬びくっとしたが、脚を引こうとはしなかった。口は深くキスをする。ウィニーはかかとをミックの尻に食い込ませ、かすかに呻き声を上げた。

腰に回ったウィニーの脚に手を滑らせる。シルクのストッキングに覆われた長いふくらはぎからドロワースの内側へと入っていって、温かく湿った中に膝を見つけた。ドロワースは小さなスカートくらいの幅があったがそれはヒップにぴったりと張り付いている。手を抜いて、今度は腹を横に撫で、さらに脇腹と背中を撫で回した。手のひらでドロワースの縁を探し、それがコルセットの下にあることを発見する。手は腹部と背中を行き来して、ウィニーの下着がどういう構造になっているのか確かめる。頭は欲望で一杯だ。ドロワースは後ろにボタンが付いていて、それは脚のあいだまで続いている。

ほう、画期的なデザインだ。指先でボタンの仕組みを探り、ボタンホールからそれをポンポンと外していく。ドロワースは開かれて、尻のカーブが露わになった。

手を滑り込ませる。剝き出しの二つの丸い膨らみを撫で、そのあいだへと入っていく――足の下で地面がぐらっと傾いた。柔らかくなめらかで湿ったその膨らみは、まるで花びらのようだった。それをぐいとつかんで引き寄せる。ああ、なんてすてきな触り心地だろう。息が止まりそうだ。このまま死んでしまうんじゃないだろうか。

ウィニーは喜びを感じていた。未知のものに対する不安はあったけれど、これは驚くほど刺激的だ。さっきまで布の上から触っていたミックが、今は直接手で触れている。ああ、これはなんなのかしら？　ちっとも乱暴な行為じゃない。でも想像したこともなかった。こんなことがあるなんて。そしてこれはなんて気持ちがいいのだろう。

ミックは腰の後ろに手を伸ばし、コルセットの下からドロワースの縁を引っ張り出して、片手でボタンを全部外し、布を腿の上へ折り曲げた。そしてなんのためらいもなく手を滑り込ませてきた。ウィニーの体の下、脚のあいだへと。その手のひらは、彼女の剝き出しになった部分を占領している。

ウィニーは一瞬飛び上がったが、今はじっとされるがままになっている。恥辱。そんな言葉が思い浮かんだ。あの部分は確か、ラテン語で恥ずかしいところという意味だ。そして実際、彼女は恥辱を感じている。彼の手に触れられて喜んでいるなんて、なんて恥ずかしいことだろう。その恥ずかしさから逃れるために、脚を下ろして閉じようとした。だがミックの腰に回した脚は、彼の肘にしっかり押さえつけられている。彼は脚をはなそうとしない。そしてウィニーもはなしてほしくなかった。

「やらせて」耳元で、ミックのかすれた声が言った。声というより息だった。そしてさらに抑えた声で「ただ立ってればいい」と囁いた。それはあまりにも静かな声で、完ぺきに発音されたTの音が際立っていた。

ウィニーはうなずいた。体は奇妙な反応をして小さくぴくぴく動いている。いいわ、あなたがそうしたいなら。彼女はミックを信じていた。彼はスカートの下に手を入れて、下着を引き下げる。ウィニーはミックの前で完全に剝き出しになった。

もちろんよ。ミック以外の誰にあげろと言うの？　他の誰に付いていってこんな経験をしろと言うの？　いつまででも見ていたい男性がここにいるというのに、他の誰を待つの？　一緒にいるとわくわくする人なのよ。笑わせてくれて、心地よくさせてくれて、ときには私の辛さや喜びを私以上に感じてくれる人なのよ。

愛している人なのよ。

ウィニーはミックに身を任せた。彼の手は彼女の下に滑りこみ、すくうように包み込んで、また離れた。本当はこの路地の石畳の上に寝かされて、男が女にすることをなんでもしてもらってかまわなかった。ミックの手にすくわれたとき、ウィニーの抵抗感はすべて消えてしまった——まるですべての血管が広がったように。たとえ今彼に殺されそうになったとしても、彼女は抵抗しないだろう。

ミックの指がわずかに入ってくると、ウィニーはびくっと飛び上がり、その指が場所を見つけたとき、彼女はあやうく彼の肩にのしかかりそうになった。初めての感覚、強い衝撃。心とすべての感覚器官がその場所だけを意識する。彼が押し分けて入った場所を。指は内側のひだを触る。そこは濡れてなめらかだ。ウィニーはなめらかだ。なぜ？　なぜ濡れているの？　そんなはずがない——。

「ああ……」体じゅうの筋肉が、飛び上がったり引きつったりしている。ミックの親指が、隠れた敏感な場所を見つけて触れたとき、ウィニーは星を見たような気がした。その衝撃に、小さな叫びが漏れて出る。

　自分の体のことを、ウィニーは何も知らなかった。それがこんなに敏感だったとは、新しい発見だった。そしてミックがこの体について、ウィニー本人よりもよく知っているのはさらに驚きだった。だが嬉しい驚きだ。彼の手はよく知っていた。どうすれば快感を引き起こすことができるのか、彼女自身よりもずっとよく知っていた。そして引き起こされたのは快感以上のものだった。思考を完全に止めてしまうような催眠的な悦楽。どんなに分析しようとしても、どんなに理解しようとしても、思考は一秒と持たなかった。頭はただ感じることを望んでいた。感じるだけで何も考えたくなかった。

「力を抜いて。ウィン。何も考えないで」

　ミックの頭が下がり、髪が胸を撫でたかと思うと乳首が軽く嚙まれた。同時に指はウィニーの中に深く滑り込んだ。

「はあ、はあ――」横隔膜が痙攣し、体は引きつったようにぴくぴく動く。「ふう――」

　ミックは指を抜いてウィニーをもっと濡れさせる。膝が崩れそうになる彼女をしっかり支えている。ミックはウィニーが気づきもしなかった場所に触れた。そんな場所のことなど考えたこともなかった。自分の体でありながら、見たことも触ったこともなかったなんて、なんというおかしな話だろう。指はまた、さっき親指が触れた場所に戻ってくる。やはり星がちかちかした。逆にそれ以外のものは暗くなる。何も見えない。その賢い指は温かく、暗い霧のように滑ってウィニーの末梢神経を快感に震わせる。きらめく純粋なその快感に目がくらむ。他には何も感じられない。すべての感覚器官が働きを止めてしまったかのようだ。きらめきは一定の熱を生み出し……指の動きはさらに激しく鋭くなって……高まる歓喜はウィニーを天国へ導いていく。しばらく前から下腹にあったきつく巻きつくような力、それがある一瞬に解き放たれた。ウィニーの体の中心から肉体の喜びが溢れ出す。それはあまりにも大きくて、彼女は叫ぶような声を上げた。

それは声というより柔らかな動物の音だった。ウィニーの口から出てくるのは音だった。なぜならしゃべった覚えはない。低く唸るような動物の音。抑えようとしなければ、ほとんど吠えるような音になる。それを抑えようとして、体はさらに引きつった。刺すような快感……。

子どもの頃、ウィニーはハチに刺されたことがある。ちくりとしたかと思うと小さな鋭い痛みが体じゅうに広がった。今の快感はあのときと似ている。こちらはもっと均一で流れるような感覚だ。刺された瞬間の衝撃が何千もの小さなしぶきとなって襲いかかり、体の表面に広がっていくようだ。やがてその衝撃は、ぐるぐる回りながらさざなみのように凪いでいく。

ウィニーはゆっくりと静けさを取り戻し、ガラスのような幸福感に漂った。一度体を震わせて、ミックの胸にもたれかかった。彼は頭にキスしながらスカートを伸ばし、キャミソールを肩に戻す。ウィニーはただ彼の腕の中で立っていた。一分、いやそれ以上そうしていただろう。ミックはウィニーの服や髪を整える——大人になってから彼女が人にこんなことをさせたのは初めてだ。

他の人間が、男性が――いとしいミックが――身繕いをしてくれている。なんの抵抗もなく人に身を委ねることができるのは心地のいいものだった。いや、自分の力でできる何よりも嬉しかった。

「家へ帰ろう」ミックは呟いた。「家へ帰って一晩中愛し合おう、ウィニー」あごを持ち上げてキスをする。舌を使った深いキスだったが今度はとても優しかった。そしてもっと優しい声で言う。「もうバージンは卒業だ」

ええ。ウィニーはその考えに賛成だった。バージンなんて。早く彼にあげてしまいたい。今ここでそうしてしまいたいくらいよ。

23

ウィニーはミックに付いて店の中へと入っていった。ミックの手はウィニーの手を包み込み、力の抜けた彼女の体を必要以上に強く引っ張っていく。ウィニーは夢を見ているようで、目の焦点が合わせられない。ミックの声がこだまする――一晩中愛し合おう。ええミック、その力強い体と賢い手で愛して。それがどんなものであろうとも、ウィニーはその喜びを味わいたかった。

一方、手を引いている男はしっかり周りを見ながら歩いていた。二人は何ごともなく家に着かなければならない。ミックは足を緩めることなく衣類をつかんだ。ウィニーのブラウス、上着、帽子、そして自分の上着。二人がドアへさしかかったときだった。ウィニーに振られた男爵の息子が最後の悪あがきを始めた。

「やあ、やあ、やあ」男が近づいてきたことにウィニーは気づかなかった。腰に腕が掛けられて初めてはっとした。ウィニーは前と後ろから引っ張られる形となり、ミックは彼女が何かに止められていることに気がついた。

ミックは振り返って男を見た。ミックの顔は、手をつかんでいるウィニーさえをもひるませた。恐ろしい形相だった――ウィニーが男性のこれほど切迫したあからさまな怒りの表情を見たのは初めてだった。

「手をはなせ」

男は酔っていた。「レディのほうに言ったらどうだ？　彼女はもしかしたらウエストエンドで楽しみたいと思っているかもしれないぞ」

その先に起こったことは、実際に目にしなかったならウィニーには想像もつかなかっただろう。ミックは眉を片方だけ引き上げあごをわずかに持ち上げて、貴族的にせせら笑った。「君とか？」あざけるように鼻を鳴らす。ミックの態度はそれまでとは違っていた。演技をしている。それも見事な演技を。このままステージにでも立てそうだ。彼はとつぜん敵意に満ちた傲慢な顔をする。闘いを挑む男の顔だ。

相手はわずかにたじろいだ。先刻のミックは平和的に譲っていた。彼がこんなに攻撃的な態度に出るとは、男は予想していなかったはずだ。だが不幸なことに、男は気を取り直してウィニーに流し目を送った――それは紛れもない流し目で、彼女を妙に喜ばせた。自分が流し目で見られるほど男性の関心を引くことがあろうとは、ウィニーはこれまで考えたこともなかった。そして男はさらに信じられないことを言った。「いや、レディにはここに残ってもらおう。あの長く美しい脚で踊るのをもう一度見たい」

まあ、ミック以外の男性もこの脚をきれいだと思ったんだわ！

若い貴族はさらに言う。「ミス、あなたは間違いなく一番魅力的だ」――笑って――「それに今夜見た女性たちの中で一番背が高い」

なんて嬉しいことを言ってくれるの。ウィニーは男に抱きついて思いっきりキスしてやりたくなった。だがもちろんそんなことは絶対にしない。

ウィニーを喜ばせた言葉はしかし、ミックを真剣に怒らせた。彼は歯を剝いて食いしばり、そのあいだから声を絞り出した。「貴様が見られるのはその顔に飛んでくるこぶしだけだ。どけ」

「言っておくが男爵は――」

ミックは軽蔑するように鼻を鳴らしてさえぎった。「水曜の夜スラム巡りをしている貴族が君だけだとどうして分かる？　僕が貴族でないとどうして分かるんだ？　この酔っぱらいめ」と高飛車に言う。ウィニーを自分の後ろに回し、男に一歩近づいた。「僕の記憶が正しければ、ディナーの席順は子爵のほうが男爵より上のはずだ。もちろん男爵の息子より上だろう。貴様は一番尻だ。そしてこのレディが座るテーブルには貴様は呼んでももらえない」

まあ、彼は慣例のレッスンを覚えているのね。いいことだわ。でもその知識はもっと有意義な場面で使うべきね。

男は完全に誤解した。ミックが本当の紳士で、慎み深く今の今までそれを言わずに黙っていたのだと思い込んだ。

男は口をつぐんだが、それでもウィニーのほうへ一歩寄る。そこへミックのパンチが飛んだ。顔に、腹に。そして股間への膝蹴り。ロンドンの下層社会を見にきた高貴な生まれの男は、その街の最下層を――酒場の床を――見るはめになった。男はあまりにも速く倒されたため、ウィニーは叫ぶこともできなかった。どのみち何を言っても無駄だっただろう。

やっと口から出たのは甲高い叫び声だった。

「行こう」ミックは言ってウィニーの手を取り、後ろにいる友人たちに声をかけた。「こいつに水を頼む。息ができるようになったら立たせてやってくれ」

ウィニーはめまいがしそうだった。二人の男性が彼女を取り合って、男爵の息子がそのために殴り倒された。彼女は酒場の賞賛の的だった。愛する男性に路地でキスされて、最後には体が火の付いた花火倉庫のようになった。

なんてすてきな夜なの！

馬車の中でもミックは激しくキスしてきた。何度も何度もキスしてきた。だが不思議なことが起こった。家へ帰ったら恐ろしいことを全部してくれるはずなのに、彼のキスはどんどん熱を失っていく。

最後には、ミックはとつぜんキスをやめて体を離した。馬車の最後の五分間、ミックはひとことも口をきかずにじっと窓の外を見つめていた。

ウィニーは自分が何かしたのかと考えた。何かミックの気に障ることをしたかしら？　何をしただろう？　彼が動揺するようなことを言ったかしら？　きっと何か悪いことをしたのだ。何か……。

いいえ、何もしていない。思い出せる限りでは何もしていない。だから罪悪感を覚える必要はない。信じられないくらい素晴らしい時を過ごし、すべて——本当にすべて——ミックの思いどおりにした。彼は一人で勝手にふさぎ込んでいるのだ。

嫉妬？　その言葉を思いついてウィニーは踊り出したくなった。ミックが、何をやらせても上手で、賢くてハンサムで、いつも自信に溢れている彼が、あの男爵の息子に嫉妬しているの？　面白みのない男だったけれど、土地台帳に載っているどの男爵よりもその生まれを笠に着た、ちょっとめかした男。ミックがなろうとしているものの本物の例。へえ、今度は男性の嫉妬まで経験できるのね。ウィニーは妖婦デリラになったような気がした——危険なまでに魅惑的で男をとりこにする女。ウィニーは心の中で笑った。彼女のうぬぼれを膨らませたこの夜に、クリームの上のサクランボみたいなトッピングが付いたのだ。

でもデリラはサムソンにとってそれほどいい女性じゃなかった（訳注・旧約聖書に登場するイスラエル人の英雄サムソンは、ペリシテ人の美女デリラの誘惑に負けて怪力の源である髪を失う）。ウィニーはずっとそんな女でいるつもりはなかった。彼女が望むのは、本当の自分を見てくれるミックの前で、ほっこりとした気持ちに包まれること。ミックに本当のウィニーを愛してもらうこと。良いところも悪いところも。彼の前で思いきって自分をさらけだすウィニーを愛してもらうこと。

あの路地でミックが感じさせてくれた気持ちの高まりを、ウィニーはまた感じたかった。もう一度あのパブで、午後じゅうずっと踊りたかった。今度は不安もためらいもなく。そしてミックを信じたかった。体じゅうで、心で、気持ちで、頭で、すべてで彼を信じたかった。

女性としてのもっともデリケートな場所でも信じたかった。彼の手をよく見せてもらって、その手が自分にどんなことをしたのか知りたかったし、また同じことをしてほしかった。ミックのことをもっと知りたい。彼にもっと触りたい。何でも言うとおりにすると信じてもらいたい。

ウィニーは話しかけようとした。ミックの気持ちを引き立てようと。嫉妬する理由は何もないと言ってあげれば、それですべて解決するように思われた。また近くに来て、ミック。

ミックは話したくなかった。彼は二人の距離が広がっていくのを感じていた。それは窓の外を流れる風と同じ速さで広がっていく。

あの貴族の男との出会いがミックを苦しめていた。やつはバカだが本物だ。そして俺は偽物だ。虚勢を張ってはみたけれど、、ミックは自分が作り物であることを意識せずにはいられなかった。彼はレッゾと一緒に〈ブル・アンド・タン〉の地下室で造った金と同じ。本物そっくりで、人の目をごまかすことはできるけれど、堂々とは使えない。だますには努力が必要で、見破られるかといつも不安で、何より本物ではない。

今夜のミックは友人たちの前で王のようだった。ウィニーにキスしていたときも王になった気分だった。だがあのめかし屋は、まるで犬ころを見せるように真実を開いて見せた。現実の世界では、ミックは泥の王だった——よくできてはいても、しょせん偽物の貴族だ。実際はネズミ取り。ウィニー・ボラッシュと釣り合う人間ではない。

ミックとウィニー。互いにどんなに大切に思っていても、二人が男と女の関係になるのはまやかしだ。このことに関する限り、「トレモア卿」と同じように偽物だ。未来はない。

この事実になんの頓着もせず、ウィニーは玄関のドアを抜けながら小声で楽しそうにしゃべっている。ホールは薄暗い。壁から突き出た燭台のろうそくだけが入り口を照らしている。ウィニーはサイドテーブルの明かりを点けようとしたが、ミックはそれをやめさせた。あまりにも意気消沈していて、そのしょぼくれた顔を見られたくはなかった。

さいわいにもミルトンはもう眠ってしまったらしい。少なくとも説明の必要はない。ウィニーがなぜブラウスと上着と帽子を無造作にサイドテーブルに置いたのかを。彼女はそれらをふたたび身に着けようとはしなかった。おそらくこのスリリングな夜に体が熱くなっているのだろう。

そう、ウィニーは確かにスリルを味わっている。ミックは彼女がわくわくしているのが嬉しかった。ただ彼自身は今夜のことにも自分の役回りにもそれほどわくわくできなかった。本当の俺はどこにいる？　このゲームはどこで終わって、次はどこから始めればいい？　頭が混乱し、疲れきって、打ちひしがれていた。

階段へ向かうウィニーはとりとめのないことをしゃべり、笑っている。ミックは彼女の開けっ広げな態度を喜ぶいっぽうで、それが憎らしかった。二人の社会的格差がそれをむなしいものに感じさせる。愛し合ってはいても、二人は決して結ばれない運命にある。

もちろんミックは、ウィニーを下へ誘って自分の部屋でちょっとした愛の営みをすればよかった。執事を起こさない程度の激しさで。あるいは一緒に上へ行って、レディの部屋で彼女に卑俗な楽しみを味わわせてあげてもよかった。よそで何度もしてきたように。

だがミックはどちらもしたくなかった。階段の下で足を止め、胸の中で毒づいた。くそっ、他にどうすればいい？　どうすることもできないさ。さっさとお休みを言って別れるだけだ。二人にはそれが一番ふさわしい。ウィニーは磨かれた階段をのぼり、彼は使用人の階段を降りる。

ウィニーはミックの腕を取り、笑いながら階段をのぼろうとする。ミックは気のない顔をして見せたがやがてほだされて付いていく。心から楽しんでいるウィニーを振り切るのは難しい。

「まだ本当に小さかったとき」彼女は話している。

「イースターだからって、教会は子どもたちに、貧しい人々にあげる缶詰を持ってくるよう言ったわ。それを私は勘違いしたの。缶を持っていけばいいんだって。私自身缶が大好きだったから。穴を開けてろうそくを入れたり歌に合わせて叩いたりして遊んだものよ。調理室へ行けばいつでももらえたの。とにかく私は神父様が空の缶を持ってくるよう言ったと思ったの。母は違うって言ったけど、私は頑固に言い張って……。

空っぽの缶を持って教会へ行くと、もちろんみんなは中味の詰まった缶を持ってきていたわ。それを見た瞬間に、そのほうがずっと役に立つって気がついたの。ショックだった。自分はなんてばかなんだろうって、わんわん泣いて。そんなことも分からなかったのが、恥ずかしくて。母は歯ぎしりしていたわ。いつもと同じようなことを言った。『言ったでしょ、ウィニー。でもあなたらしいわね。私の言うことを何ひとつ聞かないんだから。先が思いやられるわ。あなたはカマキリみたいに見えてラバの頭を持っているのね』って。ええ、本当にうまいたとえだわ。私は頑固で気難しくてわがままで、母の悩みの種だった。そのときだって、母の言うとおりだと思ったわ。今でもときどきそう思う」

ウィニーはため息をつく。「でも今夜は違うわ」上へと続く手すりに背中をもたせかけ、目でミックを誘っている。湿ったシュミーズのレースが胸の膨らみの上でしおれている。「今夜は……」誘惑するような光が恥ずかしそうな目に宿り、息づいている。「今夜はカマキリじゃないわ」

「もちろんだ」自分の言葉に流されてしまうのを用心しながらミックは言った。「今夜の君は、これまでに見たどの女よりすてきだ」

ぼんやりとした明かりの中で、ウィニーはその言葉をそっと吸い込むように胸を膨らませた。

ウィニーの姿は残酷だった。生気に溢れ、明るく輝いている。ほの暗い明かりの中で、その美しさは圧倒的な力を持ってミックを貫いた。痛みは鋭く、わなのバネに指を挟んだときのように、目の奥を涙で潤ませた。ミックは呆然として、ぼやけた視界の中に揺らめく彼女の姿をじっと見つめた。その気になればこの美しいウィニーは彼のものになる。

だが今週の終わりまでだ。

そのあとは彼のものじゃない。

来週になれば、ミックはまたネズミ取りか、どこかの家の下男になっているだろう。どちらにしても同じだ。エドウィーナ・ボラッシュとは釣り合わない。日曜の朝になれば、ラモント兄弟の魔法は解けて、マイケルの立派な馬と服はミックのネズミとぼろに戻る。ウィニーが偽物作りに奮闘する必要はなくなる。この家のドアを出ていったあとは、ミックが誰であろうと、何になろうと、ウィニーにとっては関係ない。彼は空っぽの缶でできた王子でしかない。

ウィニーはミックの反応を待っている。キスされるのを期待している。

ミックはためらいがちに微笑んだ。ああ、今夜この奔放なウィニーを抱けたらどんなに素晴らしいだろう。それが魔法で偽物で、思慮のないことだと分かっていても、いったい何が変わるだろう？　ミックはミック自身として、自分の女を抱けばいい。

何の振りでもできたはずだ。これまでたくさんの演技をしてきたはずだ。それでも今はできない。今夜を永遠だと思い込むことはできない。それは嘘っぱちだ。その嘘は胸を締めつけ息をできなくさせるだろう。

ミックはウィニーの頬に手を当てた。期待に輝く彼女の顔の内側を、しばらくじっと感じていた。やがて柔らかい頬を親指で撫で、きらきら光る目を見つめた――その目の表情を忘れることはないだろう。顔を寄せて、ウィニーの額に乾いた唇を押し当てた。彼女の髪の香りがする。それをゆっくり吸い込んで胸いっぱいに満たしてから、唇を離し、彼女の体を押しやった。そしてくるりときびすを返した。

早足で廊下を進み、食堂を横切って調理室へ入り、階段を降りて使用人の居住部へ出た。ミルトンは正しかった。ミックはそこにいるべき人間だった。

走りながらフレディの声を聞いていた。向こうは暗くて汚い物が一杯あるわ、ミック。それにあいつらの歯は鋭いわ――分かってる。もう自信満々にネズミの巣へ飛び込んだりはできないわ。分かってくれる?

分かってる。分かってる。分かりすぎるくらいに分かってる。

ミックはベッドへ入ろうと靴と上着を脱いだ。シャツのボタンを外し、サスペンダーを肩から下げたとき、背後でウィニーの声がした。気のせいであってほしいと願いながら振り返った。

気のせいではなかった。ドア枠の中に、ウィニーが立っている。勇気を奮い起こしてあとを追ってきたのだ。壁を三つ隔てた部屋にミルトンが寝ていることも顧みず。

「それで……」ミックはこの要領を得ない言葉のあとに、何を言えばいいのか分からなかった。「何しに来た?」では露骨すぎるだろう。

おかしなことに、ウィニーが見ているのは彼の胸だった。はだけたシャツのあいだから見える胸だった。その魅せられたような目は一瞬ミックを喜ばせた。ウィニーはそこから目を離したくないようだったが、何か言わなければと心を決めたらしく、しぶしぶ目を上げた。

ちくしょう、ウィニーはここにきてようやく言おうとしている。思いきって何かロマンチックなことを。ああ、遅すぎる。それが役に立つ時はもう過ぎてしまったんだ。それでもミックは聞きたかった。ウィニーは何を言ってくれるのだろう？　やっと「キスして」という気になったのか？　あるいは――こちらのほうが聞きたかったが――「愛している」と言ってくれるのか？　期待と恐れを胸に、ミックは耳を澄ませた。

ウィニーは言った。柔らかく上品なシルクのような声、ティー・パーティーでさえずっているような声で。「何をしたいのか今分かったわ。あなたの体が見たいの。彫像みたいな裸の体よ。あなたの裸の体を見せて。もちろんあなたのムスコも」

24

ミックは思わず吹き出した。笑いがこみ上げてくる。何を言い出すかと思ったら。「ムスコ？」笑いは抑えたくても抑えられない。「何を言い出すんだ」なんとか笑いをこらえ、髪を掻き上げながらベッドの支柱に肩をもたせかけた。呼吸を整えながら目のやり場を思案する。ムスコ？　俺のムスコが見たいって？

ウィニーはミックを驚かせたのが嬉しかった。思わず口元がほころんでくる。彼を動揺させたのだ。「言ったでしょ？　したいことは口に出して言えって。そうすればそれができるって」

確かにミックはそう言った。「ウィニー――」

なんと言ったらいいだろう？　ミックは鼻の下に手をやって、ひげがないことに気づき、心の中で舌打ちした。もう何度こうして舌打ちしただろう。毎朝口ひげを剃り、少なくとも一日一回はそのことを忘れる。ミックは手を下ろした。この変わった女になんとか気持ちを分からせなければ。「ウィニー、君が好きなんだ」

それはウィニーが期待していた言葉ではなかった。目を落として不安に顔を曇らせる。もちろんその言葉は嬉しかったが、同時に言いようのない失望感に襲われた。顔をしかめたまま、思いきって目を上げると、穏やかに尋ねた。「それはつまり、男と女のすることはできないっていうこと？」

ミックは首を振った。「そうじゃなくて――」簡潔に説明することはできなかった。「手に入る以上のものが欲しくなったんだ。そして、ほんの少しかじってあきらめなきゃならないのは、何もかじらないより辛いんじゃないかと思うんだ」もう一度首を振る。「こんな気持ちになるなんて、予想してなかったんだ、ウィン」

ウィニーは部屋へ入っていった。新たな好奇心に動かされ、おずおずと、しかし断固たる決意を持って。「ミック、未来のことを心配して今を台無しにしないで。私たちは明日死ぬかもしれないのよ」それはミックの哲学だった。「何が起こってもおかしくないわ」彼の顔を真正面から見据え、「今すぐ私を抱いて。お願い」と囁いた。

ミックは苦笑した。まったく笑いぐさだ。自分で自分を追い込んで、そして逃げられなくなってしまった。瀬戸際に立たされている。もう腹を決めて飛び込むしかない。そんなことを一人ぶつぶつ言ったあと、彼は首を振りながら「逃げられないな」と呟き、ウィニーを見て笑いながら尋ねた。「素っ裸で？　ウィン、本当に俺のムスコが見たいのか？　それにしてもいったいどこでそんな言葉を覚えたんだ？」

「あなたが言ったのよ」

俺が言った？　ミックは当惑してベッドの端に座り込んだ。

だがどうすればいいのかははっきりしていた。彼はさっと腕を上げると、シャツを頭の上に引っ張り上げて一気に脱いだ。下着は着けていなかった。そんなものを着るつもりはなかったし、着ていなくても誰にも分からなかった。今の今までは。ウィニーはそれを知って少しびっくりしたようだ。

ミックはシャツを放り投げ、座っているマットレスの横をぽんぽんと叩いた。「ここに来て、ダーリン。ここに座って。マイケル・トレモアのやんちゃなムスコはとっても君に会いたいってさ」

ウィニーは立ったまま動かない。

しばらく待ってから、ミックは冗談交じりに文句を言った。「男が女にすることをしてほしいんじゃなかった？　なのにそれを始めようとすると、君は動かない。さっきまでの素直な女の子はどこへ行ったのかな？」

「分かってるわ」ウィニーはにっこりして呟いた。「見たいのよ。見せて」

「ああ、ムスコね」ミックはそのムスコが持ち上がってきたのを感じた――ウィニーのビロードのようになめらかでやわらかい声が、上流階級の発音で「見せて」と言うのを聞いただけで、それはむくむく頭をもたげてきた。いいだろう。そろそろ見せても恥ずかしくないものになってきた。「ドアを閉めて」

ウィニーは振り返ってドアにもたれ、ミックの器用な指を見つめていた。長い指がゆっくくりと優雅に動き、ほとんど慇懃とさえ言える丁寧さでズボンのボタンを外していく。ウィニーは唇をなめ、ぞくぞくしながらそれを目で追った。やがてその目に飛び込んできたものは、息を呑むに十分だった。ミックは手を止めようとしない。一瞬のためらいも見せずにさっとズボンを下へ押しやった。すでに裸足でシャツは脱いでいる。ウーステッドウールから足を抜き出して、裸で立ち上がった。

本当に彫像だわ。彫像が体温を持って息をしている。

その盛り上がった胸を見つめながら、ウィニーは前へ進み出た。広い肩と筋肉質の胸は知っていたが、ミックの腰がこれほど細いとは驚きだった。ほっそりとしてはいるけれど、たくましい腰だった。腿は長くて筋肉が美しく彫られている。そしてそのあいだにあるものは――。

ウィニーはそれをじっと見ながら近づいた。「イチジクの葉じゃ隠せないわ」――眉を寄せてミックの顔を見る――「どこにも隠せないでしょ?」

「いや、隠せる場所はある」ミックは笑った。「それと言わせてもらえれば」――面白そうに微笑んで――「こいつはもうムスコじゃないんだ、ダーリン」ウィニーが問うような目を向けると、彼は説明した。「大人しくしてるときや、ちょっと嗅ぎ回ってるときはムスコだが、ある段階でこいつはコックになるんだ、ウィン。今のこいつがそれだ」

なんと呼ばれようと、それは船の帆げたのようにぴんと張ってまっすぐに立ち、上向きにかすかに揺れている。ウィニーがしげしげ眺めていると、ミックは彼女の手を取って、その張ったものに押し当てた。びくっと体を震わせて、あえぐような声を出す。さらに自分の手でウィニーの手を包み込み、ゆっくりと上下に滑らせながら腰を突き出した。太いしゃがれた唸り声が漏れて出る。

ミックはウィニーの肩をつかんでベッドのほうへぐるりと回した。「あとでもっと見られるさ。もう待てないよ、ウィニー。もう一杯だ」

そのとおり、二人はもう待てなかった。脚がベッドに当たったかと思うとウィニーの体はそのまま押されて空を切った。腹部がふわりと持ち上がり、体はスプリングの上に倒れてぽわんと跳ねた。ミックはスカートの裾を上げ、ウィニーの脚を開いて自分の膝を入れてくる。手は下着の中へ潜ってまさぐりだす。激しくまさぐってから、囁いた。「これを脱いで。腰を上げて、ダーリン」

ミックは下着をさっと剝がし、ウィニーの上に裸の自分を乗せてきた。ああ、ズボンを脱いだ裸のミック。ウィニーの脚のあいだの場所に、彼のペニスが重く当たり、それは自然に居心地よく収まった。その触れ合いに、二人は同時にびくっと震え、息を吞む。ウィニーはリラックスしようとしたが、できなくてもかまわなかった。目を閉じていると、口にミックの唇を感じ、ウィニーは口を開いてそれを受け入れた。舌が口の中を突いてくると、ためらいがちに舌で応えた。ミックは唸り、首をひねって激しくウィニーの口を求め、リズムを持って体をくねらせる。

ウィニーが頭を働かせていたのはそこまでだった。

そのあとはただ感じていた。体の上で、ミックの体が滑っている。肌の触れ合いを求めて体じゅうを滑っている。腰は一定のリズムで動いている。手はウィニーの服の下に滑り込み、そこにある体を思いどおりにまさぐる。その手はやがて二人のあいだへ下りていって、今夜すでに一度したことをもう一度した——ウィニーの中に指で触れた。

「ああ！」ウィニーは叫んだ。

ミックは低く満足したような唸り声を出す。

いつもの関係と同じように、二人は激しく触れ合った——行為からではなく感情からくる激しさだ。ミックはウィニーを次から次へと驚かせ、彼女はどんなことも喜んで受け入れた。そのひとつひとつが強い刺激になって、ウィニーは引きつったりあえいだりしながらときどき気を失いそうになった。ミックはウィニーに体を重ね、彼女の顔を頬で撫で、乳房を胸で……腰で……愛撫して、あの敏感な部分に指を入れた。ウィニーはその指が好きだった。だが漏れてくるあえぎ声を聞けば、ウィニーはミックが仕掛けてくるすべてのことが好きだと分かる。耳に聞こえてくるものは、ムチで打たれ、体を引き裂かれる動物の声のようだった。

二人はどちらもいたぶられているかのように感じていた。快感に攻め立てられていた。

ミックは痛みをこらえるような長く引きずる息を吐いた。指で開き、手で誘導しながらペニスの先をウィニーの中へと入れていく——ウィニーは震えてベッドを揺らす。ミックは体を揺すりながら罵るような言葉を漏らし、体勢を整えた。そして速く優雅なひと突きで——処女を奪うひと突きだ——ウィニーの奥深くに入り込んだ。皮膚を焼かれたような感触を味わいながら、二人はしっかりとつながった。

「ああっ――」ミックは息を吐く。「動かないで。じっとして」

ウィニーには何もできなかった。横たわったまま体は硬くこわばっている。腕も、脚も、胴も、そして内側も。体を引き裂くような刺す痛み。そして焼け付くような感覚。体の中がミックで一杯になる。それは経験したことがないほど大きな圧力で、不思議なほどに重く、それでいて言いようのない満足感を与えるものだった。

ミックは上半身を起こし、ふたたび動き始める。いったん引いて、また確かな情熱を持って突く。突いて、引く。どちらも痛みをこらえるような太くかすれた息を吐きながら。ウィニーの焼け付くような感覚は摩擦で次第に弱まっていく。突かれるたびにめまいを覚え、まるで意識自体が突かれているようだ。ミックは毎回まるで突き足りないかのように突いてくるが、ウィニーは彼の熱を十分奥深くに感じていた。その熱は彼女の体に染み込んで、内側の何かを刺激した。この世のものとは思えない素晴らしい刺激だった。

ウィニーは本能のままに動いていた。ミックのエネルギーに応え、その力を跳ね返した。彼の体は活力に溢れ、硬い岩のようだった。ウィニーはその硬さを体の内側に、そして外側に――ミックの筋肉、腱、骨に――感じながら、岩のような体にしがみつくため曲がった肩に爪を食い込ませた。

ウィニーの体は熱かった。血管を熱が流れている。何ボルトもの電流が体を走っているかのように。彼女はなすすべもなくその熱を全身で感じていた。やがて電流はミックをも捕らえ――彼は痙攣して声を上げた――二人の体を突き抜けた。それは稲妻のようだった。背骨から脚のあいだへ、そして二本の脚へと抜けていく。喜びの電気ショック。

余韻に浸るウィニーの胸はどきどきしていた。体の中にミックの痕跡が感じられる。それはいつまでも消えることなく、遠くでとどろく雷鳴のように、疲れきって横たわる彼女の血管の中でブーンと鳴り響いていた。彼との交わりで生まれた雷が音を立てている。そう、これは雷に打たれたような感覚だ。ウィニーはその類似性を細かいところまですぐに理解した。だが一方で、この経験がそんな単純なことだったと分かって不思議だった。しかもすべてはいつも目にしているもの――ミックの皮膚と筋肉と熱――が引き起こしたものなのだ。

なんて不思議なんだろう……。

ミックは何ごとも貪欲に楽しもうとする。性行為でもそうだった。ウィニーの耳元でみだらなことを囁くのが好きで、次はこんなことをしよう、あんなこともしようと、恐ろしくて甘美なことを次から次へと提案する。ウィニーを壁に押しつけたり、椅子に座って彼女を乗せたり、ベッドの上で転がり回ったりと、以前のウィニーなら恥ずかしくてとても受け入れられないようなことをどんどん仕掛けてきた。真夜中に裏庭の芝生の上で愛し合うこともした。二人はそのすべてを思う存分楽しんだ。

恋人同士として。

その三日間、二人はほとんど裸で過ごした。ミルトンは恐れをなして妹の家へ逃げていき、ミセス・リードはなんの連絡も寄こさないまま姿を見せなかった。ミックとウィニーは家の中で二人きり、邪魔するものは何もなかった。

「見て」ウィニーはある午後苛立たしそうに言った。「この情けないものを」自分の胸を見て顔をしかめる。「真っ平らだわ。まるで二つの豆粒だわ」

二人はベッドに横たわっていた。ウィニーに見ろと言われて、ミックはそれが礼儀であるかのように彼女の胸に目を向けた。彼の目は、ウィニーの裸の体を見るときいつも暗い光を帯びる。低くたれ込めた黒い空が凪いだ緑の海に映っているような、濃い暗緑色の目になった。その目はウィニーの体ならどこでも見たがった。彼女がここを見ろと言えば、すぐにその場所をじっと見た。

今、ミックはまっすぐウィニーの胸を見て、にっこり笑った。「こんなにかわいいものを持ってるのに文句を言うのかい、ウィン？　小さくてかわいいじゃないか？」

「かわいい？　かわいい胸なんて誰も興味ないわ」

「僕は興味がある」ミックは両手に乳房を包み込み、親指で乳首を撫でながらゆっくり前後に揺すりだす。引いて――「こんなかわいいものは他に見たことがない」――ゆっくりと前へ押して――「味わったこともない」顔を近づけた。

開いた唇が乳首に当たり、それはさらに開いて乳房を包み込む。舌が乳首とその周辺をなめ回す。乳房はミックの温かくてなめらかな口にすっぽりと包まれた。やがて口は乳房を吸いながら山の上へとのぼっていき、最後に歯が乳首を嚙んだ。ウィニーは震え、乳首は硬くなる。

「うーん」ミックはもう一方の乳房に同じことを繰り返した。口が離れたとき、二つの乳房は濡れて空気をひんやりと感じ、乳首は硬い小石のようになっていた。「うーん。温かくておいしいデザートだった。クリームみたいに甘かった」

こんな調子で、ミックはいろんなことをしてウィニーを喜ばせた。

あるときは勃起したペニスをうなずかせたり左右に動かしたりして見せた。ウィニーは芸そのものよりも、ミックが自分のペニスをまるでペットのように操っているのに感心した。

「信じられないわ」ウィニーがそのペットを手で握ると、ミックはふうっと息を吐いて平静を保とうとした。「さっきまではこの半分の大きさだったわ。どうやったの？　どうなってるのかしら？」

「はあ」ミックは声を漏らしてから「君がしたんだ」と答え、ウィニーの手を外側からぎゅっと握りしめた。その圧力でいくらか楽になるとでもいうように。「君はいつも不思議がるけど、気づかないうちにやってるんだ」胸の奥でみだらに笑う。「今もそう。これは君がしたんだ」

「私は何もしてないわよ」ウィニーはからかうように言って、ミックにもっとしゃべらせようとする。

ミックはウィニーの首に顔を寄せ、耳の下を軽くなめて囁いた。「いいや、君がした。君がこれを硬くした」耳たぶを噛む。「硬く長く太くした。六週間もそうさせてたんだ」

ウィニーは笑って仰向けになった。「私ってすごいのね」不思議だが嬉しい事実だった。

「そんな力があるなんて」

もっと嬉しいことに、ミックはウィニーの気持ちを察してくれる。「ああ、君はすごい力を持ってるよ、ウィン。破壊的だ。パワー二〇〇パーセントだ。降参だよ」


二人は大きな子どもだった。家中を駆けずり回って遊ぶ、子どものような大人だった。時間はまたたく間に過ぎていく。

土曜の朝にはウィニーは危険な夢を見るようになっていた。荷物をまとめてどこかへ引っ越し、ミックを永遠に自分のものにする。たとえば……そう、彼を田舎紳士にする。田舎の地主みたいに、イタチでウサギを追って過ごせばいい。二人は小さなコテージに住み、ウィニーが土地の女の子たちにマナーを教えて生計を立てる。ミックはぶらぶらしていればいい。本当の紳士は職には就かないものだ。

食堂の裏のハーフキッチンに二人でいたとき、ウィニーはその夢を口にした。ミックがなんと言うか知りたかった。

彼の反応は期待したものとは違っていた。「へえ、他のレディたちみたいに、君も遊び相手の男を囲おうっていうのかい？」面白そうに高笑いする。「紳士たちが何を考えてるのか知らないけど、どうして何もしないでいられるのかな？　何かしたらいいじゃないか？　技術を持つとか商売をするとか、神か国に仕えるとか」

ウィニーは真面目に話し合いたかった。「何がおかしいの？　笑わないで。私は真剣よ」ソーセージを振りながら言う――二人は朝食の準備をしていた。

ミックは笑うのをやめて真顔になった。「俺は何もしちゃいけないのか？　何もしないでいろって言うの？　で、君が教えるって？　田舎の娘たちに？　田舎の娘たちはしゃべり方なんか気にしないよ。俺はよく知ってる。乳を搾ったり畑を耕したり店番をしたりしてる娘たちだ。君の生徒になんかなるわけがない。君には娘を社交界に出すママたちが必要だ。俺にも俺の仕事が必要だ。君が感心しないような仕事かもしれないけど、自分の食いぶちは自分でなんとかする――いつか妻を養わなきゃならないかもしれないし。君は卑しいと思うかもしれないけど」

その言葉には力強さがあった。すでによく考え抜いたことを口に出して言っている。「教えてあげよう、ウィニー。人の役に立つ仕事をうまくやれるってのは、自慢していいことだ。ダーリン、君はちょっとしたスノッブだ。鼻持ちならないほどじゃないけど確かにそうだ。それが君の一番悲しいところだ――独りよがりでつまらない基準に従っている。必死にそれに合わせようとして、しかもそんな自分が嫌いなんだ。君は舞踏会へ行って楽しもうとさえしないじゃないか。行くべきだよ。公爵の家でとことん踊ってやればいい。やつらにぶちかましてやれ。やつらみんなにだ」

白熱のスピーチだった。

ウィニーは答えようとしたが、胸が激しく打つばかりだ。その衝撃を和らげようと、いつものとおり、言葉を分解して取り上げた。「意味が分からない言葉があるわ。もしかしたら言い間違えたのかしら？」

「どの言葉？」ミックは眉をひそめる。

「ぶちかます？」

「ああ！」彼は即座に言ってウィニーのほうに体を向けた。「いい言葉じゃないよ、ウィン。使わないほうがいい」手に持ったフォークを振る――彼はフライパンでソーセージを転がしていた。

「でもあなたはしょっちゅう使ってるわ」

「俺が？」

ウィニーは笑った。彼でも知らないことがあったのかと嬉しくなる「あら、知らなかったの？　きっとあなたがよく使う卑わいな言葉のひとつでしょう？　どんな意味？」

ミックはにやりと笑って眉を寄せ、面白そうにその眉を片方だけ引き上げた。「見せてやろう」ウィニーを引き寄せて腕に抱き、腰を突き出した。「これだ」そう言ってもう一度突き出す。ウィニーの胸はたちまち弾む。ミックに突かれるのはいつでも嬉しかった。「つまり――」彼は言葉で説明しようとする。「つまり、食ってしまえ、タマを使って奪ってしまえってことだ、ウィン。彼女を奪え。彼女を食っちまえ。彼女を喜ばせろ。一発ぶちかませ。やってしまえ」

ウィニーはクスクス笑った。「私にタマはないわ」

ミックも笑い、彼女の髪に鼻をすりつけた。「人生のタマだ。人生にはタマがある。俺はそれが好きなんだ、ウィン」そして小さな声で「愛してる」と言ったように聞こえた。だがそんなはずはなかった。ミックはそんなことは言わない。きっと好きだと言ったのだ。愛しているではなくて。ミックは正直な人だ。嘘をついて女を喜ばせるようなことはしない。

次の言葉はきわめてはっきりと聞こえた。「それで、朝食のあとはどうする？ 間抜けなラモントたちが来るまでまだ時間がある」——兄弟は、夜会服と招待状を持って正午に来ると知らせてきていた——「君を二階へ連れていって、出掛ける前にもう一度君にぶちかますってのはどう？」

ウィニーは唇を噛んで正直に答えた。「ほんと、いい言葉じゃないわね。すごく下品な感じ」そして囁いた。「やって」

ああ、彼女は恋人同士の親密な会話にぞくぞくしていた。ミックの汚い言葉や甘い言葉に酔っていた。それらは他の場所で呟かれたなら下劣で顔が赤らむようなものだったが、キッチンで、ダンスルームで、あるいは真っ暗闇で口にされるとまったく違和感がなかった——なぜなら二人は自分たちにしか分からない意味を込めてそれらの言葉を使っていたから。それは二人のあいだの言語だった。

それにしても、スノッブ？ ウィニーには分からなかった。私はスノッブなの？ スノッブだからミック・トレモアを受け入れられない？　ネズミ取りとコーンウォールの貧しいカトリック教徒に対して偏見を持っている？　いいえ、そんなことは絶対にない。

　それとも思い違いをしているのかしら？　居心地の良さや贅沢をしたいというのはスノビズムとは違うはず。ウィニーは家の中を見回した。それは生まれた家よりずっと見劣りがする。彼女はときどき昔の優雅な暮らしが恋しくなる。ときどき。なのに今の暮らしさえも捨てて出ていけるだろうか？　バスルームも電気も捨てて、欲しい本を自由に買える贅沢もみんなかなぐり捨てて、ミックに付いていけるだろうか？　彼女自身にもそれは分からなかった。

　彼が一緒に行こうといったら私はどうするだろう？

　ミックはむなしさを感じていた。ウィニーを責めるのはお門違いだ。彼女にどんな偉そうなことを言ってみても、彼自身、彼女とは釣り合わないという気持ちを持っている。ウィニーの家族、知識、教養、財産、それに家や技能など、すべてが本当のところ怖かった。あの知的なレディ、教師であって侯爵の娘でもある女性をどうして自分のものにしたいなどと考えられるだろう？　とんだ笑いぐさだ。

　ミックはいつも自分を野心的だと考えていた。だがこれは高望みが過ぎる。銅山抗夫の息子、ロンドンに出てきてネズミ取りになって、家族が何年も拝んだことのないほどの金を仕送りして、それで勇敢な英雄みたいに思われているだけの男。そんな男がウィニー・ボラッシュを？　はっ、笑わせる。マイケル・トレモア、お前は女王に言い寄ってるようなものだぞ。

ウィニーは大学を出てるんだ。立派な馬車と二頭の馬、それに馬車小屋も持っている。三階建ての家に住んで、一階には召使いの部屋まである。料理人と執事、それに近所の二軒と共同で御者まで雇ってる。ミック、お前はどうだ？　せいぜい自分で育てた二〇数匹のイタチと通りで拾った五匹の犬を持ってたくらいだ。靴屋から借りてる地下室が家と言えば家だった。それだって、ネズミを取ってやる代わりにただで住まわせてもらっていた。

お前のばかげた夢は、ウィニーにその育ちの良さを全部ふいにして、ネズミ取りの妻になれということだぞ――その夢は彼女には言っていないが。そして問題は、ウィニーがそれを嫌がるかどうかじゃなくて――嫌がるに決まってるが――彼女はそんなものに身を落とす必要はないということだ。

ミックの頭にこびりついて離れないのは、あの酒場で会った男だった。競争馬を飼っているあのめかした男のほうが、よっぽどウィニーに合っている。いやもっといい男はいるだろう。本当の紳士だって、いいやつはたくさんいるはずだ。彼女にふさわしい場所を与えて、社交界に連れ出してくれる男が――ウィニーなら社交界の華になれる。

彼女ならこの先百年だって賞賛の的になれる。これまで無駄にしてきた分を取り戻せる。

ラモント兄弟は約束の時間に遅れていた。「ありがたいことに」とミックは言った。いっそ来なければいい、彼がそう思っているのをウィニーは知っていた。

昼食のあとで小包が届いたとき、ウィニーは兄弟が何か注文したのだと思ったが、そうではなかった。それはミックが注文したものだった。階下に届けられたと知って、彼はほっとしたような顔をして急いで下へ駆けていった。

やはりほっとした表情を浮かべて、意気揚々と戻ってきた。寝室にいるウィニーのもとにそれを持ってきて、幾分こわごわと差し出した。プレゼントだった。

「誕生日おめでとう」

まあ、なんてこと。ウィニー自身はすっかり忘れていた。彼女の誕生日など覚えている人は誰もいない。これまでにも誰もいなかった。

「三〇歳だ。俺と同じ。俺たちは同じ歳になったんだ」

ミックは箱の蓋を取り、薄紙の上から白い長手袋を取り出した。「ミリーがこいつも必要だって」

ウィニーは驚きながらそれを手に取った。柔らかくて軽いキッドの手袋。左右それぞれに小さなボタンが少なくとも二〇個は付いている。

彼は箱に戻って薄紙を開いた。夕焼けの色がぱっと目に飛び込んできて、ウィニーははっと息を呑んだ。

「チュールだ」ミックは得意そうに言うと、夕陽を持ち上げるように取り出した。

刺繍とビーズのついたサーモンピンクのチュールがそれより濃い色のタフタを覆ったドレス。ビーズはネットの上に撒かれたかのようで、離して見ると、液体の上に小さなガラスの粒がきらきらと輝いているように見える。二本の肩紐は、一本が肩先のほんの内側に、もう一本が腕に落ちるようになっていて、その下にはビーズの付いたチュールだけの透ける袖がある。

ウィニーはその繊細な袖の下に手を滑らせた。チュールは消えてビーズだけがきらめき、肌の上に輝きが集まったかのようだ。

「ああ、ミック。どうやってこれを？」銀行強盗でもやらない限り、こんなドレスは買えないはずだ。そうでなければ盗むしかない。あら嫌だ、きっとあの偽札を使ったんだわ。

これは返さなければならないだろう。だが今はただそのドレスを掲げて見つめるしかない。素晴らしいドレスだ。息を呑むほど美しい。

「着てみて」

ウィニーは鏡の前でドレスを体に当ててみた。いいえ、着ないほうがいい。こんなきれいなドレスを着ると私はまるで……虚栄心の塊に見える。ドレスの力を借りて実際より美しく見せようとしているみたいに。彼女は首を振った。

「着てみてくれ」ミックはまた言った。「着ているところを見たいんだ」

ウィニーは彼のほうへ目を転じた。着てみたい気持ちはあるけれど、やはりためらいがある。唇を噛んで彼の目を見つめた。ミックの目には、ウィニー自身が考える姿とは違う姿が映っているようだ。ああ、あの目を信じたい。

「さあ、大きな青い目をした僕のダーリン、そんな困った顔をしないでどうか着てみて」

丈は十分で、裾の位置はぴったりだった。ベルベットの帯が巻かれた細いウエストは体にきれいに沿っている。低く四角いネックラインは胸に吸い付くようだ。スカートは前にフレアが入り、後ろは膨らんでいて、鮮やかなブロンズローズ色のオーガンジー・コサージュが、シルクフロスとさらなるビーズのチュールとともに縫い付けられている。魔法のドレスのようだった。魔法使いが呪文を唱えて出してくれた――ミックはどうやってこれを手に入れたの？　長手袋はうっとりするような触り心地で、第二の皮膚のように腕を覆い、手首を曲げると小さく優雅なしわが寄る。こんな手袋を着けるのは初めてだ。ボタンを留めるのに苦労する。右手のボタンはミックが留めてくれた。彼の慎重な指が手首の内側から順に腕をのぼっていくと、快感が体を走り抜けた。手袋を着け終えて見ると、その効果は絶大だった。

鏡の中のウィニーは……大人の女性。大人のドレスを着た大人の女だった。

ミックは満面の笑みを浮かべてウィニーの周りを歩きながら、彼女の体とそのドレスに手で触れている。「本当にきれいだ。思ったとおりだ。これよりきれいなものはないだろう――君以外には」ウィニーの目をじっと見つめる。「もう一緒に行けないとは言わせないぞ。行けない理由はなくなったわけだから」

ウィニーはまだ喜べなかった。「銀行を襲ったの？」

「違法なことも不道徳なこともしちゃいないよ」

鏡を見つめるウィニーはその言葉を信じたかったが、それは魔法を信じることと同じように思われた。

このドレスが気に入らなければいいんだわ。「こんなドレスを着ていたら、みんながじろじろ見るでしょうね」

「そりゃそうさ。それは間違いない」

困ったようなウィニーを見て、ミックはさらに言った。

「ウィニー、思い出して。あの晩ブラウスを脱いでスカートを振って踊ったときだって、みんなが君を見たじゃないか。このドレスは少なくともあれよりは大人しい」

ミックは何も分かっていない。あのときと同じようには考えられない。舞踏会はパブとは全然違った場所だ。特にあのザビアーとその取り巻きたちが目を光らせている舞踏会は。あのスマートで悠然としていて、尊大で傲慢なザビアーなら、こんなドレスを着たウィニーを見ればたちまち笑いだすだろう。

それでもこのドレスが似合っているのは確かだ。鏡の中のウィニーは自分でも信じられないくらい魅力的に見える。この色のせいだろう、彼女のそばかすは……健康的に見える。髪の色もきれいで、ストロベリーゴールドと言っていい。

スカートを撫でてみる。ビーズは全然重くない。生地も空気のように軽い。指のあいださらさら言いながら流れるように輝いている。これほど美しいドレスは見たことがない。母は舞踏会用のドレスをたくさん持っていたけれど、これほどきれいなものはなかった。

「どうやって手に入れたの？」ウィニーはミックに向き直って尋ねた。こんな芸当がどうしてできたのだろう？

ミックはアブラカタブラを唱えてでもいるように手を振って「マジックだ」と答えた。

ちょっと考えてから、ウィニーは眉をひそめて周りに目を走らせた。「あなたの犬が？」

ばかな質問だった。犬がこんなドレスを持ってくるわけがない。いいえ、待って。そう言えば、ミックの犬をもう何日も目にしていない。

「犬はどこにいるの？」

ウィニーは急に恐ろしくなった。

ミックは表情を硬くした。「ウィン、言っておかなきゃならないんだが、犬とイタチは今週の初めに売ったんだ。檻もケージも何もかも。顧客リストも売った。俺にはもう必要ないから」

「実は、これが終わったら、ミルトンが紹介してくれた家で召使いの仕事に就こうと思ってるんだ。じいさんのニューキャッスルにいる弟が人を探してるって——」ミックはそこで口をつぐんだ。

ウィニーの胃は冷たくなった。ミックは具体的な場所を言った。行く場所が決まっている。行ってしまう。ニューキャッスルへ。

「ミルトンに言わせれば、俺はなかなか着こなしがうまいらしい。ストッキングも合わせられない若い紳士は、きっと俺のことを気に入るだろうってさ。俺もそう思う。紳士の世話ならうまくやれる。でもそのドレスを見たら」ミックは笑う。「俺はレディの世話のほうがうまいかもしれないな。まあ、俺を雇うレディはいないだろうけど。

「ちゃんとした家の召使いなら安定してる。俺にとっても弟や妹たちにとってもそのほうがいい。それに俺は読み書きや計算ができる。主人の収支を計算したり、スケジュールを見たりできれば、給料も良くなるらしい。そりゃそうだ。とにかくそんなわけだから、犬もイタチもいらないんだ。動物に必要な運動や世話がしてあげられなかったら、あいつらもかわいそうだしな。あいつらにとっても売られて良かったんだ。マジックだって――」

「だめよ！」ウィニーはショックを抑えきれなかった。

「売った価値は十分あったよ、ウィン」

「マジックはあなたの大切なペットでしょ？」

「やつは友だちだった。本当に友だちだった。だけどニューキャッスルの家に犬を連れていくわけにはいかないんだ」ミックは足元に目をやった。「ミルトンが言うには、その家にも犬がいっぱいいるが、全部血統書付きだから、俺の犬と交わらせるわけにはいかないんだとさ」にやりと笑う。あの生意気そうな悪党ぶった笑顔、虚勢を張っている男の顔。「マジックに、お前と別れてやっていくって言ったらあいつは嫌がった。だけどやつはレッゾのメス犬が好きだ。あのメスに首ったけなんだ。年に一回は子どもを作ってる。やつらの子犬はウナギのゼリー寄せみたいに朝一番で売れちまう。みんな次の子犬を待ってるんだ。俺が連れていっちゃ悪いよな」

ウィニーは犬がいなくなったことを事実として受け入れようとした。ドレスを見つめる。それは素晴らしいドレスだったが泣かずにはいられない。手で口を押さえて泣きだした。

「どうした？」ミックは慌てて言った。「どうしたんだ？　泣かないで」ウィニーの肩を抱いて言い聞かせようとする。「勘違いしないでくれ。俺は君にこのドレスを着てほしいんだ。これを買えて嬉しいんだ。これが気に入らない？」

「そんなことないわ」ウィニーは泣きながら笑顔を作ろうとして、顔がぐしゃぐしゃになった。鼻をすすりながら「ええ、すごく気に入ってるわ、ミック。こんなすてきなドレスは見たことないわ」ああ、こんなすてきな男性も他にはいない。ミックのような人はいない。ウィニーは彼を想って胸が張り裂けそうだった。

ミックはもちろん、ウィニーがどんなに胸を痛めているかを知らないのだろう、嬉しそうに笑いながら眉をぴくぴく動かしている――おばかさんね。「フレディは連れていくぞ。あいつが元気ならの話だが。だめだって言われても俺の部屋にこっそり入れてやる」そしてあらためて言った。「今夜一緒に行こう」

ウィニーは恨めしそうにドレスを見て、そのまま鏡の中のミックに目を移し、ドレスがここに来るまでの経緯を呪った。彼が自分の犬を手放して買ったドレスで舞踏会になど行けるだろうか？

ミックはウィニーの気持ちを察したようだ。「ウィン、悩むことはないよ。どのみち俺は欲しいものをみんな手に入れるわけにはいかないんだから。そしてこれでいいんだ。貧しい人間は自分の欲しいものがよく分かってる。俺はあの犬が好きだったが、君のほうがもっと好きだ。それに熱い風呂や本も好きだ。弟や妹に不自由させない金も欲しい。だからたとえ君がもうドレスを持っていたとしても、俺はやっぱりあいつを売った。だけど君はドレスを持っていなくて、俺はこれからもっと稼げるんだから……だから、このプレゼントを受け取ってくれないか？

「それに、まだもうひとつのマジックが残ってる」ミックはにっこり笑うと、指の裏でウィニーの頬をそっと撫でた。「今夜の一大マジックショーだ。そう言えば、靴は持ってる？」

「いいえ」

「じゃあストッキングで踊るか」ミックは笑った。

ウィニーは鼻を鳴らした。やっと笑顔がこぼれ出る。ミックは彼女を喜ばせるために、自分の犬を売ってドレスを買った。いかにも彼らしい。本当に、いとおしくなるほど彼らしい。ああ、どれほどミックを愛しているか。

ミックは高貴な心を持っている。紳士よりも高貴な心を。彼はいつだってそうだった。ウィニーはとつぜん、胸を突き刺すような現実を理解した。もう前のような生活には戻れない――前の自分には戻れない――ミックのいない人生なんて考えられない。

ラモント兄弟はかなり遅れていた――彼らに来るつもりがあればの話だが。待っているあいだに、ウィニーは前の生徒から受け取った手紙の内容をミックに話した。最近侯爵夫人になった女性が双子の紳士について書いてきた手紙だ。

「もしもあの二人が今夜招待状を持ってきたら、彼らを本物だと考えてもいいと思うの。公爵は年に一度の舞踏会に、古い立派な家柄の人々以外招待しないわ。招待状を受け取るのは名門の家だけよ」

そう、これはテストだった。ジェレミーとエミールは、招待状を手に入れることができなければ、ここには来ないかもしれない。それならそれでいい。でももしかしたら二人は招待状を持たないでやってきて、ウィニーの招待状を当てにするかもしれない。そのときはきっぱり断ろう。どちらにしても、ウィニーとミックは舞踏会には行かない。この計画はこれで終わりだ。

そしてもしも彼らがきちんと招待状を持ってきたら？

そのときは何も心配することはない。ミックの懸念も無用だったということになる。若い侯爵夫人が何を書いていようと、ミックが彼らをどう思おうと、ラモント兄弟がザビアーからの招待状を持っているのなら、あのブライトンなまりの双子の紳士は大変な苦労をしてそれを手に入れたというだけのこと。ロンドン社交界でもっとも人気のある招待状なのだから。

25

エミールとジェレミーは、まだアールズ公爵からの招待状を手に入れていなかった。それでも兄弟は公爵のロンドンの屋敷に着いて、入り口へ向かって歩きながら、一時間以内にその招待状を持って同じ道を引き返しているだろうと確信していた。

ポーチの広い階段を軽い足取りでのぼりながら、二人は自分たちが作ったコーンウォール生まれのネズミ取り貴族を思い出していた。

「あれはまるで本物の紳士じゃないか」エミールはトレモアがすっかり紳士らしくなったのが嬉しくて、思わず揉み手をしそうになる。やがてその手に大金が転がり込んでくるのを想像してほくそ笑んだ。「それなりに紳士っぽくはなるだろうと思っていたが、あれほど完ぺきになるとは」声を上げて笑う。「信じられない。あれならどこから見ても本物だ」ジェレミーもそれに相づちを打ち、二人はひとしきり自分たちの手際の良さを自賛した。

ドアに着くと、執事が二人を出迎えた。訪問の約束はしてあった。執事に案内されて玄関ホールへ入っていくと、そこは市庁舎か公会堂のホールのようだった——人々が集まる広いオープンスペースだ。だが公衆のホールのようなケチな場所ではない。簡素ではあるが豪華だった――金がはめ込まれた高い格子天井、大理石の床、分厚いペルシャ絨毯。置かれた家具は、数は少ないが贅沢なものばかりだ。巨大なペルシャ絨毯の中央、円形模様の上には金メッキが施されたロココ調のテーブルがあり、生花が乗ったガラスの船が置かれてある。船の上にアレンジされた花は八フィートもの高さがあって、少なくとも同じほどの幅に広がっている。その他の家具と言えば、部屋の周囲に置かれた揃いのベンチだけで、やはり金メッキが施され、ベルベットが貼られてある。ベンチの列は、イタリアタイルの小さな噴水で途切れている。噴水は左右対称に四箇所あって、この格調高い家の静けさの中で、かすかな水音のシンフォニーを穏やかに奏でている。

　このロンドンの家は、公爵の圧倒的な財力を誇示するものではなかった。彼にはもっと豪華な家が他にある。ここはロンドンでの社交に便利だというだけだった。

　エミールとジェレミーは執事の後ろを歩いていった。厚い絨毯が足音を吸収する。案内されたのは正面の書斎で、そこで二人は本や肖像画に囲まれて公爵が来るのを待つことになった。

「これだ」執事が行ってしまうとエミールは弟に言った。十数枚の肖像画の中から本棚のあいだに飾られた一枚を指差す。「公爵の息子。数年前に死んだ息子だ」

ジェレミーは後ろに下がってその油絵を眺めた。「信じられない」さすがに驚かずにはいられない。「トレモアにそっくりだ！　恐ろしいほどよく似てる」

　実際よく似ているとエミールも思った。慎重に素材を選び、似た服を着せて、何よりエドウィーナ・ボラッシュが奇跡を起こして、トレモアはその絵の男とそっくりになった。六週間前なら、トレモアがこの肖像画の男の息子だと言っても誰も信じなかっただろう。あのコーンウォール生まれの男はあまりにも汚く下品だった。似ているかいないかにかかわらず、公爵はあんな男を受け入れたりはしない。アールズは威張りくさったじじいだ。あんな男を見せられたとたん、お前の孫はサルだとでも言われているような気持ちになって、それがまともにしゃべれないネズミ取りだとも気づかないだろう。会ってもらえたかどうかも疑わしい。

今ならトレモアは、ウェレ城の舞踏室にいても違和感はないはずだ。公爵夫人とおしゃべりすることだって可能だ。いや、待てよ——エミールは想像する——女王が姿を現して、やっと言葉を交わすことだってありうる。

エミールの勝ち誇った想像は断ち切られた。執事がドアを開け、杖を突いた弱々しい老人が足を引きずりながら入ってきた。

かつての堂々たるアールズ公爵は、今では腰が曲がり、動きも緩慢だ——それでも尊大な態度は少しも変わっていない。歳を取り体は脆くなっても、その老いた心が屋根裏に閉じ込められてしまったのではないかと冗談が囁かれるほどに、その老人は誰にとってもハチの針のように鋭かった。エミールはすでに弟に言ってある。あの老人を甘く見るんじゃないぞ。

部屋に入ってきたアールズには、年齢とは無縁の威厳があった。「こんなことに割く時間はない」

「こんなこと」が何なのか、老人はすでに知っている。面会を取り付けるために、エミールは彼に手紙を送った。ただこう書いただけの手紙を――あなたの孫息子が生きています。私たちは居場所を知っています。

計画どおりジェレミーが話しだした。至極愛想よく言った。「僕たちが見つけた男性は、おそらくあなたのお孫さんだと――」

「違う」アールズはさえぎった。表情ひとつ変えない。「言いたいことはそれだけか?」

彼はドアに一番近い椅子まで入ってきていた。杖にもたれ、反対の手を椅子の背に置いてバランスを取っている。

これまた計画どおり、エミールが嫌われ役として乗り出して、ぶっきらぼうに尋ねた。「褒賞金はまだ懸けられてますか?」

「エミール!」ジェレミーはいさめる。「兄はずけずけ物を言うタイプなんです。お許しを――」誠実そうに微笑んで謝罪する――公爵の孫を見つけたと心から信じている男、それが彼の役回りだ。

「黙れ、ジェレミー。僕には金がない。お前にもない」エミールは公爵に肝心の質問をした。「孫息子を連れてきた者に一〇万ポンドの褒賞金を出すって話があったはずです。それはまだ有効ですか?」

老人は乾いた笑い声を上げ、軽く咳ばらいをした。「褒賞金は二〇年支払われていない。孫は死んだんだ」

「亡くなった？」ジェレミーはいつものように、心から同情するように眉をひそめた。「まったく望みはないのですか？」

アールズは骨張った手で杖をぎゅっと握ると一度コツンと床を打ち、それにもたれかかって体を乗り出した。「お前らの手間を省いてやろう。この三〇年間」――相手の顔を一人ずつ見て――「ヨーロッパじゅうのペテン師が、孫だという男を売ろうとしてやってきた。だがどいつもこいつもちょっと似てるというだけの男だった」杖を前へ出して椅子から一歩離れる。「お前らが自分を何者と思っているかは知らんが、わしからはびた一文取れんぞ」驚いたことに老人は杖を持ち上げた。「くれてやれるのはこの杖の先くらいなものだ。さあ、出ていけ」

それは予想していた反応とは多少違っていた。

エミールは焦って言った。「この絵の息子さんは何歳です？」振り返って絵を見上げる。考える時間が必要だった。この頑強な公爵の弱点はどこだ？

沈黙が流れた。やがてエミールは後ろに公爵の声を聞いた。「三〇だ」

ゆっくり振り返って公爵の表情を探り、かすかに微笑んだ。「僕たちが会わせたい男と同じ歳です」後ろの絵に手を振り向ける。「その男はちょっと似ているだけではありません。父親の生き写しです」

アールズの潤んだ目が細くなり、一瞬興味を持ったように見えたが、すぐに驚くほど速く腕を振り上げてドアを指し示した。「出ていけ！　年寄りの情をもてあそびよって。そんなやからがお前たちだけだとでも思っておるのか？　わしをおいぼれだと思っておるのか？　出ていけ！　今すぐ出ていくんだ！」

エミールはちらりと弟を見た。ジェレミーはすでにドアに向かって横に数歩踏み出している。臆病風を吹かしたか。このばかな弟はいつだって肝心なときになんの役にも立たないんだ。エミールは歯ぎしりすると、高飛車な公爵に負けないほど勢い込んで言った。「聞いてください。これまでいろんなペテンに会ってきたんでしょうが、これは違う。僕は二カ月前、あなたと同じクラブの男と一緒にたまたまここに来て、この肖像画を見たんです。いきさつも聞きました。そして先週、この肖像画にそっくりな男と出会ったんです。だから弟と一緒にあなたに教えようとやってきた。もちろん褒賞金は欲しい。僕らはあなたほど裕福じゃありませんからね。でもあなたが納得してくれたらの話だ。僕らは誰もだますつもりはない。一度自分の目で見てみたらいかがです？」

アールズは顔を怒らせて聞いていたが、出ていけとは言わなかった。

エミールは続けた。「マイケル。その男もマイケルと呼ばれているんです。身長は六フィートをはるかに超えていて、あなたと同じ目に、黒い髪――」

「やめろ！」老人はエミールに近づくと杖を振り上げて、信じられないことに今度はそれを振り下ろした。「やめんか！」杖はエミールの頭上で空を切った。

エミールがよけたために、杖は代わりに椅子にぶつかって、彫刻の入った木の一部を削り飛ばした。

「出ていけ！」公爵は足を引きずりながらさらにエミールに近づいた。「出ていけ、この泥棒め！　つまらんウジ虫どもめ。もう一度そんな話をするなら――」

「それに笑い方」エミールはひょいとかがんで杖をよけた。それは切り札だった。公爵の顔色を見ながら辛抱強く出すタイミングをねらっていた。「あの絵と同じです。曲がってる。口の端を片方だけひどく引き上げて笑うんです」

老人は足を引きずりながら横に移動して呼び鈴のひもを引き、歯のあいだから声を振り絞った。「行け。この家から出ていけ」そう言うとまたひもをぐいと引き、さらにまた引いて、吠えるような大声を出した。「出ていけ！　行くんだ！」

ここまでだ。エミールにはもう手持ちのカードは残っていない。これで彼らの負けだった。そのときだった。老人が、とつぜん何かを思って目を上げた。

エミールは振り返った。ジェレミーも見た。三人は目を上げて、頭上の大きな肖像画を見つめた。黒髪の男が憂いを帯びた顔で見下ろし、彼らの沈黙に向かって何かを語りかけている。

いや、エミールは思った。あの男とは思っていたほど似ていないかもしれない。だがこの計略を成功させるに十分なほどには似ている。僕らは確かにラッキーだった。

だがもちろんこれはただの運ではない。エミールは事情を知っている。二九年前、公爵の孫息子は三歳の誕生日を迎える直前、人々が寝静まった夜に、家に侵入した何者かによって子ども部屋から連れ去られた。男の子はとつぜん消えて、誰からもなんの要求もない。誘拐された子どもは戻って来なかった。もちろん家族は八方手を尽くし、権力に物を言わせて捜させた。直接あるいは間接的に、敵も味方もなく圧力をかけて捜させた。誰もが家族の激怒を感じ、どんなことをしてでも子どもを取り戻そうとヒステリックになっていることも知っていた。そのためなら金も出すし、どんな交渉にも望むし、どんな無理な指示も出すつもりのようだった。公爵は目が飛び出るような額の褒賞金を用意した。それなのに、彼の孫はいまだに行方知れずだ。

きっと子どもはもう死んでいる。エミールはそう考えていた。だが忽然と消えた子どもの話は、三〇年経った今でも、かなりスリリングなゲームを提供してくれている。

ふたたび振り返ると、老人はまだ呼び鈴のひもをつかんでいる。一瞬それを引こうとしたかに見えたが、引かずに目を伏せた。

公爵が目を上げるのと同時にエミールは言った。「僕らの言うことが本当かどうか、自分で確かめればいい」

老人はばかにするように眉を片方つり上げる。

「今夜ウェレ城で行われる舞踏会の招待状をいただきたい。その男を舞踏会へ連れていきますよ。舞踏場の真ん中で踊らせましょう。あなたは遠くから見ていればいい。その男を孫だと思ったら、僕たちに一〇万ポンド払ってください。違うと思ったら、僕らはその男を連れて帰って、二度とあなたを煩わせません」エミールは両手を広げて微笑んだ。こんな簡単なことはないでしょう？

「ふん」公爵は息を吐いた。「もし違っていたら、詐欺罪でお前たちを捕まえさせてやる。そして……」

その点について、エミールは抜かりがなかった。サウサンプトンまでの切符二枚と明日のブリュッセルでのディナーはもう準備してある。

老いた公爵はエミールをにらみつけたがそれ以上は何も言わなかった。

ようやくジェレミーが助け船を出す。公爵をなだめるように「あなたに損はないでしょう？」

公爵の秘書が招待状を持って来た。老人自身はもうとっくに姿を消している。秘書は立ち去ったが、執事はまだ姿を見せない。

ジェレミーは死んだ男の肖像画をまじまじと見つめた。背が高く、眉が太く、見事な黒髪の男だ。

「ねえエミール、恐ろしいほどよく似ていると思わないかい？　僕らはもしかしたら本当にあのじいさんの孫を見つけたんじゃないだろうか？」

エミールもしばらく黙って見上げていた。このペテンが真実に変わる可能性を考えて思わず身震いする。

だがあざ笑うように言った。「確かに似てる。だが違う。ジェレミー、僕らはこの写真と同じ色の服を買ってあの男に着せたんだ。型は新しいが、だいたいのデザインは同じだ。髪もほとんど同じスタイルに切らせた。ありがたいことにミス・ボラッシュが口ひげも落とさせた。そして忘れちゃいけないのは、やつにはちゃんと家族がいるってことだ。コーンウォールにな。

「僕の目が確かだったんだ」エミールは自画自賛した。「やつを最初に見たときのことを思い出してみろ。汚らしいコーンウォール人だったじゃないか。コックニーの中でイタチを追いかけて暮らしてたんだ」弟の肩をぽんと叩く。「行こう、ジェレミー。召使いか誰かをつかまえて、いなくなった子どものことをもっと詳しく訊いてみよう。この計画を成功させるんだ。運に頼ってたんじゃ成功しない」

弟は吸い寄せられるように絵を見つめている。エミールは彼の耳をぴしゃりと打った。

ジェレミーはびくっとして兄のほうを向き、ふくれっ面をして耳に手をやった。「やめろよ」

「いいかジェレミー、感傷的になったりロマンチックなことを考えたりするな。僕らはあのばかなネズミ取りを公爵の孫に仕立て上げようとしてるんだ。ミス・ボラッシュの手を借りて、この僕らがそれをしてるんだ。自分ででっちあげた話を信じるんじゃないぞ、このマヌケ」

26

ラモント兄弟は待望の招待状を持ってやってきた――五時間も遅れて。ミックの夜会服と仕立屋も一緒だ。仮縫いの仕上げをすると言う。ミックは二階の元の寝室で大きな姿見の前に立ち、腕を突き出した。サテンの裏地が付いた黒い燕尾服の袖が直される。

ベッドの上には黒くたっぷりとしたウーステッドウールの肩マントがのっている。高い襟はベルベット、深い紫色の裏地が付いている。ミックがはいているズボンも黒だ。白く幅の広い伸縮性のあるサスペンダーは、白いベストを着れば見えなくなる。ベストの深い前開きから見えるのは白いシャツのひだだけだ。首には白い絹のネクタイが掛けられているが、ミックにはどう結べばいいか分からない。椅子のそばにはイブニングブーツ。シルクハットと白い手袋も準備されている。

仕立屋は直しを終えて裁縫道具を片付けだした。ミックは鏡に映った自分の姿を見た。実にスマートだ。その姿を見て、ラモント兄弟は無言で目配せし合っている。

「驚きだ」ようやくジェレミーが口を開いた。「まるで本物の……紳士だ」

ジェレミーが下で仕立屋を送り出しているあいだ、窓枠に座ったエミールは、本番に向けての指示を出した。「誰かに訊かれたらこう答えるんだ」それは細かいことだった。好きなものは汽車。汽車？　ミックは汽車のことなど何も知らない。ニューキャッスルまでそれに乗って行くということくらいしか知らない――新しい雇い先からの片道切符がその日の午後の郵便で届けられた。

「そして紫だ。君は紫が好きなんだ」

ミックは腕を上げてベストを肩に下ろし、その縁をめくった。紫の裏地だった。「前に俺が選んだ裏地だ。覚えてるだろ？　俺はもともと紫が好きなんだ。だからなんの問題もない。だが汽車の話はどうかな？　俺は汽車のことは何も知らない」肩をすくめて「知ってることと言ったら、アメリカじゃあ一番後ろの赤い車をカブースって呼ぶってことくらいかな」

ちょうど戻ってきたジェレミーがそれを耳に入れて、一大事のように兄に言った。「彼はカブースって言葉を知っているのか？」

「そのようだな」エミールは笑った。

「ベストの裏地は紫じゃないか！」ジェレミーは目を見開いた。

「彼は紫が好きだそうだ。お気に入りの色なんだ」エミールはまた笑った。

「冗談だろう？」ジェレミーの声には驚きが滲み出ている。

ミックには二人が何に感心しているのか分からない。「いや、お気に入りってことはないんだが――」だが確かにミックは紫をたくさん選んだ。きっとこの肩マントの裏地もあのとき選んだものだろう。ベッドの上のそのマントをじっと見下ろした。

「カブースなんて言葉をどこで覚えたんだい？」ジェレミーは知りたくて仕方がないらしい。ミックは首を振った。「さあ、どこかで読んだんだろう。それがそんなに重要なのか？」

「いやいや」エミールは尋ねる。「その言葉が好きかい？」

「カブースが？」

「そうだ」

ミックは訳が分からない。なぜ彼らはこんなことに関心を持つのだろう？「たぶんな。面白い音だと思う。カブーッス」

兄弟は面食らったように数秒間何も言わなかった。まるでミックが何か冗談を言い、それを必死で理解しようとしているかのようだ。鏡に映った二人は顔を見合わせている。エミールは肩をすくめて首を振り、ジェレミーはうなずいている――ただでさえ奇妙に見えるこの双子が、何というおかしな素振りをするのだろう。

ジェレミーがやっと口を開いた。「どうして誰もその子爵を知らなかったのかという説明だが――」

「コーンウォールの子爵だからだろ？　記録が残ってないからだ」ミックはそう言いながらも蝶ネクタイを結ぶのに必死だ。彼はいつもネクタイに悩まされている。ようやく沈黙の長さが気になって鏡を覗き込むと、兄弟は、一人は窓ぎわに、もう一人は彼の真後ろに立っていて、二人とも彼を見つめて固まっている。

「なんだ？」ミックは肩越しに彼らを見た。

できる」

「記録が残ってない？」

二人が分かっていないようなので、ミックは説明した。「コーンウォールの村じゃ出生記録なんてものはない。知ってる人間がいなけりゃ誰だって貴族になれる。ロンドンに来るまでのことが誰にも知られていなければな。国会議員になって本当に称号をもらうことだってできる」

ジェレミーはじれったそうに兄をちらりと見ると、ミックに言った。「マイケル」その名前自体が何か重要なものであるかのように呼びかける。「君はいくつだ？」

「三〇だ。どうして？」

「ああ」ジェレミーは幾分ほっとして「二歳若い」と言った。

「若いって？」

それには答えずジェレミーは笑った。「君は素晴らしいよ。その話し方もその風貌も、話の中味も。参ったな。すべてを知っている僕らでさえ一瞬信じてしまうじゃないか。君が本当に……紳士じゃないかと」そして兄に向かって言う。「この男は素晴らしい！　本当に……貴族だ。完ぺきな貴族だよ。ああ、トレモア君、君を見つけられて本当に良かった」

「喜んでもらえて何よりだ」そうは言ったがミックには不可解だった。

紫と汽車で何を企んでる？　マイケルって名前がどうしたって言うんだ？

ラモント兄弟は自分たち自身の夜会服も持ってきていた。ミックの招待状だけでなく、自分たちの招待状も持っていた。ウィニーが一緒に行くつもりだと知って二人は幾分驚いたが、反対はしなかった。彼女が行かなければミックも行かないのだと理解したらしい。

完ぺきだ。いや、完ぺきではない。ミックは安心するわけにはいかなかった。彼が知らない何かを兄弟が企んでいるのは明らかだ。これは単なる賭けではない。彼らにはもっと別の目的があるのだ。だがミックにはそれが分からない。紫。マイケル。カブース。いったいこれはどんなゲームなんだ？

そして一番気がかりなのは、フレディだった。ミックはフレディに食事をさせておこうと外に出た。イタチは檻の底にうずくまっている。ぐったりとして、今朝置いたエサにも口を付けていない。抱き上げてみると、ひどく弱っている様子だ。頭を持ち上げることもできない。

「ああ、フレディ」ミックはイタチの毛を撫でた。「ああ、フレディ」何度も何度も囁きかけた。「今夜逝ってしまったりしないでくれ。今夜だけは」

男性三人は玄関でウィニーを待っていた。ジェレミーとエミールは代わる代わるミックの蝶ネクタイに取り組んだ。彼ら自身も蝶ネクタイを着けていたが、エミールはすでに結ばれたネクタイをフックで留めていただけで、ジェレミーのほうは、自分のネクタイは結べても逆向きで様になるように結ぶことはできなかった。

「私がするわ」

三人は振り返って見上げた。階段の上にウィニーが立っている。おお！　男たちは息を呑んだ。

ウィニーが買ってきた小さなサテンのミュールは足をかわいらしく見せていた。ハンドバッグは母親のもので、宝石が付いたメタルフレームにコーティングワイヤーで作られたドングリのような金色の房飾りが付いている。唯一のアクセサリーも母親のものだった。ウィニーが午後になってそれを取り出してくるまで、ミックはオパールを見たことがなかった。今そのオパールのネックレスは彼女の喉元で輝き、長く優雅な首を引き立てている。何よりもウィニー自身がその宝石と同じくらい輝いていた。白くつややかだった。

ミックはウィニーの顔を見て、特に嬉しい小さな変化に気がついた。靴を買いに行って、彼女は宝石店にも寄ったらしい。眼鏡のレンズを鼻眼鏡にはめ込んでもらったのだ。サテンのひもが付いたその鼻眼鏡はとてもエレガントだ。ミックを見ようとして、ウィニーはそれを目に当てた。きらりと光ったフレームの向こうで青い目がかくれんぼをしている。

ジェレミーとエミールでさえウィニーに見とれている。髪を高く巻き上げたプリンセス・エドウィーナ。今夜は本当に侯爵令嬢だ。背が高く、しなやかで優雅な体つき。サーモンピンクの光の中で、オパールと白い長手袋が輝いている。

ミックは思わず笑顔になった。「ゴージャスだ」階段の下まで行って手を差し出した。

ウィニーは最後のステップで足を止め、バッグを手首に掛けて、ミックのネクタイを結び始めた。手は震えている。顔を見ると、興奮してわずかに怯えているのが分かる。いかにもウィニーらしい。

誰もできなかったことをしたのに――わずか数秒でネクタイを結んだのに――ウィニーは今にも階段を引き返して家に戻ってしまいそうな顔をしている。

ミックはウィニーの腕に触れた。「大丈夫だよ」

彼女はそれでも不安そうな顔をする。

ミックは首を振りながら、大丈夫だよと笑って見せた。臆病で脚の長い妖精。神経質そうな茶目っ気のある顔をして、背が高くて胸が小さくて、大きなヒップと完ぺきな脚。すべての特徴が合わさって、ウィニーは驚くほど魅力的だ。ミックの胸は一杯になる。

四人はウィニーの馬車に乗り込んだ。馬車が通りへ出たのは夕方六時ごろだった。ディナーには間に合わない。ウェレ城までは南西に進んで一時間近くかかる。

馬車の中では、最初は男性三人がウィニーの向かい側に座っていた。だが五分もすると、ミックはウィニーの横に来て、彼女の手を握りしめた。マナーなんかくそくらえだ。ウィニーはちょっと笑ったが、すぐに緊張した面持ちになって、黙って窓の外を見た。かわいそうに。だがいったん着いてしまえばきっと楽しめる。二人の思い出の夜にしよう。

馬車と一緒に二人の気持ちは揺れていた。もしかしたらウィニーのほうが少し悲しく、ミックのほうがややあきらめ気分だったかもしれない。ともにほろ苦さを味わっていた。目の前にはわくわくする夜が待っている。だがそのあとには何も残らない。二人は静かにその事実をかみしめていた。言いたいことは何もなかった。ミックは明日の朝を想像しようとした。

ウィニーの家のドアを出ていったあとのことを。だができなかった。どんな光景も思い浮かばない。ドアを一歩踏み出したとたん、そこには何もなくなってしまう。

どうしていいか分からずに、ミックは次第に苛々してきた。エミールが満足げに小さな笑みを浮かべているのに気がついて、思わず突っ掛かった。「何がそんなに嬉しいんだ？　あんたは大金を取られるかもしれないんだぞ」

エミールの笑みは消えなかった。すました顔で言う。「君がみんなをだますのを見るのが楽しみなんだ――純粋ないたずら心だよ。スリルがあってどきどきするじゃないか。たとえ負けてもそれだけの価値はある。それに」笑って「ジェレミーが心配そうに身をくねらせているのを見るのは、いつだって愉快だからな」と言い添えた。

ジェレミーはむっとして、二人の会話をさえぎろうと別の話題を持ち出した。ウィニーを会話に引き入れて、アスコット競馬場のロイヤルボックスの話を始める。

ミックは今ではこうした会話を聞くのに慣れてきた。自分の知らない話題についてウィニーが誰かと話すのを聞くのが苦にならなくなってきた。誰かが近づいてきて上流階級の気取った話題を持ち出したとき、ウィニーの態度、アクセント、雰囲気には独特のものが生まれる。ミックはシートにもたれかかってウィニーの言葉に耳を傾けた。それは繊細な楽器が奏でる美しいメロディーだった。夕陽の中で彼は夢心地で聞いていた。馬車がときどき南を向くと、ウィニーの顔に黄金色の西陽が射す。ミックはウィニーの動く口を見守った。

私の舌をよく見て――Ｅの発音を教えようと、ウィニーはそう言って歯を見せたものだった。ああ、あのEだ。ウィニーの声がその音を発するたびに、ミックは乗り出したくなった。腕を支えにその口の上にかがみ込みたくなった。私の舌をよく見て——ああ、あの舌を感じたい。あの歯の向こうのスペースに飛び込んで、ウィニーのきれいなEを感じたい。頭をよじってあのなめらかに動く口の中に押し入りたい。もう一度ウィニーを抱いて寝たい。そうだ、今夜。

ウィニーを自分のものにしたい。ミックはずっとその気持ちを抑えようとしてきたが、抑えきれなかった。

思いは強く、想像するだけで体が震えた。それは歓喜の震えであり、同時に恐怖の震えだった。ウィニーは雲の上の存在だ。彼女を望むのは水の上を歩きたがるようなものだ。抱き合っているときでさえ——奇跡のように水上を漂って、足元でさざ波がきらめいているのを見ながらも——いつかは沈んでしまうということをミックは知っていた。実際ミックが一番恐れているのは思いが遂げられることだった。空っぽの缶でできたプリンセス・ウィニーと一緒に沈み、二人で溺れてしまうことだった。

二人はあまりにも違い過ぎている。

ウィニーの言語学、家、生徒たちを思い浮かべると、それはミックの人生とは別世界のものばかりだ。ホワイトチャペルの地下室とは違いすぎる。新たに始めようとしているニューキャッスルの暮らしのほうが、まだ身近に感じられる。

ウィニーの家での暮らしほどかけ離れたものは他に想像できなかった。地平線の上にその城がとつぜん現れるまでは。それは彼女が生まれた城だった。

ジグザグの道を過ぎると馬車は川沿いに南を向いた。ウィニーが指差すと、ミックは彼女の横の窓へと身を乗り出した。ウェレ――キリストの生まれた日。異教徒の祭り。雷神トールを祭る石と炎の祭典。力と永遠の賛美。

暮れる空を背景に、シシングリー侯爵の館は湾曲したテムズ川の南岸にそそり立っていた。それは黄色がかった石の広がりで、大きく高く伸びている。落ちていく陽がその切り立った壁を覆い、塔と歩哨路のぎざぎざの輪郭を浮き彫りにして、すべてをあかね色の光で包んでいる。

ミックはつぶさに見ようとして目をしばたたいた。これがウィニーの住んでいた家？　彼女が失ったもの？

ウェレ全体でミックが生まれた村ほどの広さがある。高さを考えればもっと空間を取っている。高い城門の前に立つどっしりとした守衛所。巨大な八角形の天守閣。十字架型に建てられた高い尖塔を持つ礼拝堂。丸い塔が高くそびえ、その頂には砲塔が備えられ、それに寄り添うようにして、壁にアーチ門のある四角い塔が立っている。これらの背後に旗をひらめかせた長い建物があり、地面から伸びた高い張出し窓がいくつも付いている。

それはひとつの集落だった。中世の村のようでありながら、もっと秩序立っている。すべての建物は通路で結ばれ庭の周りを取り囲み、通路の四隅には堂々とした塔がそびえている。

ウェレはバッキンガム宮殿より大きかった。そしてもっと古く、もっと荘厳で美しく、もっと要塞のようだった。テムズ川の向こう側、草地と低木が広がる夕暮れの田園風景に、ただひとつ立っている。バッキンガム宮殿よりずっとドラマチックな城だった。

プリンセス・エドウィーナ。これほどぴったりな呼び名はない。その座を不当にもぎ取られ、落ちぶれた暮らしをしていたプリンセスが、自分の城に帰ってまた賞賛を浴びるのだ。それは一晩だけかもしれないが、ミックは彼女を助けることができる。

ウィニーを助けてやれる。エミールとジェレミーがこの手足を縛ろうと考えているのでない限り。

ミックの目はその瓜二つの顔に注がれた。兄弟は身を乗り出して窓の外を見ている。どちらもここへは来たことがないらしく、口をぽかんと開けて見入っている。小さな村と言ってもいいほどのその大きな城を前にして、ミックと同じように圧倒されている。そんな男たちがどうして招待状を持っているのだろう？　彼らがどんな方法でそれを手に入れたのか、ミックはこの一時間ずっと考えている。

今夜のうちにその答えが分かればいいが。探りだすにはもう遅すぎる。

27

ウェレ。その古くからある懐しい場所は、今でもウィニーの胸をじんとさせる。こんな気持ちになるなんて、思ってもみなかった。大きくて四角い要塞のような城。テムズ川を見下ろしている。だがそんな様子を目にしなくても、その名前が城のすべてを語っている。

今夜はたいまつが灯されている。馬車がカタカタ橋を渡っていくと、両側に等間隔で立つ小さな鉄かごの中からロジン（訳注：精製した松やに）の燃える匂いが漂ってくる。まだ陽の残るこの時間にはそれほど見栄えはしなかったが、たいまつの炎はウィニーの心を弾ませた。それは一晩中燃え続けるだろう。炎は城を取り囲む城壁の上にも見えている。川に沿ってそびえるその壁の頂で、たいまつのひとつひとつの炎が風で揺れている。一世紀前の建築家は、城壁をテムズ川を見下ろす広い遊歩道に沿って造らせた。川は今、たいまつの明かりがちらちら映ってすでに活気づいている。

橋を過ぎ、馬車はトンネルに飛び込んだ。やはりたいまつが灯されている。それを抜けると最初の門があり、道は外庭へと続いていく。門をくぐるとき、ウィニーはミックに言った。

「上の隙間が見える?」彼が外を見上げると「あそこから、沸かした油を敵の頭に注ぎ込むのよ」と教え、身震いして笑った。

馬車は鉄と木でできた落とし格子の下を通る。それは三〇フィートの高さまで上げることができるが、地面まで落ちるには三〇秒もかからない。鉄の大釘が二トンの重さで落ちてくることになる――何世紀ものあいだ、招待状を持たずには誰もウェレには入れなかった。

道はのぼって、衛兵所や離れ家が立ち並ぶ通路を抜けていく。かつてはそこを通る人間を、弓矢をつがえた男たちが銃眼の向こうからねらっていた。ウィニーはそれを考えてぞくっとする。ああ、ウェレだ。美しくて怖い場所――あの公爵の舞踏会を開くのに最適の場所だ。何世紀も前に、周囲を威嚇するために建てられた城。財宝を持ち帰った騎士を守るための優雅で強固な要塞。

中庭に入っていくと、陰から下男が何人か飛び出してきた。彼らの手を借りて、ウィニーは馬車寄せのアラビアタイルに足を下ろした。後ろからミックが降りてくると、さらに数人の下男が駆けつけた。彼らの待機場所をぼんやり照らしている背の高い窓は、低木の茂みや地面の上に、長く明るい長方形の光を投げかけている。建物の中からは、人々の声と音楽が聞こえてくる。

ウィニーはハンドバッグの取っ手をつかみながら、手袋にぴったり覆われた自分の指を握りしめた。ラモント兄弟が追い越していっても、彼女はその場から動くことができなかった。

そばでミックは何も言わずに立っている。彼はいったいどんな場所を想像していただろう？　今こうして目の前にあるようなものではなかったはずだ。想像しようにもできなかったかもしれない。バッキンガム宮殿でネズミを取った経験でもない限り、どうやってこれを想像できただろう？

そうよ。ミックは何も言わないのではなく、圧倒されて何も言えないのだわ。

この城に住んでいたウィニー自身でさえも、軽いめまいを覚えている。もちろん知っているのは今の状況とは違うけれど――こんなに明るく、オーケストラが演奏しているような場面に身を置いたことはない。大人たちはそれを許してくれなかった。自分でさえこうして気後れしているのに。かわいそうなミック。

背後で馬車が転がるように遠ざかっていく。今夜は他の馬車と一緒にウィニーを待っていてくれる。目の前で二人のドアマンが重い二重扉を引いた。

光と音楽とおしゃべりが溢れ出て大きくなった。ガラスの触れ合う音と人々のざわつきが重々しく聞こえてくる。中にいるのは――ウィニーの生徒たちを除いて――この一〇年以上一度も会っていない人々だ。なぜ戻ってきてしまったのだろう？　なぜ今になって？

とつぜんウィニーには、どうして自分がそこにいるのか分からなくなった。六週間前想像した笑いぐさを見るため？　自分を追い出した男の舞踏会にネズミ取りを送り込む――いや、連れてくる――といういたずらのため？　あのときは素晴らしいアイデアだと思われた。でも今は、もしもこれがいたずらだとしても面白いとは思えない。

さらにウィニーを戸惑わせたのは、そのネズミ取りがいなくなってしまったことだった。大丈夫だろうかと肩越しに目をやると、そこにいるはずのネズミ取りは、もうネズミ取りではなくなっていた。

横にいるのは背の高い紳士だった。背筋をまっすぐ伸ばし、信じられないほど正しい角度で——粋な角度で——シルクハットをかぶり、広い肩に掛けたマントを川風になびかせている。ウィニーが作ったミック。夕暮れを背に立つ彼は、光と陰そのものだった。肩の向こう側はたいまつの明かりに照らされて輝き、正面は暗く、白いシャツとベストが雪のように白く浮き上がって見える。

そして彼の顔。まあ、なんて顔なの。帽子のつばが目に完ぺきな影を落とし、大広間の明かりが他の部分を照らしている——高い頬骨、まっすぐな鼻、広くて男性的なあご。息を呑むほどハンサムだ。ウィニーがここに連れてきたのは、マントを風にたなびかせて立つミステリアスな紳士だった。ひらめくマントは鮮やかな光沢を放つ紫色の裏地を覗かせながら、彼の体に神秘的な影を落としている。

一瞬ウィニーはその男性が誰なのか分からなくなった。この紳士はどうしてそこに立っているのだろう？　どうして自分がその横にいるのか？　すべてが現実とは思えなかった。

「行こうか？」ミックが言った。ウィニーが知っている笑顔。あの悪党のような斜めの口。でも違う。いつもより荒々しい。

ウィニーはどきりとした。「ミック？」

彼の帽子が振り向いた。彼女は囁くように、胸の不安を口にした。「本当に入る？」

「もちろんだ」ミックは即座に答え、力強い腕をウィニーの腰に回し、小声で言った。「絶対に入るよ」

腰に回った手がすり上がり、ミックは顔を近づけてくる。ウィニーにキスしようと帽子に手をかける。彼女ははっとして彼を押し戻した。彼の腕と胸から緊張が伝わってくる。

ウィニーはそこで気がついた。まあ、どうしよう、ミックは気後れしているわけではないんだわ。その逆だ。奮い立っている。

闘志をみなぎらせている。その怖いほどの自信を感じてウィニーは慌てて念を押した。

「ルールは覚えてるわね？」

「何を言うんだ、ウィニー」ミックは優しく答える。「まだ分かっていないのかい？　ルールなんてないんだ」顔を引いて笑って見せる。ウィニーはたちまち不安になった。

ミックに言って聞かせなければ。無茶なことをしないように。ところが口を開きかけたとき、体を離す彼とのあいだに何か小さくて柔らかい重さがあることに気がついた——マントの内ポケットに。

「そこに手袋を入れてるの？」

「いいや」

「じゃあ、そこにあるのは何？」ウィニーは手を伸ばした。

ミックはさっとマントを引く。「フレディだ」

「なんですって！」心臓が喉から飛び出そうになる。まさかね。からかわれたことにほっとして、ウィニーは胸のケープを押さえて首を振った。この人にはあきれるわ。「まったくあなたって人は。本気にするじゃないの。いじめないでよ」

ミックは何も言わずにじっとウィニーを見つめてから、真面目な顔で「君をいじめるなんて」と呟いた。

「じゃあ、からかわないで」

ミックはまた何も言わない。だがしばらくして「オーケー」と静かに答えた。

「そこの恋人たちは来ないのかい？」エミールが呼んでいる。彼は弟とともに、ドアのすぐ内側に立っていた。

ミックはウィニーに腕を差し出し、ウィニーはその腕を取った。二人は並んで歩きだした。クロークルームで外套を脱ぐが、ミックはその立派なマントを受付係に渡すのをためらった。ウィニーは「大丈夫よ」と言ってから「この人がきちんと仕分けをして見張っていてくれるわ。なんでも任せていいのよ。みんなそうしてるわ」と小声で教えた。

ミックがおどおどしていたのはそこまでだった。マントを脱ぐと、ウィニーの手を取り自分の曲げた腕に通した。その先は、おどおどするのはウィニーのほうだった。二人の名前が告げられて歩きだしたとき、彼女は絶壁に飛び込むダイバーになったような心境だった。子どものころ父と一緒に見たことがある。男がドーバーの崖の上からイギリス海峡の入り組んだ海に飛び込むのを。そのときは、男がなぜそんなことをするのか、どうしておぼれてしまわないのか不思議でならなかった。

命がけのダイビングに臨む順番が回ってきた。そんな思いでウィニーはその声を聞いた。

「レディ・エドウィーナ・ヘンリエッタ・ボラッシュ並びにバートンリード子爵マイケル・フレデリック・エジャートン卿」

ウィニーとミックは踏み出した。大きな踊り場へ出ていって、階段を見下ろした。その途方もなく長い階段の下に、舞踏場が広がっている。ウィニーは居ずまいを正して深呼吸した。ミックはわざとゆっくり動いているように見える。階段を降りだすと、ひそひそしゃべりだした。「なんて広い部屋なんだ！　びっくりだな。早くあそこで君と踊りたい。あの床の広さを見てみろ！」

そして人の多さを見てごらんなさい。まあ、どうしよう。

しかも一人残らず足を止めてこちらを見上げているじゃない。

階段を降りながら、ウィニーはミックの顔を盗み見た。同じようにどきどきしているかと思いきや、彼は顔を上げてかすかに微笑んでいる。この一二七の階段を――子どものころ駆け下りながら数えたことがある――毎日降りているかのような落ち着き払った足取りだ。さっそうとして歩いている。そう、さっそうとしていてハンサムで、きれいにプレスされた仕立てのいい服が、均整の取れた体に実にフィットしている。

体つきはもちろんミック自身のものだが、服装と話し方と物腰は彼のものじゃない。ネズミ取りのものじゃない。どんなに目を凝らしても、ウィニーはそこにネズミ取りのミックを見ることはできなかった。あのミックはどこに行ってしまったの？

今横にいるのは幻だ。レッスンでときどき見えていた幻が、現実のものになってしまった。

ウィニーがもっと若かったときなら、こんな男性とはまともに口をきくこともできなかっただろう。言葉が喉につかえて出てこなかったはずだ。

ミックはどこに行ってしまったの？　ウィニーには元のミックが見えなかった。

それは誰にも見えないだろう。

一瞬ティーハウスで会ったウィティング男爵夫人を見たような気がして、ウィニーは鼻眼鏡を持ち上げた。間違いない。あの男爵夫人だ——ウィニーたちの姿を見て、奥のほうから近づいてくる。夫人に会うことは予想していた。予想していなかったのは、やはりあのティーハウスで見かけたカップルが二組そこにいることだった。ああ、どうしよう、六週間前ミックが品のない有り様で駆け込んできたとき、あの人たちは確かにあの店にいた。ウィニーの生徒たちの姿もちらほら見える。中でもあの快活な若い侯爵夫人はウィニーを見てすぐに駆け寄ろうとしている——レディらしく慎重にスカートを持ち上げているのはいいけれど、手を振っているのはマナー違反ね。

マナーはどうあれウィニーは手を振られてほっとした。できるだけ愛想よく微笑み返した。

ウィニーはこの夜を楽しみたかった。心からそう思っていた。だが自信がなくなってきた。これほど大勢の目が向けられていて、どうして楽しめるだろう？　注目を集めているのはミックが見立てたこのドレスのせいばかりじゃない。ミック自身が問題だ。彼はみんなを魅了している。人々は立ち止まって見ている。新しい紳士。新しいゴシップの種。ママたちが好奇心を掻き立てられ、パパたちが話しかけてみようと考える独身貴族。若いレディたちはため息を漏らしている。部屋全体が静まり返り、人々はさまざまな理由からミックを見つめている。彼と、その腕につかまって階段を降りてくるそばかすだらけの大女を。

頭上のバルコニーではオーケストラが曲を終え、すぐに新たなワルツのメロディーに入っていった——新たな川の曲、オーストリアを流れる美しく青い川を賛美する調べ。ウィニーとミックが最後の階段を踏んだとき、部屋の奥に集まっていた人々がすーっと分かれて道を開いた。人々がじっと見守る道の先には——。

誰も座っていない椅子。一人の女性がその椅子を回って人々のあいだをこちらへと進んでくる。ビビアンだ。ウィニーの記憶が正しければ、それはザビアーの歳の離れた妻だった。

階段の下から絨毯が伸びて、空いた椅子まで続いている。主人に敬意を表するために通る道。だが今は、主人の姿はどこにも見えない。ミックとウィニーは絨毯に沿って公爵夫人に近づいていく。夫人はまるで主人の不在を隠し償うかのように、道の中程で二人を迎えた。侮辱的な空いた椅子。それはウィニーに対する公爵の気持ちの表れと見えた。

ザビアーの妻に何と切り出したらいいだろう？　ウィニーは戸惑った。どうすれば哀れっぽくならず、へつらうような響きを出さずに済むだろう？　これほど長く会わなかったあとで、しかもウィニーとザビアーがまだ反目していることが明らかなのに——現にザビアーは自分の舞踏会で席を立っている。うろたえるウィニーを救ったのはミックだった。

ミックは公爵夫人の前で、優雅に深く頭を下げた。「初めまして、公爵夫人。お招きを頂いて心から感謝しています」ここに来たことが嬉しくて、それを素直に言葉にしたという感じだ。

ミックのあいさつがあまりにも自然だったことに驚きながら、ウィニーも続いて深く腰をかがめた。率直に喜びを表現した彼のあいさつは、シンプルで気持ちよかった。

公爵夫人はそれを聞き、ほっとしたようにうなずいた。

それ以上は誰も何も言う必要がなかった。ミックはウィニーの手を引くと、腰を持って回りながらダンスフロアへ出ていった。

彼の笑顔は言っている。公爵がいくら無礼なまねをしようと、勝手に楽しませてもらおう。ええそうね、ミックならどのみちそうするだろう。彼の顔には余裕と自信が溢れている……。どうして？　ウィニーはぞくっとした。彼はどうしてこんなことができるの？　どうしてこんなに落ち着いていられるの？　ここになんの居心地の悪さも感じていない。

似ている……誰かに。ただそこにいるだけでウィニーを威圧し気弱にさせてしまう男。

今夜のミックはどこか怖い。なぜか心を掻き乱される。

「どうしたんだ、ダーリン？」

甘い呼びかけに、ウィニーは目を上げた。唇を噛み、ようやく顔を覗かせた彼女の優しいミックに打ち明ける。「あなたにびっくりしているの」

彼はチッチッと舌を鳴らす。「だめだめダーリン。だまされちゃだめじゃないか。これは演技なんだから。君も一緒にやらなくちゃ」そして手本を見せるように、大げさに気取った声で言う。「ああ、ミス・ボラッシュ、あなたのダンスは素晴らしい」ウィンクをして「もちろんあなたはこの部屋の誰よりダンスに向いたものをお持ちなのですが」

長い脚を。ウィニーは微笑み、恥ずかしくなって目を伏せた。また笑い、また目を伏せた。褒められて思わずうっとりとする。

ミックはウィニーを引き寄せた。エチケットを無視してピボットにちょうどいい近さまで。ピボットをステップに組み入れてウィニーの体を回す。ウィニーは軽いめまいを覚え、ミックの糊の利いたシャツにもたれかかった。ひげを剃ったばかりの温かい頬から、タルカムパウダーのレモンのような香りがする。

ミックは力を抜いて、今度は流れるようなワルツを踊りだした。ウィニーはそれに合わせて動き、そのなめらかさに次第に心地よい満足感を覚えていった。二人の動きは見事なまでに合っている。そうよ、この素晴らしいダンスをみんなに見せてやろう。ウィニーはそう考えながら、リズムに体を乗せていた。回りながら頭を反らせ、格子天井の絵を眺めた。六〇フィート以上の高さから見下ろしているのは、天使と神々、花冠と戦い、装身具、そして雲。

「きれいでしょ」ウィニーが言うと、ミックも見上げた。頭上の古いシャンデリアには本物のろうそくが燃えている。遠慮がちに灯されたガス灯によって、明かりは大きく広がっている。

「すごい所だな」ミックがそう言ったとき、二人はちょうど扇子を振って合図している女性のそばを通り過ぎた。たぶんウィティング男爵夫人が二人の注意を引こうと大胆になってきたのだろうが、眼鏡を掛けていないウィニーにははっきりとは分からなかった。それでも鼻眼鏡は上げなかった。ラモント兄弟のどちらかを見たような気もしたが、それも見えなくてもかまわなかった。ミックはまた「すごい所だな、ウィニー」と言いながら観衆から離れていく。

ええ、そうよ。ウェレは素晴らしい所だわ。ウィニーはこの城を愛していた。その懐しい場所に戻り、ようやく少し落ち着いてきた。ところが心地良い時間を楽しみだした矢先、ミックはまたおかしなことを言いだした。「ラモントたちは俺を誰かに仕立て上げようとしている」

ウィニーはもちろんすぐに否定した。「またおかしなことを」

ミックは例の魅力的な笑みを浮かべている。

「俺を誰かに仕立て上げるとしたら、いったい誰だと思う？」

「ああミック、やめてちょうだい。変な話を作って厄介を起こさないで」

「厄介を起こしてるのは俺じゃない。俺はそれを片付けようとしてるんだ」いたずらっぽく眉をくねらせて「厄介なネズミをつかまえてやろうとしてるんだ」

「だめ！　ああやめて」ウィニーは呻くように言った。「そんなことやめてちょうだい！ミック、私を困らせないで。問題を起こさないで」

何を言っても無駄だった。ミックはまったく聞く耳を持たない。心ここにあらずといった感じで、一心に考えている。「そいつは紫と汽車が好きなんだ。いや、カブースだ。そいつは紫とカブースが好きなんだ。そして名前はたぶんマイケル。そんなやつを知らないか？」

ウィニーは首を振った。ああ、この人はラモント兄弟への不審感に取り憑かれている。他の場所ならともかく、ここでそんな計画を実行すると思うの？

「ねえミック。ジェレミーとエミールがそんな手の込んだことを企んでいると思う？　他の場所ならともかく、ここでそんな計画を実行すると思うの？」

ミックは彼女をあきれさせるだけだった。「間違いないよ、ウィン。紫とカブースだ」

ウィニーは怪訝な目をして言った。「そんな子どもみたいなこと――」

「それだ！」ミックは飛びついた。「子ども。それだ！」ちょっと考えて「子どもが成長して俺になったんだ」また考えて「それに金だ。俺をその子どもに仕立てることで、やつらは金を手に入れる」さらに考え込む顔つきでウィニーに尋ねた。「何か思いつかない？」

「いいえ」ウィニーは首を振った。ミックはこんな話をしながらも、まるで大人になってからずっとワルツを踊っているかのように自然に体を動かしている。

注意を引こうとする人々を避けながら、音楽に合わせて踊り、回り、すっと移動する。

「待って！」ウィニーはステップを踏み外した。そして顔を歪める。ミックにはあまり言いたくないことを思い出してしまった。「私が生まれた年に、とても不幸な出来事があったって聞いてるわ。親戚の子どもが――私の又いとこが――誘拐されたの。ザビアーの孫に当たるわ」ミックの顔を見上げて唇を噛む。この先は本当に言いたくなかった。ラモント兄弟が詐欺師だというミックの説を裏づけることになる。ウィニーはため息をつき、しぶしぶ言った。「莫大な額の褒賞金が懸けられたらしいわ。でも――」

ミックはとつぜんウィニーを離した。

「待って。どこへ行くの？」

彼はドアへと近づいていく。ちょうどそこからボーイがシャンパンを載せたトレーを持って入ってきた。ミックは足を止めてグラスを二つ取り、追いついたウィニーにひとつを渡し、またつかつかと進んでいく。

「待って」ウィニーはまた呼んだ。「どこへ行くのよ？」

ミックは空のトレーを持ったボーイを指差して「あの男に付いていくんだ」と答える。「給仕室へ行って、ここで三〇年以上働いている召使いを見つける。誘拐された子どものことをもっと知りたいんだ」

「ああミック……」

彼はもう止まらない。アーチ型の出口を抜けて、壁の外側に長く伸びた控えの間へと出ていった。

ウィニーは冷たいシャンパングラスとともに残された。そわそわしながらもひと口すすり、もうひと口すすって、最後に残りを全部流し込む。おいしい酒だ。ボーイに手を伸ばしてもうひとつグラスを取ったとき、ウィニーは目を見開いた。出ていったのと同じアーチの向こうにミックがまた現れて、さっきとは逆方向に横切っていく。その奇妙な行動を確認しようとウィニーは鼻眼鏡を持ち上げた。確かにミックだ。何かを持っている。食べ物だ。

「違うわ。反対側のドアよ」ウィニーは声を上げた。

ミックはびくっとして立ち止まり、ウィニーがまだそこに立って鼻眼鏡の奥から見守っているのに驚いたような顔をする。肩をすくめて「まずマントをもらってからだ。何かやっておかないと」と答えた。

マントに？　ウィニーは首を傾げた。マントに食べ物をやるの？


ミックはフレディに食べ物を持ってきた。川沿いの暗い遊歩道に立って、皿を持った腕にマントを掛け、裏地の中をもう一方の手で探る。フレディを出してやると、イタチは大儀そうだが生きていた。体は温かく、ミックを見て嬉しそうにする。きっと良くなるはずだ。控えの間からくすねてきたレバーのスライスをやってみる。ミックはその控えの間で、イタチのフルコースを用意してきた。ミック自身見たこともないほど大きく太ったガチョウのレバー、生クリームがかかった魚、細かくきざんだ固ゆで卵、それにシャンパンもある。驚いたことに、弱ったイタチはレバーをおいしそうに食べた。そして魚はもっとおいしそうに食べ、こってりとしたクリームまでなめた。固ゆで卵も少しかじった。だがシャンパンには口を付けなかった。

「食べられるじゃないか」フレディが食べるのを見てミックはほっとした。「頑張れよ。その調子で元気をつけなきゃな」

食べ終わったフレディをマントに戻し、それをそっと腕に掛けて重さを確かめる。角を曲がって暗がりから出ていくと、召使いがドアを開けて待っていた。ミックは笑顔で「いい夜だな」と声をかけた。

召使いはびっくりしたようだが笑顔を返してきた。「本当ですね」話しかけられたことを心から喜んでいるようだ。

クロークルームのカウンターで、係の男にマントを戻しながらミックは残念そうに言った。「違ったよ。札入れはこの中じゃなかった。外にも落ちていなかったよ。手間をかけて済まなかった。じゃあくれぐれも丁寧に扱ってくれ。頼んだよ」

半時間後、ウィニーはミックのそばに立っていた。国会議員とその妻も一緒だった。少し離れたところで、ウィティング男爵夫人が今度こそ二人をつかまえようと手を振っている。議員はミックに尋ねた。「バートンリード、ロンドンにはどれくらいいるのかね?」

「六週間になります」ミックはさらりと答えた。

彼がきわめてうまい役者だとウィニーが確信するのはそれから一時間後のことだ。それまでは、恐ろしいほど大胆に演じているミックを見ながら、誰かが今にも彼をペテン師と呼ぶんじゃないかと冷や冷やしていた。だが誰もそんなことは言わなかった。疑ってもいないようだった。それどころかみんなミックを気に入っている。夜が深まるにつれ、彼と話したがる人はどんどん増えていった。

「六週間? 一度もお会いしませんでしたわね。お噂も聞きませんでしたわ」議員夫人は微笑みながら扇子をパタパタ胸に当てている。「どこに隠れていらっしゃったの?」

ミックは言いにくそうに目を伏せてから、にっこり笑って「ほとんどの時間を、その……

レディ・ボラッシュに捧げていたものですから」と答えた。

ウィニーはさっと彼を見た。まあ嫌だ。またあの与太話を始めるつもりかしら？　婚約したとかしないとか……。

運悪く、ウィティング男爵夫人がすぐそこまで来て呼びかけた。「マイケル！」そして付け足すように「ウィニー！」

議員夫妻は振り向いて、やってきた女性に場所を空けた。

「ああマイケル。そしてウィン。また会えて嬉しいわ」男爵夫人は近づいて、旧知に会ったかのように二人の頰にキスをすると、取り澄ました顔で夫妻のほうを向いた。「ウィニーとマイケルは婚約したんですのよ。素晴らしいことだと思いません？」

「いいえ、それは――」ウィニーは否定しようとした。

「非公式にね」男爵夫人は言い添えてウィンクした。一人悦に入っている。

「では」議員夫人は男爵夫人の発言を無視して尋ねた。「ご出身はどちらですの？」

男爵夫人が割り込んで言う。「パリですわ」

議員夫人は怪訝な顔をした。「それはおかしいですわ。パリの方のようには聞こえませんもの」

「ええ、パリの人間ではありません」ミックは正直に言った。「コーンウォールの出身です。申しわけありません――」記憶を掘り返し、驚いたことに男爵夫人の名前を見つけた。「ブランチ。あなたを一杯かついだのです」

親しげにファーストネームを呼ばれ、男爵夫人は顔を輝かせた。

もう一人の夫人はまだ不審そうだ。「ですが、コーンウォールの方にも聞こえませんわ」

「ああ」ミックは言い訳を探し出す。「別の場所で教育を受けたからでしょう」

ウィニーはぼんやり聞いていた。ミックはもっともらしい作り話のなかに少しずつ真実を織り交ぜながら話している。そのいい加減な話を誰も疑おうとしていない。

「どこですか？」議員は愛想よく尋ねる。

ミックは眉を寄せて相手を見た。「どことは？」

「どこで教育を受けられたんですか？」

一瞬答えに詰まったが、ミックはウィニーのほうに目をやって微笑むと「もちろんウィニーと同じところで」と彼女の手を取った。

「ガートンで？」議員の妻が訊く。「ガートンは女子校ですわ」

「いいえ、ガートンではありませんわ」ウィニーは神経質そうに笑って見せた。「ケンブリッジですわ。私がガートンにいたころ彼はクレアカレッジにいたんです。そのころ知り合ったんですの。ヘファーズ書店で。私が本の山につまずいて倒してしまったとき、彼が積み直すのを手伝ってくれて」

ミックはウィニーを見つめて目をきらきらさせている。

数分後、二人はまた踊っていた。「なかなか面白かったわ、特に最後のほう。私があなたの窮地を救ったのよ」

「そうだ」

でもウィニーを救ってくれるのは誰だろう？　一緒に踊っているのは彼女にはとうていまねのできない図太い神経の持ち主だ。この大勢の人々の中で〈ブル・アンド・タン〉にいるときと同じように気楽に振る舞っている。自信に溢れ、エレガントに。ウィニーはとつぜん彼が誰に似ているのかに気がついて、よろめきながら足を止めた。ザビアーだわ。ザビアーを若くハンサムにして、少し優しくした感じ。

ウィニーは動揺した。その事実が気になった。気にはなったがそれ以上考えまいとした。なんとかリラックスして、その夜を楽しむことだけを考えようとした。ウィニーをつかまえた二人の旧友たちは、その華やかな生活の断片を聞かせてくれた。二人はこれまで何度か連絡を寄こしてきたが、ウィニーは自分のみじめな暮らしが恥ずかしくて彼女たちを避けてきた。なんてばかだったんだろう。友人たちの話は面白かった。ウィニーはまだそんな生活に魅了される。

いつものミックはまた隠れてしまった。ときどき姿を現すが、すぐに見えなくなってしまう。思いがけず彼を見つけたとき、それは心躍る瞬間だった。まるでゲームのようだった。ネズミ取りを探せ。ミックを探せ。

ゲームをリードしているのはミック。とつぜん笑いながら出てきてウィニーをダーリンと呼び、すぐにバートンリードの後ろに隠れてしまう。純銀のティースプーンから無頓着に取った名前を使い、本当にそんな男がいるかのようにごく自然に振る舞っている。

それは幻などではない。本物のイギリス紳士だ。ウィニーなどとうてい手の届かない一級の男性。

ウィニーははっきり理解した。彼女が恐れているのはネズミ取りと一緒にどこかへ逃げることではない――不思議とそれはもう難しいこととは思えなかった。そんなことではない。怖いのは、バートンリードという貴族。みんなの注目を浴び、どんな女性でも自由に選ぶことができる男。ここにいるような人々に囲まれて暮らしたならば、彼にはきれいな花嫁候補がわんさと詰めかけるだろう。話し方と礼儀作法の教師などお呼びではなくなる。

空っぽの缶はやっぱり空っぽだった。いつまでも満たされることなどない。みんなの缶は一杯に詰まっているのに。


ウィニーはミックを待ちながら、以前生徒だった若い侯爵夫人と話をしていた。そこは舞踏場の横に伸びた控えの間で、ミックはそこから召使い部屋へ降りていったきり戻ってこない。ある下男の取りはからいで、公爵邸に何年も勤めているコックから話を聞いているのだった。ウィニーが若い夫人と話していると、ジェレミー・ラモントが割り込んできて、慌てた様子でウィニーを脇へ連れていこうとする。彼女はその場を辞してジェレミーの話を聞いた。

彼は困ったように首を振る。「アールズが書斎に来るようにと」長い控えの間の一番向こうのドアを指差して、顔を曇らせ、苦しそうな目でウィニーを見た。「面会は予定していなかったんですが。公爵はどうしてもトレモアと話がしたいと言うのです。彼だけでなく僕たち全員と。彼はどこですか？」

「誰？　ミック？」ウィニーは見回す振りをしながら肩をすくめた。そのときミックの姿が見えた。ウィニーは目を疑った。

鼻眼鏡を持ち上げてレンズで確かめる。やっぱりミックだ。出ていったのとは反対側、入り口のほうから入ってくる。きっと召使い部屋から別の階段をのぼって向こうに回ったのだろう。どうやらここの下の通路に詳しくなったらしい。

不安に身もだえしているジェレミーの横で、とつぜんウィニーはみぞおちに不快なものを感じた。ミックのマント。彼は頻繁に姿を消す。召使いから話を聞いているだけではなさそうだ。以前あのイタチが弱っていたとき、彼はあれをポケットに入れていた。

そして今夜、あのマントの中に柔らかくて小さい物があると感じたとき、ミックはそれを認めてさえいる。フレディだ。

ああ、やめてミック。今夜はやめて。イタチなんて誰も見逃してくれないわ。あのティーハウスでフレディを見た人たちも何人かここにいる。あそこではともかく、この城では許されないわ。ああ、だめよ、ミック。

心の中で呻きながら、ウィニーはジェレミーに言った。「彼が来たわ。先に行っていただける？　私が彼を連れていくから」

ウィニーはミックに見つからないようにクロークルームへ駆けていった。イタチなんて。イタチを持っているのはネズミ取りだけ。紳士なら……馬かセッター犬か、せいぜいペットのオウムを飼っているくらいだろう。イタチなんて……ああ、見つかったらどうするの？私に恥をかかせたくてうずうずしているザビアーの前で──わざわざザビアーの家に来て──本当に恥ずかしい思いをしなきゃならなくなったら。

ウィニーはクロークルームで係の男に話しかけた。「フィアンセのマントにフェイスルージュを入れたままなの。黒の長いマントで暗い紫色の裏地が付いているんだけど」

クローク係は部屋の奥に歩いていき、ぶらさがった衣類を掻き分け始めた。そこへ運良く他の客がやって来て、彼の注意を引き付けてくれた。ウィニーはすかさず奥へ行って帽子の山とマントのラックのあいだに入り、ミックのマントを見つけ出した。持ってみると──やっぱりだ。柔らかい小さな重みが感じられる。

「ああ、まったく」ウィニーは唸った。

裏地のポケットに手を入れて、歯を食いしばって目をつむる。あれを出さなきゃいけない。でもぞっとする。どんな感触なんだろう？　手を深く入れて動かしてみる。するとそれはそこにいた。手袋を通してそのなめらかで温かくかすかに動く体が感じられる。つるつるしたミンクのコートをまとったヘビのようだ。

うっ。むせぶような息を漏らし、ウィニーはそれから手を離した。いったん手を外に出し、また勇気を奮い起こして手を入れた。落ち着くのよ。落ち着いてこれを取り出して……何に入れる？　ハンドバッグでいいわ。入るかしら？　大丈夫。ハンドバッグに入れて、外へ出て馬車で待っているジョージに渡す。ロンドンへ持ち帰ってもらってミルトンに檻へ入れてもらえばいい。それからジョージはここへ戻ってくる。今出れば帰りの時間には間に合うわ。

それでいい。心配ない。ウィニーは手を伸ばした。小さな生き物は怖がっている。ウィニーも怖かった。手袋をした指の付け根で撫でてみた。骨が感じられる。きっと頭だろう。腹の下に指を入れ、小さな骨を感じながら持ち上げた。それはこわごわと、けれど信頼してウィニーの指につかまった。

クロークルームに戻ってイタチを出してみる。ウィニーは身震いした。小さな顔を覗き込むと、それは喉の奥からシーッとかすかな音を出した。口を開けて歯を剝き出している。ウィニーはまた身震いした。イタチはウィニーをじっと見て、脚を動かし体をくねらせる。ウィニーが嫌がっているのと同じくらい、それは彼女につかまれているのを嫌がっていた。

ウィニーは思わず手を緩めた。するとフレディはすとんとスカートの上に落ち、シルクを滑り下りていく。ウィニーは恐ろしさに悲鳴を上げて飛びのいた。フレディは床に落ちて動かない。まあ、どうしよう。新たな恐怖に襲われた。イタチを殺してしまったわ。ミックは怒り狂うだろう。ところが思いきって手を伸ばすと、それはさっと走りだし、まっすぐコートやマントのあいだへと潜り込んだ。

ウィニーは慌ててあとを追い、衣類をかき分けてイタチを探し始めた。

肩を叩かれて見上げると、上着のチェックや管理をしているクローク係が尋ねる。「ミス、紳士のマントはわたくしがお探しいたしましょう」

ウィニーは向き直った。「いいの。もう見つけたわ」実際彼女はミックのマントを持っていた。これでもうここにいる口実はなくなってしまった。

「では何をお探しで？」

言えるわけがない。「何も」視界の隅で、小さな茶色いしっぽがするりとドアを抜けて大広間へと出ていった。「まあ大変」

男にマントを渡し、ウィニーはイタチを追いかけた。大広間は人で一杯だ。最後に見たとき、イタチは堂々たる紋章院長官のズボンのあいだをすり抜けていた。

少しして、広間の反対側にミックが現れた。彼はすぐにウィニーの姿に気づいたが、そばまで来るのに一分以上かかった。たっぷり一分間、彼女はしでかしてしまったことの重大さを嚙みしめなければならなかった。

なんと言えばいいだろう？　彼になんと言おう？　不安は募り、渦巻きながらどんどん大きく膨らんでいく。

ミックは近づいてくる。礼儀正しく人々のあいだを抜けながら、笑みを浮かべて歩いてくる。ウィニーは彼を追い払いたかった。大声で叫びたかった。来ないで！　やめて。ザビアーみたいに振る舞うのはやめて。恐ろしいほど才気に溢れ、近づきがたいほど洗練されていて、忌々しいほど怖い物知らず。そんな振りはもうやめて。

ああ、あの物腰はザビアーと同じ。何年も前のザビアーと。尊大で自信に溢れている。ミックのほうが背が高くて手足が長いが、あの態度は同じ。誰もが感じるザビアーの横柄さ。ザビアーもミックのように、人々を魅了した――公爵領の相続順位が高かったことも魅力のひとつだっただろう。もうやめて。ウィニーはネズミ取りに正体を現してほしかった。このバートンリードは身の毛のよだつ思いをさせる。

ミックの姿が近くなると、ウィニーは恐ろしさからイタチのことは何も言うまいと心に決めた。首切りの刑を逃れようとする異端者のように。いつかはばれるだろうが、そのときまでは、口をつぐんで心の動揺を隠していればいい。

でも悪いのはミックのほうでしょう？　あんな動物を持ってくるなんて。そう考えると混乱してきた。恥ずかしさと怖さの一方に腹立たしさが込み上げてくる。だが結局のところ、ウィニーは昔とちっとも変わっていなかったのだ。空っぽの缶より悪いじゃないの。カマキリみたいに見えてラバの頭しか持っていない。

それでも、これはわざとしたことじゃない。危険を避けようと思ってやったのだ。それ以上の意図などなかった。イタチを丁寧に扱おうとしただけだ。それに――どこかで声がする――あの子ども時代を乗り切るにはラバみたいに頑固になる必要があった。恥ずかしがり屋で引っ込み思案の礼儀正しいレディにも、ラバのような一徹さが必要だった。

ミックが笑顔で肩に触れたとき、ウィニーは思いつめた顔で手袋をした指先を口に当てていた。やがてその手を下ろし、打ち明けた。「あなたのイタチを見失ったわ」

「なんだって！」

「フレディよ。家に帰そうと思ったら、逃げてしまったの」

「なんてことを——」ミックは顔色を変えた。

「怒らないで」

「彼女は病気なんだ」

「でも逃げ足は速かったわね」

ミックはウィニーをにらみつけた。「どこで見失った？」

「この部屋のどこか」

「なんだってそんなことをしたんだ？」ミックはウィニーに顔を近づけて、鼻先に鼻を突きつけた。

ウィニーは強い口調で囁いた。「六週間前あのティーハウスにいたカップルが少なくとも二組ここに来てる——」

「見つかったところでどうってことない——」

「変に思われるに決まってるでしょ。紳士は舞踏会にイタチなんて持ってこないわ」

「どうして分かる？」ミックは冷たく傲慢な顔をした。「ここにある上着の全部にイタチがいてもおかしくない。君は見てないだろう？　みんなが君と同じルールに従ってるとは限らない」

ウィニーはそれでも泣き崩れたりはしなかった。自分でも驚いていた。「ごめんなさい」

と落ち着いて謝った。「あなたの言うとおりだわ。私がばかだった。まずあなたに話すべきだったのに話さなかった。お願い、一緒に捜してちょうだい」

二人は捜した。人込みを掻き分けて、ときどき遠くから目で尋ね合う——見つけた？　答えはいつもノーだった。そのうちウィニーはミックの姿を見失なった。ミックもフレディも見つからない。

誰かがウィニーの肘をつかんだ。見るとエミールが立っていて、「公爵が会いたがってるんだ。もうずいぶん待たせてる。早く行こう」と叱るように言った。

ああ、願ってもないわ、ザビアー。絶妙のタイミングね。よりにもよってこんなときにご面会いただけるなんて。行くしかない。行って、エミールかジェレミーがミックを連れてくるまで彼をなだめておいてあげよう。


ウィニーが書斎に入っていくと、ジェレミーが一人で待っていた。数分遅れてエミールもやってきた。彼はミックに会ったが途中で別れたのだと言う。まもなくやって来るだろう、祈るようにそう言った。エミールとミックがここへ向かう途中、何か動物のようなものがロシアンキャビアのクリームソースに襲いかかり、フォアグラのあいだを走って逃げて、ミックは逆上したようにその動物を追いかけていったらしい。

あのイタチだ。三人しかいないことを確認して、ウィニーはその動物のことを兄弟に打ち明けた。二人と一緒に嘆こう。三人はみんなで呻き声を上げた。

「ザビアーは少なくともあと三〇分は来ないと思うわ」ウィニーは兄弟に言った。「彼は人を待たせるのが好きだから」

そして彼らは待った。ウィニーは胃がむかむかしてきた。

気分が悪くなってくる。もう十分嫌な思いをしたと──はずかしめられたと──思っていたのに、こんなことが待っていようとは。誰もがこの話を聞くだろう。ウィニー・ボラッシュはアールズ公爵の舞踏会にネズミ取りとイタチを連れてきて、城から放り出されたと。もうウィニーのもとに娘を連れてくる人はいないだろう。彼女がどんなに優れた教師であろうとも。

実際には、彼らはほんの数分待たされただけだった。書斎のドアがきしみながら開き、前かがみになった老人が入ってきた。杖を突きながらゆっくりと歩いてくる。後ろから女性が控えめに付いてくる。

ザビアーだ。ウィニーが覚えている姿よりずっと細くて弱々しい。鼻眼鏡を持ち上げて見た。

それは間違いなくザビアーだったが昔の彼とは違っていた。どれほど変わったかは分からないが、確かに変わっていた。腰が曲がって全体に小さくなった。付き添ってもらって──付いているのは彼の妻だ──やっと机に辿り着き、骸骨のようにことりと椅子に腰を落とした。

「はなすのが早い」老人はしゃがれた声でぴしゃりと叱り、妻は後ろに下がった。これでは戦利品というより付き添い婦だわ。妻はかいがいしく夫の腕に手を伸ばし、杖を取ってあげようとするが、老人は妻の手から横柄に杖を引き抜いた。そしてそれを机の上にどんと置き、部屋にいる者全員を威圧するように見回した。

不思議なことに、ウィニーは怖さを感じなかった。そこにいるのはただの偏屈な老人だった。確かに今でも威厳はあるが、いつも想像していたようなものではなかった。ウィニーを怯えさせる力はザビアーにはもうなかった。

体はしなびても、公爵はまだ口が達者だった。ウィニーの姿を見たとたん、背筋をぴんと伸ばして怒声を吐いた。

「この生意気な小娘が。こいつらとぐるになって年寄りを苦しめに来たのだな。それで」――部屋を見回して――「やつはどこだ？ そのマイケルは？」嫌悪感を露わにしてその名前を言った。

「まもなく来るでしょう」エミールが答えた。

「姿だけは見た」老人は言う。「舞踏場の階段を降りてくる姿を見て、すぐに席を立った。あれで十分だ。やつがペテン師だということはすぐに分かった。いくつか適当な質問をすれば化けの皮が剝がれるだろう。そしたらお前ら全員を監獄へ送ってやる」

監獄。ウィニーは気がくじけそうになった。みんな監獄行き。

そのとき部屋の外に足音がして、全員がドアに顔を向けた。足音はドアのすぐそばまで近づいている。ミックだ。ウィニーが知っている自信に溢れたリズム。控えの間の混雑から離れてコツコツと近づいてくる。音が止まったとたん、ドアのノブが回った。

ミックが部屋に入ってきた。ハンサムでさっそうとしていてなんでもやってのけられそうな顔をしている。ウィニーが好きなミックだった。彼を失うなんて堪えられない。どうすれば彼を失わずに済むだろう？　こんなゲームはさっさとやめて、彼を連れてどこかへ逃げてしまいたい。

ミックは問いかけるように一人一人を見て、机の向こうに座った老人に目を止めると、驚いて目を丸くした。

そしてひとつの言葉を口走った。それは不意に口をついて出たようで、自分でも驚いている。

「ジイジ」ミックはそう言った。ジイジ、ここで何してるんだ？　とでも言うように。

28

ザビアー・ボラッシュはあごをこわばらせ、唇をへの字に曲げて歯に押し付けた。潤んだ灰緑色の目が険しくなる。

ミックをにらみつけると、冷たく静かに「出ていけ」と言った。もう一度、今度は大きく語気を強めて「出ていけ」と言い、よたよたと立ち上がった。そして怒りを爆発させた。「出ていけ。行け。消えろ！」机を叩いて繰り返す。「出ていけ。お前たちみんなだ。こいつはわしの孫じゃない。こんないたずらをしよって。誰が信じるか！」

歪んだ唇は震えだし、それは激しくなって、彼は手で口を押さえつけた。

ミックは心配そうに眉を寄せ、老人のほうへ一歩近づく。

彼が何か言いかけたとき、老人は杖を振り上げた。そして机の上にあった物を払い落とした。ペンも本も眼鏡もすべて勢いよく飛ばされて、本棚にぶつかってから床に落ちた。

杖をコツンと下ろし、老人は足を引きずりながら机を回って出てくる。「貴様！　それにこの女！」杖を振ってウィニーを差す。「この女が何をしているのか、わしが知らんとでも思っておるのか？　このわしを作り物でだまそうなどと、よくも考えおったな」ミックに向かって「この女と踊っているのを見たぞ。性悪な魔女が自分で作った男を使ってなくした財産を取り戻そうとしておるのだ」部屋全体を見回して「貴様らみんな詐欺師だ。寄ってたかってわしをだまそうとしておる。もうたくさんだ。みんな出ていけ！」

ザビアーの妻は杖をよけながら夫に近づこうとするが、老人はいつ杖を振り回すか分からなくて、他の者は誰も動こうとしなかった。怒りに似合わぬぎこちない足取りで、ザビアーはドアに向かって歩いていく――誰も出ていかないなら自分が出ていく、と言うように。

思うように進めなくて、老人はぶつぶつ独り言を言いだした。「だからなんだ？　息子に似ているだけじゃないか。孫はあんな格好はせん。あんなけばけばしい裏地のチョッキなど着るわけがない」誰に向かって話していいのか分からずに、見る相手を変えていく。ミックに目をやると、眉間にしわを寄せ、少し見つめてから目を逸らした。「だが紫は着るかもしれん。あの子は紫が好きだった」ドアの前に着き、振り返ってもう一度全員をにらみつけ、これが確証だと言うように断言した。「だがわしの孫は、一晩中ウィニー・ボラッシュとダンスをするようなことは絶対にせん。もっときれいな女が部屋中に溢れ返っておるというのに。わしの孫ならもっと目が高いはずだ」もう一度杖で床をコツンと叩き、妻にドアを開けさせた。

ザビアーはさっそうと出ていきたかったはずだが、体が言うことを聞かなかった。ビビアン・ボラッシュに肘を預け、一歩引きずっては止まり、また一歩引きずっては止まる。ビビアンの誘導で、杖を突きながら少しずつ進んでいく。コツン、ズルッ、コツン、ズルッ。老いと不自由な体に苛立ちながら、信じたくない話を必死で否定して、妻に肘を取られた老人は弱々しく出ていった。

老人の剣幕に圧倒されて、部屋は静まり返っていた。彼が出ていってから少なくとも一〇秒間、誰も声を出さなかった。みんな仰天している。

やがてエミールがミックを見ながら口を開いた。「あれはなかなかいい演技だったな。あんな言葉をどこで思いついたんだ？」

「何？」ミックは上の空だった。思いもつかなかった大きな可能性の意味を理解しようとしているかのように。

ミックは本当にザビアーの孫なのではないかしら？　ウィニーはふとそう思った。

彼女はミックに歩み寄り、彼の腕に手を置いて、エミールの問いに答えようとした。「たぶん下でコックから聞いたんでしょ」そして思い出したようにラモント兄弟をにらみつけた。「公爵をだまそうとしてたのね。でもうまくいかなかったわ――」

「いや、うまくいったさ」エミールは言って、机に寄りかかって腕組みをした。「じいさん動揺してたじゃないか。きっと思い直して戻ってくるぞ」ミックに向かって「公爵は信じてる。君が自分の――」

「違う」ミックはエミールに近づいた。「違う。お前たちの計画はここまでだ。俺の演技もここまで。俺はアールズに全部打ち明けるつもりでここへ来たんだ。賭けのことも、お前たちが俺をあのじいさんの最愛の孫に仕立て上げようとしたことも。そしてどんなに……どんなにこれが嘘っぱちかも」

エミールは鼻を鳴らした。「そのとおりだ。それで君はここに入ってきていきなりあんなことを言ったわけだ。真実を話そうと?」また鼻を鳴らして「ジイジか。じんとくる言葉じゃないか、トレモア――」

ミックはエミールに跳びかかり、上着の前をつかんで乱暴に壁へと押し進んだ。エミールの背中を本棚に押し付ける。

「ミック」ウィニーは叫んだ。

ミックは聞かない。もがきながら目を剝いているエミールを引っ張り上げて、その顔に向かって怒声を吐いた。「お前たちの魂胆は分かってるぞ、このくそ野郎。俺を使ってあのじいさんから一〇万ポンドをだまし取ろうとしたんだ。残念だったな。うまくいかなくて」肩越しに弟のほうへ目をやった。ジェレミーは青い顔をしてドアのほうへ近づいていく。「お前の勝ちだ。みんな俺を子爵だと信じている。兄貴から金をもらえ――」

エミールが声を絞り出す。「賭けなんかなかったんだ、このマヌケ――」

「黙れ」ミックにさらに強く押され、エミールは唸り声を上げた。

「ミック、やめて――」

「こいつを傷つけたりはしないよ、ウィン。今のところはな」ミックはエミールに言った。「俺は自分の役をやり遂げた。だからそのうち一〇〇ポンドもらう。それでお前を許してやろう。俺を使ってあのじいさんを苦しめることはもうできない。お前はあのじいさんからミルク代ももらえない。やつがどんなに陰険なじじいでもな。分かったらさっさとここから出ていけ」

ミックは手をはなし、エミールは本棚の二段目からどすんと落ちた。見上げた顔は怒りに震えている。ミックに詰め寄り、押し殺した声で言った。「僕たちに一〇万ポンドを取らせたくないのは、それがお前の金になると思っているからだろう？　お前はあのじいさんを丸め込んで公爵の金を全部手に入れるつもりなんだ。この薄汚い泥棒め」

ミックはエミールの上着の首をつかんでドアまで引きずっていき、弟ともども兄弟を外へ連れ出した。

部屋に一人残されて、ウィニーはエミールの言ったことを考えてみた。ミックは下であのニックネームを聞き出して、本当に公爵になろうと考えたのかしら？　六週間の紳士教育の成果をここで握ろうとしているの？　それはウィニーが施した教育だった。悲しいことに、ウィニーはミックをよく知っている——頭の回転が速くて、その場その場で臨機応変に自分の利益を計ることができる。

ジェレミーとエミールはクローク係からコートを受け取った。ジェレミーは口ごもりながらミックに言った。「お、お前のことを、警察に通報してやるからな、トレモア。こ、こんなことを許すもんか」

「俺は悪いことは何もしていない」ミックは兄弟を正面のドアへと押していき、二人のあとから外へ出た。追いついたウィニーの前で、兄弟に言った。「ロンドンまでの散歩をせいぜい楽しむんだな」

「こんなことがうまくいくと思うなよ。見ててやるからな」

「お前たちは何も見られないよ。朝になったら俺はあの偽札を持って警察に行くつもりだ。自分の身がかわいかったら、とっととイギリスを出ていくことだな。そして二度と戻ってくるな」

ジェレミーは裏返った声で気が触れたように笑いだした。たいまつの明かりが、ポーチの下に立つ彼のシルエットを浮かび上がらせている。帽子を持ちマントを胸に抱いて、必死で言葉を探している。「この、この、ネズミ取り野郎。何様のつもりだ？」

川沿いの道から漏れてくる明かりの中で、ミックは目をしばたたいて首を振る。下を向いて「さあね。分からないな」と呟いた。


入り口のアルコーブまで来ると、ウィニーはミックに近づいて「あの呼び方、コックに聞いたの？」と尋ねた。

ミックはウィニーに顔を寄せ、背中に手をやった。「いや、だがあの呼び方に何か意味があるわけない」囁くような声だ。「コックは誘拐された孫と褒賞金の話をしてくれただけだ。俺はアールズに洗いざらい説明しようと思ってあの部屋へ入っていったんだ。だがあの男を見たとたん――なぜだか分からないんだが、俺の本当のじいさんを思い出してしまって。俺はジイジって呼んでたんだ。それほど珍しい呼び方じゃないだろう？」

ウィニーはミックの腕をつかんだ。燕尾服の下の腕は温かくてたくましい。ミックはその腕をひょいと上げてウィニーの肩に回し掛けた。二人は慰め合うかのように、しばらくもたれ合っていた。

「珍しいのかしら？　何だか頭が混乱してる」

ミックはウィニーの髪に唇を寄せた。

ウィニーには分からなかった。何も考えられなかった。分かるのは、ただミックを愛しているということだけ。彼が誰であろうとかまわない。


舞踏室に戻ってみると、そこは大変な騒ぎになっていて、二人が入っていったときにはすでに収拾がつかなくなっていた。ウィニーは鼻眼鏡を持ち上げた。まあ、大変！　目の前で、小さなしっぽの動物が脇から飛び出しダンスフロアの中央へと走り出ていく。

ダンスはすでに止んでいて、オーケストラはつまずいている。男性たちは大声を上げ、女性たちは黄色い悲鳴をあげながらスカートを持ち上げている。そのあいだを小さな生き物は狂ったように走り回っている。

ウィニーは思わず飛び出した。ミックを残して広いダンスフロアの中央までまっすぐに走っていき、両腕を広げて高く上げた。「動かないで。動くとあの子を怖がらせてしまうわ。あれはミックのイタチなの。逃げてしまったの」

振り返ってミックを見ると、彼は首を傾げて見たこともないほど優しく穏やかに微笑んでいた。

ウィニーの指示に従って、人々はその場で足を止めた。小さな生き物は足のあいだを見え隠れしながら走り回っている。ミックの横にはたまたま六週間前あのティーハウスにいた男性が立っていた。「つかまえられるといいね。僕のサルは先月家から飛び出したきり見つからないんだ。それ以来落ち込んでいてね」

みんながかがんでその動物を目で追っていた——女性の何人かは椅子の上に乗っていた。人々は口々に叫んでいる——ここだ！　あっちへ行ったぞ！

みんなの応援を得て、新入りの若い子爵はその変わったペットを追いかけた。

それがイタチかどうかなど、誰も気にしていなかった。ミックは演技を捨てて真剣に探している。ウィニーは夢が覚めたかのように感じていた。今はただ、ミックが大切にしている小さな動物を見つけたい。その一心でイタチを追った。

それでもフレディはつかまらなかった。みんなの手をするりとかわして逃げていく。いつしか姿を見せなくなって、ミックが何度呼びかけても出てこない。出てくるのが怖いのか、走りすぎて疲れたのか、イタチの気配はなくなった。

ミックは呼びかけるのをやめ、人々はまたダンスを始めた。「仕方がない」ミックは肩をすくめた。「放っておこう。フレディなら大丈夫だ。今夜はとてもうまくいった。だからこのあとは思う存分楽しもう」

不思議なことに、それは難しいことではなかった。ウィニーは自然と笑っていた。気がつけばいつもミックに微笑みかけていた。ミックのほうは、ウィニーほど自然に楽しんではいなかった。笑いかけても笑顔を返さないことがあり、いつもより口数が少なかった。それでも音楽とダンスのリズムは彼の気分を明るくし、結局それは素晴らしい夜になった。ミックは輝くばかりのイギリス紳士。ウィニーにとっては記念すべき夜。〈ブル・アンド・タン〉で踊ったときと同じ自由を感じながら、生まれた家ウェレで踊っていた――この城でこれほどくつろいだ気分になった記憶は子どものころ以来ほとんどない。

「訊きたいことがあるんだ」ミックがそう言ったのは真夜中になったころだった。

二人は大勢の人に囲まれて、揃って回る肩の海で踊っていた。ウィニーはダンスで顔が熱くなっている。気分は最高だ。「なんでも訊いて」と無邪気に答えた。

「ウィニー」ミックは切り出した。「訊く前に、覚えておいてほしいんだが、これはただのミックが訊くんだ。今夜が素晴らしい夜だってことと同じくらい、ここにいる俺は子爵でも公爵でも、その相続人でもない。そんなものになりたいとも思っていない」

ウィニーは黙って微笑んだ。彼が誰かは分かっている。私のミック。

ミックは一瞬ためらった。不安にさいなまれている男の顔。二人はじっと見つめ合う。ウィニーの微笑みがミックの笑みを誘い出し、彼はプーッと息を吐いて、肩をすくめて笑いだした。「ああ、こんなふうに君とダンスするのは最高だ」ウィニーをぐいっと引き寄せて「愛してるよ、ウィン」とそっと呟いた。

ああ。ウィニーの胸は熱くなる。ミックの口からその言葉が出てきた瞬間に、体は喜びに沸き返った。彼が私を愛している！

「私も愛してるわ」恋人たちのばかげたやりとり。

「だと思った」

「もちろんそうでしょうね」ウィニーは笑う。

ウィニーの目を見て微笑みながら、ミックはワルツを踊っている。「てことは、こう訊いてもおかしくないと思う。少なくとも訊くことはできるはずだ。君に訊きたいことっていうのは、ウィニー・ボラッシュ、俺と結婚してくれないか？」

ウィニーはミックの顔を見つめた。結婚？　彼にそれを訊かれることを、これまで何度夢見たことか。それは楽しい想像だった。彼は冗談を言っているのかもしれないけれど、それでも口元がほころんでくる。笑みは顔中に広がって、頰が痛くなってくる。ああ、この人と結婚できたら。六週間前に見つけたこの怖い者知らずのネズミ取りは、どんなことでもやってのける。どんなことでも恐れない。「ねえ、あなたは誰かに似てるわ」

「誰に？」ミックは苛立たしそうに言った。「返事になってないぞ。焦らさないでくれ。この魔女め」

ウィニーはまた笑った。魔女。本当に似ている。「あなたザビアーにそっくり」

「やめてくれ！」ミックはおどけたように目をくるくる回した。「なんておぞましいことを言うんだ。こうして妻になってくれって頼んでるのに、怖いおじさんに似てるって返事はないだろう」そこで真顔に戻る。「ウィニー、いつも言ってるが、自分をごまかすんじゃないぞ。今君を抱いているのはコーンウォールのミックだ」──昔のアクセントに戻っている──「すぐに立派な家で働いて、いい給料と退職金がもらえる。まずどこかの町の美しい場所にコテージを買おう。その町はニューキャッスルの大学で論文を書く学者を歓迎してくれるだろう。学者はときどき論文を発表するために汽車でロンドンへ行くんだ」大きく息を吸う。「ウィニー、やってみよう。実現させるんだ。結婚しよう」

ウィニーは考えた。ミックは冗談で言っているんじゃない。彼と結婚？　教師の仕事はどうなるだろう？　ミルトンはどうするの？　紳士の世話をする紳士の妻として、私はその町でうまくやっていけるかしら？

現実的な問題に目を向けてみると、結婚なんてとてもできそうには思えない。それでも試してみたら？　ええ、試してみたらどう？　ウィニーには、急にそれが楽しい生活に思えてきた。どぎまぎしながらふと足元に目をやると、二人の足はぴったり合って動いている。インからアウト、インからアウト。互いの脚のあいだで流れるようにステップを踏んでいる。顔はまたひとりでにほころんだ。まあ、私ったら何をひとりでにやけているの？　首を振って顔を上げると、そこには彼女をじっと見つめるミックの目。その瞬間に、周りのものはすべてぼんやりかすんでしまい、人も舞踏場も目に映らなくなった。

「分かったわ」ウィニーはうなずいた。

ミックはステップを踏み外す。「分かった？」足を止めて眉を曇らせる。隣で踊っていたカップルが、止まった二人をよけきれずにぶつかってきた。「分かった？」ミックは聞き返した。

「イエスよ。結婚するわ」

ミックはなんと言っていいか分からない。見回して、一番近くで踊っていた人をつかまえた。ティアラを付けた中年の女性はびっくりしている。「僕たち婚約したんです」まるで「ご冗談でしょ」とでも言われたかのように付け加えた。「いいえ、本当です。僕たち本当に婚約しました。結婚するんです」

ミックはウィニーの手を取った。その手をしっかり握りしめ、もう一方の手で背中を引き寄せた。体をぴったりくっ付けて、二人はピボットを踊りだす。速い速度で何度も何度も回り続ける。そしてミックは、踊りながらウィニーの口にキスをした――〈ダンスっていうのは好きな相手と踊るもんだ。踊りながらキスしてくれる相手とね〉。それは想像以上に難しく、動きはぎこちないものになったが、ウィニーはそれほどすてきなダンスをしたのは初めてだった。

もうエチケットなど気にしてはいなかった。ミックはそんなウィニーを見て微笑んだ。二人はさらに踊り続ける。人々が怪訝な顔で見ているだろうとウィニーが思っていたならば、それは間違いだった。いつの間にか二人の周りには小さな輪ができていて、人々は二人を祝福していた。

「もう一度イエスと言って」ミックは何度も聞きたがった。「もう一度、もう一度……」

「イエス」そしてまた「イエス、イエス、イエス」ミックは有頂天になっている。ウィニーはその無邪気さが嬉しかった。それでも現実的な問題を思い出して、訊かずにはいられない。

「ねえ、ロンドンには住めないの？　本当にニューキャッスルに行くつもり？　本当に召使いとして働くの？　なんとなく気が進まないし、うまくやっていけるかどうか。なんとかしてロンドンにいられるように――」

「シーッ」ミックはウィニーの唇に指を当てた。顔の片側を引き上げて、あの素晴らしく魅力的な笑みを浮かべる。「あとで相談しよう。君の一番の望みが分かったら、それが最優先だ。君は僕の女王様なんだから、ウィン」

29

翌日、ウィニーとミックは緊急の使いに起こされた。ビビアン・ボラッシュからのメッセージを携えている。

主人が会いたがっています。容態が思わしくありません。すぐにお越しください。

アールズ公爵夫人はロンドンの家の正面玄関で、自ら二人を迎え入れた。「まずあなた方にお見せしたいものがあるんです」

夫人のあとに付いて、ウィニーとミックは広い玄関ホールへと入っていった。分厚い絨毯と静かな噴水の音。ミックははっとして足を止め、呟くように言った。

「この家なら知ってる。ここでネズミを取ったことがある」

正面の書斎に入っていったとき、ミックはまだ記憶を呼び起こそうとしていた。だが奥の壁の中央に掛かった肖像画を目にしたとたん、その顔に驚愕の色が現れた。ウィニーも驚いた。「まあ、こんなことって」思わず引き戻すようにミックの腕をつかんだ。

絵は五フィートくらいの高さがあって、部屋に入るとすぐ目に飛び込んできた。描かれているのは三〇代の男性で、着ている服は数十年前のスタイルだが、それを除けば恐ろしいほどミックに似ている。ミックの長い骨格と深い眼窩、黒い髪を持っている。

そして唇が斜めになったあの完ぺきな笑み。

「だが目は青い」ミックは違いを見つけてほっとする。

「ザビアーの目は緑だわ」ウィニーは小さく補足した。「あなたはこの人に似てる。そっくりよ。ミック……」だがそれ以上考えまいとした。

ミックは思案するように手を口に持っていく。振り返って本棚の本にざっと目を走らせ、さらに部屋全体を見回した。目はどっしりとした机の上に注がれた。大きさならグランドピアノほどもあるその机には、シャンデリアのようなランプとクリスタルのグラスが載ったトレーが置いてある。ミックはそれをじっと見つめ、ビビアンを振り返った。

「あのトレーにデカンタがのっていたことは？」

ビビアンは思い出そうと机の上を凝視して、やがて首を振った。「覚えがないわ。でも待って。そう言えば」目を転じて肖像画を見ると、それに近づいていく。額縁を見ながら「ここよ。私がこの家に来てからこの部屋にデカンタがあったことはないけれど、ザビアーはこの額縁を直させなかったわ。息子さんがやったんだって言って」

木の額縁に付いた深い傷。そこに手を滑らせながら、ビビアンは説明した。「彼は言ってたわ。息子さんがデカンタを壁に投げて、それがここに当たって割れたって。本当に腹立たしそうに言ってたわ」ミックを見て「あなたが覚えているのはそのデカンタじゃないかしら？」

ミックは首を振り、「どうだろう。それが重要なことかどうかも分からない」肩をすくめて「ウィニーの家にも同じようなのがある。それほど珍しいものじゃないだろうし……」

三人は二階へ上がり、ザビアー・ボラッシュの暗い部屋へと入っていった。入る前に彼らはザビアーの罵るような声を聞いた。嘆いている。誰もが自分の財布を目当てにだまそうとする、誰も真実を言おうとしない、誰も愛してくれないと。

医者はうんざりした顔をして、道具をまとめて出ていこうとしていた。

「何があったんですか？」ドアの前でウィニーは尋ねた。ザビアーはベッドにいる。上体を起こしているが、横になったほうが良さそうなほど弱々しい。

ドア口に目を向けて、ウィニーの質問に自分で答えた。「心臓発作だ」

「まあ、そんな」ウィニーはたじろいだ。「私が舞踏会でイタチ騒動を起こしたせいで――」

老人はさえぎる。「思い上がるな。わしは九六だぞ。お前に何ができる？　神じゃあるまいし。わしは歳を取ったから死にかけておるんじゃ。それ以外の理由などないわ」そしてもっとそばへ来るよう合図した。

ベッドの脇に立って、ウィニーは老人を見下ろした。そして思わず息を呑んだ。

「ここにいたのか！」ミックが叫んだ。

老人の胸の上で、イタチがすやすや眠っている。

「お前のものだろう？」ザビアーは乾いた声で「こいつがフォアグラと生クリームとロシアンキャビアしか食べんのを知っておったか？　贅沢なチビだ」と言い、咳き込みながら笑った。老人の震える胸の上で、動物は気持ち良さそうに撫でられている。「こいつの名前は何だ？」

「フレディ」

ザビアーの目がとつぜん生き生きと輝いた。驚き面白がるように、満面の笑みを浮かべている。「フレディか」後ろにもたれ、つややかな茶色の毛を撫でる。「分かっておったのに」紙のような唇を舌先でなめながら、目を上げてミックを見た。丸いガラス玉のような目だ。「孫は動物が好きだった。まあ、子どもなら誰でもそうだろう。だがわしの孫はすごかった。二歳半でもう動物を手なずけておった。あの子が呼ぶと、動物たちは怖がりもせず走り寄ったものだ」思い出すように目を閉じる。顔には至福の表情が現れている。「あの子は奇跡みたいな子どもだった」目を開けてウィニーをにらみつけ、長く骨張った指を震わせながら突きつける。「それなのにこの女につかまって。小娘に。しかも醜い娘だ」

それを聞いてむっとしながらも、ミックはとりあえずベッドの端に腰掛けて、静かに説明した。「いいかい、俺たちは呼ばれたからここに来たんだ。覚えておいてほしいが、俺はあんたの孫じゃない。俺にはちゃんと母親がいた。それに家族もいる。俺はコーンウォールの人間だ」

しかし老人は笑って首を振るだけだった。「いや、お前はわしの孫だ。孫のマイケルだ。

わしはあの子をフレディって呼んでたが。息子たちは孫にわしの名前を取らなかった。だから当てつけに、わしはあの子をミドルネームで呼んでいた。わしの父の名前だ」意地の悪い笑みを浮かべる。

ミックはウィニーをちらりと見た。かわいそうなウィニー。こんな男と関わらなきゃならなかったなんて。

老人は指を曲げてもっと近づくようにと差し招き、ミックが顔を寄せるとさらに言った。「日が暮れるまでには、お前は六代目アールズ公爵マイケル・フレデリック・ボラッシュになっているだろう。たぶんな」

「違う」ミックは即座に「変なことは言わないでくれ」と顔を歪ませた。「言っただろう。俺には本当の母親がいた。優しい母さんだった。俺に乳離れさせるのが遅すぎたとか、俺は難産で生まれてきたとかいつものように話してた」

老人の表情は変わらない。ウィニーはミックに尋ねた。「でも偶然にしてはできすぎていると思わない？　あなたの名前はマイケルで、あなたはイタチにフレディっていう名前を付けたのよ」

「偶然だ」ミックは二人を相手にして苛立ってきた。「決まってるだろ。偶然以外の何ものでもない」だがウィニーを見ると、その顔は彼を公爵の孫と信じている。「違う。違う！」

公爵になどなりたくない。ウィニーにはそのほうが釣り合うかもしれないが、ここで目にする途方もない富は欲しくない。コーンウォールにいる家族との絆は強くて本物だ。何よりも、ここでベッドに横たわっている自分勝手な老人とは絶対に関わり合いになりたくない。

その自分勝手な老人は、目を閉じてかすかに微笑んだ。そして誰に言うともなく、後代に伝えようとするかのように話しだした。「孫の乳母はコーンウォールの女だった。名前は覚えておらんが、いつになっても乳離れさせようとせんので首にした。けじめのない甘やかしてばかりの乳母だった。首になってコーンウォールへ帰っていった」そして言い聞かせるように付け足した。「お前は確かに難産で生まれた。息子の嫁は命を落としそうになった」

老人もミックを孫だと信じている。

「乳母は敬虔なカトリック信者だった。孫に悪い影響がないかとわしらは心配しておった」

そしてミックはカトリック信者。彼はそれでも確信が持てなかった。話は合っているが、埋まらない部分もたくさんある。「そんなことは何も覚えてない」

「二歳半だったんだもの」ウィニーは言った。「いなくなったときには二歳半だったのよ、ミック」

公爵は続ける。「あの女が連れていったんだ。首にしたのは誘拐のひと月前だった。まさかあの女だったとは。だが確かにそうだ。雇ったとき、子どもを亡くしたばかりだと言っていた。あいつなら家の中の様子も家族のスケジュールも、どこで孫を見つければいいかもみんな分かっていたはずだ。孫は喜んで付いていっただろう。今になってようやく思い出した。女はこう言い捨てて出ていった。この家はひどい家だ。坊ちゃんにはもっといい家族が必要だとな」苦笑いをしながら「誰が想像できる？　コーンウォールから出てきた乳母が、公爵領と貴族の血筋や家柄よりも、自分のほうが孫にふさわしいと本気で思っていたとはな」こっくりして呟いた。「ばかな話だ」そして目を閉じた。

ビビアンは二人にディナーまでいてほしいと言う。落ち込んで頼りなげに見える。ウィニーはいてあげたかったし、ミックも賛成した。二人は残って代わる代わる病人に付き添った。気難しい病人は、ときどき目を覚ましたが、長くは起きていられなかった。ザビアーはほとんど眠っていて、とつぜん起きると気まぐれな用事をひとつ二つ言いつけて、また眠りに落ちていった。

ウィニーが付き添っていたときだった。ザビアーは目を覚まし、彼女を見るとこっちへ来いと手招きする。そばへ近づくと、彼はベッドの端を叩いた。

ウィニーはそわそわしながらベッドカバーの上から腰を下ろした。

ちょうどそのときビビアンが食事を持って部屋に入って来た。そのとたん、老人は顔をこわばらせた。

ウィニーはすでに気づいていたが、ザビアーはその若い妻がそばにいるとき、絶えず彼女に目を向けている。かいがいしく世話をする妻を、興味深そうにじっと見つめている。妻は優しく従順だ。水を持ってこいと言われれば、縫い物を置いて水を取りに行く。お茶が欲しいと言われれば、下へ行って自分でお茶を淹れる。

ビビアンが出ていくと、ザビアーはかすれた声で囁いた。「あの女はわしのことなど愛しておらん。一度も愛してくれたことはない」唇の端を噛み、丸い濁った目に涙を溜めている。

こぼれ落ちそうな涙を手で拭い、辛そうに笑って咳き込んだ。手をイタチのほうへ伸ばす。老人とイタチが互いを見い出したのは不思議な幸運だった。フレディは老人の手が気に入っているようだ。

イタチを撫でながら、ザビアーは言った。「わしはもう一〇年以上、一番欲しかったもののそばで暮らしてきた。一緒に暮らせば愛情は付いてくると考えていた」それはウィニーを驚かせる告白だった。「だが違っていた。あの女はまだ別の男を愛しておる。わしがその手からあれを奪った男のことを」苦々しげに話し続ける。「わしはあの女にすべてを与えた。あの男にはわしの千分の一も与えられなかっただろう」唇を噛んで「あれが嘘でもいいから……」だがそれは何の価値もないことだった。ザビアーは口をつぐんだ。

ウィニーは自分がなんと愚かだったのかと気がついた。ザビアーには苦しむ理由など何もないと、なぜ思い込んでいたのだろう？　金と権力があって抜け目がないから、彼は人生を思いどおりに操っているんだろうと、ずっと考えていたなんて。

老人はウィニーの目を見つめ、ウィニーは老人の手に触れた。彼はこっくりうなずいた――ありがとうと言いたいようだが、ウィニーは何を感謝されているのか分からない。一瞬老人の潤んだ目が何かを求めるように熱を帯びた。それが何なのか分かったなら、ウィニーは喜んで与えただろう。

だがミルフォード・ザビアー・ボラッシュは、たちまちその目の奥からするりと抜けて出ていった。残された目は寂しげにウィニーに向けられていたが、もう何も見てはいない。ただ永遠を見つめていた。

ウィニーは手を伸ばして目を閉じさせた。

ミックが入ってきたときには、フレディもすでに老人の胸から滑り落ちていた。老人とイタチは仲良く一緒に旅立った。


九六歳で、死期は近いと誰もが思っていた男であっても、その男の死はショックだった。ミックとウィニーはもっとも辛いその一日を、ビビアンの力になって過ごした。ミックは実務を取り仕切った。召使いに指示を出し、部屋の片付けをして、医者に電話した。ウィニーはビビアンのためにキッチンでブランデー入りのお茶を用意した。

公爵夫人は夫が想像していたとおり、彼の死に打ちのめされてはいなかった。ビビアンは静かだった。静かに解放感を味わっている、ウィニーはそう思った。

それでも夫人が動揺しているのは確かだった。ミックに渡さなければならない封書のことを、真夜中過ぎまで忘れていたのだ。ビビアンがようやくそれを出してきたのは二人が帰ろうとしたときだった。

「まあ、大変。忘れるところだったわ。さあこれを。彼に自分が死んだら渡すように言い付かっていたの。まさかこんなに……お分かりになるでしょう？　今日逝ってしまうなんて思ってなかったわ」

ビビアンは封書をミックに手渡した。死んだ男からの手紙だ。

ミックは封を切った。三人は格式張った玄関ホールに立っていた。噴水が静かな水音を立てている。手紙を読んだ彼は、硬いベルベットのベンチにへたりこんだ。

「どうしよう」そう言うと、ミックはウィニーに手紙を見せた。

わたくしこと、第五代アールズ公爵ミルフォード・ザビアー・ボラッシュは、一八九八年の今夜、この手紙を持ってウェレ城にやってくる男を、我が息子フィリップ・サミュエル・ボラッシュの息子、つまり我が孫マイケル・フレデリック・エジャートンと認める。これより彼を相続人と認め、アールズ公爵称を初めとしてシシングリー侯爵称、バーウィック子爵称、メドボロー子爵称、バーチェスター男爵称を含むすべての世襲称号と公爵領から得られる財産を譲ることを宣言する。

手紙が書かれたのは昨晩となっている。公爵印が押され、署名がしてあって、立会人は、紋章院長官と内務大臣を含む四人となっていた。

その夜ミックは脚の夢を見た。不思議な夢だった。美しくしっかりとした脚がたくさんある。男の脚や女の脚。いとしい脚。拒絶する脚。新しい脚。奇妙な脚。群がる脚はどれも長くて彼は膝までしか届かない。

エピローグ

ウィニーはミックと結婚した。彼は公爵になったけれど。

二人はコーンウォールまで旅をして、ミックのおばの手料理をごちそうになったあとささやかな式を挙げ、晴れて夫婦となった。参列したミックの家族は大人数だった。おじが二人、おばが三人、いとこが二人、そして弟や妹が一二人――弟の一人は妻の出産が近いために来られなかった。祝いの宴は愉快だった。コーンウォール語が飛び交い、みんなが踊り、温かい笑いに包まれていた。

弟や妹たちがミックと似ていないのを、ウィニーは意識せずにはいられなかった。彼らの目は茶色くて、顔色はミックより赤らんでいる。一番背の高い弟でもミックより頭ひとつ分低かった。だが誰もそんなことは気にしていない。みんな兄を慕い、兄はみんなをいとおしく思っている。一番若いおてんば娘から、すぐ下のはにかみ屋の妹まで、ミックはみんなを愛している。

ウィニーの数少ない招待客――ミルトン、生徒たち、舞踏会で再会した旧友たち――が彼女とミックをアールズ公爵夫妻と呼んでもみんなはなんとも思っていない。

ロンドン社交界は、新しい公爵が離れた土地でひっそりと結婚式を挙げたことに大いに当惑していたが、それはほんの始まりに過ぎなかった。若い公爵は前の公爵とは違って社交界に君臨する意志はなさそうだった。人々はすぐに彼の考えを汲み取った。何より家族を優先し、妻を愛し、犬たちと過ごす時間を大切にしたいと思っている――結婚した週のうちに、彼はジャックラッセルテリアを数匹手に入れた。

ミックはロンドンで、正式な婚姻届に新しい名前で署名した。皮肉にも妻の名前はそれまでとまったく変わらなかった――ただアールズ公爵夫人と付け加えられただけだった。新しい公爵は当然のことながら、妻の正当な所有物であるロンドンの家を、そのまま「好きなだけ」彼女に使わせた。それは二人がそれまで一緒に住んでいた家でもある。妻はもっと大きな家を使いたいなどとは思わないはずだ。公爵はそう考えて――ロンドンの人々にとっては謎だったが――田舎にある四つの別邸をコーンウォールのトレモア家に使わせた。

このようにして、シシングリー侯爵令嬢ウィニー・ボラッシュは奇跡を起こした。憧れの男性と結婚し、期せずしてアールズ公爵夫人となっただけでなく、生まれた家は、父のいとこの家系を経由して彼女のもとに戻ってきた。そのウェレ城を、夫婦は住まいとして選んだ。

ミックは川沿いの遊歩道に立って、ウィニーがロンドンから戻ってくるのを待っていた。彼女はコックニーの話し方についての研究書類を持って、ある劇作家と話をしにいったのだ。その作家はピグマリオンの神話を元に、脚本を書こうとしているらしい。

「ミック！」馬車が橋の上を転がってくる。「ミック、見て！」橋を過ぎたところでウィニーは馬車を止めさせた。「これを見て！」ミックが近づくと、彼女は用意していたセリフを言った。「人は誰でもちょっとしたマジックが使える」

ドアを開けようともせずに、ウィニーは窓から身を乗り出して、一匹の子犬を差し出した。犬は温かい体をくねらせている。

「雑種のテリアじゃないか！　俺の一番のお気に入りだ」

「いいえ、この子はリトル・マジックよ」

ウィニーがドアを開けると馬車からもう一匹犬が飛び出した。ミックを見てはしゃぎ回り、嬉しそうに五フィートのジャンプをして見せる。

「マジック！」ミックが呼ぶと、犬はミックと同じくらいに喜んだ。

ウィニーは馬車を降りながら「彼はお客様よ。レッゾは売ってくれなかったわ。でも結婚祝いに子犬をくれたのよ」と言って、ミックがマジックを抱けるように——犬は大はしゃぎして何度も跳び上がっている——彼の手から子犬を引き取った。それを顔の前に抱き上げて、かわいいおなかに鼻をすりつける。「うーん、いい匂い」子犬は体をのけぞらせ、後ろにいるミックを上から下まで観察している。その小さく丸いおなかの上からウィニーはミックに目をやって「この子はマジックの息子よ」と微笑んだ。

ミックは満足そうにうなずいた。

「帳簿ははかどった？」ウィニーは尋ねた。ミックがここ数日それに閉口しているのは分かっていた。

彼は犬たちから顔を上げた。二人はすでに話し合ってミックの懸念を解消し、彼は――ウィニーと一緒に――地所の管理に必要な勉強を始めていた。何時間も帳簿をにらみつけ、そこに書かれた数字を理解しようとしていた。「だんだん分かってきたよ」ミックはウィニーを安心させた。「あれはイタチを育てるのとおんなじだ。そいつがどんなやつで、どこが強くてどこが弱いか分かったら、強い所で弱い所を補ってやればいい。ただ俺たちはまだ、この地所がどんなやつかほとんど分かっていないがね」

犬とたわむれているミックをウィニーはじっと見守った。あつらえた服を着て――彼は服をあつらえるのが好きでたくさん作らせた――新しい仕事のことを気楽に話している。それでもウィニーは気がかりだった。彼は昔の生活を恋しがっているのではないかしら？　その日暮らしの気ままな生活を。気がつくと彼女は言っていた。「ミック、あなた幸せ？　本当に幸せなの？」

ミックは驚いたように目を上げた。「君は幸せじゃないのか？」

「私？」ウィニーは笑いながら答えた。「天国にいるみたいだわ。ただ心配なのよ」

「何が心配なんだ、ウィン？　俺は君を愛してる。君と一緒にいたい」

ウィニーは首を振った。「そういうことじゃなくて、ここでの生活は――」

ミックはウィンクして見せた。「ダーリン、ここは最高だ。結局俺は、コーンウォールでおふくろから愛情をもらい、その上にじいさんからは金をもらった。君を川の上の城に住まわせることもできた。これ以上何を望める？」

「そうね、もうひとつ望んでいいかもしれないわ」ウィニーは恥ずかしそうに笑って打ち明けた。「ここふた月、生理がないの」

ミックは目を見開いた。「なんだって！」犬をはなして笑みを浮かべる。「ああ、ダーリン。素晴らしいよ」

「本当にそう思う？」

「絶対断然そう思う」

ウィニーはそれを聞いて朗らかに笑った。ミックはウィニーをすくい上げて胸に抱く。

「ああ」彼女の髪に顔をうずめる。「子どもはたくさん欲しいな。俺は大家族で育ったから。実際俺には家族が二つもあるんだ。ああ」さらに顔を押しつけて「素晴らしいよ、ウィン。本当に素晴らしい」

ウィニーは信じられないくらい幸せだった。こんなに幸せな人間が他にいるかしら？

髪に鼻をうずめたまま、ミックは優しく歌いだした。「君といて、本当に幸せだ、ラ、ラ……」植物に聞かせる歌。今はウィニーに聞かせてくれる。彼女は夢見心地で聞いていた。

その夜、二人は慣れない巨大な寝室の高いベッドに入り、新しい羽毛マットレスの上に横たわっていた。暗がりでウィニーは言った。「また口ひげを伸ばして」

ミックの長い体は彼女の横でぴくりともしない。聞いてないんだわ。高い窓から月明かりが射し込んで、眠っているような彼の顔を照らしている。かぐわしい夜だった。重いダマスク織りのカーテンは両側に引かれたままで、レースのカーテンが部屋の中に吹き込んでくる。その影がミックの顔の上でちらちら躍っている。そのとき彼の唇がほんのかすかに曲がったような気がして、ウィニーはその横顔をじっと見た。

ミックはゆっくりウィニーのほうに顔を向け、薄く片目を開いて彼女の顔を探り見る。目を閉じてまた向こうを向いたが、その顔には徐々に笑みが広がっていく。

目をつむったまま彼は言った。「口ひげを伸ばす代わりに何をしてくれる？」

「えっ？」

「いい考えがある」

「何？」

「君が壁に向かって立ってナイトドレスを引き上げるってのはどう？　腰まで上げて、向こうを向いて、あのときみたいに壁に頭を付けて立つ。そして自由に脚にキスさせる。一〇分間、俺が何をしても君は止めちゃいけない。それをしてくれたらまた口ひげを伸ばそう。君のために」

「嫌よ」ウィニーは笑ったが、胸がわずかに騒ぐ。

「俺たちはもう結婚してる。もう違う……あのときとは。あんなふうにはならない」

ミックはまた彼女のほうを向くと、眠そうに薄く片目を開いた。「ウィニー、この分野については俺のほうがよく知っている。何をするかしないかは俺に任せてほしいな。少なくともしばらくは」鳩羽色の部屋の中で、ウィニーはミックの顔を見つめた。彼の余裕のある顔はまた向こうを向いた。

陰になったその顔には、かすかな笑みが浮かんでいる。甘くみだらで物欲しそうな笑みが。

「今は君が生徒、俺が先生だ」

ウィニーが黙っていると、ミックはまたこちらを向き、今度は両目を薄く開いた。「どうしたダーリン？　さあ行って。壁だ」

ウィニーは動かない。

ミックは彼女を軽くつつき、片肘を付いて顔を上げた。「口ひげを伸ばしてほしくないのか？」

「それは……」きわどい選択。「ええ、伸ばしてほしいわ」

「オーケー、君の望みどおりにしよう。でもまず君からだ」ミックはウィニーの尻を押す。本気なのだ。「壁へ行って、ウィン。そしたらいいことをしてあげよう」彼は彼女の耳の下に、くすぐったいような熱く湿った息を吹きかけた。「脚の裏側からお尻までキスしてあげる。それから他の場所にもうんとキスしてあげる。一〇分間」

ウィニーは枕の上で何も言わない。たっぷり二秒間うっとりとして横たわっていた。そしてとつぜん笑って言った。「一五分」それじゃ足りない。「いいえ、二〇分よ！」

ああ、なんてすてきな取引なの！

訳者あとがき

本書『舞踏会のレッスンへ』はＲＩＴＡ賞（全米ロマンス作家協会賞）受賞作“The Proposition”の全訳です。〝きわめて才能あるヒストリカル・ロマンス作家の一人〟と評されるジュディス・アイボリーの、初の邦訳作品でもあります。華やかなビクトリア朝のロマンスを描いて、アメリカで多くのファンを魅了しているアイボリーが、その自信をうかがわせる明るくて痛快な物語を用意してくれました。一九世紀末のロンドンで、侯爵令嬢とネズミ取りが恋に落ちるというのですから、いったいどんな場面に出会えるのか、想像するだけでもわくわくします。

物語は、言語学者である侯爵令嬢エドウィーナが、街で興味深い研究対象に遭遇することから始まります。コーンウォール語とコックニー（ロンドンのイーストエンドなまり）を混ぜて話すネズミ取りに出会って、エドウィーナは思わずペンを取りました。その場には、奇妙な双子の紳士たちも居合わせて、とつぜん「このネズミ取りを紳士に変えることができるかどうか」という賭けが持ち上がります。双子の紳士の口車に乗せられて、エドウィーナはそのネズミ取りミックを、六週間で紳士に仕立て上げる仕事を引き受けてしまうのですが、それは予想以上に難しいものになりそうでした。なぜならミックは、生徒として接するにはあまりにもハンサムで、そのうえ決して美人とは言えないエドウィーナに熱い視線を送ってくるのです。ミックの男性的な魅力とあからさまな誘いを前に、淑女たるエドウィーナの心は掻き乱されて……。

もうお気づきでしょうが、この物語はミュージカル「マイ・フェア・レディ」の原作としても知られる戯曲「ピグマリオン」がベースになっています。ジョージ・バーナード・ショーの「ピグマリオン」（一九一三年初演）では、音声学者ヒギンズ教授が花売り娘イライザを半年でレディに変身させますが、アイボリーはそれを、男女を入れ換え、よりロマンス色を濃くした小説に仕立て直しました。エドウィーナがミックのしゃべり方をメモに取るシーンや入浴を嫌がって大騒ぎするミックの姿は、映画などでおなじみの「マイ・フェア・レディ」を彷彿とさせます。エピローグではバーナード・ショーを思い出させるちょっとした落ちも付いています。

もちろんこちらは、あくまでもアイボリーが描く世界です。〝感情描写の達人〟と言われるアイボリーが、登場人物の揺れ動く心を的確な表現で読ませてくれます。世間体と学問的関心に凝り固まったエドウィーナは、ミックの荒削りな男っぽさや率直で裏表のない人間性に惹かれながらも、頭のなかで思い描く理想の紳士像を期待せずにはいられません。いっぽう、人生を楽しむことに貪欲なミックは、エドウィーナの長い脚に心奪われて、その気持ちをストレートに伝えますが、拒絶されて悶々とします。ところがレッスンを重ねるうちに、二人はそれぞれ、それまで否定していたものの価値を認めるようになっていきます。エドウィーナは自由奔放に振る舞うことの喜びを、ミックは秩序や清潔さの重要性、洗練された考え方を学びます。ミックがエドウィーナの思いどおりの紳士になったころには、二人は互いにかけがえのない存在になっていました。

問題は、二人のあいだに立ちはだかっている社会的格差ですが、それは絵に描いたようなシンデレラストーリーが持ち込まれて解決します。作者は実際シンデレラの物語が好きだったようで、子どものころ映画「シンデレラ」を一一回も観たそうです。

ジュディス・アイボリーは、そんなおとぎ話の好きな女の子でした。思春期になると自分でも物語をつくって近所の子どもたちに聞かせたり、ノートに書き留めたりしていたそうです。大学に入ってからは物語創作の講義を受けることもありました。ですが結局「小説で生活していけるはずがない」と判断して、数学を専攻します。「現実的選択をしただけ。数学は簡単で、どんどん上のコースへ進んでいくことができたわ。でも力を入れていたのは英語の授業のほう。卒業後、数学の教師になって、さらに勉強して修士号も取ったけれど、あるときふと気づいたの。このままではきっと後悔する——生活なんてどうとでもなる——作家になる努力をしてみようって。いったんそう決めてしまったら、もう作家以外の仕事は考えられなくなってしまったわ」

完成したロマンス小説の数章分とシノプシスとを一二の出版社に送ったところ、三社からオファーがありました。こうして一九八八年、デビュー作〝Starlit Surrender〟が出版されます。ロマンス小説作家としてスタートを切ったアイボリーは、数学の本を永遠に閉じ、創作活動に専念して、これまでに九作のヒストリカル・ロマンスを発表しています（最初の四作はジュディ・キューヴァス名義で発表）。出世作となった本作は、ジュディス・アイボリーと名前を変えてから三作目に当たります。

現在はマイアミに住み、旅行や映画・演劇鑑賞によって創作意欲を刺激しながら、作家活動を楽しんでいるということです。とくにフランスを訪れるのが好きで、小説の資料集めも兼ねて頻繁に出掛けているとか。今年一〇月には新作〝Angel in a Red Dress〟が刊行される予定で、ますます目が離せません。

ビクトリア時代の活気溢れるロンドンには、紳士淑女がお茶を楽しむティーハウスがあり、きらびやかな仕立屋があり、二階建ての馬車がカタカタ走っていたのでしょう。下町には賑やかなパブがあり、高級住宅街には煉瓦造りの家々にフラワーボックスが掛かっていたのかもしれません。舞踏会では着飾った人々が優雅にワルツを踊っていたはずです。そんな世界に浸りながら、この愉快で官能的な男性版シンデレラストーリーをお楽しみいただけたら幸いです。

二〇〇六年五月

ライムブックス

舞踏会のレッスンへ

著　者　ジュディス・アイボリー
訳　者　落合佳子《おちあいよしこ》

2006年8月20日　初版第一刷発行

発行人　成瀬雅人
発行所　株式会社原書房
〒160-0022東京都新宿区新宿1-25-13
電話・代表03-3354-0685　http://www.harashobo.co.jp
振替・00150-6-151594
ブックデザイン　川島進（スタジオ・ギブ）
印刷所　中央精版印刷株式会社

落丁・乱丁本はお取り替えいたします。
定価は、カバーに表示してあります。
 ISBN4-562-04311-3　Printed in Japan